L'INVITATION

DU MÊME AUTEUR

Paradise City, Terra Nova, 2015 ; City Poche, 2017

Vous pouvez consulter le site de l'auteur à l'adresse suivante :
www.elizabethdayonline.co.uk

ELIZABETH DAY

L'INVITATION

Traduit de l'anglais
par Maxime Berrée

belfond

Titre original :
THE PARTY
publié par HarperCollins/Fourth Estate,
Londres

Les personnages et les événements de ce livre sont fictifs. Toute ressemblance avec des personnes réelles, vivantes ou mortes, serait pure coïncidence et involontaire.

Retrouvez-nous sur www.belfond.fr
ou www.facebook.com/belfond

Éditions Belfond,
12, avenue d'Italie, 75013 Paris.
Pour le Canada,
Interforum Canada, Inc.,
1055, bd René-Lévesque-Est,
Bureau 1100,
Montréal, Québec, H2L 4S5

ISBN 978-2-7144-7613-5
Dépôt légal : mai 2018

Belfond | un département **place des éditeurs**

place
des
éditeurs

À Jasper

Party

nom

I. Fête, soirée, réception : Réunion sociale au cours de laquelle les invités mangent, boivent et s'amusent.

II. Parti (*Politique*) : Groupement politique constitué disputant les élections en vue de former un gouvernement ou d'y prendre part, ex. « faction », ex. « programme du parti ».

III. Partie (*Droit*) : Personne ou groupe constituant l'un des signataires d'un contrat ou l'un des camps opposés lors d'un procès, ex. « partie civile ».

I

LA SALLE D'INTERROGATOIRE est petite et carrée. Une table, trois chaises en plastique, une grande fenêtre dépolie et crasseuse, un néon qui fait tomber sur nos têtes une lumière jaunâtre atroce.

Deux tasses de thé : une pour l'agent de police, une pour moi. Deux sucres. Il y a trop de lait dans le mien, mais je ne suis pas en position de me plaindre. Le bord de ma tasse en polystyrène est abîmé parce que je l'ai mordillé.

Les murs sont blanc cassé. Ils me rappellent les courts de squash de Pall Mall où, il y a quelques jours à peine, j'ai démoli un adversaire bien mieux classé que moi. Un ancien banquier. Visage rougeaud. Short flottant. Muscles étonnamment longs et fins. Je l'ai battu sans traîner : service, slice, smash. Le claquement sec du caoutchouc contre le béton, la balle verte qui roule hors de portée à la fin de chaque échange. Il s'emportait. Jurait. Et à la fin, il a perdu. Tant d'agressivité contenue entre quatre murs.

Le commissariat dégage une atmosphère assez proche : une sorte de virilité hargneuse, même si un seul des deux agents qui m'interrogent est un homme. La femme, elle, a clairement été désignée pour jouer le « bon flic ». C'est elle qui m'a proposé le thé, en disant qu'il me ferait du bien. Elle m'a aussi apporté les deux sucres.

« Vous savez..., a-t-elle ajouté en croisant mon regard. Après votre choc. »

C'est vrai, je ne m'attendais pas à ce que la police se présente devant ma porte ce matin. Ce n'est que la deuxième fois en trente-neuf ans que je suis interrogé par les autorités. Et la première, c'était déjà à cause de Ben. Ce qui est curieux quand même, étant donné que c'est mon meilleur ami. On pourrait penser que d'aussi bons amis feraient un peu plus attention l'un à l'autre.

L'enquêtrice est petite, avec des épaules arrondies et un visage agréable parsemé de taches de rousseur. Elle a les cheveux teints de cette couleur indéterminée que les femmes entre deux âges adorent de façon inexplicable, ni brun ni blond, quelque part entre les deux. Blondasse. Et elle a les pointes fourchues.

Son collègue, lui, est grand. Il fait partie de ces types dont la taille est la caractéristique principale. Il a dû se pencher pour franchir la porte. Il avait une liasse de papiers rose jambon industriel à la main. Costard gris, avec une tache blanche sur le revers. Du dentifrice, peut-être. Ou des restes du petit-déjeuner du bébé. Petite trentaine, je dirais.

Ils sont tous deux assis face à moi, de l'autre côté de la table, dos à la porte. Les assises en plastique moulé des chaises ont des trous rectangulaires comme des ouvertures de boîte aux lettres. On avait les mêmes chaises à Burtonbury, on les empilait après les rassemblements et les concerts de fin d'année scolaire. Une autre vie, et pourtant c'est comme si c'était hier. Parfois, j'ai l'impression que c'était il y a une seconde à peine. Les taille-crayons pleins de copeaux, les tennis en toile, les traces noires des semelles sur les plinthes des classes. Les dortoirs aux lits défoncés. Le grincement des ressorts quand un élève bougeait dans son sommeil. Ce sentiment permanent de malaise, l'impression de ne jamais vraiment être à ma place, de devoir faire semblant tout le temps. C'était avant de rencontrer Ben, évidemment. Avant qu'il me sauve de moi-même. Depuis, nous avons toujours été là l'un pour l'autre.

Un gros magnétophone est posé au bout de la table. Très gros, même. Je finis par me demander pourquoi il est aussi énorme. Et pourquoi, d'ailleurs, la police continue à utiliser des bandes audio à l'ère du streaming, des podcasts et d'iTunes.

J'ai refusé l'avocat. En partie parce que je n'ai pas assez d'argent pour en avoir un bon – et je sais qu'au vu des circonstances Ben ne paiera pas –, or je refuse de me retrouver avec un petit morveux commis d'office qui ne comprend rien à rien. Et je ne crois pas non plus que les parents de Lucy cracheront au bassinet. Après tout ce qui s'est passé, je subodore que mes beaux-parents seront peu enclins à m'aider.

« Très bien », dit Blondasse, les mains jointes devant elle. Ongles courts, satinés de vernis clair. Une minuscule tache d'encre sur la petite partie charnue entre le pouce et l'index.

« On commence ?

— Je vous en prie. »

Elle appuie sur un bouton du magnéto géant. Un bip prolongé se fait entendre.

« Cet interrogatoire est enregistré au commissariat de police d'Eden Street, à Tipworth. Nous sommes le 26 mai 2015. Il est 10 h 20. Je suis l'inspectrice Nicky Bridge. »

Elle jette un coup d'œil à son collègue, qui s'identifie à son tour.

« Je suis l'inspecteur Kevin McPherson.

— Monsieur Gilmour, dit-elle en me regardant, pouvez-vous vous présenter en indiquant vos nom, prénom et date de naissance, s'il vous plaît ?

— Martin Gilmour, né le 3 juin 1975.

— Nous pouvons vous appeler Martin ?

— Oui. »

Elle s'éclaircit la voix.

« Nous vous avons proposé les services d'un avocat commis d'office que vous avez refusé. Vous confirmez, Martin ? »

Je hoche la tête.

« À voix haute, s'il vous plaît.

— Oui. »

Une pause. Costard Gris, tête baissée, fouille dans ses papiers. Il ne me regarde pas. Je trouve étrangement déroutante l'idée de ne pas être digne de son attention.

« Alors, Martin, reprend Blondasse. Commençons par le commencement. Parlez-nous des événements de la soirée du 5 mai. La soirée. Vous êtes arrivé avant les autres invités, c'est exact ?

— Oui, dis-je. Nous sommes arrivés avant. »

Puis je me mets à leur raconter.

Tout commence par une porte qui refuse de s'ouvrir au Premier Inn de Tipworth.

5 mai

Premier Inn de Tipworth, 17 h 30

« JE NE VOIS PAS POURQUOI ils ne pouvaient pas nous accueillir chez eux, dit Lucy en glissant la carte en plastique dans la fente. Ce n'est pas comme s'ils n'avaient pas assez de chambres. »

La lumière sous la poignée de la porte clignotait obstinément en rouge. Lucy essaya de nouveau, cette fois en appuyant avec impatience sur la carte et en la ressortant trop vite de la fente. Je voyais bien qu'elle s'agaçait, même si elle s'efforçait de ne pas le montrer – il y avait des signes : la nuque rougie ; les épaules rentrées ; le petit bout de langue qui pointait entre ses lèvres, trahissant sa concentration. Je la regardais s'escrimer en s'excitant de plus en plus. Qui a dit que la définition de la folie, c'est de refaire la même chose encore et encore en espérant un résultat différent ? Aristote ? Rousseau ?

« Attends, dis-je finalement, n'y tenant plus. Laisse-moi faire. »

Je pris la carte en plastique rendue moite d'avoir été manipulée dans tous les sens, l'enfonçai dans la glissière et attendis quelques secondes avant de la retirer doucement. La lumière passa au vert. La porte s'ouvrit avec un déclic.

« C'est exactement ce que j'ai fait », protesta Lucy.

Je lui tapotai gentiment le bras en souriant. Ses pupilles se rétractèrent presque imperceptiblement.

« Enfin ! » s'exclama-t-elle avec un entrain surjoué.

Nous fîmes rouler nos valises à l'intérieur de la suite standard. Enfin, « suite » était légèrement exagéré. L'espace était presque entièrement occupé par les lits jumeaux. Une reproduction d'une vilaine aquarelle montrant des femmes sur une plage pendait de travers au-dessus des têtes de lit. Près de la télévision, j'avisai une bouilloire électrique et un pot à confiture rempli de sachets de thé. Des capsules en plastique de lait concentré étaient éparpillées autour, tels des galets déposés sur le rivage par le déferlement d'une vague de lait invisible.

Lucy démêla aussitôt le câble et emporta la bouilloire dans la salle de bains pour la remplir au lavabo. Quand nous allons à l'étranger, elle emporte systématiquement des sachets de thé anglais qu'elle emballe dans du papier d'alu.

Je m'assis au bord du lit, sentis les fibres synthétiques frotter contre la toile de mon pantalon et retirai mes mocassins. Je regardai ma montre : 17 h 37. Ben voulait que nous arrivions chez lui à 19 heures pour boire un verre avant que la soirée commence, nous avions donc un peu plus d'une heure devant nous. Je m'installai confortablement sur les oreillers, les yeux fermés, et écoutai Lucy s'affairer : allumer la bouilloire, ouvrir sa valise, déplier la robe de soirée qu'elle comptait porter et la suspendre dans la salle de bains où je savais que d'ici peu elle ferait couler un bain chaud dans l'espoir que la vapeur défroisserait le tissu comme par magie.

Dans un mariage, au fil du temps, on apprend à connaître les habitudes de l'autre. Toutes les manies qui s'installent petit à petit : leur évolution graduelle, de la bizarrerie charmante à la routine absurde, illogique, obsessionnelle et pour finir exaspérante. Une fois qu'on les a repérées, leur réapparition continuelle finit par nous amener au bord de la démence.

« Enfin, combien de chambres tu crois qu'ils ont dans leur nouvelle maison ? »

J'ignorai sa question quelques secondes en espérant lui faire croire que je m'étais endormi.

« Je sais que tu es réveillé, Martin. Je le vois. Tes paupières frémissent. »

Et merde…

« Désolé, dis-je en me redressant. Je ne sais pas.

— Je parie qu'il y en a plein. Et tu es quand même son plus vieil ami.

— Hum. »

L'eau bouillait, un nuage de condensation voilait la moitié inférieure du miroir.

« Il s'est passé quelque chose entre vous ?

— Non, pas du tout. »

Ce n'était pas tout à fait vrai, mais à ce stade je ne voyais pas l'intérêt de rentrer dans les détails. Cela aurait donné lieu à trop d'explications et, pour être honnête, je n'en avais pas l'énergie. Il y a des choses que ma femme - ma petite femme aimante et docile - ne comprendrait jamais dans le lien qui unit deux hommes.

« Ils hébergent un tas de gens de leur famille, expliquai-je en défaisant ma ceinture en vue de me changer. Pas seulement du côté de Ben, mais aussi de Serena. Je pense que Ben ne voulait pas nous infliger ça. »

Lucy s'approcha de moi, une tasse de thé à la main. Elle pencha la tête sur le côté. Ses yeux bruns humides me scrutaient avec attention. Elle eut un petit tressaillement au niveau du cerne en demi-lune violacé sous son œil gauche, comme toujours quand elle était nerveuse. Elle posa sa main dans le bas de mon dos, timide. Je sentais son parfum de rose-thé. Avant, je le trouvais profondément charmant. Il était comme elle, modeste et sans prétention. Ce soir, il me prenait à la gorge. Trop doux. Trop mièvre.

« Je suis désolé, je… »

Lucy baissa la tête et retira sa main.

« Je comprends. » Elle se détourna. « C'est juste que… » Elle hésitait à dire ce qu'elle avait sur le cœur. « Ça fait des mois. »

Non, pas encore…

« Vraiment ? »

Elle hocha la tête.

« J'ai trop de choses à l'esprit. Le nouveau livre. »

Je venais de rendre un épais manuscrit sur le postimpressionnisme à mes éditeurs. Comme ils ne semblaient pas particulièrement enthousiasmés par l'idée, mon agent avait dû les convaincre. En faisant valoir qu'il y aurait bientôt une grande rétrospective sur Manet à la Tate, et qui pouvait écrire un livre plus définitif sur ce sujet que le fameux critique d'art Martin Gilmour ? J'avais ma petite réputation. Mon premier livre, *L'Art : et si on s'en foutait ?*, publié cinq ans plus tôt, m'avait positionné comme l'enfant terrible du monde de l'art, le critique qui ose dénoncer l'imposture et dire les choses comme elles sont.

À vrai dire, le contenu n'était pas particulièrement explosif. Et le titre venait de mon agent. Qu'il en soit remercié : il s'est vendu par camions entiers. C'était le genre de bouquin que les gens offrent à leurs amis intellos à Noël. J'en ai trouvé un exemplaire dans les toilettes d'une maison d'architecte (façade vitrée, bureau en souplex). Je suis à peu près sûr que personne ne l'a lu en intégralité. À part Lucy, bien sûr. Lucy est presque trop loyale. Elle l'a toujours été.

Nous nous sommes rencontrés il y a treize ans, quand je travaillais pour le *Bugle*, le plus important journal du soir de Londres. (Certes, il n'y avait pas de concurrence à l'époque. Les gratuits sont apparus bien après.) Je m'étais débrouillé pour remplacer la rédactrice des pages culturelles partie en congé maternité, Lucy travaillait comme secrétaire à la rédaction. En ce temps-là, on pouvait encore fumer au bureau, ce que je faisais allègrement : à chaque bouffée de cigarette, mes joues de jeune homme gonflaient d'une fort jolie façon que tout le monde pouvait admirer.

Je n'ai pas remarqué Lucy, les premières semaines. Elle existait dans un flou aimable, en périphérie de mon champ de vision. C'était une fille mignonne et potelée avec des lunettes rondes qui lui faisaient des yeux de chouette et des cheveux bruns à hauteur d'épaules, ni raides ni frisés, dans une sorte de limbes intermédiaires insatisfaisants.

Comme j'allais le découvrir par la suite, ses cheveux étaient une source de frustration permanente. Il suffisait que la pluie menace, même si les nuages noirs s'accumulaient sans crever, pour qu'ils se mettent à boucler. Par temps humide, Lucy les attachait avec un chouchou violet comme la duchesse d'York. Il y avait toujours quelque chose de délicieusement décalé chez Lucy. Elle portait des robes à fleurs amples quand toutes les autres ne juraient que par les jupes droites moulantes. Elle aimait les chaussures richelieus d'homme et elle avait des sourcils fournis. Elle venait d'une autre époque. C'est toujours un peu le cas. Mais je n'ai jamais compris laquelle, au juste. Peut-être parce que cette époque n'a pas encore été inventée.

Quoi qu'il en soit, au départ elle ne m'avait pas fait grande impression, c'était juste la fille qui répondait au téléphone et disait bonjour aux gens quand ils arrivaient au bureau. Elle servait le thé, aussi. Une fois, je l'ai vue revenir de sa pause déjeuner avec les ongles repeints en noir brillant, ce qui a momentanément éveillé mon intérêt. Il y a un peu de matière si on gratte sous la surface, me suis-je dit. Et puis je suis passé à autre chose, en l'occurrence mon clavier, pour taper un tissu d'absurdités, cinq cents mots sur la dernière expo odieusement prétentieuse des élèves de Central Saint Martins ou sur une actrice hollywoodienne au talent négligeable que le propriétaire du journal voulait flatter.

Ce n'est qu'au deuxième, voire au troisième mois, que Lucy avait fini par sortir un peu de l'anonymat.

Ian, le chef de rubrique, m'avait demandé d'écrire un article sur le retour du « Grand Roman américain ». L'accroche était mince, dans mes souvenirs – les débuts d'un jeune auteur musclé qu'on acclamait comme le nouveau Tom Wolfe. J'avais essayé de sous-traiter le papier à un pigiste consentant, mais on était juste avant Noël et, aucun de mes pisse-copie habituels n'étant disponible, j'avais décidé de le faire moi-même.

Assis à mon bureau, je discutais avec Ian des auteurs à évoquer.

« Il faudrait faire un passage sur Jay McInerney », me dit-il.

J'acquiesçai, comme si c'était une évidence.

« Et DeLillo, ajoutai-je. Wolfe, aussi. On peut éviter Franzen ?

— Sans problème. »

Ian se renfonça dans son fauteuil en croisant les bras devant sa chemise froissée.

« Tu as déjà pensé à Philip Roth, je suppose ?

— Évidemment », répondis-je, alors que son nom ne m'avait pas effleuré l'esprit et que je n'avais pas lu le moindre de ses livres.

De l'autre côté du bureau, quelqu'un s'éclaircit la gorge.

« D'ailleurs, continuai-je, si on remonte un peu plus loin, je pourrais parler de Salinger... »

Le raclement de gorge avait fait place à une sorte de bredouillage impatient. Ian esquissa un sourire.

« Tu veux dire quelque chose, Lucy ? demanda-t-il, amusé.

— Non, répondit-elle, toute gênée. Enfin, pardon, je veux dire, si. Oui. »

Elle toussota et une petite éruption rose se manifesta au centre de chacune de ses joues.

« Je t'en prie..., dit Ian, avec un geste de la main l'invitant à s'exprimer.

— Eh bien, par exemple, est-ce que vous avez pensé à inclure des femmes dans votre liste ? » Plus elle parlait, plus sa voix gagnait en aplomb. « Ce sont toujours les mêmes écrivains blancs, vieux et ennuyeux à mourir. Si ça continue, vous allez finir par citer cette nullité de John Updike. »

Je m'étranglai en notant dans un coin de ma tête de citer John Updike. Comment avais-je pu oublier John Updike ? C'était une erreur grossière. Le genre d'erreur qui donnait l'impression qu'au lieu de posséder une bibliothèque pleine à craquer j'avais juste le *Reader's Digest* de ma mère.

« ... qui en gros écrivent avec leur queue et qui se félicitent les uns les autres d'être aussi géniaux, continuait Lucy. Alors qu'en fait leurs romans sur "l'état du pays" sont des drames familiaux remis au goût du jour et dopés à la testostérone. Vous êtes au courant qu'il y a des écrivaines extraordinaires en Amérique et qu'elles sont tout le temps ignorées juste parce qu'elles écrivent sur la famille et qu'elles ont des couvertures atroces, merde, avec des enfants en gros plan et des châteaux de sable ? »

Elle baissa la tête. Des mèches de cheveux tombèrent devant son front pâle.

« Désolée, dit-elle. C'est juste... »

Je lui souris. C'était tellement mignon d'être aussi passionné à propos de quelque chose. Elle croisa mon regard et me rendit mon sourire, ses lèvres s'entrouvrant juste assez pour me laisser apercevoir ses dents bien alignées et bien droites, comme à la parade.

« Pince-moi, fit Ian. Je n'avais pas réalisé qu'on avait cette chieuse d'Emmeline Pankhurst[1] dans nos rangs. Alors, tu suggères qui ?

— Anne Tyler, Joan Didion, Donna Tartt, dit Lucy sans relever les yeux. Pour commencer. Et encore, si on accepte le principe qu'il existe quelque chose comme le Grand Roman américain. Ce qui n'est pas mon cas, à vrai dire. »

Ian ricana.

« Merci, Luce. Tu me rappelles ce que tu as étudié à Bristol, déjà ?

— L'anglais, marmonna-t-elle. Et c'était à Durham.

— C'est bien ce que je pensais.

— En fait, je trouve que c'est une bonne idée, déclarai-je. On devrait intégrer des femmes. »

J'étais le premier surpris par ce que je venais de dire. Lucy me fit un grand sourire. D'un index à l'ongle rogné, elle remonta ses lunettes qui avaient glissé sur le bout de son nez. Je remarquai que sa main tremblait.

« Merci, Martin », dit-elle en me regardant avec des yeux brillants.

1. Activiste politique (1858-1928) qui milita pour le droit de vote des femmes. *(Toutes les notes sont du traducteur.)*

Plus j'appris à la connaître ensuite, plus je fus charmé presque malgré moi. Elle était respectueuse, elle m'admirait sincèrement et elle était foncièrement reconnaissante que je lui accorde de l'attention. De mon côté je la trouvais intéressante. Elle savait énormément de choses.

Il nous arrivait de déjeuner ensemble. Au début, juste un sandwich en vitesse à la cantine du journal, mais nous sommes vite passés au restaurant en face du bureau, où nous nous asseyions sur des bancs en bois et buvions du vin à la ficelle, le serveur nous facturant en fonction de ce que nous avions consommé. Ce n'était qu'une question de temps avant que le déjeuner se transforme en verre au pub après le travail – moi, une pinte de Guinness ; Lucy, un gin tonic. (Je n'ai jamais aimé la Guinness. J'en buvais uniquement pour donner l'impression que j'étais un bon gars, un type normal.) Au bout de six mois, nous avons commencé à dîner ensemble. Comme nous avions tous les deux un penchant pour la nourriture iranienne, nous cherchions les meilleurs endroits où manger du ragoût aux aubergines ou du veau à l'épine-vinette dans la partie la moins cossue de Kensington.

Et un jour, elle m'a embrassé. Je n'ai pas pu dire non. C'était sur le trottoir devant un resto à la devanture colorée qui s'appelait Tas, ou Yaz, ou Fez, quelque chose de ce genre. Nous étions debout sous un lampadaire, une petite bruine tombait, nous couvrant d'une dentelle humide, et j'ai regardé son visage, ses verres mouchetés d'eau, sa grande monture démodée, le léger tremblement de son menton rebondi, les deux taches de rousseur sur un lobe, qui donnaient l'impression qu'elle s'était fait percer l'oreille alors qu'elle faisait partie des rares femmes de mon entourage à ne pas l'avoir fait.

« Trop peur d'une infection, m'avait-elle expliqué un jour. Trop peur de tout. »

Elle n'est pas stupide, Lucy.

Et, au moment où je la regardais, son expression a changé. Ses yeux – bruns, vifs – se sont pour ainsi dire liquéfiés, leur couleur risquait de se répandre si l'on n'y prenait garde. J'ai réalisé, trop tard, que ce que je voyais dans ces pupilles sombres, c'était du désir. Elle s'est penchée, a posé sa main sur ma nuque et j'ai succombé parce que c'était plus facile. Et quel mal pouvait-il y avoir à cela ?

Ses lèvres étaient douces et charnues. Le baiser devint plus fiévreux, plus exalté. Un petit gémissement s'échappa de la gorge de Lucy et je m'écartai alors, les mains posées sur ses épaules, avant de dire d'un ton paternel et ferme : « On ne devrait pas. »

Elle me regarda d'un air triste.

« Pourquoi pas ?

— Je... Euh, écoute...

— On s'entend bien, non ? Moi, je t'aime bien. »

Un petit silence lourd de sous-entendus, puis : « Je t'aime *vraiment* bien. Est-ce qu'on ne peut pas... voir où ça nous mène ? Je me sens seule. Je sais que tu te sens seul... »

Je ne l'avais pas vu venir. D'accord, je me sentais seul, mais je pensais l'avoir suffisamment bien caché aux regards inquisiteurs du bureau. À l'époque, les choses devenaient sérieuses entre Ben et Serena et je me retrouvais souvent désœuvré le soir. Alors qu'avant nous allions régulièrement boire des verres tous les deux à Soho, en commençant par un club réservé aux hommes avant d'aller dîner au Quo Vadis puis de s'en jeter un dernier à l'Atlantic, désormais Ben avait tendance à rester chez lui manger des pâtes et regarder un film avec Serena. Il m'avait demandé de déménager pour qu'elle puisse s'installer avec lui dans l'écurie convertie en appartement que nous partagions depuis la fin de nos études.

« Il est temps de grandir, mon vieux », m'avait-il dit en me donnant une tape dans le dos.

Ben était tactile avec tout le monde. C'était une faculté que je détestais chez lui en même temps que je la jalousais.

Sans doute étais-je particulièrement sensible à l'attention qu'on me portait lorsque Lucy est apparue dans ma vie.

Mais je me rends compte aujourd'hui que ce n'est pas une excuse.

Ce soir-là, je la raccompagnai chez elle. Elle vivait dans un appartement remarquablement agréable sur North End Road. Cela m'étonnait parce que j'avais déduit de la drôle de façon dont elle s'habillait et de son goût pour les vestes masculines d'occasion qu'elle n'avait pas trop d'argent. J'avais tort sur toute la ligne. Les parents de Lucy avaient pas mal réussi, dans le genre classe moyenne gentiment prospère. Ils avaient envoyé leurs trois filles dans des écoles privées et vivaient dans un ancien corps de ferme en briques rouges au fond du Gloucestershire. À Noël, ils allaient écouter la chorale à la cathédrale de Tewkesbury.

Je la déposai devant sa porte.

« Monte », me dit Lucy en me tirant par la manche de mon manteau.

Je secouai la tête en faisant mine de regretter.

« Non, répondis-je en effleurant sa joue du bout des doigts. Ce ne serait pas bien. La prochaine fois. »

Je l'embrassai sur le front, respirai une bouffée de shampooing Timotei et de transpiration et m'en allai en la saluant d'un signe de la main.

« À demain », lança-t-elle à ma silhouette qui s'éloignait.

Pour des raisons inextricables, cette soirée avec Lucy me laissa en proie à un déferlement pénible d'émotions contradictoires. Je pensais à ma mère, à la façon dont elle m'avait regardé lorsque je lui avais assuré, en revenant de l'école pour Pâques, une année, qu'on ne disait pas « bouquin », mais « livre », et qu'on ne parlait pas simplement de « films » mais de « longs métrages ».

Je marchai sans y penser vers le cimetière de Brompton. Même s'il était tard et que les grilles étaient fermées à cette heure, je savais pour y être déjà allé qu'il y avait un pan de mur, vers Lillie Road, où des pierres étaient déchaussées et où on pouvait se faufiler à quatre pattes. Ce que je fis. Les brindilles et les aiguilles de pin laissèrent un lacis d'empreintes poussiéreuses dans les paumes de mes mains.

Une fois revenu à la station verticale, je brossai mes habits et secouai la tête pour me débarrasser d'un morceau de lichen coincé dans mes cheveux.

Le cimetière reposait dans la pénombre nocturne, trouée çà et là par le faible halo d'un lampadaire. Dans l'obscurité se découpaient les contours des tombes et des statues d'anges. Plusieurs grands personnages historiques étaient enterrés là, mais je n'avais jamais pris la peine de chercher leur emplacement. Ma sépulture préférée (si l'on peut dire) abritait la dépouille d'un jeune homme, un certain Horace Brass, mort à l'âge de seize ans en 1910. Son nom était gravé en lettres cursives avec des boucles Art nouveau.

Je commençai à me diriger vers elle, les mains dans les poches. Un homme m'emboîta le pas. Je jetai un coup d'œil de côté et m'aperçus qu'en fait il s'agissait plutôt d'un garçon. Un adolescent, disons, comme Horace Brass, aussi pâle et fin qu'un bouleau argenté. Il avait les cheveux gras et des boutons autour de la bouche.

« Vous cherchez de la compagnie ?

— Non, répondis-je, un peu trop violemment. Non, je… Pas du tout. »

Explosion de colère dans mon plexus solaire. Je tournai les talons et pressai le pas pour repartir par où j'étais arrivé.

Le lendemain, j'arrivai en retard au travail. J'avais la migraine, je m'en souviens, et à chaque foulée je craignais que le sol ne se dérobe sous mes pieds. Je m'assis à mon bureau, la main devant les yeux pour me protéger de la lumière aveuglante qui entrait par les fenêtres, et feuilletai le dernier numéro de la revue *Art Newspaper* en faisant semblant de me concentrer sur ce qui y était écrit. À son arrivée, Lucy me sourit et je me rappelle avoir ressenti un intense soulagement de voir qu'elle m'aimait toujours. Dans l'esprit de Lucy, j'étais toujours l'homme qui l'avait embrassée devant chez elle, l'homme qu'elle voulait faire monter dans son appartement, l'homme qu'elle respectait, qu'elle aimait *vraiment* bien et avec qui elle avait envie de passer du temps. Dans son esprit, j'étais le bon Martin Gilmour. Le Martin Gilmour que je désirais être.

Je lui rendis son sourire. Ce jour-là, je déjeunai de nouveau avec elle. Après avoir acheté des sandwichs au supermarché, nous nous assîmes sur nos manteaux dans les jardins de Kensington. Puis je l'embrassai en prenant son visage entre mes mains pour exprimer une tendresse que j'éprouvais presque. Ses lèvres avaient un goût de crevette et de mayonnaise. Je n'éprouvais ni excitation, ni passion, ni amour. Mais il y avait de l'affection, et de l'attachement. Et une sorte de compréhension mutuelle, aussi. J'en suis sûr. Je ne la menais pas en bateau, comme aurait dit ma mère. Lucy savait qui j'étais. Vraiment, elle ne peut pas se plaindre.

Bien sûr, rien n'est aussi simple qu'il y paraît au premier abord. J'ai beaucoup aimé Lucy, sincèrement. Au fil des ans cet amour a perdu de son éclat, comme un cuivre mal entretenu. Les qualités qui m'ont attiré chez elle, sa vision du monde sans complications inutiles, sa touche d'excentricité, son refus de trop soigner son apparence et son adoration pour moi, me mettent aujourd'hui les nerfs en pelote. Et, naturellement, il y a la question des enfants. Je lui ai toujours dit que je n'en voulais pas et elle l'a accepté dès le départ. Mais c'était avant que ses amies commencent à en pondre à la douzaine, en postant sur Facebook, jour après jour, les images de l'échographie des trois mois ou les photos du nouveau-né aux yeux vitreux. Nos relations extérieures ont évolué – finies, les longues soirées au pub, place aux pique-niques dans les parcs, entourés de mioches en pleurs, ou aux barbecues en début de soirée, dont l'organisation dépendait de la disponibilité de la baby-sitter ou de l'heure à laquelle Isadora, Humphrey ou Mathilda devait faire la sieste.

Oh, tu ne trouves pas que Lucy est merveilleuse avec les enfants ? Regarde comme elle joue avec eux ! Toujours en train de se mettre à genoux pour les regarder droit dans les yeux ; à les prendre par la main ; à leur courir après en jouant à chat, sa robe à fleurs voletant autour d'elle. Elle a eu six filleuls. Mais, chaque fois qu'elle allait chez Tiffany acheter une gourmette en argent pour un nouveau baptême, quelque chose en elle se raidissait. Elle a perdu sa déférence et sa douceur.

Ma proximité avec Ben n'aidait probablement pas. Il aurait été difficile pour n'importe quelle femme d'entamer une relation avec moi en espérant avoir mon attention pleine et entière. Comme je le lui ai souvent dit, cependant, nous avons toujours fonctionné comme cela. Meilleurs amis du monde depuis l'école. Nous sommes si proches qu'à un moment sa mère nous surnommait « Starsky et Hutch ». Plus tard, la femme de Ben, Serena, a trouvé autre chose.

« Toujours dans les parages, pas vrai, Martin ? m'a-t-elle dit. La petite ombre de Ben. »

La formule est restée. La petite ombre. Même Ben m'appelle comme ça. Dans son téléphone, je suis enregistré à « PO ».

La vraie raison pour laquelle nous ne dormions pas à la maison après la fête, c'est que Ben ne l'avait pas proposé. Lucy avait raison : il y avait plus qu'assez de chambres pour accueillir une armée d'invités, même le soir de son quarantième anniversaire. Et, en effet, j'étais froissé par cet oubli. Je m'y étais pris trop tard pour réserver une chambre correcte. Leur nouvelle maison se trouvait à Tipworth, un village bucolique des Cotswolds saturé de boutiques kitsch qui vendaient des gants de cuisine fantaisie et des paquets de caramels, mais où les bons hôtels faisaient cruellement défaut. Les plus beaux établissements affichaient complet, pris d'assaut par les autres invités qui laissaient leur assistant personnel s'en occuper pour eux. Le quarantième anniversaire de Ben promettait d'être grandiose. Tout Notting Hill y était attendu.

Au bout du compte, le seul endroit où j'avais trouvé de la place était le Premier Inn près du rond-point de l'autoroute. La chambre coûtait 55,99 livres, ce qui semblait absurde.

« Vous êtes sûr ? avais-je demandé au réceptionniste qui venait de me donner les tarifs.

— Oui. Petit déjeuner non inclus. Mais il y a un Little Chef de l'autre côté de la route. »

Le luxe.

Et maintenant, nous y étions. Lucy, énervée, dans la salle de bains. L'eau dans la bouilloire. Moi, debout sans pantalon sur la moquette rêche. Je sortis ma chemise et mon nœud papillon en me gardant bien d'expliquer pourquoi Ben ne nous avait pas proposé de dormir chez lui. J'aurais été obligé de regarder la vérité en face.

Bien qu'il y eût moins de dix minutes de marche jusqu'à la fête, Lucy insista pour prendre un taxi.

« Mes chaussures ! s'exclama-t-elle en me montrant sa paire d'escarpins à lanières rouge vif.

— Très belles, mentis-je. Elles sont neuves ? »

Elle rougit de plaisir.

« Oui. Je les ai trouvées sur eBay. »

Elle tourna sa cheville droite pour me faire mieux voir à quel point elles étaient horribles. Comme toute femme conformiste, Lucy aime croire qu'elle est anticonformiste parce qu'elle achète des chaussures tape-à-l'œil. Pour tout le reste, elle respectait les codes : la longue robe évasée vert bouteille avec deux fines bretelles, le châle indien rouge pâle sur les épaules. Elle tenait d'une main une pochette minuscule. Je savais, sans avoir besoin de l'ouvrir, qu'elle contenait un mouchoir en papier non usagé, un rouge à lèvres usé jusqu'à la moelle, un miroir de poche et le passe en plastique de notre chambre d'hôtel. Elle insistait toujours pour emporter la carte des chambres d'hôtel.

« Tu as laissé la carte à la réception ? » demandai-je en guise de test.

Elle fit signe que non.

« Tu sais que je n'aime pas ça. Et s'ils entraient pour nous voler quelque chose ?

— Tu es au courant qu'ils ont un passe ?

— Peut-être, admit-elle en montant comme elle pouvait dans le taxi. N'empêche. »

Le chauffeur tourna la tête dans notre direction.

« Le prieuré de Tipworth ?

— Oui, répondis-je. Comment savez-vous ? »

Il rit doucement.

« Facile à deviner, vu votre tenue. D'habitude, il n'y a pas autant d'appels de gens endimanchés par ici. »

Les fêtes de Ben et Serena Fitzmaurice étaient mémorables. Ils y mettaient un point d'honneur. Celle-ci célébrerait évidemment les quarante ans de Ben, mais elle faisait aussi office de pendaison de crémaillère. Ils avaient acheté quelques mois plus tôt ce prieuré du XVIIe siècle pour en faire leur maison de campagne.

En semaine, ils vivaient dans une demeure de stuc blanc dans le coin le plus cher de Notting Hill. Le week-end, d'après ce qu'ils m'avaient raconté, il leur fallait « plus d'espace » pour les enfants.

« On a besoin de s'échapper », avaient-ils dit en se penchant sur des brochures en papier glacé d'agences immobilières bardées de trois noms – sans esperluette.

À quoi ils voulaient échapper, je n'en avais pas la moindre idée. Mais je n'allais pas essayer de comprendre les désirs des super-riches. J'acquiesçais en marmonnant avec sympathie chaque fois qu'ils en parlaient, et ils n'avaient pas mis longtemps à tomber sur le prieuré de Tipworth, dans une partie pittoresque de l'Oxfordshire qui regorgeait de prés, de moutons et autres totems ruraux, mais disposait aussi de chapelles réaménagées en cafés à l'éclairage tamisé servant *latte* au soja et salades de maquereau bio. Une antenne d'un club privé de Soho venait d'ouvrir à proximité, ce qui avait un effet miraculeux sur l'économie locale à défaut de plaire aux habitants du coin, lesquels commençaient à se plaindre auprès des journalistes du *Tipworth Echo* que la hausse de l'immobilier allait les chasser de leur région.

À vrai dire, Ben et Serena avaient eu leur propre conflit avec la presse locale au moment où ils avaient signé le contrat d'achat, une sale histoire liée à l'expulsion d'une poignée de moines qui habitaient toujours le prieuré. Les

Fitzmaurice estimaient que l'affaire avait pris des proportions exagérées, leur version la transformait en une anecdote cocasse destinée à souligner l'amusante étroitesse d'esprit des paysans ignares.

(J'ai lu plus tard dans l'*Echo* que les moines avaient été relogés dans la banlieue d'Oxford. Ils vivent maintenant dans un immeuble spécialement construit à leur intention, pris en sandwich entre un parking à niveaux et un de ces magasins discounts qui vendent des paquets d'excellentes chips goût oignon à prix imbattable et des quantités insensées de pinces à linge en plastique excédant largement les besoins d'un être normalement constitué.)

Une fois débarrassés des moines, Serena et Ben avaient pu commencer à rénover l'intérieur. Ils avaient fait des tas de travaux, dont des cheminées faux rococo construites à partir de blocs monumentaux de marbre dont les veines grises rappelaient un œil injecté de sang. Le lustre du grand salon avait été importé d'Italie – une cascade scintillante de verre, une splendeur qui, à y regarder de plus près, était entièrement constituée de verres à pied suspendus à l'envers. D'après Serena et Ben, c'était une touche d'humour ; le signe que, malgré leur goût très sûr, ils n'étaient pas du genre à se prendre trop au sérieux. Mais je savais que ce lustre avait coûté 250 000 livres. Et même plus, si on y ajoutait les coûts d'emballage et de transport. Je ne pouvais m'empêcher d'admirer ce faste ostentatoire. L'excès pur, injustifié.

Je n'avais pas revu le prieuré depuis la fin du chantier, il y avait plus de trois semaines. J'étais curieux malgré tout de voir à quoi ressemblaient les lieux. Je me demandais si le penchant quelque peu plébéien de Serena pour les lys blancs, les tapis épais et les installations dignes d'un hôtel de luxe avaient fini par dépouiller totalement l'édifice de son caractère.

À notre arrivée au prieuré de Tipworth, lorsque le taxi mit son clignotant et s'engagea dans la longue allée en courbe, je dus reconnaître que l'effet général était impressionnant. La route était bordée de part et d'autre de buissons taillés en boule qui baignaient dans un halo de lumière violette. La façade du prieuré étant classée, à mon grand soulagement, Serena n'avait pas pu y mettre ses sales pattes. La pierre des Cotswolds, intacte, resplendissait sous les feux dorés du coucher de soleil. Les fenêtres avaient toujours leurs vitraux. Sur la pelouse était dressé un grand chapiteau paré de fleurs pourpres et blanches. Des pétales de la même couleur flottaient dans la fontaine, autour de la sculpture représentant un chérubin portant une urne penchée sur son épaule. À l'instant où le taxi s'arrêtait, le ronronnement électrique d'un générateur se déclencha et la maison s'illumina soudain. En sortant de la voiture, je remarquai qu'un « B » et un « S » géants dans la même nuance de pourpre virulent étaient maintenant projetés sur le mur par une source de lumière invisible. Du Serena pur jus.

« Ah oui, fit Lucy. Ils n'aiment pas faire les choses à moitié. »

Le chauffeur ricana.

« Tu peux répéter, mon amour ? »

Je lui jetai un regard en coin. Elle commençait à s'arracher des petits bouts de peau au bord de l'ongle du pouce. La course coûtait 6,60 livres. Je tendis un billet de 10 livres et attendis la monnaie au centime près.

« Tu aurais pu lui laisser un pourboire, me dit Lucy tandis que nous montions les marches et tirions la chaîne reliée à une poulie qui faisait sonner la vieille cloche.

— À ce tarif ? Hors de question. »

J'entendis des bruits de pas sur le carrelage, puis la porte s'ouvrit et Ben apparut, les bras grands ouverts, la chemise sortie du pantalon, le nœud papillon défait en travers du col, les cheveux en bataille, un immense sourire aux lèvres.

« Salut, les amis ! »

Il nous fit entrer en embrassant Lucy sur chaque joue, puis il m'écrasa contre lui et m'assena une claque dans le dos.

« Je suis ravi que vous soyez arrivés tôt », continua-t-il en nous conduisant à travers une entrée parsemée de tapis marocains entre lesquels j'apercevais des pierres tombales au sol. Les talons de Lucy résonnèrent sur un « Disparu trop tôt », et lorsque je baissai les yeux je me rendis compte que j'étais debout sur une « Emily, épouse chérie de… » Étrange, de finir sa vie de cette façon. Enterré dans le cimetière d'un prieuré avant de servir de plancher pour le bon plaisir d'un homme cousu d'or.

« Excusez le bazar, dit Ben. La folie d'avant la fête, vous savez comment c'est. »

Nous passâmes à côté d'un groupe de filles en jupe noire et blouse blanche, les cheveux remontés en queues de cheval plus ou moins austères. L'une d'elles me sourit. Une autre inclina la tête, presque comme une révérence.

« Je suis tellement content de pouvoir vous voir avant que ça démarre, disait Ben. On est tous les deux ravis. On n'a jamais le temps de parler pendant ces soirées. Pas aux gens à qui on a vraiment envie de le faire, en tout cas. »

Il avait l'air de parler sans réfléchir. Il était charmant, comme toujours, mais par-dessous il y avait une pointe de nervosité. Et cela ne lui ressemblait pas, d'être nerveux. Il était sans doute stressé par l'arrivée des invités.

« C'est spectaculaire ici, Ben, dis-je.

— Oui, confirma Lucy. Vraiment, euh… »

Ben s'arrêta et leva la tête comme pour humer l'air.

« C'est vrai, hein ? On a eu un bol monstre. Il va nous falloir des mois pour le retaper complètement, cela dit. Des mois. On a même commencé la chapelle. Je te la montrerai, PO. Je sais que tu aimes l'histoire et l'architecture. »

Il prit Lucy par le bras à la façon d'un conspirateur.

« Il est un peu vieux jeu, non, Luce ? Mais c'est pour ça qu'on l'aime. »

Ben se fichait toujours de moi parce que, où qu'on aille tous les deux, je devais visiter l'église locale et voir la moindre curiosité : une fresque inattendue de saint Pierre tenant les clés du paradis ; un monument érigé à la mémoire d'un fils unique qui s'appelait Arthur ; et une fois le coussin d'un banc d'église sur lequel était brodé : « Toi aussi, tu périras. »

Nous suivîmes Ben à travers un grand couloir tapissé de photos de famille en noir et blanc aux cadres tous identiques, en plexiglas. Il débouchait sur la cuisine où se trouvait Serena, entourée de bouquets encore sous plastique dont les tiges entremêlées étaient couvertes autant de fleurs que de pollen. Autour d'elle s'affairaient un groupe de serveurs et un homme portant un chapeau souple kaki et une veste safari aux poches innombrables.

« Serena, roucoula Ben. PO et Lucy sont là. »

Elle leva les yeux d'un air absent. Il lui fallut un court moment pour revenir parmi nous.

« Bien sûr ! Bien sûr ! Désolée, mes chéris, j'étais ailleurs. Attendez une seconde. »

Elle se tourna vers l'homme en veste safari.

« Tom, c'est parfait, merci. Bien mieux que les autres fleurs.

— Nous allons devoir replanter, grommela l'homme.

— Hu-hum. Je sais, mon chou. On le fera. »

Tom sortit de la cuisine en laissant derrière lui des empreintes boueuses.

Serena se retourna vers nous et lança aussitôt toute une salve d'hypocrisies.

« C'est tellement formidable de vous voir ! Maaartiiin... » Elle avait une manière de dire mon prénom qui étirait les voyelles au point de les faire craquer. « Tu es magnifique. Oh, et Lucy, quelle... euh, quelle... » Elle marqua une pause infime : « Quelle belle robe. Elle vient d'où ? Donna Karan ?

— Non, répondit Lucy. Monsoon.

— Je suis navrée que vous ne puissiez pas dormir ici. Enfin... Vous savez comment c'est. La famille. Les cousins. Les amis qui viennent de l'étranger.

— On comprend, lui assurai-je. Pas de problème. On est ravis d'être ici. Et d'admirer ce, ce... » Je regardai autour de moi d'un air ébahi. « Ce palais. Vraiment, Serena, tu as un goût absolument impeccable. »

Elle ne répondit pas, se contentant d'un sourire éblouissant. Serena n'était pas encore habillée pour la fête, mais cela ne l'empêchait pas d'être déjà plus glamour que nous tous réunis. Elle portait un jean déchiré et une blouse blanche ample qui réussissait l'exploit d'être à la fois informe et sexy. Autour du cou, un collier en argent dont le pendentif en cœur tombait pile entre ses clavicules saillantes. Elle avait encore des bigoudis sur la tête et elle avait forcé sur le mascara – des traînées marron couleur ongle bleui –, mais pas de rouge à lèvres, si bien que son visage semblait distinct du reste de son corps, un peu comme dans les livres pour enfants dont les différents panneaux à tourner permettent de changer le visage, le torse et les jambes.

« J'ai dit à PO que je lui montrerais la chapelle, dit Ben. Les filles, vous allez pouvoir bavarder un peu toutes les deux… »

Je jetai un coup d'œil à Lucy, debout dans un coin près de l'énorme frigo Smeg, le poing serré sur son châle, les lèvres fermées en une moue récalcitrante.

« Bien sûr, mon amour, répondit Serena. Mais d'abord, servons-leur quelque chose à boire ! »

Son rire résonna comme le tintement d'une cuillère contre une soucoupe, puis elle nous versa à tous un verre de Veuve Clicquot qui attendait au frais dans un seau à glace, à côté de l'évier industriel.

Ben prit nos verres et m'entraîna par où nous étions arrivés.

« On attend encore des meubles », dit-il en s'arrêtant devant une cheminée en pierre.

Le manteau arrivait à la hauteur de nos têtes. Au centre de l'âtre étaient disposées des dizaines de cierges, mèches dressées, prêts à l'allumage.

« Des trucs que Serena a rapportés de France. Les plus gros viennent d'une de ses amies à Bali.

— Tu n'aurais pas envie d'un vrai feu ? demandai-je.

— Ah ! Non. Serena voulait un éclairage à la bougie ce soir. Ça ajoute à… *l'ambiance.* »

Il avait pris un accent français snob pour prononcer ce mot.

« Enfin... C'est ce qu'on m'a dit. »

Il m'attira contre lui. Il arborait encore un grand sourire. Toujours déterminé à montrer quel bon moment il passait, et tout en décontraction, ce qu'on s'amuse entre potes. Peut-être avait-il oublié que je le connaissais par cœur. Il faut dire que j'avais depuis longtemps appris à décrypter les expressions de son visage. Ce soir-là, il y avait une lueur compulsive au fond de ses yeux, une sorte de fièvre, son regard survolait les surfaces et les gens sans jamais vraiment croiser le mien.

Il me lâcha, but une gorgée de champagne et me guida par un couloir étroit, plus sombre que les autres, qui menait au corps principal du bâtiment.

« Je pense que tu vas aimer », dit-il.

Il ouvrit une porte aux gonds noirs de suie, qui grinça. Une odeur d'encens flottait dans l'air. Dans la pénombre, je distinguai les contours massifs de l'autel et des fonts baptismaux.

« Désolé, les gars, ne faites pas attention à nous », lança Ben en enjambant un câble. Deux hommes en tee-shirts noirs avec les mots « Sono-Vision Inc. » au-dessus de trois cercles entrecroisés jouaient du tournevis du côté des enceintes.

« Une grosse production, remarquai-je.

— Ha-ha ! »

La chapelle devait avoir presque exactement la même allure qu'au moment où les moines l'avaient laissée. Il y avait des missels posés çà et là, leurs pages frémissant dans les courants d'air. On aurait dit que les anciens habitants avaient été forcés de partir au beau milieu d'un service et d'abandonner toutes leurs affaires dans leur fuite précipitée.

Cela me rappelait la maison de Victor Hugo sur la place des Vosges à Paris : elle est restée intacte après sa mort, le moindre objet toujours à la place qui lui était dédiée. Mais ensuite on découvre le masque mortuaire de Hugo, posé sans façon dans une vitrine de son cabinet de travail, et on se rend compte de ce que tout cela a de macabre, de ce qu'il y a d'étrange dans la propension humaine à tout figer dans l'ambre. Quand ma mère est morte, j'avais hâte d'être débarrassé d'elle. J'ai vite organisé la crémation et, lorsque le directeur des pompes funèbres m'a averti que je pouvais venir récupérer les cendres, je n'ai pas donné signe de vie. Que font-ils des cendres laissées par les proches ? Je ne l'ai jamais su.

« Flippant, j'ai dit.

— Tu n'as pas idée, PO. C'est encore pire que ça. Il y a un fantôme, tu sais. »

Il a continué en m'expliquant que le fantôme, d'après ce qu'on racontait, rôdait dans le cimetière médiéval, juste à côté du labyrinthe ornemental qu'ils avaient planté pour amuser leurs quatre enfants – Cosima, Cressida, Hector et Wilf (qu'on appelait l'Ours dans la famille). Dans le coin, les gens appelaient ce fantôme « le Moine Marron ». On disait qu'il traversait les murs en poussant une plainte grave et lancinante.

« Tu ne crois quand même pas à tout ça, si ? » demandai-je.

Ben secoua la tête.

« Non, mais... Serena. Tu sais comment elle est. »

Oui. Oui, je savais.

La première fois que je l'avais rencontrée, dans un restaurant au sommet d'une des plus récentes tours de Londres, Serena s'était penchée par-dessus la table pour m'agripper le bras. Elle avait agi avec une telle rapidité que je n'avais pas eu le temps de me dégager, et nous étions donc restés un moment dans cette position gênante tandis qu'elle plongeait ses yeux bleu chlore dans les miens avant de me dire : « Ben m'a tellement parlé de toi. Je sais déjà qu'on va être comme frère et sœur. »

J'avais esquissé un sourire évasif. Le sourire évasif est une de mes spécialités.

« Je vois l'enfant en toi », avait-elle ajouté cependant qu'une mèche blonde se collait sur son brillant à lèvres, coupant en deux la moitié inférieure de son visage superbe et lointain. Derrière elle, la ville s'étalait dans la nuit : le squelette d'un échafaudage érigé depuis peu était illuminé par la lune brumeuse et la lumière rouge scintillante de Canary Wharf qui clignotait comme les LED d'une montre digitale illisible.

« C'est tellement important, dit-elle encore tandis qu'on nous apportait les entrées. De garder l'émerveillement des enfants devant le monde. »

Elle avait retiré sa main, ravie de son effet. Son front lisse était parcouru par une ride unique qui semblait avoir été placée là exprès pour exprimer l'intérêt et l'empathie.

Serena était la dernière d'une longue succession de petites amies. Mais, même moi, je devais reconnaître qu'elle était différente. Jusqu'alors, Ben avait un type. Il était beau, venait d'une famille fortunée. Sa vie avait été presque trop facile – collège et lycée d'élite, Cambridge, management d'un fonds d'investissement –, et en conséquence il cherchait les complications dans ses histoires de cœur. Il aimait les filles névrosées qui portaient des jeans déchirés, fumaient des cigarettes à la chaîne et se coupaient elles-mêmes les cheveux. Ses relations ne duraient jamais plus de quelques mois, et c'était toujours lui qui y mettait un terme.

Souvent, je réparais les dégâts. Elles venaient me voir, ces filles, tout en larmes et en coulures de mascara, et je leur répétais toujours la même chose : que Ben n'était pas prêt à se fixer et qui savait s'il le serait un jour, que ce n'était pas elles, mais lui, qu'il les adorait à sa façon mais qu'il ne pouvait pas s'en empêcher parce qu'il n'était pas prêt. Elles opinaient en se mordant la lèvre et puis, après une tasse thé et quelques miettes de biscuit (elles ne les terminaient jamais), elles quittaient mon appartement et je ne les revoyais plus jamais.

Je les aimais bien, sans doute parce que je ne me sentais jamais menacé par elles. Elles ne cherchaient pas à attaquer mon amitié avec Ben. Elles respectaient notre lien indéfectible. Nous nous connaissions mieux que n'importe qui au monde, c'est ce qu'il faut comprendre. Aucune femme ne pouvait rivaliser avec cela. Comme je leur disais : ce n'est pas ta faute.

Jusqu'à Serena.

Avec son assurance et sa décontraction, Serena l'a retourné. Ils se sont rencontrés pendant des vacances au ski. Évidemment. C'est là que se rencontrent les gens comme eux. Soit Verbier, soit Saint-Tropez.

Elle était blonde, grande et sensationnelle. Des muscles fins. Un parfum enivrant. Une chevelure qui ondoyait d'un côté à l'autre comme pour faire sa propre publicité. Elle travaillait dans une galerie d'art, un emploi auquel elle renonça dès leurs fiançailles. J'avais toujours été persuadé que c'était le genre de petite amie que Ben trouverait pénible. On riait de toutes ces filles à papa avec leurs carrières paresseuses, leur argent de famille, leurs week-ends champêtres en bottes Wellington et doudoune fourrée.

J'ai sous-estimé Serena. Parce que, même si elle avait l'air ennuyeuse à mourir (superbe, certes, mais indéniablement chiante), elle possédait une qualité innée. Elle était profondément naïve. Ce n'était pas de la stupidité, pas exactement, plutôt la vague sensation qu'elle était d'un autre monde, qu'elle n'avait jamais vraiment trouvé sa place sur cette planète. Un qualificatif moins aimable serait : « écervelée ».

Pour une raison qui m'échappait, Ben était subjugué. Je m'étais rendu compte ce soir-là, en cherchant désespérément à croiser son regard, que Serena était la bonne. Ben s'était tourné vers elle et, du bout des doigts, il avait écarté des mèches folles collées à ses lèvres avant de l'embrasser avec une tendresse insoutenable. Alors j'avais compris que les choses allaient changer.

Leur mariage n'était pas parfait. Ils avaient eu les enfants requis, tous précoces et adorables chacun d'une manière légèrement différente du précédent, et, lorsque Ben avait quitté la société où il travaillait depuis la fin de ses études pour monter sa propre boîte, ils avaient passé de moins en moins de temps ensemble. Serena, toujours dans les nuages, n'acceptait pas les nouvelles obligations de Ben. Et Ben, préoccupé en permanence, n'avait plus de temps à consacrer à sa femme et à son équilibre émotionnel. Elle s'était endurcie.

Sa naïveté s'était lestée d'un jugement désabusé sur les choses et les gens – leur valeur, leur coût. Ben l'aimait toujours, je n'en doutais pas. Seulement, il n'était plus amoureux.

Je crois qu'au fond ils s'en foutaient tous les deux. Ils donnaient le change. Serena vieillissait bien, grâce à de judicieuses injections d'antirides administrées par un chirurgien discret et à cette tactique imparable pour préserver sa santé qui consiste à ne quasiment rien faire. Elle était devenue l'une de ces femmes glamours, nanties, qui, n'ayant pas de quoi occuper tout leur temps, s'efforcent de le remplir par des dîners caritatifs et une nébuleuse quête de sens. Elle partait en retraite ayurvédique et en week-ends de méditation, laissant les enfants aux bons soins des deux nounous à plein temps et de l'intendante qui portait un uniforme noir conçu spécialement pour ne pas ressembler à un uniforme. Elle parlait beaucoup de « connexion » et d'« aura ». Ben était gentil avec elle. En public, ils formaient un joli couple.

Mais elle avait toujours des « idées ». Et l'une d'elles, comme Ben me l'apprit dans la chapelle, était de s'occuper du fantôme de Tipworth. Il m'expliqua qu'elle avait organisé la venue d'un exorciste local censé accomplir une pantomime qui « libérerait l'énergie négative ».

« Comment on trouve un exorciste dans ce coin ? demandai-je. Ils font de la pub dans les Pages jaunes ? »

Ben éclata de rire.

« Qu'est-ce que j'en sais… Et d'abord, ça existe encore, les Pages jaunes ?

— Fais confiance à Serena… »

Je laissai cette réflexion se perdre, sans réponse.

Nous restâmes côte à côte en silence quelques instants tandis que la lumière déclinait. Les vitraux colorés projetaient des losanges roses, verts et bleus sur les dalles usées du sol.

« Tu ne bois pas », fit remarquer Ben d'un ton accusateur.

Je louchai sur ma flûte de champagne. C'était vrai. Je n'avais pas bu la moindre gorgée. J'avais les doigts humides à cause de la condensation sur le verre.

« Désolé, dis-je en levant ma coupe avec un sourire. À la tienne, Ben. À ta nouvelle maison. Et joyeux anniversaire.

— Merci, PO. »

Il trinqua avec moi. Mais j'eus à nouveau le sentiment, en observant le vide étudié de son expression, que quelque chose n'allait pas.

« Mon plus vieil ami », dit-il en une nouvelle tentative pour ranimer une étincelle ancienne. Mais il se dandinait, l'air mal à l'aise, et n'arrivait toujours pas à me regarder dans les yeux. « Écoute, PO. Il faut qu'on parle. » La voix sèche et nasillarde. « À propos... » Il fit un grand geste de sa main libre, comme s'il dessinait des clefs de *sol* dans un sable imaginaire.

J'attendis. Une seconde. Deux secondes. Le cœur battant, qui pompe le sang. Les muscles contractés.

« Il y a une opportunité dont je voudrais discuter avec toi. »

Soulagement. Une sensation presque physique.

« Ah, fis-je en essayant de ne pas penser à tout ce qu'il aurait pu dire d'autre. Tu m'intéresses. Dis-m'en plus. »

Je faisais un effort pour ne pas trahir mon plaisir. Ben ne m'avait jamais proposé aucune association professionnelle auparavant. Je m'en étais toujours senti vaguement offensé. D'accord, au départ, je n'avais pas le capital nécessaire. Mais depuis la publication de *L'Art : et si on s'en foutait ?* mes comptes bancaires étaient au vert. Traduit dans vingt langues. Dans la liste des best-sellers du *Sunday Times* pendant douze bonnes semaines. Les droits d'auteur continuaient à tomber.

Maintenant qu'il me proposait quelque chose, j'étais ravi. Cela signifiait qu'il me faisait confiance. Que je valais au moins autant que ses richissimes amis bobos.

« C'est un petit investissement auquel je réfléchis. Un nouvel hôtel-casino au Monténégro.

— Ah... Le Monténégro : le nouveau Monte-Carlo.

— Ha ha ! Très drôle, PO. Ouais. On devrait en faire un slogan, tiens. »

Je bus une gorgée de champagne. Les bulles me picotèrent la langue.

« Bien sûr. Quand veux-tu qu'on en parle ? Pas maintenant, j'imagine ? »

Il fit non de la tête, comme un spasme, et ses cheveux se balancèrent.

« Non, mon vieux, non. On trouvera un moment tranquille après la fête. Avec nos femmes. »

Je haussai un sourcil.

« Oui… Elles sont concernées, elles aussi.

— Intriguant…

— On en reparle une fois que les invités seront partis.

— Pour le coup, il aurait été plus logique qu'on reste dormir. Enfin, on va dire que le Premier Inn a ses charmes… »

Je me rendis compte en parlant que j'avais l'air sur la défensive.

« Je savais que ça t'énerverait, grogna Ben. Tu sais comment c'est. »

Je remontai l'allée centrale de la chapelle en laissant courir ma main sur le plan incliné où l'on posait les missels. Une fois près de l'autel, je remarquai que j'avais de la poussière sur un ongle. *Tu sais comment c'est.* Une de ses phrases.

« Non, Ben », dis-je en me retournant vers lui. Ma voix se répercuta sous le plafond en voûte. « Non, je ne sais pas. Tu as l'air d'oublier que je n'ai pas de famille. »

Dans le clair-obscur, je ne voyais plus l'expression de son visage. Son verre, vide maintenant, pendait mollement dans sa main.

« C'est toi, ma famille », ajoutai-je, si bas qu'il n'entendit pas.

Cahier de Lucy Gilmour

QU'EST-CE QUE J'AIMAIS CHEZ LUI ?

La première fois que je l'ai vu, il était différent des autres. Dans sa manière de s'habiller, pour commencer. Martin était toujours impeccablement vêtu. Ses costumes étaient parfaitement taillés alors que tous les autres venaient à la rédaction en jean et mocassins. Même quand il essayait d'avoir l'air détendu, il n'y arrivait pas vraiment. Le velours côtelé et le cachemire constituaient le sommet de la décontraction pour lui.

Je me souviens de l'avoir croisé à la cantine de la rédaction, assis tout seul, un exemplaire du *Financial Times* replié en un rectangle précis à la taille idéale pour pouvoir être lu d'une main. J'avais remarqué ses doigts : élégants, fins, les ongles propres et nettement coupés. Il mangeait une salade dans un emballage plastique transparent. Je l'avais regardé prendre sur sa fourchette des feuilles de roquette, les porter jusqu'à sa bouche et les mâcher par petites bouchées délicates.

Il levait les yeux de temps à autre, comme s'il désirait être remarqué, pourtant toute son attitude montrait qu'il se fichait de ce que pensaient les autres. J'admirais cela chez lui. J'avais vingt-deux ans, j'étais fraîche émoulue de l'université et je m'interrogeais sur tout. Je n'avais aucune foi en mes instincts. J'avais constamment besoin d'approbation, juste pour être sûre que j'existais. J'aimais m'oublier dans la compagnie des autres, j'espérais qu'en me noyant au sein d'un groupe suffisamment grand, personne n'attendrait que je prenne la parole. L'idée de m'asseoir seule au milieu de la cantine sans me soucier d'être observée me paraissait totalement inconcevable. J'aurais préféré traverser Kensington High Street toute nue.

Plus tard, quand je l'ai mieux connu, je me suis rendu compte que Martin était la personne la plus originale que j'avais jamais rencontrée. J'avais beau lui poser question sur question, à la fin de nos conversations je n'avais rien appris de nouveau sur lui. Il n'avait pas de passé. Il ne parlait pas de sa famille. Contrairement à la plupart des hommes, il n'avait pas l'air de particulièrement vouloir parler de lui. Le seul qu'il évoquait régulièrement était son meilleur ami Ben, et c'était exactement en ces termes qu'il l'évoquait : « mon meilleur ami Ben », comme si c'était son titre officiel.

Je trouvais ses mystères attirants. Je sortais tout juste d'une relation de deux ans avec un garçon rencontré à la fac, une histoire d'une intensité suffocante. Mon ex voulait tout partager. Il voulait qu'on se tienne par la main dans la rue. Il voulait m'embrasser en public. Il me racontait comment il nous imaginait vieillir ensemble. Une fois, il a pleuré au cinéma pendant un film sur une vieillarde atteinte de démence dont le mari n'arrivait pas à s'occuper. J'étais gênée pour lui.

« C'est juste, m'avait-il dit après coup, le mouchoir humide, que ça m'a fait penser à nous et à ce qui se passerait si… »

Il n'a jamais terminé sa phrase, mais je savais ce qu'il avait en tête, et même si je lui donnais la main, même si je me répétais que c'était charmant et que j'avais de la chance d'être aimée de cette façon, au fond de moi j'étais mal à l'aise. Une petite voix intérieure me disait : Quel idiot d'avoir autant de sentiments pour toi. Tu n'en vaux pas la peine, il s'en rendra bientôt compte et alors, qu'est-ce qu'il adviendra de toi ?

Martin n'a jamais cherché à me connaître, pas vraiment. Il s'intéressait à mes opinions et je pense qu'il aimait nos échanges sur le plan intellectuel, découvrir les couches de mon cerveau comme on déballe un cadeau de Noël. Mais sinon, tout se passait en surface – du moins, au départ. Et ça me plaisait. C'était agréable de se sentir intelligente sans avoir à s'engager dans autre chose. Martin prenait plaisir à ma compagnie dans le présent, il n'était pas nécessaire de la conjuguer au futur ou au passé.

Sait-on à quel point c'est rare ? Je n'ai jamais rencontré quelqu'un d'autre qui avait cette capacité.

Ce n'était pas mon type, physiquement. J'avais toujours préféré les hommes bien bâtis, avec des bras puissants, de grosses mains et des épaules charpentées qui donnaient l'impression de pouvoir soulever une voiture, mais après tout, à quoi cela m'avait-il menée ? Il était temps d'essayer un autre genre. Martin était maigre, il avait presque la poitrine creuse. Il était grand aussi, et beau. Ses cheveux châtains étaient plaqués sur le côté à l'ancienne mode. Il portait des lunettes et avait de longs traits délicats. Quand il souriait, il réussissait à avoir l'air à la fois espiègle et distrait. Ses lèvres fines et ses pommettes ressemblaient à celles d'un mannequin adolescent.

Plus tard, j'allais découvrir que Martin avait le don de modifier son apparence pour s'intégrer à tous les milieux auxquels il était confronté. Ce n'était pas une qualité précise que j'aurais su identifier. Simplement, on aurait dit qu'il changeait de couleur pour se fondre dans l'environnement. Comme un caméléon.

Au début, ce n'était qu'une amitié entre collègues de travail. On allait déjeuner tous les deux. Une fois, au Maggie Jones, nous avons commandé deux artichauts et le blanc de la maison, qu'on nous a servi dans une grande bouteille. La serveuse a tracé un trait au crayon pour marquer ce que nous avions bu. Martin remplissait légèrement plus mon verre que le sien.

« Tu devrais faire quelque chose avec tes cheveux », me dit-il en mordant dans un croûton de pain.

C'était la première fois qu'il faisait allusion à mon apparence physique. Je rougis sous son regard scrutateur, immédiatement inhibée.

« Bon ! m'exclamai-je avec une légèreté feinte. C'est direct !

— Ton chouchou violet, là... » Martin le désigna d'un geste vague de la main, comme s'il chassait une mauvaise odeur. « Pourquoi remontes-tu tes cheveux comme ça ? Laisse-les tomber sur tes épaules, qu'ils encadrent ton visage. »

J'étais flatté qu'il y ait tant réfléchi. Et, par extension, qu'il ait étudié mon visage. C'était sa façon de faire un compliment et je l'acceptai avec reconnaissance, en retirant le chouchou et en secouant mes cheveux avant de les coincer derrière mes oreilles.

Il se pencha sur la table et tendit la main pour les libérer. Une miette de pain passa de son doigt à ma joue.

« Voilà, dit-il. Beaucoup mieux. »

Je n'aimais pas lâcher mes cheveux parce qu'ils n'étaient ni raides ni ondulés. Ils frisottaient de manière totalement anarchique. Mais, sous son regard chaleureux et bienveillant, je commençai à me voir différemment. Sur son bureau, il avait une carte postale d'un tableau de lord Leighton appuyée contre une pile de livres. Peut-être me voyait-il comme l'une de ces héroïnes préraphaélites qui avaient elles aussi (maintenant que j'y pensais) les cheveux frisés.

« Merci, dis-je.

— Tout le plaisir est pour moi. »

Lorsque je rentrai ce soir-là, je me dévisageai dans le miroir. Mes sourcils étaient trop épais. Mes joues trop pleines. J'essayai de les aspirer en plissant les yeux pour avoir l'air plus mince. Je jouai avec mes cheveux. Ils tombaient sur mes épaules, j'aurais aimé qu'ils soient plus longs, plus brillants, plus faciles à coiffer. J'avais une petite cicatrice sur le côté du nez à cause d'un vieil accident de vélo, et je craignais toujours qu'elle ne ressemble à un bouton. Je poussai un soupir, puis je rattachai mes cheveux avec mon chouchou et, alors que je comptais passer la soirée à regarder la télévision, j'appliquai un correcteur sur la cicatrice. Je me sentais mieux de ne plus la voir.

Le lendemain, j'en remis exactement au même endroit. Je laissai mes cheveux détachés et mis du mascara. En temps normal, je ne mettais jamais de maquillage au bureau.

À son arrivée, Martin portait un casque audio. Pas les écouteurs intra-auriculaires lambda, mais un vieux casque comme on en avait avec les Walkman. J'essayai de croiser son regard, mais il ne me vit pas. Au déjeuner, il sortit sans me proposer de l'accompagner. Ce n'est que l'après-midi, quand je lui rendis l'interview d'une actrice avec mes corrections, que je pus discuter avec lui.

« Tu es jolie. »

Je rougis.

« Mes cheveux », répondis-je stupidement.

Il sourit.

« Une amélioration substantielle. »

En fin de journée, je l'accompagnai boire un verre. Il commanda une Guinness, je m'en souviens car cela cadrait mal avec son esthétisme presque affecté. Je le voyais comme un chat indolent : élégant, mais distant. Il portait des lunettes à monture d'écaille qui m'évoquaient les écrivains de jadis. Il les ôta, se frotta l'arête du nez puis les posa entre nous sur la table, près d'un sous-bock.

Lorsqu'il s'éclipsa pour aller aux toilettes, je pris ses lunettes. Je ne sais pas pourquoi, mais je les essayai. Elles tenaient bien sur ma tête et je fus surprise de remarquer que ce n'étaient pas des verres correcteurs.

Avant Martin, mon apparence personnelle n'était pas un sujet de préoccupation pour moi, notamment parce que mes parents n'y avaient jamais attaché beaucoup d'importance. C'étaient des gens adorables et j'ai eu une enfance charmante. Oui, charmante. Je me rappelle qu'un ami américain m'avait fait la réflexion qu'employer le mot « charmant » était typiquement britannique – « Comme si tu parlais d'un pique-nique ».

Le fait est, mon enfance avait vraiment été charmante. Mon frère aîné faisait la fierté de mes parents à titre quasi exclusif. Lui, c'était l'intello, le sportif, le populaire. J'étais heureuse de rester dans l'ombre de ses succès. J'étais l'enfant « presque ». Je ramenais des B de mes examens, presque des A. J'étais presque entrée à Oxford, et j'avais fini à Durham. J'étais presque belle, c'est-à-dire juste jolie, et on m'expliquait que ce genre de choses était futile. Que c'était l'intérieur qui comptait. Je m'efforçais d'être docile, agréable, facile à vivre. Serviable.

« Tu vois ce qu'il faut faire avant qu'on ait besoin de te le dire, m'a dit ma mère un jour en sortant un poulet rôti du four. Tu anticipes. »

C'était mon truc. *Lucy ? Elle fait attention aux autres.* Et c'était vrai. Pendant toute mon adolescence, j'ai anticipé ce que les autres attendaient de moi et je m'y conformais. J'étais timide, discrète, jamais menaçante. C'est pour cela qu'on m'aimait.

Sauf Martin. Il m'a donné plus de fil à retordre.

Je préparais des tournées de thé pour les collègues du *Bugle*. Je connaissais les goûts de chacun : nuage de lait et deux sucres, pas de lait mais une rondelle de citron, Earl Grey plutôt qu'English Breakfast. Martin n'en voulait jamais, peu importait combien de fois je revenais à la charge. Je finis par trouver le courage de lui demander pourquoi.

Il passa sa langue sur ses lèvres. Il avait des lèvres pâles qui donnaient toujours à son visage un côté froid.

« Ce truc qu'ils servent à la cantine ? » Il leva les yeux en l'air. « Franchement, ça ne mérite même pas le nom de thé.

— Je peux faire du café si tu préfères.

— Encore moins », dit-il en retournant à l'écran de son ordinateur.

Ce n'était pas méchant, juste sa manière de faire. Il exprimait ses opinions comme si c'était des faits intangibles : sans agressivité ; simplement, elles étaient indiscutables.

Plus il me renvoyait dans les cordes, plus j'avais envie qu'il me remarque. Ce soir-là, après le travail, je pris un bus jusqu'à Knightsbridge. J'allai chez Harvey Nichols acheter un coffret de thés hors de prix. Je le déposai sur le bureau de Martin le lendemain matin. Il ne m'en parla jamais directement, mais il m'envoya un e-mail dans lequel il écrivait simplement : « Merci pour le thé. » Ensuite, le coffret disparut et il continua à refuser toutes les boissons chaudes.

Comme c'est intriguant, me disais-je. Il est différent.

Mon amie Neesha, au travail, ne me comprenait pas.

« Qu'est-ce que tu lui trouves ? » demandait-elle.

Nous étions devant l'immeuble, à frissonner de froid pendant une pause cigarette. Ils venaient d'interdire de fumer à l'intérieur, dans les bureaux. Neesha était plus accro que moi. En tant que secrétaire du rédacteur en chef, c'est elle qui avait le boulot le plus stressant de tout le bâtiment. En général, je sortais surtout pour lui tenir compagnie.

« À qui ?

— À Martin, idiote. »

Neesha me passa sa cigarette. Son rouge à lèvres avait laissé une trace circulaire sur le filtre. Je tirai une taffe.

« Il est intéressant.

— Pardon ? s'esclaffa Neesha. Il y a quelque chose qui ne tourne pas rond chez lui, Luce.

— Ne sois pas méchante.

— Je ne suis pas méchante. Tu as sans doute remarqué, ma belle. L'autre jour, Ian a dû répéter son prénom huit fois pour qu'il daigne réagir.

— Il est juste dans son monde, répondis-je, surprise d'être autant sur la défensive.

— Il se croit meilleur que nous, maugréa Neesha.

— Ce n'est pas vrai.

— Oh, arrête, Luce. Je connais le genre. Les écoles prestigieuses, Oxford, Cambridge, ils croient que leur cul sent la rose. Ils pensent moins aux gens qu'à... je ne sais pas... leurs saloperies de boutons de manchettes en or. »

Je ris.

« Tu es trop gentille, Luce. Tu cherches toujours à voir le bon côté. »

Ce n'était pas complètement exact. J'étais douée pour avoir l'air gentille, mais, surtout, j'étais douée pour me faire aimer même par les gens que je n'aimais pas. Avec Martin, c'était autre chose. Parce que je n'étais pas sûre de savoir ce qu'il m'inspirait. C'était son inaccessibilité qui m'attirait. Je m'imaginais, parce que cela me flattait, que derrière cette indifférence se cachait en réalité un petit garçon apeuré qui voulait qu'on prenne soin de lui, et que j'étais celle qu'il laisserait l'approcher.

Neesha jeta son mégot sur le trottoir et l'écrasa sous la pointe de son talon.

« Fais juste attention, c'est tout ce que je te dis. Il ne pense pas à toi comme tu penses à lui.

— Je crois que...

— Il ne m'a jamais adressé la parole, tu sais. Alors qu'il vient toutes les semaines dans le bureau du rédacteur en chef, il ne m'a pas dit bonjour une seule fois. » Neesha commençait à déboutonner son manteau pour rentrer. « On comprend beaucoup de choses sur les gens à leur manière de traiter les secrétaires. »

Je ne l'ai pas écoutée. J'ai continué à voir Martin. Nos déjeuners se sont transformés en dîners. Les pauses thé se sont transformées en virées au pub le soir. Les jours se sont succédé, puis les semaines et les mois, et j'ai fini par m'apercevoir que j'attaquais avec plus d'envie les journées lorsque je savais que j'allais le voir. Les week-ends s'éternisaient parce que sa compagnie me manquait.

Je concède, avec le recul, que c'était souvent moi qui poussais notre relation. Comme Martin était soit trop poli, soit trop timide pour provoquer notre premier baiser, je me suis jetée à l'eau un soir où nous sortions d'un restaurant iranien à Kensington. Je n'aimais pas spécialement la nourriture iranienne – trop parfumée, et le riz croquant me restait coincé entre les dents – mais Martin adorait, alors j'avais accepté.

Notre baiser a été sec, chaste. J'ai essayé de glisser la pointe de ma langue dans sa bouche, mais il a résisté. Je me suis écartée et l'ai dévisagé.

« Qu'est-ce qu'il y a ? Tu ne m'aimes pas ? »

Il a reculé la tête.

« Bien sûr que si, Lucy, je t'aime bien.

— Eh bien alors. »

Je l'ai encore embrassé, et cette fois il a répondu, mais prudemment, comme s'il évaluait chaque réflexe, chaque mouvement. Je l'ai attrapé par la nuque, j'ai passé ma main dans ses cheveux, et petit à petit il s'est détendu. Sa nervosité m'émouvait. Martin, qui était si précis d'ordinaire, si certain de la bonne façon de faire un nœud de cravate, si indubitablement sûr de ce qui constituait le bon goût, semblait manquer de repères pour ce qui était du désir. Je me suis demandé combien de personnes il avait embrassées avant moi. L'idée qu'il était peut-être vierge m'a traversé l'esprit.

Et au lieu de me rebuter, cette candeur me plaisait. Dans ce domaine, au moins, j'étais supérieure. Il pouvait m'apprendre un tas de choses sur l'art, la beauté, la meilleure façon de me coiffer, mais c'était moi qui menais la danse sur le plan sexuel, j'allais lui montrer comment faire.

Sous la lumière des réverbères, je me suis penchée et j'ai glissé ma main sous la ceinture de son pantalon. Il était mou. Je l'ai caressé doucement du bout des doigts, puis j'ai passé ma paume en rythme vers le haut, vers le bas, jusqu'à ce que je le sente durcir.

« Non. » Je l'ai ignoré. « Non, Lucy, non. »

Il a fait un pas en arrière, a retiré ma main.

« Désolée… »

Il retenait son souffle. Je me demandais à quoi il pensait. Il avait l'air de lutter avec des pensées indicibles, jusqu'au moment où j'ai vu son visage se détendre et sourire.

« C'est juste… » Il s'est penché vers moi et m'a embrassée sur le front. « Trop rapide. »

J'ai hoché la tête, soulagée.

« Oui, oui, bien sûr. »

J'ai battu en retraite. Il est rentré chez lui et moi chez moi. Les semaines suivantes, j'ai fait attention à ne pas le bousculer. On continuait à dîner, mais je n'essayais pas de l'embrasser. On se tenait par la main, la sienne était fraîche et douce. Une fois, il est venu dans mon appartement et nous avons dormi côte à côte sans nous toucher.

Je me persuadais qu'il me faisait la cour à l'ancienne. Et lorsque, au bout de six mois, nous avons enfin couché ensemble, il a fallu manœuvrer avec subtilité. Il a mis du temps à bander. J'ai dû me placer dans une certaine position. Là encore, je me suis dit que c'était agréable d'être avec quelqu'un de si inexpérimenté, qui avait tant besoin de mon aide.

J'en avais assez des hommes qui me prenaient comme si c'était leur dû, qui me réveillaient avec leur érection et grognaient jusqu'à l'orgasme et la satisfaction. Lui me traitait comme un vase de porcelaine fragile. J'étais sûre, une fois qu'il serait habitué à moi – à nous –, que nos rapports sexuels deviendraient plus faciles, moins mécaniques. Je commençais à l'aimer, non pour ses prouesses physiques mais pour son esprit. J'avais envie de connaître son avis sur tout.

À la fin de l'année, nous étions fiancés. J'étais fière. Je l'avais conquis. Moi. Lucy. La « presque ». Et j'étais heureuse, aussi. Très heureuse. Il voyait quelque chose chez moi que je ne voyais pas moi-même. Quelle chanceuse j'étais. Je l'aimais encore plus pour cela. Et j'adorais penser que j'étais celle qui le protégerait.

Neesha a arrêté de me proposer d'aller fumer dehors avec elle. On se disait encore bonjour et au revoir, on se souriait chaleureusement, mais ce n'était plus pareil. Ça ne m'a pas affectée autant que je l'avais cru. Je me disais : Elle ne connaît pas Martin comme moi. Elle ne peut pas comprendre comment il est en dehors du bureau, dans les moments de tranquillité quand je le surprends sur le canapé, l'air triste et seul, je me demande alors ce qu'il a dans la tête, je caresse sa nuque, et peu à peu il revient vers moi, nous nous embrassons et je sais qu'il n'y a personne d'autre qui peut lui faire cela. Rien que moi.

Martin

Epsom, 1985

MA MÈRE S'APPELAIT SYLVIA. Il n'y a plus trop de Sylvia de nos jours. Un prénom lumineux, léger, pour une femme aussi corpulente. Récemment, un des enfants de Ben m'a montré une peluche en me racontant fièrement qu'elle faisait partie de sa collection de la marque « Sylvanian Families ». Je ne savais pas trop si l'animal dans ma main était un lapin ou une souris, voire une mutation hybride des deux, et alors qu'il avait l'air doux au toucher, quand je l'ai serré entre mes doigts, je me suis rendu compte que sous son épaisse fourrure, il était en plastique très dur. Cela cadrait davantage avec l'idée que je me faisais de ma mère.

Ma mère était une femme perpétuellement déçue. Son mari – mon père – avait démontré son manque de fiabilité ultime en ayant l'audace de mourir avant ma naissance. Le pire, c'est que sa mort n'avait rien d'exceptionnel, ce qui la privait du seul plaisir qu'elle aurait pu en tirer – une bonne histoire à raconter.

C'était en décembre, et mon père était parti poster une poignée de cartes de Noël à la boîte aux lettres au bout de la rue. Le froid à Epsom était mordant, la température avait chuté en dessous de zéro la nuit précédente, et en tournant à gauche à la sortie de la maison son pied se posa sur une plaque de glace ; il glissa, tomba sur le dos et se cogna la tête sur le trottoir, choc qui déclencha une hémorragie cérébrale.

Un voisin le trouva mort dans une mare de son propre sang répandu au sol et il alerta ma mère, alors enceinte de huit mois et en pleine confection d'une tourte au poisson pour le dîner. Je ne sais pas quelle réaction elle eut et, n'ayant pas été témoin du mariage de mes parents, je n'ai aucune idée de la réalité de son affection ou de ses sentiments pour son mari. Telle que je la connais aujourd'hui, je ne l'imagine pas amoureuse, mais peut-être l'était-elle, auquel cas c'est la mort de mon père qui fit d'elle la femme amère qu'elle est devenue. Je lui laisse le bénéfice du doute sur ce point.

Elle ne me parlait jamais de mon père, du genre d'homme qu'il était. Il n'y avait pas de photos de lui à la maison. Il existait comme un vide dans ma tête : un trou aux bords calcinés dans une photo de famille inexistante, un trou que je ne pouvais combler avec aucun détail physique concret, même en me donnant du mal.

Ma mère ne m'a raconté l'histoire du décès de mon père qu'une seule fois, quand j'ai été assez vieux pour trouver les mots et poser la question. Je devais avoir huit ou neuf ans. Jusque-là, durant toute mon enfance, l'absence de mon père n'était justifiée que par ces trois syllabes : « Il est mort. » Phrase généralement suivie par un soupir qui laissait entendre qu'il lui avait rendu la vie bien difficile et que je n'avais pas besoin d'en savoir plus.

Il m'avait fallu du temps pour rassembler le courage de lui demander. Je me rappelle que j'avais choisi le moment avec soin. C'était à la fin de la journée, après son retour du travail qu'elle méprisait tant. Elle était assise près du radiateur à gaz à siroter une tasse de lait malté que je lui avais chauffée au micro-ondes.

« Comment il est mort, papa ? »

Elle fronça le nez.

« Je me demande pourquoi tu as mis autant de temps », répondit-elle.

Puis elle me raconta tout l'épisode avec un détachement impitoyable. Je me souviens que je ne la regardais pas dans les yeux tandis qu'elle parlait, je me concentrais plutôt sur les fausses flammes de la cheminée, qui projetaient des ombres bondissantes sur la tapisserie en velours, et sur l'odeur de poire blette du gaz qui flottait dans la pièce.

Un détail de l'histoire de Sylvia m'est resté en tête (elle s'appelait Sylvia pour moi, pas « maman »). J'y pense toujours, une trentaine d'années plus tard. Ma mère me dit qu'après avoir appelé l'ambulance elle était sortie, emmitouflée dans une doudoune, qu'elle s'était penchée sur le corps inerte de mon père et qu'elle avait ramassé les cartes de Noël éparpillées sur le trottoir avant de les mettre dans sa poche pour les poster le lendemain.

« Mais, dis-je, il y avait du sang dessus ?

— Qu'est-ce que ça veut dire, cette question ? » Elle but une gorgée de lait malté. « Je n'allais pas perdre mon temps à réécrire toutes ces cartes, non ? »

Je me demande ce qu'ils ont pensé, les gens qui ont reçu ces cartes tachées de sang.

La mort de mon père eut pour conséquence qu'il n'y eut que nous deux dès le départ. Être le fils unique d'une mère isolée engendre une forme de claustrophobie particulière. Vous apprenez assez vite que rien de ce que vous pourrez faire ne suffira jamais à combler son immense besoin de dévotion filiale. L'amour initial se transforme rapidement en une espèce de haine implacable, et cette haine est encore plus dévorante, encore plus aliénante que l'amour. Elle vous vide de l'intérieur.

Je crois que l'amour obsessionnel de ma mère pour moi coexistait avec le mépris pour sa propre vulnérabilité. Elle dépendait affectivement de moi, et pourtant elle niait ce besoin. Je n'ai jamais répondu à ses exigences parce que je ne les ai jamais comprises. Tout ce que je savais, c'est que j'étais une source de déception presque permanente.

Je lisais la déception dans la moue qu'elle affectait. Dans sa manière de me regarder de travers parfois, quand je faisais la vaisselle, quand je regardais un jeu à la télévision ou quand j'étais assis, nu, dans la baignoire, le dos couvert de chair de poule parce que l'eau n'était jamais assez chaude.

Elle me jaugeait alors comme si elle essayait de m'analyser, de me comprendre, tel un sceptique tentant d'appréhender la foi de son interlocuteur.

Il y avait des bizarreries. C'est toujours le cas dans ce genre de relation. Par exemple, elle insistait pour m'habiller chaque matin alors que j'étais depuis longtemps en âge de le faire tout seul. Elle écartait mon slip afin que je passe les jambes dans les trous et, pour m'aider, elle s'agenouillait sur le tapis de la chambre, de sorte que j'avais honteusement conscience que mon pénis se trouvait à hauteur de ses yeux. Elle me brossait les cheveux avec brusquerie, faisait mes lacets, préparait mon déjeuner : des triangles de pain de mie avec de la pâte à tartiner Marmite et du concombre (ce que je n'aimais pas, bien que je ne le lui aie jamais dit), et ensuite elle m'accompagnait à l'arrêt de bus sur le chemin du travail, en me faisant de grands signes de la main tandis que je m'asseyais à ma place habituelle pour faire le court trajet jusqu'à l'école primaire du quartier.

Je revenais de l'école plus tôt qu'elle, donc je me débrouillais. Il était convenu que je faisais moi-même mon dîner, puis que je cuisinais quelque chose de simple pour elle, du poulet à la Kiev ou des haricots blancs et du pain. Lorsqu'elle franchissait la porte d'entrée, je percevais son humeur rien qu'au bruit de ses pas sur le lino de la cuisine. Si elle avait passé une mauvaise journée au café, elle trouverait à redire à tout.

« Pourquoi tu portes ce vieux pull horrible ? Pourquoi tu m'as fait des haricots alors que tu sais que je déteste ça ? Tu es quoi, un attardé ? Je n'ai quand même pas élevé un simplet, si ? »

Elle ne me frappait jamais, mais elle pinaillait et critiquait au point que je me sentais physiquement agressé. Une seule fois, elle a pincé la chair tendre de mon avant-bras en la tordant entre ses doigts à me faire hurler tellement la douleur était cuisante. J'ai gardé la marque pendant des jours.

On pourrait penser que l'école était un refuge. Parce qu'elle avait touché une généreuse assurance-vie après la mort de mon père, Sylvia décida de m'envoyer dans une école privée et il est vrai que, pendant un certain temps, j'appréciai le chahut de la cour de récré, les cris perçants des autres enfants qui galopaient autour du bac à sable. Mais très vite on me mit à l'écart. Je n'ai jamais compris pourquoi. Peut-être que ma tête ne leur revenait pas. On m'a dit que j'avais l'air geignard ou malheureux, alors que pour moi mes traits sont simplement inexpressifs mais détendus.

Peut-être aussi n'avais-je pas assez de patience vis-à-vis des autres enfants. Je commençais à me distancier d'eux, comme si j'étais plus vieux. Je me suis toujours senti plus vieux. Au bout de quelques semaines à les regarder passer du sable dans un tamis carré en plastique rouge et hurler de colère quand on le leur confisquait pour qu'un autre puisse jouer avec, je me suis aperçu que je ne voyais pas du tout ce qui leur plaisait dans ce carré en plastique rouge.

J'essayai de réfléchir à la question de façon logique. Était-ce la sensation physique du sable qui passait à travers les minuscules orifices ? Était-ce l'idée d'avoir réalisé quelque chose, d'avoir transmué une substance apparemment solide en une rivière liquide de grains ? Et même, à supposer que ce soit l'un de ces motifs triviaux, qu'y avait-il là-dedans de si absorbant ? Pourquoi ce carré en plastique rouge prenait-il de telles proportions dans l'esprit de ces enfants, au point de remplir tout l'espace disponible, tout leur désir angoissé, leur besoin désespéré de jouer et d'expérimenter... comment tout cela pouvait-il être subsumé par un objet unique sans rien d'exceptionnel sous lequel était inscrit « Made in Taiwan » ?

Ce carré en plastique rouge me tourmenta pendant des semaines. J'avais le sentiment qu'il manquait quelque chose chez moi, que je ne possédais pas de talent pour les enfantillages. Je ne l'avais pas, point. Et ça m'agaçait. Croyez-moi, j'avais plus que tout envie d'être un enfant irréfléchi et insouciant. J'avais envie d'être comme eux. Et en même temps, je savais que c'était faux.

Peut-être que tout cela fournit un début d'explication à ce qui s'est passé ensuite. L'incident qui changea le cours de ma vie, même si, naturellement, je n'en avais pas conscience à l'époque. Cet incident était lié à un oiseau.

Un moineau, plus exactement. Un petit moineau sans défense tombé du ciel sur le sol en brique de la cour. Aile cassée. Il gémissait. Battait stupidement des ailes. Son cœur cognait frénétiquement sous les plumes de sa poitrine.

C'est une fille, Jennifer, qui le découvrit par terre. Jennifer était blonde, grande, avec des membres disgracieux et une drôle de façon de courir qui, comme elle me l'avait avoué dans un rare moment d'abandon, était copiée sur celle de Bobbie dans le film *The Railway Children*. Elle faisait partie de ces enfants destinés à jamais à être raillés pour leur inélégance et de fait, lorsque je l'ai retrouvée sur Facebook il y a quelques années, elle avait malheureusement toujours des épaules trop larges et un nombre pitoyable d'amis malgré ses statuts ponctués d'émoticones.

Jennifer tomba sur l'oiseau en jouant à chat. Elle s'arrêta, à deux doigts de l'écraser sous ses chaussures, et des larmes lui montèrent aux yeux. Il s'avérait que j'étais assis sur un banc à côté, un livre à la main, et quand je la vis là, en train de sangloter, je me levai pour voir ce qui se passait.

« Qu'y a-t-il ? » demandai-je.

Jennifer avait la respiration heurtée, un sifflement à moitié asthmatique venu du fond de la gorge.

« C'est… c'est… » Elle me montra l'oiseau prostré. « Je crois qu'il est en train de mourir. »

Je m'agenouillai et examinai le moineau de plus près. Il me regardait de ses yeux plaintifs qui tournaient dans leurs orbites. Je tendis un doigt et le remuai un peu, ce qui me donna l'occasion de toucher ses plumes soyeuses.

« Ne le touche pas, Martin ! cria Jennifer. Il faut le dire à la maîtresse. »

La maîtresse fut dûment informée et l'oiseau récupéré par des mains d'adulte avant d'être déposé dans un nid improvisé fait d'ouate et de cure-pipes. Il fut ensuite installé sur un rebord en hauteur dans le couloir, juste au-dessus d'un radiateur et à côté d'une fenêtre donnant sur la rue. Le rebord longeait l'escalier qui menait aux classes.

Les jours suivants, chaque fois que la cloche sonnait, un troupeau excité d'enfants s'entassait dans l'escalier et regardait dans le nid de fortune pour voir comment se portait le moineau. Les professeurs profitèrent de l'occasion pour nous éduquer sur la « nature ». (Quels moutons, ces profs d'école primaire, tout juste s'ils ont une idée originale à eux tous.)

Et ainsi, quelque temps plus tard, un concours fut organisé pour trouver le nom du « moineau de l'école ». J'ai oublié qui le remporta et quel nom fut choisi - mettons que c'était « Sammy » - mais, à l'occasion du baptême de l'oiseau, je remarquai que tout le monde se sentait plus proche de lui, comme s'il était un genre de mascotte. Puis on nous encouragea à faire des dessins de la créature blessée - des gribouillis au feutre de couleur qui furent ensuite scotchés sur les murs telles des offrandes sacrificielles. Plusieurs fois, nos devoirs à la maison consistèrent à trouver des « faits » à propos de Sammy. Comme tout cela remontait à avant Internet, je dus perdre plus de temps que nécessaire à me plonger dans le *Guide ornithologique* de la bibliothèque locale.

On nous avait dit de ne pas toucher au moineau et de ne pas le déranger avec nos simagrées. Mais, chaque fois que je passais devant Sammy en montant l'escalier, j'avais envie de le prendre dans mes mains en coupe. C'était une petite chose tellement insignifiante - à peine plus grosse qu'une balle de tennis. Plus les autres enfants le fixaient en murmurant, plus ils surveillaient le moindre micromouvement du corps de Sammy en guettant des signes de guérison, plus j'étais en colère. C'était stupide d'attacher autant d'importance à une créature sans cerveau.

Mais c'est en entendant les propos de Jennifer un matin que je craquai véritablement. Depuis la découverte du moineau, elle se comportait comme s'il lui appartenait.

Elle semblait croire que le droit de tutelle qu'elle s'était octroyé lui accordait une plus grande connaissance de ce que l'oiseau sentait ou du temps qu'il lui faudrait pour se remettre, et elle nous bassinait avec son point de vue sur ses « progrès ». Dans mes souvenirs, son père était vétérinaire – ce qu'elle n'omettait jamais de rappeler.

Un matin, elle fut invitée par la maîtresse à venir au tableau nous expliquer comment allait le moineau.

« Je pense que Sammy pourra bientôt recommencer à voler. Son aile est presque réparée. »

Jennifer avait l'air contente d'elle. La maîtresse, une femme qui comme par un fait exprès s'appelait miss Love, souriait et hochait la tête avec bienveillance. Je pense que c'est ce qui me fit disjoncter. Parce que c'était totalement faux. Le moineau ne montrait pas le moindre signe de rétablissement. Il battait toujours son aile pour rien, comme avant. Ses yeux étaient même devenus vitreux. Le plus miséricordieux aurait été de lui briser le cou dans la cour de récré.

« Il va mourir. » J'avais parlé sans lever la main et les mots étaient sortis de ma bouche avec beaucoup plus de force que je n'aurais voulu. Jennifer fit un pas en arrière, surprise. Sa lèvre inférieure se mit à trembler. La maîtresse me jeta un regard noir.

« Martin. Quelle horreur !

— Non, protestai-je. C'est la vérité.

— Ça suffit, Martin. »

Je sentis une boule de colère se loger dans ma gorge, toute chaude. C'était peut-être la première fois qu'une maîtresse me grondait, et j'en étais profondément scandalisé. Je jurai de ne jamais, jamais oublier ce moment, l'indignité et l'injustice stupides, aveugles, avec lesquelles la maîtresse avait pris parti pour l'ignorance contre la vérité juste parce que c'était plus facile. Quel intérêt de transmettre des connaissances quand vous pouvez faire régner le calme en faisant dessiner un pauvre animal ?

(Je n'ai jamais aimé les animaux. Je trouve écœurante notre manière de les fétichiser avec des manteaux à carreaux pour les chiens, des colliers en velours pour les chats, des boîtes spéciales de pâtée avec des morceaux de lapin, notre façon d'inviter dans nos maisons ces créatures sauvages, inconscientes, et d'attendre d'elles qu'elles reflètent toutes les caractéristiques humaines que nous aimerions surtout voir en nous-mêmes.)

Le lendemain de cette humiliation publique, je dis à ma mère que j'avais besoin d'aller à l'école plus tôt pour terminer un projet de classe. Elle me déposa à l'arrêt de bus une heure avant l'horaire habituel. L'école était plongée dans le noir, à part une lumière dans le bureau de la directrice. La porte d'entrée était fermée par un simple loquet. J'entrai en prenant soin de marcher à pas de velours pour que mes tennis ne fassent pas grincer le plancher.

D'un côté du couloir, il y avait le vestiaire avec ses patères vides, sauf une où traînait une blouse oubliée après un cours de dessin. Plus loin, je distinguai vaguement la silhouette de Doris, la femme de ménage, qui poussait un aspirateur industriel dans le couloir en tirant le fil d'un côté et de l'autre à mesure qu'elle avançait. Elle écoutait son Walkman, comme je l'avais déjà vue faire, et fredonnait le morceau inaudible pour moi en balançant en rythme, du mieux qu'elle pouvait, ses hanches arthritiques.

Je posai mon manteau et mon cartable dans le vestiaire, non pas sur ma patère habituelle dans le coin, mais fourrés sous un banc, où je comptais les récupérer plus tard. Puis j'ôtai mes chaussures et les rangeai avec le reste. Après quoi je retournai dans le couloir à pas de loup et montai l'escalier, avec sous mon bras les deux volumes de l'*Encyclopædia Britannica* pris à la bibliothèque locale uniquement à cette fin (on ne pouvait pas emprunter les livres de référence, me semble-t-il, j'avais donc dû les voler temporairement). Je montai les marches lentement, une à une, en serrant la pesante encyclopédie contre ma taille, rassuré par sa masse solide.

Je levai les yeux vers le rebord en prenant le temps de m'habituer à la pénombre matinale, puis je me concentrai sur la forme vague du nid. Les tiges cure-pipes, les brindilles, la laine et les mèches d'ouate dépareillées. Arrivé sur la marche du haut, je posai par terre les deux volumes de l'encyclopédie et grimpai dessus. Je n'étais pas très grand et je savais que je ne pourrais pas atteindre le rebord sans un peu d'aide. Rétrospectivement, je ne suis pas peu fier de ma prévoyance. Être capable d'échafauder un tel plan et de l'exécuter de mon propre chef était la preuve d'une certaine maturité.

Je me hissai sur la pointe des pieds, en chaussettes, me penchai en avant et posai une main à plat contre le mur pour garder l'équilibre, mais je n'atteignais pas encore le nid. Il était atrocement proche. J'effleurais du bout des doigts une brindille qui dépassait, mais je n'avais pas de prise suffisante pour tirer. Je n'osais pas y aller à deux mains, de peur de tomber bruyamment dans l'escalier.

Alors que je m'étirais au maximum, tentant d'attraper un millimètre de bout de bois, je sentais la transpiration couler dans mon dos et imprégner ma chemise, qui collait à ma peau et me donnait encore plus chaud. Une goutte de sueur tomba de mon front sur le carrelage gris, où elle laissa une tache sombre circulaire. Je commençais à ressentir de la frustration, puis de la panique, et enfin de la colère ; il fallait faire vite car les autres élèves n'allaient pas tarder à arriver, d'abord un par un, puis par petits groupes, en un flot marron et bleu, jusqu'au moment, à 8 h 50, où la cloche sonnerait. Je fis un ultime effort en sautant le plus haut possible, les deux pieds décollés de l'encyclopédie, et d'un même mouvement lâchai le mur sur lequel je m'appuyais et attrapai le nid à deux mains.

Je retombai par terre en envoyant valser les livres. Mes jambes ployèrent sous mon poids, une douleur sourde fusa dans ma cheville gauche, mais, lorsque je regardai le trophée que je tenais entre mes mains, tout fut oublié. Il était là : le nid, et dedans, Sammy, tout surpris et agité.

Le reste se déroula très vite. Je repris l'encyclopédie sous le bras, transportai le nid en équilibre dans ma main libre et redescendis l'escalier. Sammy ne pouvait pas voler à cause de son aile cassée. Pas d'échappatoire. Ses yeux palpitaient : la terreur pure concentrée dans deux petits points noirs. Je l'observai, à l'abri dans le creux de ma paume. Alors que mon instinct me disait vaguement de lui parler pour qu'il se sente mieux, car je savais que c'était ce qu'auraient fait les autres enfants, plus normaux, je gardai le silence. Et je me souviens m'être dit : qu'il souffre. Qu'il apprenne la vie. Et en pensant cela, je me sentais moins seul. Parce qu'il y avait autre chose, une autre créature, qui vivait une expérience pire que la mienne.

Je retournai dans le vestiaire, posai le nid sur le banc, déposai les livres par terre à côté de ma patère, remis mes chaussures et, après avoir récupéré Sammy (il s'appelle « Sammy » pour moi, maintenant : il mérite d'avoir un nom à lui), je ressortis en vitesse. J'allai vers la cour, mais au lieu de passer la grille comme d'habitude je pris à droite et longeai la clôture d'enceinte. J'apercevais les balançoires. Le V renversé du toboggan. Au loin, une voiture, moteur ronronnant, dont la portière côté passager s'ouvrit avant qu'un enfant en descende.

L'école avait été construite au milieu de ce qui avait dû autrefois être un beau coin de verdure. Derrière la cour, il y avait un bosquet. Nous n'avions pas le droit de nous y promener, mais comme les plus dégourdis y allaient souvent pour fumer des cigarettes ou s'embrasser, je connaissais son existence. Je m'avançai entre les arbres. L'herbe était mouillée après la pluie tombée dans la nuit ; mes tennis furent bientôt maculées de gadoue marronnasse. Je devrais les nettoyer plus tard, pensai-je, avant que Sylvia rentre du travail.

Au centre du bosquet se trouvait une petite clairière jonchée de mégots de cigarette et de paquets de chips vides. Dans un coin, je découvris des cendres et des bouts de papier journal coincés sous des pierres, vestiges d'un feu de camp. Je posai Sammy et son nid par terre. L'oiseau tremblait de tout son corps et s'efforçait en vain de bouger son aile disloquée. Pauvre débile.

Je ramassai une pierre de taille moyenne dans la broussaille et jouai un moment avec, la soupesant dans ma main. Et soudain, d'un coup sec, je frappai avec le bout pointu au fond du nid. L'oiseau ne fit pas un bruit mais, quand je relevai la main, son œil remuait. Il était toujours conscient. Je frappai à nouveau, de toutes mes forces. Encore. Et encore. Et encore, cette fois en poussant un cri pour ce que je savais être le dernier coup. Je sentis le craquement de ses os fins sous mon poing. Puis un son, comme l'air s'échappant lentement d'un pneu crevé. Lorsque je retirai ma main, j'avais une phalange qui saignait. Le moineau gisait, inerte, écrabouillé, le tremblement de ses yeux définitivement arrêté.

C'était un acte de clémence ; j'étais le seul, parmi tous mes camarades de classe, à avoir vu qu'il vivait un supplice et qu'il fallait mettre un terme à ses souffrances le plus promptement possible. Quel effroi cela avait dû être pour cette créature que d'être posée là, dans ce bâtiment en béton, sur le rebord d'une fenêtre par laquelle elle apercevait le ciel où elle ne volerait plus jamais et d'attendre de ces misérables écoliers quelques petites graines à manger. Quel manque de dignité. Quelle injustice.

Durant mon enfance, je me souviens que je désirais farouchement être un adulte : avoir le privilège de contrôler ma propre existence, il ne s'agissait pas de faire quoi que ce soit, simplement de vivre comme je l'entendais. Je m'insurgeais contre les restrictions arbitraires qui pesaient sur ma vie. Éteins la lumière. Fais tes devoirs. Range ta chambre. Termine tes légumes. Arrête de lire. Arrête de gigoter. Baisse les yeux. Est-ce pour cette raison que j'ai ressenti un tel frisson en tuant le moineau ? Nous ne sommes pas censés admettre ce genre de sentiment, mais je le dis franchement : sa mort a été une expérience d'une intensité viscérale – j'éprouvais le plaisir violent d'avoir enfin *accompli* quelque chose. C'était la satisfaction ultime.

Inutile de s'appesantir trop longuement sur la suite des événements. Chacun peut plus ou moins la deviner. La disparition de Sammy provoqua un émoi plus que prévisible. C'est Doris qui donna l'alerte ; Doris, la femme de ménage, à qui je n'avais jamais vraiment fait attention, qui avait toujours l'air un peu abrutie avec son air absent et ses chiffons jaunes coincés dans l'élastique de son jean. Eh bien, Doris informa la maîtresse, qui transmit alors à la directrice, laquelle rassembla les élèves pour annoncer que l'oiseau n'était plus là, plongeant toute l'école dans un état d'hébétement incrédule. Jennifer, assise jambes croisées par terre dans le rang devant moi, s'effondra en larmes. Alan Munro lui tapota gentiment le bras de ses doigts boudinés et sales. À côté de moi, Susan Rankin poussa un petit cri et tira les manches de son pull sur ses mains. Je restai immobile, tête basse, les yeux rivés sur un point juste à droite de mes chaussettes marron. Il était inutile de faire semblant d'être bouleversé. D'ailleurs, je crois que je ne m'inquiétais pas vraiment qu'on découvre la vérité. D'une certaine façon, je savais déjà que la partie était terminée. Je voulais qu'elle se termine. J'en avais tellement marre d'eux tous.

Alors que l'assemblée se poursuivait et que nous nous relevions pour chanter « Morning Has Broken », je sentis des yeux posés sur moi. Je tournai la tête et croisai le regard ombrageux de miss Love, dont les traits se contractèrent.

Elle attendit la fin de la réunion pour me prendre à part en m'agrippant le bras avec une force surprenante, ses doigts fins exerçant une pression soutenue à travers mon pull.

« Alors, Martin, me dit-elle à voix basse. Tu veux me raconter ce que tu as fait à Sammy ?

— Bien sûr », répondis-je.

La surprise passée, elle me conduisit à la salle des professeurs, qui sentait le café et les barres énergétiques à la figue, et où il y avait de vieux numéros du *Guardian* ainsi qu'un exemplaire corné de *Chevaux & chiens de chasse* entassés sur une étagère. J'avouai sans honte. Je passai rapidement sur les détails de la mise à mort de la créature, en expliquant simplement qu'il fallait abréger ses souffrances. Le visage de miss Love, d'abord rouge, devint livide, puis cireux, tandis qu'une mince ligne de sueur apparaissait au-dessus de sa lèvre supérieure. Je voyais bien qu'elle ne savait pas quoi faire de moi. Elle essaya même, à un moment, de me prendre la main.

La directrice convoqua ma mère pour l'avertir que j'étais renvoyé temporairement, avec effet immédiat.

Ma mère n'était pas aussi furieuse que je l'aurais cru. Elle refusa de me parler pendant le reste de la journée et m'envoya au lit sans manger, mais c'était le minimum syndical. Le lendemain, au lieu de partir au travail, elle resta assise à la table du petit-déjeuner et m'attendit dans un silence glacial. Je descendis en pyjama et robe de chambre, ne sachant pas quoi mettre. Mon pull de l'école était posé sur le dossier de la chaise de mon bureau, aussi fripé et vide qu'une peau de serpent après sa mue. Aurais-je de nouveau l'occasion de le porter ? Plus que tout, j'étais curieux de savoir ce qui allait se passer maintenant.

« Bon, Martin, dit ma mère tandis que je m'asseyais et versais du lait sur les céréales que je n'avais pas envie de manger. Je ne peux pas dire que je suis surprise. »

Elle me regardait par-dessus le bord de sa tasse de café. Il y avait une éraflure sur le haut de la poignée, qui faisait une pointe de flèche blanche sur fond rouge.

« Tu as toujours été méchant. »

Ses lèvres dessinèrent une moue vénéneuse.

« J'ai fait de mon mieux avec toi, je le jure, et ça n'a pas toujours été facile, toute seule, mais j'ai essayé de t'élever comme un garçon normal. J'ai mis un toit au-dessus de ta tête et je t'ai toujours donné tout ce que tu voulais. Mais tu ne l'es pas, hein ? Normal, je veux dire. » Elle s'interrompit un instant avant d'ajouter, plus pour elle-même que pour moi : « Il te manque quelque chose. »

Je faisais un gros effort pour ne pas pleurer. Jusqu'à cet instant, je m'étais cru immunisé contre toute émotion. Mais ma mère avait toujours le don de viser le point le plus vulnérable pour me blesser.

J'acquiesçai.

« Oui. »

Elle vida ses dernières gouttes de café.

« Oui, répéta-t-elle. On en est là. »

Le silence retomba. Mes céréales devenaient molles. J'avalai un peu de jus d'orange. Dehors, il commençait à pleuvoir et les gouttes coulaient sur les carreaux de la fenêtre en faisant la course. Au bout d'un moment, ma mère repoussa sa chaise, contourna la table et fit un geste inédit : elle posa la main sur mon épaule et la serra.

Ils me laissèrent revenir dans leur sinistre petite école. Ma mère parla à la directrice, je suppose qu'elle lui débita des âneries à propos de la mort de mon père, vous comprenez, ç'a été dur pour lui. J'y retournai après quinze jours d'exclusion. Jennifer ne me reparla plus jamais et les autres gardèrent leurs distances. Mais, je le confesse, j'étais plus soulagé que tourmenté par mon bannissement. Le temps passait paisiblement. Les jours se succédaient sans heurt, dans un brouillard épais. Rien d'intéressant ne se produisait.

Et puis, par une matinée de printemps, je me retrouvai à l'examen d'entrée de l'école de Burtonbury. D'après mes souvenirs, je crois que ma mère avait parlé à quelqu'un au café de ma situation et on lui avait dit que je devrais tenter ma chance à Burtonbury. Le client en question avait un cousin à problèmes qui y était allé et à qui cela avait fait le plus grand bien. L'idée n'était pas plus bête qu'une autre. Quoi qu'il en soit, j'aimais les examens, j'étais doué pour ça, et je connaissais les pensionnats à travers les livres d'Enid Blyton. J'étais partant. J'avais tellement envie de dégager d'Epsom. Le seul souvenir excitant que je garde de cet endroit, c'est la fois où j'ai vu Lester Piggott tomber de son cheval pendant le Derby.

Sans suprise, je réussis haut la main l'examen de Burtonbury et on m'accorda une bourse. Pendant des semaines, ma mère cousit des étiquettes à mon nom à l'intérieur de mes chaussettes. Dans le courrier de bienvenue qu'on m'envoya avant le début du premier trimestre, il y avait la liste des fournitures obligatoires pour tous les pensionnaires. On me demandait de venir avec un grand parapluie, une tenue complète de rugby (plus trois maillots de rechange) aux couleurs de l'école, vert et brun, une trousse de cirage à chaussures, une réserve de timbres et – bizarrement – un canotier avec un ruban que je devrais porter lors de certaines célébrations.

Ma mère ne connaissant pas les magasins conseillés ni les fournisseurs approuvés, elle chercha les bonnes affaires dans des boutiques de seconde main. Résultat, mes pulls étaient toujours délavés, mes shorts de sport n'étaient jamais vraiment blancs et j'avais des taches jaunâtres inlavables sous les aisselles de mes maillots de rugby. Le parfum de tristesse de leurs précédents propriétaires était incrusté dans le tissu.

Aujourd'hui encore, j'ai une profonde aversion pour les vêtements d'occasion. Je ne supporte pas la nouvelle mode du « vintage », les robes des années 50 chinées par des femmes en surpoids qui tiennent des coffee-shops scandinaves dans l'est de Londres, ni les chinos à ourlets dont raffolent les hipsters barbus qui travaillent dans le marketing en ligne. J'ai une garde-robe minimale mais j'investis dans des pièces incontournables, sur mesure, qui durent. Même si je n'ai pas vraiment les moyens, je fais faire mes costumes chez Ben's, uniquement pour le plaisir de savoir que personne n'a jamais haussé des épaules dans ma veste.

Malgré l'obsession de ma mère pour les bonnes affaires, elle fut contrainte de capituler concernant le canotier obligatoire. Il n'y en avait tout simplement pas dans les friperies, ce qui dut être terriblement frustrant pour elle. Finalement, elle se résolut à aller chez Ede & Ravenscroft et à dépenser une somme exorbitante pour un chapeau que je porterais trois fois par trimestre avant de le reléguer à jamais dans un carton abandonné au fond d'un placard.

La veille de la rentrée dans ma nouvelle école, je pris le bus avec ma mère, puis le métro jusqu'à la gare de

Paddington, armé de mon canotier et d'une valise pleine à craquer. Mon bagage était si lourd que, pour embarquer dans le train, je dus monter à bord, le prendre par la poignée et le soulever en me penchant en arrière autant que possible sans tomber à la renverse. En me servant de mon poids comme d'un levier, je parvins non sans mal à le hisser à l'intérieur du wagon.

Ma mère n'attendit pas le départ du train pour s'en aller. Elle resta sur le quai le temps que je m'assoie à ma place. Je la regardai par la vitre : une grosse dondon en manteau beige informe boutonné jusqu'au col. Son visage était impassible. Je levai légèrement la main pour lui faire un petit salut, mais je me ravisai. Je ne sais pas pourquoi, j'avais l'impression que cela la mettrait en colère. Elle me fit un signe de la tête, puis elle me tourna le dos, ses petits talons claquant tristement sur le ciment.

Lorsqu'elle disparut, je ressentis une vague de soulagement, comme si on écartait un rideau qui bouchait mon champ de vision. La lumière entrait enfin. Je clignai des paupières et me laissai imprégner par cette nouvelle sensation. J'étais seul, pour la première fois depuis mes treize années passées sur terre. Entièrement, merveilleusement, prosaïquement seul.

Le train quitta la gare. Le wagon se remplit de voix d'écoliers et du bruit des canettes de soda et des paquets de chips qu'on ouvre. Je regardai par la fenêtre, peu désireux de parler à qui que ce soit. Les graffitis, les briques et la ferraille de Londres disparurent et cédèrent la place aux jardins de banlieue avec leurs haies, leurs balançoires et leurs cordes à linge, avant que se dévide la bobine des champs verdoyants et des églises.

Dans le train lancé à pleine vitesse, j'avais conscience de l'importance du moment. Je me voyais, tassé dans mon siège, avec mes sandwichs intacts toujours enveloppés d'alu sur la table devant moi, et je savais que ma vie allait prendre une autre direction, qui se dessinerait sous les auspices d'une nouvelle constellation. À l'âge de treize ans, mon bateau larguait les amarres pour se lancer dans les vagues démontées d'un nouvel océan. J'allais découvrir une nouvelle école, plus adaptée à mon caractère. Mais peut-être avais-je aussi la prémonition qu'un bouleversement plus profond de mon destin m'attendait.

Parce que, même si je ne le savais pas, j'allais rencontrer Ben, et rien ne serait plus jamais pareil.

II

Commissariat de Tipworth, 14 h 40

JE TENDS LA MAIN et prends mon thé qui refroidit sur la table. J'ai la gorge sèche à force de parler. Mes yeux sont secs, eux aussi. J'hésite à demander des gouttes mais un coup d'œil à la moue revêche de Costard Gris me fait comprendre que cette requête ne serait pas accueillie charitablement.

Il n'a toujours pas dit un mot. Alors que Blondasse me regarde de façon franche et amicale en ponctuant de petites approbations occasionnelles mon récit des événements de la soirée, Costard Gris reste assis, impassible, sur sa chaise, les bras croisés sur son estomac. Plat, l'estomac. Pas de bedaine. On devine des muscles fermes sous le coton légèrement tendu de la chemise.

Il faut rester en forme quand on est dans la police. Ils passent sans doute régulièrement des tests où on leur demande de courir des distances fixées à l'avance, tandis que le chronomètre se déclenche à intervalles de plus en plus courts. J'imagine Costard Gris en short et tee-shirt large, portant peut-être le blason aux couleurs délavées d'une université américaine qu'il n'a jamais fréquentée, sprintant à toute vitesse, le visage aussi dénué d'expression qu'à cet instant.

J'en ai connu des comme lui à l'école : des types qui excellaient sur le plan physique et n'avaient jamais besoin de développer d'autres compétences. Des mecs balèzes avec des têtes d'un bloc, sans la moindre personnalité, dotés d'une compréhension du monde entièrement fondée sur la compétition. Le genre de gars qui lançaient en permanence des concours de bras de fer au pub. Ils étaient populaires, ces types. Je me demande si cela tient au besoin inné qu'on a tous d'être protégés. On cherche les spécimens les plus grands, les plus musclés, et on veut rester près d'eux parce qu'ils nous protégeront le jour où cela sera nécessaire. Ce sont eux qui nous lanceront la bouée de sauvetage le jour où le navire heurtera l'iceberg. Et, pour ça, nous sommes prêts à passer l'éponge sur leur manque total de finesse ou d'intelligence dans la vie courante.

« Donc, me dit Blondasse, vous ne dormiez pas dans la maison ? Au prieuré de Tipworth, je veux dire... »

Je n'arrive pas à déterminer si c'est une tactique ou si elle n'a vraiment rien écouté.

« Non. Je vous l'ai déjà dit, je crois. »

Blondasse acquiesce. « Bien sûr, Martin, bien sûr. »

Costard Gris remue sur sa chaise.

« Ça ne vous a pas agacé ? s'enquiert-il.

— Quoi donc ?

— De ne pas coucher au prieuré ? Chez Ben et Serena ?

— Pas du tout. »

Dans mon récit de l'avant-soirée, j'ai omis quelques-uns des détails les plus insignifiants. La police n'a pas besoin de savoir que Lucy se sentait offensée. Blondasse me fixe du regard.

« Ils avaient beaucoup de gens de leur famille à héberger, dis-je pour meubler le silence. C'était une simple question de logistique.

— D'accord. »

J'expire un peu plus fort que je n'en avais l'intention ; je n'avais pas réalisé que je retenais mon souffle. C'est ridicule, vraiment, à quel point ils peuvent nous rendre nerveux. Même quand on n'a rien fait de mal. Comme les officiers des douanes dans les aéroports américains, avec leur air menaçant, agressif, et leur façon de soupçonner des mensonges dans tout ce qu'on dit.

Blondasse me regarde comme si c'était mon tour de parler.

« Pardon, dis-je. Je n'ai pas entendu ?

— Eh bien, Martin, je disais seulement qu'il semble y avoir beaucoup de chambres au prieuré. Il n'aurait pas été difficile pour eux de vous loger, non ? Et comme vous êtes des amis très proches, ça paraît un peu bizarre…

— Je ne sais pas. Vous devriez demander à Ben et Serena. D'ailleurs, il y avait des questions de priorité.

— Ah, oui, les invités de marque.

— Exactement. »

Je lève les yeux vers le plafond, dans l'espoir de tomber sur quelque chose d'intéressant. Dans un coin, il y a une lézarde fine comme un cheveu. Un souvenir d'enfance remonte spontanément : ma mère qui me lave les cheveux dans la baignoire et moi, qui déteste l'opération, je fixe une fissure sur le plafond jauni en priant pour que ça se termine.

« Vous allez bien ? demande Blondasse.

— Parfaitement.

— Vous avez l'air un peu contrarié.

— Pas du tout. Je me demandais juste pour combien de temps on en a encore. »

Elle retourne une feuille et la fait passer de l'autre côté du classeur, révélant ainsi une nouvelle page remplie de lignes écrites à la main.

« Ainsi, votre femme et vous êtes arrivés à la réception avant les autres invités pour boire un verre avec Ben et Serena, récapitule-t-elle. Trouviez-vous que M. Fitzmaurice se comportait normalement ?

— Que voulez-vous dire ?

— Eh bien, est-ce que quelque chose vous a paru inhabituel chez lui ? »

Je hausse les épaules.

« Quelque chose qui le tracassait, peut-être ?

— C'était il y a trois semaines. Je ne comprends pas pourquoi vous remuez tout cela maintenant.

— Vous devez savoir qu'il faut du temps pour rassembler les faits, répond-elle. En tant que journaliste, je veux dire. »

Je ne réponds rien.

Elle essaye une nouvelle approche.

« Comment Lucy a-t-elle trouvé M. Fitzmaurice ?

— Vous devriez lui poser la question.

— Oh, elle a été très coopérative avec nous, m'assure Blondasse. Mais je me demandais ce que *vous* en pensiez. »

Elle attend.

« Je vais vous dire. Pourquoi vous n'essayez pas de deviner ce que je croyais qu'il avait en tête, et je vous dirai si vous vous trompez ? »

Pour la première fois, son expression se durcit.

« Nous n'avons pas de temps pour les devinettes, monsieur Gilmour. Au cas où cela aurait échappé à votre attention, nous avons une personne à l'hôpital dans un état critique. »

M. Gilmour, maintenant. Plus Martin. Elle s'interrompt. Son énervement a percé et je la vois lutter contre elle-même pour le tenir en respect.

« Nous voulons juste établir les faits, reprend-elle plus doucement. Pour pouvoir comprendre exactement ce qui s'est passé. Et ensuite, nous pourrons tous rentrer chez nous. » Elle sourit. « Ce ne serait pas bien ? »

Costard Gris grogne son assentiment sans faire le moindre geste.

Je repose mon thé sur la table. Je n'ai eu droit ni à une cuillère ni à une touillette, et le sucre est tombé au fond comme des sédiments.

« J'ai trouvé qu'il était fidèle à lui-même », dis-je.

C'est un mensonge, évidemment.

2 mai

Cuisine, prieuré de Tipworth, 19 h 30

NOUS RETOURNIONS VERS LA CUISINE EN SILENCE, nos flûtes à champagne étaient vides. Entre nous, la distance semblait aussi infranchissable qu'un mur en béton. Je regrettais mon commentaire sur le fait de ne pas dormir sur place. Idiot de ma part d'en avoir parlé. Idiot, idiot, idiot.

« Au fait, PO, on a besoin de tes conseils », me dit Ben en me montrant un pan de mur vierge au pied d'un petit escalier, à l'arrière de la maison. Ce devait être l'ancien escalier de service, me dis-je en regardant les marches en bois patinées par le temps. Mais les moines avaient-ils des domestiques ? Je n'en étais pas sûr. Cela ne me paraissait pas tellement raccord avec l'idée que je me faisais de la vie monastique.

« Ah. Comment ça ?

— On voudrait une grande œuvre d'art. Pour relever un peu, tu vois ? »

Quelques années plus tôt, Ben avait commencé à dire « tu vois » en mangeant un peu les voyelles, comme si c'était un seul mot : *tuwoua*. C'était à peu près à la même époque que certains politiciens s'étaient mis à modifier leur façon de parler pour se donner une image plus populaire. Le but, je suppose, était de faire passer un côté informel, léger, le sentiment que, en dépit de l'énorme fortune dont il avait hérité et de son fonds spéculatif à la réussite agressive, il était en fait un type sympa, normal. Quelqu'un avec qui on pourrait taper le ballon. Quelqu'un dont on pourrait dire : « Ah, Ben ? Un mec super. Il est comme nous, pas le genre à faire des manières. »

Sa réputation était importante pour lui. À l'école, c'était inné. Plus tard, il avait dû la cultiver, et je le trouvais moins convaincant. À l'adolescence, il était d'une sincérité touchante. Aujourd'hui il voyait la sincérité comme un atout précieux, ce qui n'était plus vraiment la même chose. Et le fait est que les gens qui le connaissaient moins que moi gobaient tout. Ben se faisait facilement des amis. Il n'avait jamais aimé être seul. Et maintenant, dans cette vaste maison, entouré d'ingénieurs du son, de jardiniers et d'un personnel aux ordres, dans l'attente des trois cent cinquante invités venus célébrer son quarantième anniversaire, il aurait dû être dans son élément.

« À quel genre de chose tu penses ? demandai-je, certain que Ben n'en aurait pas la moindre idée.

— Alors là, je m'en fous. Quelque chose... de moderne. Et de grand. » Il rit en se frottant le nez. « C'est quoi, le nom du gars que Serena aime tellement ? Celui qui fait des graffitis ? »

Tellement prévisible, putain.

« Banksy.

— Ouais. Lui.

— Hum. Peut-être un peu dépassé, maintenant.

— Ah ! J'étais sûr que tu saurais !

— Il faudra que j'y réfléchisse », dis-je, déterminé à n'en rien faire.

Il était évident que personne ne verrait cette partie de la maison. Serena n'aurait jamais demandé mes conseils pour un endroit qui comptait vraiment.

« Merci, mon vieux. » Il me serra le bras. « Retournons voir les filles. »

Toujours « les filles », jamais « les femmes ». Ça rendait Lucy folle.

Dans la cuisine, Serena et ma femme étaient perchées inconfortablement sur de grands tabourets autour du comptoir central. La surface dudit comptoir ressemblait à une plaque de marbre de dix centimètres d'épaisseur, mais en approchant je m'aperçus que c'était plutôt une sorte de caoutchouc galvanisé. Je la touchai : la texture d'un tuyau de pompiers. Un presse-citron chromé en forme de lance-roquettes était posé ostensiblement au milieu.

« ... un cauchemar, tu imagines », disait Serena. Elle leva la tête en entendant nos pas et nous adressa un petit sourire qui mourut aussitôt sur ses lèvres.

« De quoi vous parlez, toutes les deux ? »

Ben se pencha et commença à masser les épaules de Serena. Elle étira le cou en minaudant, bougeant la tête d'un côté et de l'autre.

« Je suis teeeellement nouée, dit-elle.

— Je sais, ma puce. Tu te donnes trop de mal.

— L'organisation a été compliquée ? » demanda Lucy.

Je croisai son regard. Nous avions la même lueur amusée dans les yeux. Aucun de nous ne prenait Serena au sérieux quand elle se plaignait d'être trop occupée.

« Ne me lance pas là-dessus, répondit-elle. On ne peut compter sur personne pour faire ce qui est prévu. Et puis il y a la sécurité renforcée avec... » Elle s'arrêta. Ben lui lança un regard d'avertissement.

« Qu'y a-t-il ? demandai-je.

— Oh, c'est juste... bon, on n'est pas vraiment censés en parler.

— Non, chérie. On a juré de garder le secret.

— Oh, allez, bébé, ce n'est que Martin et Lucy. »

Je notai le « que ».

« Quelle sécurité ? insista Lucy.

— Il est possible, et je ne pourrais pas insister davantage sur le fait que c'est une possibilité, que nous recevions un invité prestigieux. »

Il marqua une pause, plein de suffisance. Refusant de l'encourager, je regardai par la fenêtre les pots en terre cuite du jardin, qui regorgeaient d'herbes diverses et de jasmin en fleur.

« Le Premier Ministre ! s'écria Serena, n'y tenant plus.

— Ma puce… »

Sa main s'arrêta sur son épaule, ses doigts pressèrent sa clavicule et ce geste fit blanchir ses ongles. « On ne sait même pas si…

— Non, non, je sais. Mais il a dit qu'il ferait son maximum.

— Waouh, fit Lucy sans enthousiasme.

— Elle n'a pas voté pour lui, expliquai-je.

— C'est vrai ? demanda Ben. Ou est-ce que tu fais toujours semblant d'être de gauche ?

— Je dirais que ça ne te regarde pas, Ben », rétorqua Lucy.

Il éclata de rire.

« Désolé, Luce, désolé. Tu as raison. Plus de discussions politiques. »

Le Premier Ministre était un vieil ami de la famille de Ben. Il s'appelait Edward, mais à peine avait-il été élu qu'il avait commencé à demander qu'on l'appelle Ed, dans le vain espoir que tout le monde oublie son parcours de fils à papa. Sa mère et celle de Ben se connaissaient depuis toujours. Je l'avais rencontré deux fois lors de dîners chez Ben, bien avant qu'il devienne un de ces hommes publics lisses, glacés, retouchés, incapables de serrer la main à quelqu'un sans que cela se transforme en démonstration de spontanéité politique. Je n'avais pas beaucoup pensé à lui ces derniers temps, à dire vrai. Mais Serena avait toujours été impressionnée de le côtoyer, c'était pathétique. Elle aimait la proximité du pouvoir.

« Ce sera sympa de revoir Ed.

— Ah, tu l'as déjà rencontré ?

— Oui, plusieurs fois. Chez toi. À des dîners. »

Il acquiesça d'un air vague.

« Ah oui, bien sûr. J'avais oublié. » Il remplit nos verres de Veuve Clicquot. « Pas mal de choses ont changé entretemps. »

Je ne voyais pas quoi répondre. Je pris le tabouret à côté de Lucy, tabouret dont le repose-pieds était situé trop près du siège pour être commode. Ben resta debout.

« Oui, il y aura plein de gens que tu connais. Mark, Bufty, Fliss, évidemment. Arpad et Seb. Oh, et tu te souviens d'Andrew Jarvis, non, PO ? »

Je me raidis.

« À l'école. Et ensuite à Cambridge.

— Oh, dis-je avec une nonchalance feinte. Jarvis. » Son nom m'évoquait un sourire satisfait et des muscles épais sous une chemise ajustée. « Oui, bien sûr.

— Il est député, maintenant. Dans l'orbite d'Ed. Sous-secrétaire d'État à l'énergie. Sa femme et lui viennent d'acheter une maison plus loin sur la route.

— Il a trouvé quelqu'un pour se marier avec lui ? Un vrai miracle.

— Oh, allez, il n'est pas si insupportable.

— Sa femme est adorable, crut bon d'ajouter Serena.

— C'est vrai, confirma Ben. Adorable. »

Je laissai tomber. Ben a une capacité inépuisable à réinventer le passé. Je pense que c'est une tactique calculée. Il réécrit le récit en fonction des nécessités du moment et il est parfaitement à l'aise avec ça, d'autant que personne ne relève jamais. C'est un don admirable, vraiment, quand on y pense.

Ben leva son verre.

« À nous, lança-t-il, la main toujours posée sur le cou de sa femme.

— À nos chers amis, renchéris-je. Ben et Serena. »

Ben, plus à l'aise désormais dans son rôle habituel de type bon enfant, nous adressa un grand sourire. Les trois boutons du haut de sa chemise étaient défaits, révélant un torse couvert d'une épaisse toison noire. Il était bronzé, comme d'habitude. Soit parce qu'il revenait de vacances, soit parce qu'il venait de faire une partie de golf, ou alors simplement parce qu'il avait de bons gènes. Il sentait le bois de chêne et le cuir – il portait le même après-rasage depuis des années, quand son père lui en avait offert une bouteille à son seizième anniversaire. Il avait une beauté singulière. Sa bouche était peut-être trop grande, le dessin des lèvres un peu mou. Son nez était peut-être trop écrasé. Des rides lui creusaient le front. Mais, tout bien considéré, l'ensemble fonctionnait. Il dégageait une certaine rudesse, un côté cuir tanné qui lui était venu avec les années. Je devais l'admettre : je ne lui avais jamais connu aussi fière allure.

« Oui, dit Serena. Aux amis. »

Lucy inclina son verre à quarante-cinq degrés et but son champagne presque d'une traite. Je posai ma main sur la sienne. Sa peau était chaude. Elle replaça sa flûte sur le comptoir, les doigts tremblants.

Un bruit de cavalcade se fit entendre à l'autre bout de la pièce, puis ce furent des cris d'enfants.

« Maman ! »

Un garçon rondouillard déboula dans la cuisine et se jeta dans les pattes de Serena. C'était Hector qui, du haut de ses trois ans, était le plus rebelle des enfants Fitzmaurice.

« Mon amour », s'extasia Serena. Elle se pencha pour le prendre dans ses bras, ce qui fit ressortir les tendons de ses bras sculptés par le yoga. Hector était taillé comme une barrique, avec une tête carrée et des traits sans charme. Les orbites de ses yeux étaient enfoncées par rapport au front, ce qui lui donnait l'apparence d'un gorille grabataire.

« Salut, Hector », dis-je.

Cet avorton peu engageant était, hélas, mon filleul. Pour être franc, j'avais été offensé qu'ils attendent leur troisième enfant pour me proposer d'être parrain et je n'avais jamais vraiment avalé cet affront. Néanmoins, je remplissais scrupuleusement mes obligations. Je lui avais offert une timbale en argent à son baptême, et tous les ans je faisais mettre de côté un grand cru chez Berry Bros, le caviste de luxe de Londres. Dieu sait s'il les méritera jamais. Il n'a ni la grâce de Cosima ni l'espièglerie de Cressida. (Le plus jeune, l'Ours, est encore un bébé, il est donc difficile de savoir ce qu'il donnera.)

« Mee-eeh ! » s'exclama le garçon.

Confortablement calé sur les genoux de sa mère, il nous lorgnait d'un œil noir, l'air de souhaiter clairement qu'on s'en aille tous. Il commença à tirer sur la blouse de Serena.

« Faiiim, maman ! Faiiiim ! »

Sa voix atrocement aiguë était impossible à ignorer.

« Non, mon chéri, pas maintenant. Plus tard, manger. »

Elle ôta la main potelée de sa poitrine. Serena croyait à l'attachement parental. Elle avait nourri Cosima au sein jusqu'à ses quatre ans, âge où celle-ci avait déjà toutes ses dents.

« Tu peux me resservir, Ben ? »

Lucy tendit son verre vide.

« Désolé, ma belle, je manque à tous mes devoirs. »

Il versa le champagne si vite que les bulles faillirent déborder et il dut attendre que la mousse retombe pour terminer. Une fois le verre rempli, Lucy le prit et en engloutit la moitié. Elle buvait davantage depuis quelques mois et je n'avais pas envie qu'elle soit saoule ce soir. Ce serait gênant et, par-dessus tout, j'avais besoin d'une alliée.

Je me penchai vers elle.

« Tu ne crois pas que…

— Non, Martin. Non, je ne crois pas », dit-elle en s'emportant légèrement.

Hector, effarouché par son ton, se mit aussitôt à pleurer.

« Oh, bébé, non, mon bébé, ne pleure pas, voulut l'amadouer Serena en caressant sa tête. Ils ne voulaient pas crier, tu comprends ? »

Lucy me fusilla du regard. Puis elle se pencha et tapota d'une main la jambe boudinée du petit.

« Eh, Hector. » *Tap-tap-tap*. « Eh, eh, je suis désolée. Je ne voulais pas te faire peur. » *Tap-tap-tap*. « Tu es un grand garçon maintenant, non ? Pas besoin de pleurer. » *Tap-tap-tap*.

Lucy retira sa main ; il y avait une marque rouge sur la cuisse de l'enfant. Serena nous tourna le dos pour nous soustraire à la vue de Hector.

« Tu veux que je l'emmène ? » proposa Ben.

Serena se leva sans répondre et quitta la pièce en emportant le garçon en larmes. Le bruit des semelles en caoutchouc de ses espadrilles sur le carrelage semblait conçu pour exprimer mieux que des mots sa colère.

Ben soupira. Puis il haussa les épaules, l'air de s'excuser.

« Ne t'inquiète pas pour ça, Luce.

— Je ne m'inquiète pas pour ça. »

Ben rit de bon cœur. « Bon. Tant mieux, alors. »

Il s'approcha de l'imposant frigo qui ronronnait dans le coin de la cuisine.

« Des trucs à grignoter », annonça-t-il à personne en particulier en sortant un plat couvert de film plastique et en le posant sur la table. Il enleva le film d'un grand geste. Il y avait un assortiment de blinis ramollis au saumon, quelques morceaux de fromage sec qui ressemblait à du manchego et des mini-sandwichs découpés en triangle. Une tache brune au milieu faisait penser à du chutney déjà entamé. Des restes. C'est tout ce qu'on vaut.

« Vous voulez de l'eau ? »

Je pris un blini. « Oui, s'il te plaît. »

Il revint avec une bouteille d'une couleur bleu ciel familière et des glaçons. Je reconnus immédiatement l'étiquette : l'écriture verte en cursive, le dessin au trait représentant les collines que je voyais tous les jours en allant en cours. C'était l'eau minérale Burtonbury, dont on disait qu'elle était la meilleure de Grande-Bretagne, et la préférée de la reine elle-même.

Ben déboucha la bouteille, qui émit un sifflement gazeux. Le liquide se répandit dans le verre en faisant craquer les glaçons.

Martin

Burtonbury, 1989

BURTONBURY ÉTAIT SITUÉ aux alentours d'un bourg pittoresque des Midlands qui avait prospéré à la fin de l'ère victorienne grâce à l'abondance de sources naturelles. Le bâtiment de l'école abritait autrefois un hôtel où se rendaient des gentlemen affligés de toux persistante ou de troubles dyspepsiques et des femmes pâles en dentelle noire souffrant de vapeurs, qui faisaient le voyage depuis Londres avec leurs malles et leurs domestiques. On venait y « suivre une cure ». C'était un endroit en vogue, où il fallait être vu, le centre de désintoxication de l'époque : les personnalités au bout du rouleau y disparaissaient pendant plusieurs semaines d'affilée afin de boire de l'eau de source et de prendre des bains tièdes en appliquant des compresses de flanelle chaudes sur leurs fronts fiévreux.

Pendant un temps, un beau et jeune médecin d'Adelboden, en Suisse – le formidablement nommé Dr Schnitzel, comme l'escalope viennoise –, y fut médecin-chef. À mon arrivée, il y avait une photo sépia de lui accrochée dans le hall d'entrée de l'école : un monsieur barbu avec des frisottis sur les oreilles et des paupières tombantes, comme un austère romancier russe.

Mais la cure thermale, à l'instar du régime à base de soupe aux choux, ne fut qu'une mode éphémère, et au bout d'un moment le Dr Schnitzel rentra à Adelboden. L'usage se perdit et le majestueux Gothic Empire Hotel de brique rouge se délabra peu à peu. Il fut réquisitionné pendant les deux guerres mondiales. Dans les années 50, un couple de Birmingham l'acheta et le transforma en maison de retraite : on démolit les salles de bains en marbre, les corniches peintes à la main, et les tapis fastueux furent remplacés par un revêtement vert fin et résistant mieux adapté à l'institution.

Et, finalement, le lieu devint en 1960 le pensionnat Burtonbury, dont le but initial était d'accueillir des fils de diplomates en poste à l'étranger. Au fil des ans, il acquit une réputation de rigueur académique agrémentée de quelques succès sportifs. C'était un établissement de bonne tenue, sans toutefois appartenir au gratin des écoles privées. Il se donnait beaucoup de mal pour ressembler à Eton ou Harrow mais, tel le nouveau riche qui étrenne ses premiers millions en achetant une Rolls Royce bleu pétrole sans savoir qu'il devrait opter pour une Bentley noire, il ne dépassait jamais son statut de parvenu. Burtonbury croupissait toujours hors du top vingt dans les classements annuels. Le jugement du *Guide Tatler des écoles* restait sempiternellement mitigé à son égard.

À l'époque de mon arrivée – après que j'eus laborieusement descendu ma valise du train, et jeté mes sandwichs au fromage dans la poubelle du quai –, Burtonbury traversait une sorte de crise de confiance. La peinture des plinthes s'écaillait. Les pelouses synthétiques pelaient sur les bords. Les bureaux dataient d'une autre époque, avec leurs plateaux rabattables et les taches d'encre incrustées du temps où la crise des missiles de Cuba faisait réellement craindre l'anéantissement de la planète. Les profs erraient dans les couloirs avec un air résigné, comme les passagers d'un bateau sur le point de percuter un iceberg, sauf que le naufrage avait lieu avec une lenteur insoutenable, sur des années et des années.

C'est là que je débarquai, moi, l'adolescent mutique et morose, soulagé d'être débarrassé de l'étroitesse d'esprit étouffante de sa banlieue ; un adolescent qui voyait Burtonbury comme une toile universitaire hors de prix sur laquelle il pourrait imprimer sa marque. J'étais animé par l'idée de me réinventer. Dans ma naïveté, je m'imaginais arriver dans une version moderne de l'Académie de Platon, où de jeunes esprits complices débattaient entre eux d'idées philosophiques profondes. À la fin des cours, nous nous retirerions pour écumer des bibliothèques pleines de vieux volumes en cuir poussiéreux de poésie romantique, et le soir nous nous réunirions pour échanger nos réflexions avec passion mais respect, peut-être en pyjama et robe de chambre en flanelle, le tout en mangeant des tartines de beurre trempées dans un chocolat chaud, avant une bonne nuit de sommeil. C'était l'idée que je me faisais d'un internat.

Inutile de dire que je me trompais lourdement.

J'eus un premier aperçu de l'étendue de mon erreur lorsque la surveillante, une bonne femme blafarde et courtaude qui portait des lunettes aux verres crasseux, me montra mon dortoir. Je me souviens que j'étais hypnotisé par ces lunettes – par l'idée que quelqu'un puisse être assez feignant ou négligent pour ne pas les essuyer. Elles me déprimaient. Ma mère était abominable sur bien des points, en revanche c'était une excellente maîtresse de maison et le placard sous l'évier était toujours rempli d'ammoniaque, de détergent, de lingettes et de produits multisurfaces dont les étiquettes montraient des faïences bleues et jaunes étincelantes. Aujourd'hui encore, j'ai une sainte horreur des auréoles que les tasses de thé laissent sur le formica.

Le dortoir était une longue pièce recouverte de moquette avec deux lits de chaque côté, soit quatre en tout. La double fenêtre au fond était encadrée par des rideaux à motifs de ballons de foot et battes de cricket. Les murs étaient peints d'une couleur douce, solaire. On avait fait des efforts pour rendre l'endroit douillet, ce qui paradoxalement ne faisait que souligner son étrangeté institutionnelle.

Lorsque j'y entrai, trois garçons s'y trouvaient déjà et déballaient leurs affaires. Je marmonnai un bonjour, mais personne ne fit attention à moi. Ils discutaient à bâtons rompus de leurs vacances et j'attrapai des bribes de leur conversation tout en me dirigeant vers mon lit, dans le coin le plus proche de la fenêtre.

« Mec, elle en mourait d'envie...

— Non, tu te goures.

— Je te jure.

— Elle me l'a dit...

— Sa sœur était au Feathers, bordel. Je te dis, c'est une salope.

— Ouais, c'est comme la fois à l'Admiral Codrington où t'étais bourré, mec, totalement bourré...

— Tocard. »

Ils avaient l'air de posséder en commun un langage codé, rempli de noms propres qui ne voulaient rien dire pour moi. Et malgré leur agressivité et leur grossièreté, ils riaient en même temps et se mettaient parfois un petit coup de poing dans le bras ou une tape dans le dos. Ils étaient plus grands que je ne m'y étais attendu et ils avaient l'air plus vieux que moi. Physiquement, ils étaient presque interchangeables : les mêmes cheveux souples et rebelles, les mêmes chemises à col ouvert qu'ils faisaient exprès de ne pas repasser, les mêmes pulls à col en V avec des fils défaits aux poignets.

Mes propres vêtements paraissaient démodés en comparaison : un pantalon de toile sans pli, des souliers noirs bien cirés et une chemise blanche boutonnée jusqu'au cou. Mon assurance commença à me déserter. J'avais les joues en feu. Mon esprit se recroquevillait, assailli par le doute, et je me demandais si ma détermination à échapper à ma vie ne m'avait pas conduit à me jeter aveuglément dans une situation pis encore. Je savais déjà, en déballant ma valise (un impair de plus, les autres avaient des malles à boucles cuivrées, avec leurs initiales inscrites au pochoir sous la poignée), que j'allais devoir apprendre tout un tas de nouvelles règles si je voulais survivre.

Largement ignoré par mes camarades de chambre, je rangeai mes affaires en vitesse : les pulls et les tee-shirts dans le tiroir de la commode, les chemises et les vestes dans une armoire branlante dont le bois tendre était gravé d'initiales sur tout un côté, les caleçons dans un sac en toile sous le lit. Au fond de ma valise je remarquai, à ma grande honte, que ma mère avait ajouté à mon insu un petit ours en peluche brun. L'ourson s'appelait Howard, c'était un cadeau d'anniversaire d'une vieille tante que je n'avais jamais rencontrée. Howard me servait de compagnon depuis des années, avec son gilet à carreaux de plus en plus élimé chaque fois que ma mère le passait à la machine à laver. Il dormait dans mon lit, adossé à l'oreiller. Je ne faisais pas beaucoup attention à lui, et d'ailleurs je l'avais complètement oublié dans l'excitation et le tumulte de mon départ pour Burtonbury, mais je suppose que ma mère, dans un élan de tendresse inouï, s'était inquiétée que son absence me pèse.

Le voir ainsi aplati au fond de la valise, un bras de travers par rapport au reste du corps, fit surgir toute une série d'émotions complexes. D'abord le ventre noué par ce qui devait être un accès de nostalgie, une sorte de nausée, puis une pointe de honte, et par-dessus tout un sentiment d'effroi.

Aujourd'hui, en y repensant, je me demande si elle ne l'avait pas fait exprès. Si elle savait qu'en le découvrant là je ne saurais plus où me mettre. Peut-être voulait-elle me rappeler que j'aurais beau essayer de les fuir – elle, la maison de banlieue avec ses fenêtres à double vitrage, le sentiment étouffant de ne pas appartenir à ce monde –, je n'y arriverais jamais totalement.

Je m'efforçais de refermer la valise en laissant dedans Howard, qui me regardait avec un air de reproche, lorsque l'un des garçons choisit ce moment pour s'approcher.

« Qu'est-ce que c'est ? demanda-t-il en se penchant et en attrapant l'ourson sans ménagement. Ooooh, une petite peluche trop mignonne ! »

Il leva Howard en l'air et fit bouger son bras avec ses doigts, comme dans un spectacle de marionnettes. Les deux autres s'empressèrent de ricaner.

« T'es venu aider ton gentil petit maître à s'installer dans sa nouvelle école avec les grands, hum ?

— Arrête, dis-je d'une voix très calme. S'il te plaît. »

Il me toisa d'un regard glacial. Juste sous la narine gauche, il avait un bouton rouge vif qu'il avait sans doute percé récemment.

« Rends-le-moi.

— Ah oui ? répliqua-t-il avec mépris. Vous entendez, les gars ? C'est qu'il y tient ! Tu en as d'autres ? Tu crois qu'ils se lèvent au milieu de la nuit pour faire la fête tous ensemble ?

— Ils font des pique-niques entre ours en peluche, lança un autre en riant.

— Ouais, carrément. Des putains de pique-niques. »

Le gars leva le bras et, avant que je puisse l'en empêcher, balança Howard à travers la pièce. L'ourson cogna le mur et tomba par terre, la tête dans la moquette. Les deux autres le ramassèrent en le prenant chacun par un bras et luttèrent un petit moment, comme au tir à la corde, jusqu'à ce que l'un d'eux l'arrache – et lui arrache un bras au passage. Je vis un morceau de rembourrage blanc dépasser de l'articulation cassée. Howard repassa une deuxième fois au-dessus de ma tête, lancé comme un ballon de rugby d'un bout à l'autre de la chambre.

Et, alors que j'aurais dû les planter là et m'en aller trouver quelque chose de mieux à faire, mon exaspération et mon humiliation se cristallisèrent en une sensation plus têtue. J'enrageais. Howard était peut-être un petit ours en peluche débile de gamin, mais c'était *mon* petit ours en peluche débile de gamin, il était inacceptable qu'on traite ce qui m'appartenait avec une telle arrogance. Je prends toujours soin de mes affaires. Je n'ai jamais aimé partager. C'est probablement un trait caractéristique des enfants uniques, mais quand on voit avec quelle désinvolture les gens malmènent les objets, comment ils ne comprennent jamais leur véritable valeur avant qu'il soit trop tard, comment ils renversent des vases Ming inestimables au musée avec leurs sacs à dos obèses, il me semble que c'est la seule façon raisonnable de se comporter. Protéger ses biens. Et, par extension, soi-même.

Je tentai d'intervenir en sautant pour intercepter Howard au milieu d'un de ses vols planés. Plus je m'échinais, plus ils le lançaient fort. J'étais plus petit qu'eux trois et ils savaient qu'ils avaient l'avantage. J'étais au bord des larmes. Ma vision devint floue, mon champ de vision se rétrécit, comme si on refermait un film noir sur mon cerveau, et je sentis la rage monter – une boule dure, enflée, noire comme du charbon, logée à la base de ma colonne vertébrale, d'où la colère se diffusait en remontant mes vertèbres une par une, jusqu'au cœur et à la gorge, avant de s'accumuler dans ma poitrine telle une nappe de goudron en fusion. J'entendais les os de l'oiseau craquer, se briser sous la pierre, et sans même l'avoir voulu je fermai le poing, prêt à frapper leurs têtes d'abrutis et à les mettre K-O l'un après l'autre.

Un courant d'air. La porte de la chambre ouverte. Des pas assurés sur le tapis. Puis une voix : « Qu'est-ce que tu fous, Dom ? »

Les pitres s'arrêtèrent immédiatement. Howard pendouillait au bout d'une main. Je levai les yeux de la moquette et me retournai : là, debout dans l'encadrement de la porte, se tenait un jeune homme aux cheveux bouclés, avec quelques poils de barbe au menton. Il avait la voix cassée et quand il parlait, c'était avec la certitude absolue que ce qu'il disait était la chose la plus importante qu'on puisse entendre à cet instant précis.

« Oh, tu fais chier, Ben, dit le garçon avec le bouton sous le nez.

— Lâche-le, Dom. Fous-lui la paix. »

On aurait dit que je n'étais pas là.

« La surveillante va vous entendre. J'ai une bouteille de vodka pour plus tard et je n'ai pas envie qu'elle mette la main dessus, OK ? »

Mentionner la vodka sembla calmer Dom. Il passa sa main dans ses cheveux. Les deux autres reprirent le déballage de leurs affaires. L'un d'eux entreprit de scotcher au mur le poster d'une fille en jupe de tennis.

« Ouais, d'accord », marmonna Dom. J'avais l'impression que le bouton sous son nez devenait plus rouge à chaque mot. « Désolé. »

Ben se tourna pour partir.

Juste avant, il regarda par-dessus son épaule directement vers moi. Dans la lumière, ses yeux ressemblaient à deux billes argentées.

« Tu n'as pas besoin d'un ours en peluche, pigé ? »

Il sortit de la chambre. Je récupérai ma peluche débile avec l'envie de lui arracher la tête et je la fourrai sous le lit, derrière le sac qui contenait mes sous-vêtements. Howard allait rester là, ignoré, pendant tout le reste du trimestre. Et je l'oubliai tout à fait jusqu'au moment de faire ma valise pour les vacances de Noël ; alors il réapparut, couvert de poussière, de toiles d'araignée et de peaux mortes. Ses yeux de verre me regardèrent avec rancœur parce que je l'avais abandonné et je le jetai sans remords à la poubelle.

Cahier de Lucy Gilmour

KEITH DIT QUE CE N'EST PAS GRAVE de ne pas respecter la chronologie. Il m'a expliqué que l'ordre dans lequel les souvenirs me reviennent est « en soi et par soi très intéressant ».

C'est lui qui m'a suggéré de prendre des notes, comme une façon de réfléchir à ce qui s'est passé. À ma grande surprise, je me suis aperçue que ça m'aide. Ce carnet est devenu l'exutoire de toutes mes pensées les plus intimes. (À tous les autres, bien sûr, je présente une version plus acceptable – j'inclus à la fois la police et Keith là-dedans.)

Pendant notre séance d'aujourd'hui, il m'a dit : « Le cerveau a son organisation propre. Parfois, les choses les plus importantes restent longtemps enfouies et nous ne nous en souvenons qu'au niveau cellulaire.

— Comme la mémoire musculaire ?

— Si vous voulez. »

Keith était assis comme toujours dans le fauteuil en cuir à l'autre bout de la pièce. Le bow-window dans son dos, la moitié inférieure obscurcie par des persiennes de style colonial peintes en gris pigeon. Le soleil avait tourné durant notre conversation et il éclairait sa tête à contre-jour, de sorte que je ne distinguais plus ses traits. Pour la énième fois, je me demandai s'il choisissait exprès cette place afin que ses réactions restent indéchiffrables.

« La mémoire musculaire… », répétai-je, ravie de l'effet de cette allitération. « *La mémoire musculaire : l'autobiographie de Lucy Gilmour.*

— Intéressant, releva Keith. Pourquoi dites-vous cela ? »

Je songeai à ma fausse couche, à la façon dont elle m'était revenue en pleine face un an plus tard, presque jour pour jour : je m'étais retrouvée en larmes au volant sans savoir pourquoi, et ce n'était que plus tard, en remarquant la date, que j'avais compris.

Bizarre. À l'hôpital, les infirmières étaient adorables alors que je n'avais pas l'impression de mériter leur attention. Je ne me sentais pas triste. Mon esprit était enveloppé par une sorte d'engourdissement cérébral. J'intégrais ce qui m'arrivait de façon logique et cela me semblait très important : chasser l'émotion de l'événement. Évidemment, ton corps n'est pas capable de garder un bébé, me disait une voix intérieure, qu'est-ce que tu croyais ?

Je vécus tout l'épisode sur un plan purement pratique. Les formulaires. Le sang. Les particules d'un être pas encore formé dans les tuyaux d'écoulement. Les compresses hygiéniques, si épaisses qu'elles en devenaient comiques. La douleur qui revenait par vagues, en flux et en reflux. Pliée en deux les premières heures du jour, je refusais d'appuyer sur la sonnette parce que ce qui m'arrivait n'était pas réel. Ce n'était pas une maladie. La douleur n'était pas insupportable. Ne fais pas d'histoires, me disait une voix intérieure, tu ne vas pas te donner en spectacle.

Martin n'était pas là. Je me répétais que ce n'était pas grave, qu'il était inutile qu'on passe tous les deux une nuit blanche. Et d'ailleurs, est-ce que ce n'était pas un souci en moins ? Il aurait fallu que je me préoccupe de lui, en plus du reste. Je me serais inquiétée de savoir pourquoi il faisait cette tête, pourquoi il ne disait rien, pourquoi il ne voulait pas me tenir la main. J'aurais dû expliquer sa brusquerie aux infirmières, aux médecins. J'aurais dû neutraliser sa rudesse naturelle en redoublant de gentillesse.

Le truc – il faut s'en souvenir –, c'est qu'il pouvait se montrer absolument charmant. La première fois que je l'ai emmené chez mes parents, il a été exceptionnel avec eux. Il s'est assis à la table de la cuisine salie par les ans, avec son bois plein de nœuds, et il a posé des questions à ma mère. Elle qui est persuadée que personne ne pourrait avoir envie de lui parler, elle s'est ouverte face à tant d'attention. Le genre de questions toutes bêtes, évidentes, dont personne ne s'encombre d'ordinaire – où avez-vous grandi, que faisaient vos parents, vous avez des frères, des sœurs ? –, et ma mère, qui a facilement tendance à penser qu'elle n'est pas assez intelligente, a répondu sans faire de difficulté parce qu'il la mettait à l'aise.

Il buvait un thé, je me rappelle, et j'avais peur qu'il le trouve imbuvable, vu son inintérêt pour celui que je faisais au bureau. Ma mère préparait le sien avec un mélange de sachets premier prix, et j'imaginais déjà la bouche de Martin se tordre de dégoût lorsqu'il avalerait la première gorgée. Mais, au premier blanc dans la conversation, il déclara avec une sincérité totale : « Madame Hillhurst, ce thé est délicieux.

— Oh, je vous en prie, dit ma mère, toute frétillante. Appelez-moi Pat.

— Pat, alors. »

Il passa la main dans ses cheveux pour ramener la mèche de devant qui n'arrêtait pas de tomber sur son front. J'avais déjà vu ce geste. Il me fallut un moment pour me rappeler où. Et, soudain, cela me revint : Ben avait exactement la même habitude. Son meilleur ami Ben.

« On ne fait pas mieux qu'un petit-déjeuner anglais, pas vrai ? dit Martin, le lendemain, sur la route du retour. C'est parfait. »

Mon père était lui aussi sous le charme. Martin, qui ne regardait jamais de sport, avait passé la soirée assis sur le canapé à ses côtés à regarder un match de rugby en lui demandant poliment de lui expliquer ce qui se passait et pourquoi, qui étaient les meilleurs joueurs, et mon père semblait ravi d'être considéré comme une autorité en la matière. Je les observais depuis un coin du salon. J'étais heureuse. Le regard de Martin avait croisé le mien. Je lui avais soufflé un baiser et il avait souri. Je savais qu'il était content.

« Merci, dis-je.
— Pour quoi ?
— D'avoir fait autant d'efforts avec mes parents. »
Il haussa les épaules.
« Ils t'ont vraiment apprécié. » Martin ne répondit pas. Derrière les verres teintés de ses Ray-Ban, il avait les yeux rivés sur la route. Et puis, parce que j'avais secrètement envie qu'il me réponde avec quelques paroles chaleureuses, j'ajoutai : « Je veux dire, ils t'ont vraiment bien aimé. »
Il mit le clignotant. *Tic-tac-tic-tac.*
« Je passe bien avec les parents des autres. »
Je n'ai réalisé que des années plus tard à quel point sa remarque était étrange.
La fausse couche n'était pas sa faute. Il n'a jamais voulu d'enfants. Il m'en a parlé dès le début, donc je ne peux pas dire que je ne savais pas. C'était un de ses points non négociables que j'avais acceptés trop vite, comme toujours, voulant forcer son amour, me l'attacher et le garder rien que pour moi.
Nous avions eu cette conversation au café de la galerie Saatchi, à Chelsea. Un échange au-dessus d'un bol de cacahuètes gluantes et de deux Old Fashioned (il aimait boire des Old Fashioned et se plaignait lorsque les glaçons étaient cubiques plutôt que sphériques). Nous nous étions félicités de notre capacité à parler rationnellement, sans verser dans le pathos, de sujets délicats.
« Pourquoi tu ne veux pas d'enfants ? » Puis, inquiète de ne pas avoir employé le bon ton : « Juste pour savoir. »
Martin avait prélevé une noix de cajou dans la masse jaunâtre en voie de solidification sur la table entre nous.
« Je serais un père désastreux.
— Non, pas du tout. »
Du bout de l'index, je caressais ses doigts. Il laissait sa main posée là, lisse, rose comme un savon Imperial Leather. À ce stade, je ne connaissais pas les détails de son enfance malheureuse. Il donnait le sentiment d'avoir été négligé – la mort de son père, une mère distante, une adolescence en

pensionnat sans affection parentale –, mais il n'allait jamais au-delà de vagues généralités. Je remplissais les blancs, j'interprétais l'absence d'histoires aux contours précis comme la preuve de ses traumatismes d'enfant. Cela m'émouvait. Je comprenais qu'un homme ayant eu une enfance aussi difficile n'ait pas envie d'infliger cela à la chair de sa chair.

« D'ailleurs, il y a beaucoup trop de monde sur la planète, avait-il dit en retirant sa main pour l'essuyer avec une serviette. Pas assez de ressources, et les gens continuent à se reproduire. J'aime autant qu'on reste tous les deux. » J'avais eu cette sensation étrange au creux de mon ventre. Martin était le seul avec qui je ressentais cela. Un compliment de lui me réchauffait autant qu'un rayon de soleil dans le dos.

« Pas toi ?

— Si. »

J'avais levé mon verre en lançant : « À nous deux ! » et attendu qu'il trinque, ce qu'il avait fait en éclatant de ce rire qui me donnait toujours l'impression qu'il était surpris de rire, comme s'il riait malgré lui ou qu'il avait temporairement perdu le contrôle de ses muscles faciaux. Je vivais pour entendre ce rire.

Deux ans après notre mariage, je suis tombée enceinte. À l'époque, je savais déjà que je voulais un enfant et que je m'étais trompée en acceptant précipitamment les conditions posées par Martin. Mes amies avaient des bébés et j'étais aux anges devant leurs bouclettes et les plis roses de leurs cuisses. J'aimais le parfum de bouton-d'or de leurs langes lavés de frais. J'aimais les tenir dans mes bras, offrir un abri à leur fragilité. J'étais un vrai cliché. Mon horloge biologique tournait, si déterminée que je sois à ne pas en tenir compte. Très vite, j'ai commencé à regarder avec envie les bambins dans la rue en m'imaginant comment j'habillerais le mien et en me demandant ce que ça faisait d'être aimée d'un amour inconditionnel par un petit être humain, au moins pendant un temps. Au moins jusqu'à ce qu'il soit assez grand pour découvrir que vous étiez une source de déception.

La grossesse est arrivée par accident. Martin n'aimait pas mettre de préservatif et j'ai cru que j'avais pris la pilule ce matin-là, sauf que j'avais oublié, et ce depuis deux ou trois jours. Je ne m'en inquiétais pas puisqu'on ne faisait pas l'amour si régulièrement. Ce n'était pas la première fois que cela m'arrivait. Chaque fois, j'espérais inconsciemment que ça se terminerait par une grossesse. Chaque fois, j'avais mes règles et je ressentais une souffrance que je préférais ignorer. Cette fois, miraculeusement, mes règles étaient en retard. Martin ne m'a pas crue quand je lui en ai parlé.

« Tu es sûre ?

— Oui. »

Il n'a pas élevé la voix. Il était assis à la table de la cuisine, les jambes croisées. Il a déboutonné sa veste avant de dire, très calmement : « Lucy. On était d'accord.

— Je sais.

— Et… quoi ? Tu as décidé, d'un coup, sans me consulter, que tu y allais et que tu faisais ce truc énorme dont aucun de nous deux n'a envie ?

— Dont *tu* n'as pas envie, marmonnai-je.

— Ah non. Non. Pas de ça. Je te l'ai dit avant qu'on se marie. J'ai dit que je…

— Je sais ce que tu as dit. Mais Martin, écoute, c'est un accident. C'est arrivé. Et peut-être… euh…

— Peut-être quoi ?

— Peut-être qu'on devrait être contents ? »

Il s'est dirigé vers le frigo et a sorti la carafe filtrante pour se servir un verre d'eau. Il faut changer le filtre, ai-je pensé machinalement. J'irai en acheter un demain.

J'attendais que Martin revienne à table, mais il est sorti de la pièce. Après quelques secondes, j'ai entendu en sourdine les grands titres des infos du soir.

Laisse-lui du temps, me disais-je. C'est un choc pour lui, évidemment. Il changera d'avis.

Et j'ai passé le reste de la soirée à lui chercher des excuses.

III

Commissariat de Tipworth, 14 h 40

« COMMENT VOUS SENTIEZ-VOUS ? »

Blondasse penche légèrement la tête en me fixant dans les yeux. Je me demande si elle a suivi une formation de la police financée par les impôts intitulée Développement de l'empathie et de la projection.

« Désolé, je ne vous suis pas. »

Un petit sourire. Elle attend.

Oh, bien joué, me dis-je. On t'a appris que laisser des silences à des moments clés encourage souvent l'interlocuteur à parler. J'applaudis intérieurement. Chapeau, l'artiste. Mais si elle croit que ça va fonctionner avec moi, elle se trompe. Je suis journaliste. Je connais tous ces petits trucs. La pause s'étire, et puis elle finit par plier. Et reprend la parole à contrecœur.

« Vous deviez être excité que M. Fitzmaurice vous propose de participer à un investissement avec lui ?

— Pas particulièrement.

— Vraiment ? » Elle fait semblant d'être étonnée. « J'aurais pensé... disons que c'était l'occasion de gagner de l'argent et d'aider votre meilleur ami en même temps. C'était une très belle offre. J'ai dit quelque chose de drôle ?

— Non, pourquoi ?

— Vous avez l'air de rire. »

Je redeviens sérieux. Ces derniers temps, j'ai remarqué que j'arbore de plus en plus souvent un sourire en coin sans m'en rendre compte. Je ne sais pas dans quelle mesure c'est lié aux drogues, à ces quelques années après l'université où j'ai pris plus de coke qu'il n'est strictement recommandé. Un des éléments les plus notables dans mes souvenirs de défonce – en plus de l'immense sentiment de bien-être et de la croyance vertigineuse et fascinante en mon propre génie – était la perte de contrôle de mes muscles faciaux. Je grimaçais alors que je voulais exprimer mon inquiétude, je me retrouvais à pleurer alors que j'avais envie de rire.

J'ai dû me sevrer en m'isolant dans un centre hors de prix gentiment payé par les parents de Ben (duvets en plumes d'oie, café torréfié artisanal, bougies parfumées à la figue). Les rictus ont disparu. Un mois de méditation de groupe et d'art thérapie m'en a débarrassé.

Depuis, je n'ai pas sniffé la moindre ligne de poudre blanche. Mais d'autres aspects malheureux de mon addiction sont toujours là. Il m'arrive encore d'éprouver le désir de tout mettre en pièces, de me comporter de façon abominable, de choquer des personnes trop courtoises. J'ai toujours une propension aux crises de colère subites, même si je les contiens mieux aujourd'hui – quoique la pauvre Lucy en ait subi quelques-unes. Et maintenant, je m'aperçois que j'ai de nouveau cette habitude embarrassante d'exprimer des émotions inappropriées.

« Non, dis-je. C'est simplement que Ben ne m'aurait pas demandé d'investir dans un de ses montages par pure bonté de cœur. Ce n'était pas un acte d'amitié désintéressée, croyez-moi. »

Blondasse griffonne quelque chose sur son bout de papier.

« Comment cela ?

— Écoutez. Tout ce que fait Ben est motivé uniquement par son intérêt. Ce n'est pas qu'il soit méchant. Il pense qu'il en a le droit, comme tous ceux qui sont de la bonne famille, qui ont de l'argent, qui ont grandi dans un manoir, qui ont fréquenté les écoles de l'arc Oxford-Cambridge, qui sont beaux et qui n'ont jamais eu à se battre pour rien. »

C'est la première fois que je parle autant depuis le début de l'interrogatoire et je comprends trop tard mon erreur. Il faut toujours en dire le moins possible. N'est-ce pas ce que toutes les séries policières nous apprennent ? Parler par monosyllabes. Répondre aux questions par d'autres questions. Et, en désespoir de cause, dire : « Pas de commentaire. » Je vois Costard Gris se redresser sur sa chaise, son intérêt piqué. Blondasse me regarde d'un air neutre.

Je scrute son visage simple. Le genre de visage qu'on ne remarque pas. Un visage aux attentes modestes, qui dit qu'elle est parfaitement heureuse avec sa petite maison, ses deux enfants, ses meubles Ikea, ses fringues soldées commandées en ligne, un DVD et une bouteille de rosé à 4,99 livres le vendredi soir avec son mari devant un chouette film, blottie sur le canapé douillet sous la couverture tricotée par sa grand-mère à la naissance du petit dernier.

Je te connais. Je sais qui tu es. Et je sais que les privilèges indus des gens tels que Ben te restent en travers de la gorge comme une arête de poisson.

Je la regarde droit dans les yeux : « Vous voyez ce que je veux dire. »

Blondasse s'autorise à opiner.

« Vous avait-il déjà impliqué dans un de ses projets d'affaire ?

— Non. Enfin, ce n'était jamais le bon moment. Il savait que je ne serais pas intéressé...

— Avez-vous trouvé étrange qu'il choisisse de vous en parler le soir de sa fête d'anniversaire ? »

Oui, bien sûr que j'ai trouvé cela étrange. Je savais qu'il tramait quelque chose, qu'il se servait de l'histoire du Monténégro pour amener une autre question. Et il ne m'a pas fallu un gros effort d'imagination pour comprendre d'où venait ce qui le tracassait. C'était le grand non-dit, le sujet qu'aucun de nous deux ne voulait évoquer, qui nous séparait comme une étendue d'eau impossible à franchir. Dernièrement, il y a eu un changement léger mais perceptible dans l'attitude de Ben à mon endroit. Cela a commencé vers l'époque où ils ont acheté le prieuré de Tipworth. Il passait plus de temps hors de Londres, ce qui signifiait que je le voyais moins. À distance, son humeur était plus dure à deviner. Toute la situation était de plus en plus difficile à contrôler.

Cette distance m'inquiétait. Et quand j'angoisse, les souvenirs commencent à remonter à la surface, les visions se pressent contre mon cortex cérébral comme des guêpes s'écrasant sur le pare-brise. Les sons reviennent en premier. Le bruit de tôle froissée. Le sifflement des roues qui tournent dans le vide. Ensuite, les odeurs : l'essence, la pluie, la fumée. Et les images sont les dernières à se mettre en place. La fille, désarticulée et en sang. Ben, livide sous le clair de lune.

Je revois toujours les deux mêmes images, comme si j'avais une pellicule avec un nombre limité de négatifs à développer.

Pendant ma vingtaine, les drogues m'ont aidé à refouler tout cela dans un coin perdu de mon cerveau. La cocaïne accélère la pensée ; l'alcool la ralentit ; la marijuana lui donne un lyrisme poétique. En prenant les trois en même temps, avec la bonne combinaison, je neutralisais mon esprit.

Au départ, j'avais peur de rester sobre parce que je ne voulais pas me souvenir. Mais il s'est avéré que la sobriété m'a rendu d'un calme étonnant – *dé-hanté*, si l'on peut dire. Le retour des visions est relativement récent. Des fragments fantomatiques indésirables, qui s'entrechoquent tels des couverts mal assortis au fond d'un tiroir.

« Martin ? Vous m'avez écouté ? Avez-vous trouvé étrange qu'il évoque cette grosse opportunité d'investissement justement à cette soirée ?

— Pas spécialement, non. Je n'avais pas vu Ben depuis un moment. Avec le déménagement et tout le reste… C'était logique qu'il profite de l'occasion pour m'en parler. Nous en parler, je veux dire.

— "Nous" ?

— Il voulait aussi que Lucy participe. Nos deux épouses, d'ailleurs.

— D'accord. »

Elle note quelque chose. Je meurs d'envie de savoir quoi, mais je détourne consciencieusement les yeux.

« Revenons-en à la fête, dit Blondasse. Après l'apéritif dans la cuisine, que s'est-il passé ?

— C'est là que Fliss est arrivée.

— Fliss ? »

Costard Gris remue, puis - miracle - ouvre la bouche.

« Felicity Fitzmaurice, dit-il avec un accent écossais.

— Exact. »

Je le fixe d'un air de défi. Il ne détourne pas le regard.

« La sœur de Ben. »

2 mai

Hall d'entrée, prieuré de Tipworth, 19 h 50

NOUS AVONS ENTENDU FLISS AVANT DE LA VOIR. Sa voix – un magma de voyelles gutturales à l'américaine et d'envolées aiguës à chaque fin de phrase – s'engouffrait dans les couloirs, portée par les courants d'air. Elle se cognait aux murs et rebondissait dans toute la maison jusqu'à la cuisine où nous nous trouvions, résonnant contre les surfaces chrome et plastique de la pièce avant que les dernières syllabes bringuebalantes s'anéantissent dans leur propre écho.

« Où il se cache, mon petit frère ?

— Oh, mon Dieu ! s'écria Ben en reposant brutalement son verre. Fliss ! »

Emportés tous les trois dans le tourbillon d'enthousiasme de Ben, nous avons quitté la cuisine. Lucy s'agrippait à son verre avec une telle force que j'avais peur qu'il ne se brise. Ses clavicules étaient encore plus saillantes que d'habitude, ses poignets si fins qu'ils semblaient près de casser.

Nous avons trouvé Fliss dans le hall d'entrée, vêtue de ce qui ne peut être décrit que comme un manteau en patchwork, fait de pièces de velours violet et de carrés lapis-lazuli cousus ensemble, le tout parsemé ici et là de minuscules miroirs circulaires qui projetaient au moindre mouvement des myriades de reflets insaisissables. Elle portait un sac à dos semblable à ceux de ces routards qui prennent une année sabbatique, avec de grosses sangles en toile aux épaules et une autre, plus fine, consciencieusement attachée autour du torse. Elle avait la peau tannée par le soleil, des sillons profonds au coin des lèvres et des mains usées aux doigts fripés. Elle portait toujours ses cheveux longs, mais ondulés au bout, avec des tresses arbitrairement réparties et ponctuées de perles de bois bariolées.

« Coucou, toi ! dit-elle en laissant Ben la serrer contre lui.

— Sœurette, ça me fait tellement plaisir de te voir. Tu es arrivée quand ?

— Il y a deux heures, répondit-elle, la voix étouffée contre la poitrine de son frère. Lâche-moi, maintenant. Je veux embrasser Martin et Luce. »

Il rit, puis la libéra.

Fliss tourna vers nous ses yeux verts lumineux.

« Eh, les amis, les amis ! » Elle nous tendit les bras. Je me soumis, avec Lucy, à l'inévitable démonstration d'affection de Felicity Fitzmaurice. « Ça fait combien de temps ? Cinq ans ? Dix ans ?

— Huit et demi, je crois. »

Elle éclata de rire. « Ah, ce bon vieux Martin, toujours aussi précis sur les détails. » Fliss avait une main posée sur mon poignet. « Qu'est-ce qu'on ferait sans toi, chéri ? »

Sa voix était rocailleuse et caressante à la fois. Elle resserra sa prise, comme si elle voulait me faire une de ces brûlures indiennes dont elle était une spécialiste, plus jeune.

« Comment vas-tu, Luce ?

— Bien, répondit Lucy en se plaçant discrètement hors de portée de Fliss.

— Tu rayonnes, vraiment, tu as l'air… » Elle chercha le bon mot. « … en phase avec toi-même, tu vois ce que je veux dire ? »

Lucy haussa les épaules. Aucun de nous deux ne savait comment se comporter vis-à-vis de Fliss. Elle avait davantage les pieds sur terre que Ben, peut-être parce qu'elle n'avait jamais fait ce qu'on attendait d'elle, ce qui avait eu pour conséquence de lui donner une autre expérience de la vraie vie. Alors que Ben, le fils cadet, s'était toujours acquitté docilement de son parcours scolaire, à part un petit accroc à l'université, Fliss s'était fait expulser de son pensionnat à cause des drogues, après quoi elle avait abasourdi tout le monde en refusant de reprendre l'école.

À l'âge de seize ans, elle était donc partie travailler comme saisonnière dans un chalet en Suisse, puis faire les vendanges en Provence, et ensuite, selon où le vent la portait, jeune fille au pair en Australie, serveuse en Angleterre (brièvement : elle avait détesté), guide touristique dans un bus à impériale à Saint Louis, prof d'anglais langue étrangère en Italie, barmaid en Suède, plumeuse de poulets dans une usine en Croatie et, enfin, instructrice de yoga à Ibiza, où elle passait désormais le plus clair de son temps, par intermittence. La dernière fois que je l'avais vue, c'était à l'occasion d'un dîner fortement alcoolisé chez Ben et Serena à Notting Hill, où la conversation avait pris un tour agressif pendant le pudding. Une moitié de la table se disputait avec l'autre moitié pour ou contre la guerre en Irak, sur ce ton plus ou moins détaché des gens aisés qui savent que les conséquences politiques ne les affecteront jamais vraiment.

Au beau milieu de cette discussion de plus en plus houleuse, Fliss avait repoussé sa chaise, s'était levée sans un mot et avait exécuté un poirier plein de grâce sur le carrelage. La conversation s'était interrompue. Au bout de quelques secondes, elle s'était remise sur ses pieds, avait repris sa place et tout le monde l'avait applaudie spontanément tandis qu'elle restait assise là, le visage rougi par l'afflux du sang vers sa tête. Fliss était comme ça.

« Où sont Serena et les marmots ? »

Ben fit un geste d'excuse.

« Hector a fait une petite crise, elle l'a emmené à l'étage. Ils sont tous là-haut avec les nounous.

— Les nounous ! Merde, petit frère, t'es tellement *blindé* ! »

J'éclatai de rire. Lucy se détendit. Fliss rendait les choses plus agréables. Je n'avais jamais trop su si elle était au courant de ce qui s'était passé il y avait si longtemps. En dépit de son exubérance, elle était assez difficile à cerner dès qu'une situation menaçait son intimité.

À l'époque où je fréquentais Burtonbury, comme je n'avais jamais envie de retourner dans le pavillon étouffant de Sylvia, j'avais passé plusieurs week-ends chez les Fitzmaurice. Mes rapports avec ma mère, empruntés, s'espaçaient de plus en plus – ils se limitaient à des lettres détaillant platement les événements récents et à des coups de fil pénibles depuis la cabine téléphonique commune de l'école, où nous échangions plus de silences que de paroles. D'ailleurs, pour quelle raison aurais-je pu préférer le crépi de la maison de banlieue à la majesté seigneuriale de la résidence des Fitzmaurice ?

Ils vivaient dans un vaste manoir de briques rouges qui s'appelait Denby Hall, au milieu de jardins somptueux ornés de topiaires et de paons. Cette demeure avait été construite au XVIIe siècle, peu après la Restauration, par un petit aristocrate qui s'était montré loyal au trône durant la guerre civile et avait été récompensé d'un titre honorifique. Le domaine était impressionnant : partout des sculptures de pierre blanche et des fontaines pompeuses. À l'intérieur, en revanche, les aménagements étaient plus confus. Le bâtisseur de l'édifice devait avoir une passion pour les couloirs. J'avais parfois l'impression qu'on avait ajouté les pièces après coup – avec leurs proportions biscornues et leur distribution autour d'un large corridor central qui n'avait aucun besoin de faire cette taille. Aux murs étaient accrochés des portraits d'aïeux et des natures mortes de homards ou de fruits mûrs. Le splendide coexistait avec le médiocre d'une manière que j'ai fini par associer tout particulièrement à l'aristocratie britannique. Il y avait dans chaque chambre des petites bouteilles de shampooing et de gel douche arborant les logos de divers hôtels, et je me suis aperçu une fois que la fourchette avec laquelle je dînais portait, gravée sur la poignée, la mention « Cathay Pacific ».

J'étais intimidé la première fois que je me suis rendu à Denby Hall. Comment ne l'aurais-je pas été ? Ben et moi étions déjà très bons amis mais ses parents me prenaient clairement pour un garçon bizarre.

« J'ai tellement entendu parler de vous », me dit sa mère, lady Katherine, lorsqu'il me la présenta. Je lui serrai la main. Elle s'essuya discrètement la paume sur sa jupe longue. « Vous êtes ici chez vous.

— Merci, madame. »

C'était une grande femme au front haut et aux yeux gris clair. Ses cheveux très blonds, qui tiraient presque sur le blanc, étaient coupés en un carré impeccable qui tombait juste sous ses oreilles. Elle avait le maintien d'une ballerine et, quand elle marchait, elle me donnait l'impression de glisser. Le souvenir que je garde d'elle à cette époque, c'est celui d'une distance à la fois physique et métaphorique.

Elle posa son regard sur Ben. Elle avait une façon étonnante de tourner la tête : son cou demeurait parfaitement immobile. Comme un serpent, me dis-je.

« Vous aimeriez peut-être jouer au tennis avant le déjeuner, mon chéri ?

— Ouais.

— Oui, rectifia-t-elle.

— Oui, maman. Désolé. »

Lady Fitzmaurice me contempla.

« Vous avez vos affaires de tennis, je suppose ? »

Je n'avais pas de tenue de tennis. Une honte cuisante me chauffa les joues.

« Je peux t'en prêter, s'empressa de proposer Ben. Si tu les as oubliées, je veux dire.

— Merci.

— Le déjeuner est à 13 heures, les garçons, déclara la mère de Ben. Au fait, ta sœur est à la maison. »

Ben grogna.

« Je t'ai entendu, frérot. »

Sans autre préambule, Fliss fit son apparition : une ado dégingandée avec des bagues aux dents, un short en jean déchiré et un tee-shirt à rayures qui n'arrêtait pas de lui glisser des épaules.

« C'est qui ? »

Elle me jaugea sans sourire.

« Martin.

— Bonjour, *Martin*, dit-elle en appuyant sur mon prénom comme si c'était un plat qu'elle n'aimait pas.

— Je te présente Fliss, dit Ben. Ma sœur.

— Oui, ben, je ne suis pas ta petite copine, hein ? »

Je ris malgré moi. Fliss sourit, puis elle s'en rendit compte et son sourire s'évanouit abruptement. Je crois qu'après ça elle décida que j'étais plus ou moins tolérable.

Fliss n'avait que trois ans de plus que nous, mais, à cet âge, cela compte autant que dix. En l'observant, j'appris énormément sur les filles, leur état d'esprit, leur intransigeance, leur mélange de postures défensives et de vulnérabilité. L'été, on allait tous les trois à pied au lac situé sur le domaine de Denby Hall, on restait en sous-vêtements et on sautait dans l'eau en se balançant au bout d'une corde effrangée accrochée à une branche en saillie.

Je repense toujours à cette période avec une tendresse suprême. La fraîcheur de l'eau. Les reflets chatoyants du soleil que nous troublions par nos plongeons. L'eau brune qui bouillonnait en tournoyant autour des points d'impact avant de retrouver son calme, de couvrir nos traces et de redonner un éclat neuf au décor afin qu'une fois de plus chacun de nous remonte sur la berge, se balance et saute en criant.

Un jour, Ben et moi avions quatorze ans et Fliss traînait à la maison entre deux boulots, se passant du vernis noir sur les ongles tout en écoutant des albums de Bob Dylan, nous sommes allés tous les trois au lac et une tempête nous a surpris. Nous avons dû nous abriter sous les arbres le temps de laisser passer le déluge. Malgré nos efforts, nous étions trempés de la tête aux pieds.

Fliss, appuyée contre le tronc d'un chêne, a sorti une boîte en fer bleu et argent de sa poche arrière.

« Histoire de nous réchauffer », a-t-elle dit en soulevant le couvercle et en dévoilant cinq joints parfaitement roulés.

Elle en a pris un, l'a allumé et a tiré quelques taffes avant de me le tendre. Lorsque je l'ai donné à Ben, ses doigts ont frôlé les miens. Pendant qu'il fumait, j'ai vu son regard s'apaiser. On a commencé à rire, et puis impossible de s'arrêter, et ensuite il nous a semblé évident qu'il fallait enlever nos fringues parce qu'elles étaient trempées, pas vrai, et de toute façon on allait nager, alors quelle différence ça faisait ?

Ben a déboutonné à moitié sa chemise et l'a passée par-dessus sa tête. J'ai retiré mon tee-shirt en le roulant en boule, pour gagner du temps. J'étais défoncé, mais encore capable de percevoir ma propre nervosité. Ben ne m'avait jamais vu nu et j'avais l'impression, même si ce serait difficile à expliquer, que la première fois devait être liée à une sorte d'occasion spéciale.

« Arrête de lambiner, feignant », dit-il tout en baissant son caleçon sur ses chevilles. Ses fesses blanches étaient séparées de son torse par la ligne de démarcation du hâle. Son pénis reposait dans un fourré de poils noirs et frisés, avec le gland comme un champignon. Alors qu'il plongeait dans l'eau, j'observai le jeu de ses muscles, leur ondulation pareille à celle d'un poisson, de ses omoplates jusqu'au renfoncement de son sacrum. Il nagea hors de vue en décrivant un virage dans le lac.

Je me tournai et vis Fliss devant moi. À part sa culotte, elle était nue et ses tétons pointaient dans l'air froid. Elle s'approcha lentement de moi, baissa la main et saisit mon sexe en érection dans le creux de sa paume.

« C'est agréable », dit-elle de sa voix rauque. Puis elle se pencha vers moi et plaqua sa bouche contre la mienne, écartant mes dents de sa langue experte. Elle avait un goût d'herbe et de chewing-gum. C'était la première fois que j'embrassais une fille et je fis de mon mieux pour faire ce qu'on attendait de moi, mais plus elle me caressait en poussant sa langue contre la mienne, moins je me sentais excité. Mon érection retomba.

« Je suis désolé, balbutiai-je. Ce n'est pas... »

Elle recula pour m'observer. Son air confus disparut aussi vite qu'il était apparu, puis elle éclata d'un rire qui sonnait faux.

« Pas grave, dit-elle. La prochaine fois. »

Elle ramassa ses affaires, sa boîte en fer bleu et argent, et repartit vers la maison. Il n'y eut pas de prochaine fois et il n'en fut jamais plus question.

Dans le hall du prieuré de Tipworth, Fliss se débarrassa de son sac à dos, qu'elle déposa sans cérémonie sur les dalles au pied de la cheminée. Presque immédiatement, une bonne vint le récupérer sans mot dire.

« Hé, vous l'emmenez où ? »

La femme se retourna, inquiète.

« Détends-toi, Fliss, elle l'emporte au vestiaire. Tout va bien. » Ben sourit à la femme. « Vous pouvez y aller, et mettez une étiquette. Merci. »

Le sourire resta figé sur son visage un peu plus longtemps que nécessaire. Je le regardai suivre des yeux la silhouette de la bonne qui s'éloignait. Elle avait du mal à porter le sac à dos qu'elle devait trimballer jusqu'aux chapiteaux dressés sur la pelouse. À un moment, le sac lui échappa, elle dut se pencher pour le ramasser et sa jupe courte remonta le long de ses jambes, révélant le haut de ses bas. Ben ne se privait pas de lorgner. Une fois de plus, je me demandai si tout allait bien entre Serena et lui. La femme de Ben ne m'avait jamais paru particulièrement portée sur le sexe. Belle, certes, mais intouchable : la statue de cire de l'épouse parfaite.

Alors que Ben a toujours été intensément physique, comme si le moindre de ses mouvements était nécessaire, justifié. La première fois que j'ai vu Marlon Brando dans le film en noir et blanc *Un tramway nommé Désir*, il m'a fait penser à lui. La même agilité saturée de puissance, la même maîtrise sereine, les muscles affûtés et tendus du félin prêt à bondir. Il avait toujours cette qualité aujourd'hui. Je regardai ses épaules athlétiques, serrées dans sa veste, qui concentraient sa force, et je songeai à la pâleur de sa peau à l'adolescence, à la sveltesse de ses hanches fuselées lorsqu'il sautait nu dans le lac.

Je sentis un coup dans le flanc. C'était Lucy qui m'enfonçait un doigt entre les côtes. Un globule noir de mascara s'accrochait obstinément au bout d'un de ses cils.

« Quoi ? »

Fliss, hilare, me donna une tape dans le dos.

« Rentre ta langue, Martin. Elle est jeune, tu pourrais être son père. »

Mais..., voulus-je protester,... *mais... je ne la regardais pas.*

Nous en étions là, à ne pas trop savoir quoi nous dire, lorsque, comme par enchantement, il y eut un son électronique strident, un grésillement de bruit blanc suivi d'un coup sourd au loin. Le martèlement se répéta, de plus en plus fort, puis la voix d'un chanteur, aiguë et frénétique, s'éleva d'un des chapiteaux du jardin.

« Musique ! s'exclama Ben avec enthousiasme. Que la fête commence ! »

Cahier de Lucy Gilmour

JE NE SUIS PAS SURPRISE par ce qui s'est passé. Je me sens mal à cause de ce que j'ai fait, bien entendu. Mais je me demande si ce n'était pas inévitable. J'ai senti que quelque chose clochait dès que j'ai franchi les portes du prieuré, ce décor d'une extravagance ridicule. La soirée allait mal finir, ça ne faisait pas de doute. Et même si ce n'est pas une excuse, certains événements ont mené à ce que j'ai fait, et ces événements, ces affronts et ces déceptions remontent à des années et des années.

Je savais que Ben et Serena avaient une raison précise de vouloir que nous arrivions en avance. Ils avaient un plan, c'était évident. Ce n'était pas une simple invitation amicale. Je n'ai jamais été proche de Serena, et les relations entre Ben et Martin s'étaient rafraîchies au cours des mois précédents. La fréquence de nos dîners intimes à quatre dans leur maison luxueuse de Notting Hill avait diminué, à mon grand soulagement.

Ces dîners…

Chaque fois, Martin mourait d'envie d'y aller. Je ne comprenais pas. Il me semblait clair que la dévotion puérile de mon mari mettait Ben en porte-à-faux. Au mieux, il la trouvait amusante. Au pire, Martin lui léchait tellement les bottes que c'en était humiliant.

Notre dernier dîner chez eux remontait à quasiment un an avant cette soirée. Serena m'avait envoyé un e-mail la veille au soir, ce qui ne laissait pas de doute sur le fait qu'elle nous rajoutait à la dernière minute.

salut lucy (Serena ne « croyait pas aux majuscules », ce qui donnait toujours l'impression qu'elle était soit trop occupée pour s'en soucier, soit qu'en un sens elles n'étaient pas assez bien pour elles) *on a quelques invités qui viennent demain pour un dîner super-décontract. je me demandais si ça vous dirait tous les deux ? ce serait chouette de vous voir xoxoxo S.*

Ça m'énervait toujours, juste parce que j'étais la femme, qu'on me considère comme la gérante du calendrier, la gardienne de la flamme domestique de Martin, comme si ces incapables d'hommes ne pouvaient pas s'occuper d'un truc aussi lourd que l'organisation de leur propre emploi du temps.

Le lendemain soir, j'avais prévu d'aller au cinéma voir un film d'un réalisateur que j'aimais bien. Je n'avais pas réservé de places, mais, lorsque je dis à Martin que ça m'intéressait plus que de me traîner à Notting Hill pour avoir une conversation polie avec des gens riches, il se renfrogna.

« Tu ne vois pas que c'est *gentil* de leur part de nous inviter ?

— Je n'y peux rien. Je pense juste qu'ils profitent de toi. S'ils te demandaient de sauter d'une falaise, tu y courrais.

— Tu peux aller au cinéma quand tu veux.

— Je sais, mais j'avais envie…

— Il n'y a pas que ce que tu veux qui compte dans la vie, Lucy. »

Sa bouche se tordit en un rictus. Il avait l'air de retenir quelque chose. Consciente qu'il était énervé, je cédai.

« OK, tu as raison. Allons-y. Ce sera sympa. »

Il se radoucit. Je caressai son bras en me rappelant que Ben était ce qui se rapprochait le plus de la famille pour lui.

Je ne retirai pas ma main et, puisqu'il me laissait faire, je m'approchai lentement de lui pour le serrer contre moi, appuyant ma joue contre sa poitrine, où j'entendais les violents battements de son cœur. Au bout de quelques secondes, il posa son bras dans mon dos.

Lorsque Serena disait « décontract », cela signifiait « très chic mais en faisant semblant d'être décontracté ». Une veste en daim très fin superbement coupée. Un cardigan grège en cachemire négligemment passé sur les épaules. Des colliers en or avec des disques sertis de jade et de topaze. Un jean qui coûte des centaines de livres sterling parce qu'il est déchiré et coupé aux endroits les plus flatteurs.

Comme il était inutile de vouloir rivaliser avec Serena et ses amis, en général je me retirais de la compétition en portant la tenue la plus simple et la plus ordinaire possible. Pour Serena, je n'avais aucun goût – et pour Martin aussi, d'ailleurs –, mais je le faisais exprès. Je n'avais aucune envie que mes vêtements soient ce qu'il y avait de plus remarquable chez moi.

Pour ce dîner, je me souviens que j'ai mis une robe en jean sur un legging noir. J'avais porté la même chose quelques semaines plus tôt et une femme m'avait interpellée dans un magasin en me demandant pour quand était prévu mon accouchement. Elle s'était excusée, mortifiée, quand je l'avais détrompée, mais son erreur m'avait amusée. Et j'aimais l'idée d'avoir l'air enceinte. J'aimais l'idée que Serena puisse le penser.

« Comme tu es belle », me lança Serena en ouvrant la porte.

Elle m'embrassa, effleurant mes deux joues de sa peau soyeuse.

« PO, dit-elle. Je suis contente que vous soyez là.

— Ah, écoute, c'est toujours un plaisir, dit Martin, et, comme d'habitude, tu es splendide. » Il parlait déjà trop et trop vite. « On t'a apporté ça. » Il tendit une bouteille de vin à 25 livres de chez Waitrose. « Et ça. » Un bouquet de fleurs criardes dont j'étais certaine que Serena les détesterait.

Elle les accepta de bonne grâce.

« Vous n'auriez pas dû », dit-elle en nous entraînant dans le couloir, puis dans l'escalier qui descendait à la cuisine en sous-sol. Dans la pièce flottait une odeur de pâtisseries chaudes. Il y avait déjà trois personnes à la table, dont Ben.

Serena posa le bouquet sur le comptoir en le jetant avec une telle indifférence qu'il aurait aussi bien pu partir directement à la poubelle. Une jeune fille mince en chemisier blanc et pantalon noir me tendit une coupe de champagne. Au fond, un homme en tablier glissait des plats de saumon dans le four haut de gamme de Ben et Serena, un engin monstrueux en acier poli avec un nombre ahurissant de boutons et de molettes. Ils l'avaient acheté quelques années plus tôt, en soutenant qu'ils avaient besoin d'un appareil de cette taille pour nourrir leur famille. J'avais vu ce modèle dans un magazine de cuisine qui avait publié une interview « à la maison » d'un chef très connu, je savais qu'il coûtait 7 500 livres.

« C'est super-décontract, disait Serena. J'espère que ça ne vous dérange pas.

— Mais non, Serena, bien sûr que non. C'est mieux comme ça. Je me dis toujours que... »

Je suppliai mentalement Martin de se taire.

« Mon amour, PO et Luce sont là. »

Ben se retourna. Son visage, d'abord inexpressif, se transforma soudain. Il fit un grand sourire, puis ouvrit les bras tel le parrain dans les films sur la mafia.

« *Mes amis*[1]* ! » dit-il en français, sans raison apparente. C'était un de ses trucs. Je trouvais ça très drôle, avant. Maintenant, ça me tapait sur les nerfs. « *Vous êtes les bienvenus** ! Venez, venez, asseyez-vous.

— *Un siège** ? demandai-je.

— Ah ah ! fit-il avec un petit rire forcé en me prenant dans ses bras. Salut, Lucy. »

Nous nous assîmes autour de la table ronde où l'on nous présenta les autres invités : Matt, avocat des médias, et Milly, qui, comme la plupart des amies de Serena, ne faisait rien du tout. La table était constellée de petits bocaux contenant une seule rose blanche, coupée juste pour dépasser

1. L'astérisque signale un mot ou une expression en français dans le texte.

du rebord. Les serviettes étaient en lin, les poignées des couverts en ivoire jauni.

Je m'assis face à un mur dominé par des étagères qui ne contenaient pas de livres, mais des bougies parfumées et des sculptures : un chien miniature en bronze ; un masque tribal aux yeux vides ; un arbre chétif aux branches duquel pendaient de minuscules sphères en cristal. Sur l'étagère centrale était posée une photo de mariage de Ben et Serena dans son cadre en argent. Serena regardait hors champ, avec un joli sourire, tandis que Ben la serrait contre lui, les lèvres largement étirées, ses yeux marqués de légères pattes-d'oie. Je connaissais bien cette image en noir et blanc car nous en avions une copie à la maison. Mais dans notre version, plus grande, on voyait Martin debout à côté de Ben. Il ne figurait pas sur celle de la cuisine des Fitzmaurice.

La soirée n'eut rien de mémorable, hormis un incident. Nous parlions de l'université, parce qu'il y avait eu une histoire aux infos dans la matinée sur le nombre croissant d'étudiants britanniques qui voulaient étudier à l'étranger.

« Ça me fait penser, Ben, dit Martin, tu as reçu la lettre pour la réunion des anciens élèves ?

— Ouais. Ils me tannent toujours pour que je leur donne de l'argent.

— C'est un dîner costumé. Je me disais que ça pourrait être assez fun. »

Assez fun. Martin avait une manière de reprendre les expressions de Ben qui ne sonnait jamais juste. Il ne s'en rendait même pas compte.

« Sans rire, Martin ? J'ai du mal à imaginer pire. »

Martin but une gorgée de vin. Il croisa mon regard. Il semblait hésiter.

« C'était juste une proposition, finit-il par répondre. Je pensais que ça pourrait être sympa d'y retourner et de revoir quelques vieux fantômes.

— Pourquoi cette obsession pour le passé, PO ? Je n'en peux plus de la nostalgie. »

Ben empoigna la carafe à décanter. Serena lui tapota légèrement le poignet, signal qu'il avait assez bu. Signal dont il ne tint aucun compte. Il remplit son verre à ras bord puis proposa du vin à Milly, qui ouvrait la bouche pour dire quelque chose.

« Il faut aller de l'avant ! tonna Ben, laissant Milly bouche bée. De l'avant. Pensons au futur. C'est le problème avec ce pays, poursuivit-il avec un de ces coq-à-l'âne dont il était coutumier. On regarde dans le rétro. Toujours à vouloir rappeler à tout le monde notre grandiose histoire à la con.

— Ben..., dit Serena.

— Il se trouve que j'aime plutôt l'histoire, répondit Martin, qui faisait des efforts pour rester jovial. C'était mes études, après tout.

— Oui, oui, oui. » Ben se pencha en avant en faisant tomber sa fourchette par terre avec son coude. « On sait tous que tu as étudié l'histoire et que tu as fini deux fois major de promo et que tu es extrêmement intelligent. »

Martin se rencogna sur sa chaise, comme s'il avait reçu une claque.

« Euh, écoute..., commença-t-il.

— Les femmes sont invitées ? demandai-je. Ou les universités de Cambridge sont-elles toujours aussi sexistes ? »

Ben s'esclaffa.

« Lucy, qu'est-ce qu'on va faire de toi ? » Il s'essuya les lèvres avec sa serviette. « Tu as l'air si douce, alors que tu cherches tout le temps la castagne.

— Je suis allé à Oxford », crut bon de dire Matt.

Personne ne releva.

« Et j'adore, reprit Ben, j'adore que mon meilleur pote Martin soit avec toi parce que, tu peux me croire, on pensait vraiment que... »

Serena se leva d'un bond et commença à débarrasser les assiettes. La porcelaine s'entrechoqua en tintant.

« Du pudding ! annonça-t-elle gaiement. Avec de l'écrasé de groseilles à la crème. J'espère que ça plaira à tout le monde.

— Oh, super ! s'extasia Milly. Je ne sais pas comment tu fais, ma chérie, surtout en donnant l'impression que ce n'est rien du tout. »

J'avais envie de répondre : « Elle a du personnel, voilà comment elle fait. »

Mais à la place, je dis : « Vous pensiez vraiment que… quoi, Ben ? »

Ben me regarda avec des yeux vides, une fois de plus.

« Pardon ?

— À l'instant, tu disais que tu étais content que Martin soit avec moi parce que vous pensiez vraiment que…

— Je ne me rappelle plus. » Il fit un geste vague. « Je racontais n'importe quoi. Désolé, PO. »

Mais il y avait quelque chose, un malaise ou un froid dont aucun d'eux n'avait envie de parler.

« On emmerde la réunion, trancha Martin qui cherchait désespérément à retrouver les faveurs de Ben. Ce sera rempli de connards, de toute façon.

— Exactement, l'approuva Ben en se penchant pour remplir son verre. Pas la peine de déterrer de vieilles histoires. »

Martin acquiesça. « Non. »

Je remarquai qu'il était le seul de la table à n'avoir aucune miette ni aucune tache sur la nappe devant lui. Il aurait pu sortir de la pièce à cet instant, il n'y aurait eu aucune trace physique de sa présence.

Je me suis souvenue de ce dîner ce matin pendant ma séance, mais je n'en ai pas parlé. Cela m'arrive parfois : je crois que je vais dire quelque chose à Keith et je finis par parler d'un tout autre sujet. Et souvent, alors que l'autre sujet semble trivial ou superficiel, à force d'en parler, en creusant, je me rends compte qu'il ne l'est pas et que chaque fil isolé de mon mariage désastreux est entrelacé aux autres et compose un tissu complexe aux mailles invisibles.

« Il a acheté les mêmes chaussures, vous savez. » Keith, qui s'est fait une spécialité de ne jamais avoir l'air surpris par rien, passa la pulpe de son pouce sur sa lèvre supérieure.

« Qui ?

— Martin. »

Je posai les yeux sur le manteau de la cheminée à ma gauche. Comme Keith veille à ne laisser échapper aucun détail personnel sur sa vie, j'observe de façon obsessionnelle son environnement, en examinant tous les indices avec l'application scientifique d'un archéologue. Le manteau de la cheminée est couvert de petits bols irréguliers en céramique.

« Lucy. »

J'abandonnai les céramiques pour me concentrer sur Keith.

« Oui. Pardon.

— Vous disiez quelque chose à propos de chaussures ?

— Martin. Il a acheté les mêmes chaussures que Ben, il y a quelques mois. Je ne sais pas pourquoi j'y pense. »

Keith ne dit rien. Comme d'habitude, je comblai le silence.

« C'était des baskets affreuses, vraiment *affreuses*... » Je griffai une petite peau autour d'un ongle. « Avec des semelles roses fluorescentes, parrainées par un rappeur. Donc, Ben les a achetées parce que, apparemment, elles étaient difficiles à trouver et qu'elles coûtaient les yeux de la tête. Une édition limitée, vous voyez le genre. »

Keith, impassible, ne semblait pas voir du tout.

« Et Ben les portait un jour, à un dîner dans un restaurant étoilé. À un putain de dîner ! Il avait un costume magnifique et des baskets rose fluo aux pieds. »

Ces baskets étaient affreuses. Vraiment. Je n'arrivais pas à les quitter des yeux.

Nous nous sommes assis, avons commandé un cocktail, le serveur a apporté un amuse-bouche qui consistait en un petit carré de thon cru enrobé de pop-corn, et Ben s'est mis à parler du dernier remaniement ministériel et de la critique d'un hôtel qu'il avait lue dans le *Financial Times*, et est-ce qu'on avait vu cette pièce au Royal Court qui était géniale, vraiment géniale.

« Il faudra qu'on prenne des places », dit Martin alors que je savais qu'il détestait le théâtre et qu'il trouvait la majorité des pièces modernes absolument nulles. La seule qu'il avait aimée, d'aussi loin que je m'en souvienne, était une adaptation de Terence Rattigan au National Theater. Les émotions refoulées par les personnages lui avaient plu et, à ma grande surprise, il avait pleuré à la fin.

« Au fait, reprit Martin en souriant, il faut que je te pose une question. Ces baskets... »

Ben leva les yeux de la carte des vins.

« Qu'est-ce qu'elles ont ?

— Mec. Les semelles ! »

Ben n'a pas trouvé ça drôle. Ça lui arrivait, parfois : parfaitement ravi de se foutre de lui-même et des autres pendant des mois et des mois, et d'un coup, sans prévenir, la porte se fermait.

« Ouais ? Et où tu veux en venir ? »

Martin, déstabilisé, commença à rougir.

« C'est juste... Je veux dire... D'habitude, tu... La couleur est un peu...

— C'est une édition limitée, déclara Ben. J'ai dû les faire venir des États-Unis. Tu n'as pas vu que Jay-Z portait les mêmes l'autre jour ? C'était dans tous les journaux.

— Oh, fit Martin. Désolé. Je ne pensais pas... »

Il triturait le coin de sa serviette, tête basse, comme un enfant qui se fait gronder. Je ne supportais pas de le voir ainsi. Comment Ben osait-il le rabaisser de cette façon ?

« Tu les fais venir des États-Unis ? Tu rigoles, j'espère ? »

Ben afficha un petit sourire satisfait.

« Non.

— Tu aurais dû m'en parler, continuai-je. Je t'aurais retouché une paire de Reebok avec un stabilo rose pour moitié prix. »

Ben referma sèchement la carte des vins. Pendant une fraction de seconde, je crus que la situation allait tourner au vinaigre.

« Tu as raison, Luce, dit-il finalement en enfournant le thon dans sa bouche et en l'avalant d'une traite. Au moins, je le saurai pour la prochaine fois. »

Martin me serra le genou avec gratitude.

Cinq jours plus tard, en rentrant à la maison, je tombai sur une paire de baskets à semelles roses dans le placard à chaussures de l'entrée. Je suppose que Martin les avait fait venir des États-Unis, lui aussi.

« Et qu'en avez-vous pensé ? » demanda Keith.

J'éclatai de rire.

« Qu'il n'avait rien à foutre de mon opinion. »

Je regardai à nouveau les bols.

« Ce qui me frappe, commença Keith, c'est que vous vous voyiez comme la protectrice de Martin. »

Mes yeux errèrent des céramiques à un vase de tulipes aux pétales obstinément violets.

« L'illusion du pouvoir, dit-il. Mais ce n'était que ça, non ? Une illusion. »

Silence.

« Vous essayiez de lui faire plaisir. Mais vous demandiez-vous ce que *vous*, vous vouliez dans tout ça ? »

Il laissa la question flotter dans l'air. Pendant plusieurs minutes, aucun de nous ne parla. Puis Keith hocha la tête, jeta un coup d'œil à l'horloge et annonça qu'il allait falloir conclure.

« N'oubliez pas d'écrire. Tout ce qui vous vient à l'esprit.

— Je le ferai. »

Je sortis en laissant la porte ouverte derrière moi. Il y avait un grand vide dans ma tête. Ce que j'essayais de dire à Keith de façon détournée, je crois, c'est que, au cours de ces deux dîners, ce qui avait toujours été évident pour tout le monde depuis des années m'avait enfin sauté aux yeux. Mon mari n'était pas amoureux de moi. Il était amoureux de son meilleur ami, et il l'avait toujours été.

Martin

Burtonbury, 1990

COMMENT BEN ET MOI sommes-nous devenus amis ? J'aimerais beaucoup vous raconter que c'était la rencontre naturelle de deux âmes sœurs, l'épanouissement organique de deux esprits jumeaux. Mais, en vérité, j'ai fait ce qu'il fallait pour le conquérir, comme s'il s'agissait d'une campagne militaire. Je me fixais des objectifs précis, et chaque petite victoire représentait une étape supplémentaire vers mon triomphe final.

Quelques mois avant mon arrivée à Burtonbury, j'étais tombé sur un exemplaire de *L'Art de la guerre* de Sun Tzu dans une boutique de livres d'occasion. La couverture était pliée, défraîchie, et il y avait un gribouillis au stylo dans un coin, le genre de truc que ferait un enfant en pleine crise pour montrer l'arrivée d'une tempête en haut d'un dessin rageur. Il y avait une petite dédicace : « À Colin, en espérant que tu trouveras des choses utiles dans ces pages. Avec tout mon amour, S. », et il était daté : « Noël 1974 ».

J'ai toujours ce livre, son dos rouge est coincé sur mes étagères au milieu des ouvrages de référence, entre le dictionnaire de Roget et *L'Histoire de l'art* de Gombrich. Aujourd'hui, quand je feuillette *L'Art de la guerre*, je trouve amusant qu'un certain Colin, qui fêtait Noël en 1974, ait eu besoin de conseils pour mener une bataille violente et silencieuse. Quelles humiliations avait-il subies ? Qui sait ? C'est un de ces mystères dérisoires égarés dans les plis capricieux du temps. L'histoire personnelle de cet homme s'est évaporée. Colin n'était rien d'autre désormais que le fruit de mon imagination.

Quoi qu'il en soit, *L'Art de la guerre* fut mon guide lorsque je me mis en tête de gagner l'affection de Ben. Je compris rapidement, après ce premier jour, qu'il était l'un des garçons les plus populaires et respectés de l'école, qu'il jouissait de cette autorité naturelle que la plupart d'entre nous passent leur vie à tenter en vain d'avoir. Les professeurs l'adoraient. Ses camarades semblaient respecter son intelligence plutôt que de le mépriser à cause d'elle (c'était nouveau, pour moi, l'idée que l'intelligence soit une source de fierté et non quelque chose qu'il fallait s'empresser de renier). En l'observant la première semaine quand il arrivait au rassemblement du matin avec la cravate de travers, la chemise sortie juste ce qu'il fallait du pantalon, je compris que mon entreprise de séduction allait devoir être subtile.

« Le guerrier victorieux remporte la bataille, puis part en guerre, écrivait Sun Tzu. Le guerrier vaincu part en guerre, puis cherche à remporter la bataille. »

Ainsi conçus-je mon plan jusque dans les moindres détails.

La première chose à faire était de découvrir ses centres d'intérêt. Ce qui impliquait de me rapprocher suffisamment de lui pour espionner ses conversations, ce qui était plus dur à faire qu'il n'y paraissait. Même s'il vivait dans le même bâtiment que moi (baptisé Sullivan, du nom d'un mécène oublié depuis longtemps, et abrégé à la manière de tous les autres en « Sullies »), il évoluait parmi une tout autre faune. Ou, pour être plus exact, il évoluait dans la faune, et pas moi. Dès le premier jour, avec Howard l'ours en peluche, j'avais été marqué comme un pestiféré.

Les chaussures, par exemple. Il n'y en avait qu'une sorte acceptable, les Kickers marron foncé avec des lacets en cuir. Lacets qu'il ne fallait pas nouer normalement, mais les enrouler en spirale autour d'un crayon jusqu'à ce qu'ils forment un nœud fin et serré comme une antenne d'extraterrestre.

Et les cravates. Il fallait porter la cravate de l'école soit très longue, soit beaucoup trop courte, remontée comme une langue épaisse pendant de quelques centimètres sous le col, en passant le tissu en trop à l'intérieur de la chemise, si bien qu'elle frottait de façon désagréable contre la poitrine toute la journée.

Et puis le langage. Ils inventaient des mots, les prononçaient mal, ou alors ils avaient un sens différent en fonction de qui les employait. « Bonne », par exemple, pouvait désigner une fille attirante, mais en disant que telle autre était « bien bonne », on signifiait l'inverse.

Inutile de dire qu'au cours de mes premières semaines à Burtonbury j'étais mal équipé. J'étais chaussé de souliers ordinaires et je trouvais vaguement absurde l'idée de porter une cravate comme un bavoir de bébé. Tout cela faisait de moi un paria. Je ne m'en souciais pas particulièrement. Plus tard dans la vie, je me suis aperçu qu'il est utile d'observer de l'extérieur. Ça laisse de l'espace pour écouter, examiner et comprendre. Et une fois qu'on comprend une dynamique de groupe, on peut la contrôler sans que personne ne le soupçonne.

Ben était entouré d'amis partout où il allait. Il avait des manières faciles, placides. Il portait sa beauté sans en rajouter ; pas de gel dans les cheveux, pas de ces regards en coin dans toutes les surfaces réfléchissantes qui sont le propre des garçons à cet âge. Lorsque je le voyais au milieu d'un groupe de gens, je remarquais qu'il engageait les conversations, puis qu'il restait en retrait, n'intervenant que s'il avait un argument à présenter ou une blague pertinente à placer. Pendant les débats en classe, il déployait la même tactique avec une efficacité incroyable : après avoir avancé un point de vue avec assurance, il gardait le silence, laissait les autres ajouter leurs opinions toutes faites, et revenait en force à la fin avec une synthèse incisive des principales positions.

Je lui adressai directement la parole pour la première fois après un cours d'anglais lors duquel on lui avait demandé de dire ce qu'il pensait du portrait de « l'Autre » dans *La Tempête* de Shakespeare.

« Qu'en dites-vous, Ben ? » avait demandé M. Reynolds, dont le bout du nez luisait perpétuellement comme s'il était sur le point d'avoir un rhume ou qu'il venait d'en avoir un.

Ben s'étira, ce qui fit remonter une manche sur son bras et révéla une veine bleue.

« Je pense que Caliban est censé représenter un symbole de l'esclavage. »

C'était un argument évident, qu'il avait dû facilement assimiler grâce à la fiche de lecture CliffsNote que je l'avais vu parcourir dans le couloir avant le début du cours. Mais ce n'était pas idiot. À bien des égards, c'était du Ben tout craché : donner juste de quoi satisfaire la requête, sans jamais dévoiler quoi que ce soit d'important. J'allais apprendre à connaître tous les principes du Benisme au fil des ans.

« Oui, dit M. Reynold. Bien. Quoi d'autre ?

— Il est un peu débile, lança Conor Mayhew, sur qui on pouvait toujours compter pour dire la plus grosse ânerie possible. Il ne comprend rien à ce que font les autres. »

Ben haussa les sourcils. Je le voyais lutter entre son désir de ne rien dire qui prête à controverse parce que cela risquerait de le rendre antipathique et son désaccord avec le commentaire de Conor. Au bout de quelques secondes, ce fut cette dernière impulsion qui l'emporta.

« Pardon, monsieur, mais je ne crois pas que ce soit vrai, dit-il. Caliban n'est pas stupide. C'est peut-être ce que les autres personnages pensent de lui, mais ça en dit plus long sur eux que sur lui. » Il marqua une pause et ajouta d'une voix plaintive : « Je me trompe ? »

Une bouffée de chaleur me monta au visage. En regardant la nuque de Ben, avec son dégradé en V depuis mon siège à deux rangs de lui, je ne pouvais m'empêcher de penser qu'il parlait de moi.

Je levai la main.

« Oui ? dit M. Reynolds. Euh… monsieur…

— Gilmour. Martin Gilmour.

— Bien sûr. Martin. Allez-y. »

C'était la première fois que je me portais volontaire pour prendre la parole en cours à Burtonbury. J'avais l'impression d'avoir du coton dans la bouche.

« Eh bien... C'est juste... Je pense qu'il a raison. Je crois que Caliban ressemble à la figure de l'idiot dans les autres pièces de Shakespeare. Il voit la vérité que personne ne voit. »

M. Reynolds acquiesça d'un air songeur. « À quelles autres pièces pensez-vous ? »

Salopard, pensai-je.

« *Le Roi Lear* », répondis-je, parce que ce que M. Reynolds ignorait, c'est que ma mère m'avait offert il y avait longtemps une série d'adaptations de Shakespeare en bande dessinée – chaque pièce réduite à des cases, des personnages crayonnés et des dialogues dans des bulles –, et que cela m'avait donné une connaissance bien plus complète de l'œuvre du grand dramaturge que n'importe quel cours d'anglais d'un ennui mortel.

« Hum, bien », conclut M. Reynolds avant de se tourner vers le tableau noir pour y noter une banalité qu'aucun de nous ne copierait.

La cloche sonna, nous prîmes la direction de la cantine. Comme nous étions un jeudi, cela voulait dire qu'il y aurait des paquets de chips et que je devais faire vite si je voulais en avoir un au sel et au vinaigre, qui étaient toujours les premiers à disparaître. Je traversais le couloir en me dépêchant lorsque je sentis une petite tape sur mon épaule. Tournant la tête, j'eus la surprise de voir Ben à côté de moi.

« Merci », me dit-il. Il avait l'air amical, même s'il ne souriait pas. La minuscule tache de naissance sous son œil gauche ne faisait que souligner la perfection du reste de son visage.

Je hochai la tête, temporairement à court de mots. « Pas de problème », bégayai-je. Je ne voyais pas quoi d'autre ajouter. Au bout de quelques secondes, Ben fit un petit sourire, me salua d'un geste et repartit. Mais, me dis-je en mangeant mes chips fromage et oignon (cet échange, quoique bref, m'avait fait arriver trop tard pour obtenir mes préférées), au moins la glace était brisée. Ben ne me prenait plus uniquement pour un garçon solitaire avec un ours en peluche. Il m'avait remarqué. Mieux : il avait remarqué que je le défendais.

La troisième fois que j'échangeai quelques mots avec Ben, ce fut sur le terrain de rugby.

Je n'avais jamais joué à ce sport auparavant, en primaire je préférais l'absence de contact physique que permettait le foot, mais à Burtonbury je n'avais pas le choix. J'enfilai ma tenue – maillot vert, short marron – avec autant d'enthousiasme qu'un condamné à mort. Je savais, sans même avoir besoin d'essayer, que je serais nul au rugby. Je détestais les sports d'équipe parce qu'il fallait compter sur les autres et qu'il était impossible d'éviter qu'ils vous touchent. Ces deux obligations, pendant l'espace d'une heure, étaient une véritable torture.

Nous allions sur le terrain guidés par un professeur, M. Wilson, qui portait un survêtement bariolé et une montre en or clinquante au poignet. Il était accompagné par Scott, un étudiant australien qui travaillait comme assistant pédagogique en attendant de commencer l'université. Scott était d'une beauté presque absurde : les traits ciselés ; le bronzage doré ; les muscles des mollets aussi saillants qu'un ventre de python ayant avalé un rat entier. Tout le monde était amoureux de Scott, même si personne n'aurait admis qu'il s'agissait d'amour.

Quelques mois plus tard, Scott allait se faire pincer en flagrant délit avec miss Edinson, la prof d'art coquine, et on lui demanderait de quitter l'école. Miss Edinson reviendrait le trimestre suivant, mais elle serait moins chaleureuse qu'avant. Ses blouses lâches, avec les manches qui n'arrêtaient pas de tomber de ses épaules, seraient remplacées par de simples tee-shirts en coton. Elle semblerait plus triste. Pendant plusieurs semaines d'affilée, elle nous forcerait à peindre des études de nature morte, quatre pommes et un bol. Et puis un jour, elle s'en irait en pleine classe pour ne jamais revenir.

Son départ fit l'objet d'une courte annonce au rassemblement, la semaine suivante, puis des rumeurs racontèrent que miss Edinson était partie pour l'Australie avec Scott et qu'ils allaient se marier malgré leur différence d'âge et qu'ils auraient une flopée de bébés mignons à la double nationalité. Je crois que cette histoire nous consolait. Nous aimions bien miss Edinson.

Des années plus tard, Ben et moi sommes tombés sur Scott au bar du Duke's Hotel. Nous buvions des martinis (Ben l'aimait sec, servi avec une carafe de saumure). Nous avons reconnu Scott immédiatement. Il devait avoir presque trente ans mais il avait exactement la même allure qu'à dix-huit.

« Scott », dit Ben. L'Australien leva les yeux. « Tu ne dois pas te souvenir de nous, mais... »

Ben nous présenta. Le visage de Scott, d'abord vierge de toute émotion, afficha un grand sourire. Ils se mirent à discuter tous les deux.

« Qu'est-il arrivé à miss Edinson ? » demandai-je.

Scott me dévisagea.

« Qui ça ? »

Et ce fut tout.

Quoi qu'il en soit, le jour de ma leçon de rugby, Scott resta à la lisière de ma conscience. Le professeur nous répartit en équipes et nous demanda de nous échauffer, ce qui consistait à faire des tours de terrain, ce qui n'avait aucun intérêt, et à exécuter vingt pompes, suivies par encore un peu plus de course et des étirements des cuisses.

Personne ne me demanda si j'avais déjà joué. On partait du principe que c'était forcément le cas. La croyance en vigueur chez tous les élèves de Burtonbury, à savoir que tout le monde était comme eux, ne cessait de m'étonner. Même si, je m'en doute aujourd'hui, il y a des avantages à penser de cette façon. Pas la peine de poser trop de questions. Les préjugés confortent les certitudes.

En arrivant sur le terrain, je ne connaissais pas les règles. Je crus que le plus sûr était de rester en périphérie de l'action, en faisant bien comprendre que je n'étais pas de ceux à qui il fallait confier le ballon. Cela fonctionna pendant vingt-cinq minutes et puis, sans prévenir, les événements se bousculèrent et un garçon que je n'avais jamais vu arriva en courant vers moi, ahanant comme un cheval, poursuivi par un autre qui portait un protège-dents, de sorte que sa bouche semblait remplie d'une barre jaune fluo, et soudain le ballon décrivit une trajectoire en cloche dans ma direction. Je tendis instinctivement les mains et l'attrapai.

Le temps sembla à la fois ralentir et s'accélérer. J'avais conscience du poids du ballon entre mes paumes, de la sensation agréablement satisfaisante d'avoir effectué le bon geste, mais en même temps quatre garçons fonçaient sur moi, lancés à toute allure. L'instinct de survie entra en action, je sus que je devais m'en débarrasser au plus vite et je le jetai au hasard, sans regarder autour de moi s'il y avait quelqu'un pour le saisir au vol. En lançant le ballon en l'air, un intense soulagement me submergea. Mes coéquipiers râlaient, mais je m'en fichais. Me délester du ballon était mon seul objectif.

Pile au moment où il quittait mes mains, je sentis une masse puissante me rentrer dans les côtes. Je valdinguai à terre. Mon adversaire écrasa son avant-bras contre mon cou. Ma cheville me faisait mal ; dans le choc, j'avais reçu un mauvais coup. L'herbe était humide sous ma tête. Les yeux plissés, je ne distinguais que l'ombre de mon assaillant qui se découpait contre le ciel.

Je battis des paupières. M'assis. Le garçon me sourirait d'un air narquois.

« Tu devrais faire gaffe, tête de nœud », me dit-il.

Il avait le visage constellé de taches de rousseur. Le haut d'une de ses oreilles était replié sur lui-même. Son front large luisait de sueur.

« Putain de merde, Jarvis, qu'est-ce que tu fous ? »

Une voix familière. Ben apparut derrière la tête mafflue de Jarvis.

« Tu te crois où ? »

Jarvis haussa les épaules.

« C'est rien de méchant », dit-il en se relevant péniblement avant de repartir au petit trot se mettre en position. Son maillot était couvert de traînées vertes.

Ben me regardait.

« Tout va bien ? »

Je hochai la tête.

« Allez, viens. » Il se pencha vers moi en me tendant la main. Je la pris, refermai mon pouce autour du sien, et il me releva. Mais, dans le mouvement, je perdis l'équilibre et lui tombai dessus. Une forte chaleur irradiait de sa poitrine. Il me repoussa.

« Ça va ? me demanda-t-il.

— Oui. Merci. »

Il s'éloigna en courant. Pendant des jours après cet incident, je me remémorai la petite partie charnue entre son pouce et son index, notre contact lorsqu'il m'avait aidé à me remettre sur mes pieds. Il devait bien m'aimer, pour avoir fait ce geste.

Il était temps de capitaliser sur nos trois brèves rencontres, de forger un rapport intime.

La prochaine étape consistait évidemment à découvrir quelle musique il aimait. Je voyais souvent Ben se promener avec son Discman dépassant de la poche de sa veste, les écouteurs soit dans les oreilles, soit pendus en toute décontraction à son cou, crachant une ligne de basse indistincte. J'essayai à plusieurs reprises de marcher à proximité pour entendre ce qu'il écoutait ou déchiffrer le titre du CD qui tournait sous le couvercle en plastique. Une fois, dans la file du déjeuner, je fus à deux doigts de réussir. J'étais debout derrière lui, à seulement quelques centimètres, mon plateau calé contre mon torse, et je respirais son odeur : le parfum soyeux du savon et de sa peau, avec une légère note boisée. Alors que je tendais l'oreille vers lui, en mobilisant toutes mes synapses auditives pour comprendre les paroles, il se tourna, sursauta et recula d'un pas. Il me regarda bizarrement. Puis il m'adressa un de ses sourires sans expression, reprit sa place dans la file et présenta son assiette pour qu'on lui serve une tranche caoutchouteuse de dinde rôtie accompagnée de *mashed potatoes* collantes.

Ayant réalisé que cette tactique ne fonctionnerait pas, je dus trouver un stratagème plus intelligent. Ben partageait sa chambre à Sullies, dans le même couloir que la mienne, avec deux autres garçons, Mungo et Johnno. (Des années plus tard, lorsque je mentionnai leur nom en passant à Lucy, elle hurla de rire. « Tu es allé dans une école où les gens s'appelaient Mungo et Johnno ? C'est à se tordre. » Voyant mon expression changer, elle s'empressa d'ajouter : « Enfin, j'adore Ben, mais c'est assez drôle, admets-le. »)

Comme il dormait à quelques portes de ma chambre et que, pour le dire simplement, je n'avais pas d'amis, je pus consacrer une bonne partie de mon temps à observer leurs allées et venues. Après l'accroc dans la file de la cantine, pendant une semaine, je m'arrangeai pour me réveiller plus tôt que mes camarades de chambre, puis je sortis dans le couloir, poursuivi par le bruit de leurs ronflements, avant de refermer la porte sur l'odeur de renfermé où se mêlaient sueur masculine et fumet de chaussettes.

Il y avait une salle de bains commune entre ma chambre et celle de Ben. Je m'enfermai dans une cabine et grimpai sur les toilettes. Dès que j'entendrais la voix de Ben, je sortirais et viendrais m'installer au lavabo à côté du sien pendant qu'il se brosserait les dents, l'idée étant de profiter de cette opportunité pour engager la conversation avec lui.

Finalement, mon plan ne fonctionna pas vraiment. Ben arriva comme prévu, mais il avait ses deux camarades de chambre avec lui et ils prirent les lavabos, de sorte qu'il n'y avait de place pour personne d'autre. Je sortis de ma cabine, penaud, vêtu de mon pyjama rayé bleu et blanc. Je remarquai que Ben portait un caleçon et un tee-shirt au col déchiré avec le logo « Hard Rock Cafe » sur le devant.

Ses amis étaient accoutrés de façon similaire. Au lieu de chaussons, l'un d'eux portait des espadrilles au tissu élimé et aux semelles aplaties sous les talons.

« T'as du dentifrice ? demanda Mungo à Ben. J'en ai plus. Je peux t'en emprunter ? »

Les yeux bouffis de sommeil, les cheveux encore plaqués sur le crâne par le contact de l'oreiller, Ben lui passa son tube de Colgate.

« Ce n'est pas un emprunt. Je n'ai pas envie que tu me rendes le dentifrice que tu te seras mis dans la bouche. »

Johnno ricana.

« Quel connard », dit-il.

Mungo me jeta un coup d'œil vague, remarquant à peine ma présence. Ce qui m'agaça. Je n'allais pas pouvoir approcher Ben maintenant. Revenu dans le couloir, je les entendis s'esclaffer et je fus persuadé que c'était à cause de moi.

Alors, j'eus une autre idée. Je longeai furtivement le couloir vers la chambre de Ben. Ils étaient tous les trois dans la salle de bains, l'occasion était trop belle pour que je la laisse filer.

Je poussai la porte et me faufilai à l'intérieur. Il y avait quatre lits, exactement comme dans mon dortoir, mais disposés différemment – tous les quatre contre le même mur, et tellement proches qu'il suffisait de tendre la main pour toucher le matelas du voisin. Je devinai que le lit de Ben devait être celui de droite : il y avait une photo de famille sur la commode avec une fille qui lui ressemblait, le bras sur les épaules d'une version de lui plus jeune de quelques années. L'image était pleine de soleil, légèrement floue. La fille avait de longs cheveux bruns et les dents de devant mal alignées.

Je traversai la chambre et ouvris le tiroir du haut. Des caleçons. Des vestes. Un paquet de Marlboro caché sous une paire de chaussettes. Le tiroir suivant contenait des liasses de papier ; des enveloppes ouvertes et tamponnées ; une carte postale avec « Malibu » écrit en diagonale et en jaune. Je la retournai. Stylo-bille bleu, une écriture féminine avec des ronds sur les « i », signée d'un simple « J », avec des tonnes de cœurs. Je reposai la carte postale dans le tiroir, en sentant ses coins se plier légèrement.

Mon cœur battait fort. J'entendais l'horloge qui égrenait les secondes, le brouhaha dans la salle de bains qui s'amenuisait, les bruits de pas sur la moquette. J'ouvris le dernier tiroir à la hâte. Quatre jeans (il me fallut un instant pour me remettre de cette opulence : quatre jeans !), et là, au fond, ce que je cherchais : plusieurs CD dans leurs boîtiers en plastique fissurés. J'en pris un, qui glissa entre mes mains moites, et lus le nom du groupe : Run DMC. Il y en avait un autre auquel je jetai un rapide coup d'œil et où je lus trois initiales : R.E.M. Je devrais m'en contenter. Je refermai le tiroir en le poussant avec ma cuisse. Puis, sans réfléchir, je rouvris celui du haut et pris une lettre au hasard. Je la fourrai sous le cordon de mon bas de pyjama, que je serrai plus fort, et me hâtai de sortir, laissant la porte claquer derrière moi en espérant que personne n'entendrait.

Il était temps, un des camarades de chambre de Ben revenait, sa trousse de toilette à la main, l'haleine fraîchement mentholée. L'enveloppe se froissait doucement contre mon estomac. Une sensation de pouvoir me fit frissonner.

Si étrange que cela paraisse, je ne lus pas la lettre avant plusieurs jours. J'étais trop accaparé par l'exécution de mon plan. Ce n'était pas une stratégie très élaborée, mais rien d'autre n'occupait mon esprit. Les cours ne me posaient aucune difficulté. Moi qui étais persuadé que Burtonbury m'offrirait stimulation intellectuelle et sentiment d'accomplissement personnel, il s'avérait que j'étais l'un des plus brillants de ma promotion sans même avoir à forcer. Et, comme les devoirs ne me prenaient pas beaucoup de temps, je pouvais me consacrer pleinement à ma conquête de Ben. Après mon investigation dans sa chambre, je prélevai une partie précieuse de l'argent de poche que ma mère transférait chaque mois dans une banque locale pour faire l'acquisition de CD.

Le samedi matin, nous étions autorisés à nous promener dans la ville voisine de Burton, par groupes de trois ou quatre, tant que nous signions le registre posé sur une table dans le hall d'entrée du dortoir. Je me souviens parfaitement de ce registre : un classeur vert à levier, avec des feuilles volantes sur lesquelles étaient tracées à la main des rangées et des colonnes délimitant les espaces où noter nos initiales et les horaires. Il y avait un stylo attaché par une ficelle bleue, le bout fixé à l'adhésif avec un zèle disproportionné par quelqu'un qui semblait déterminé à ce que personne ne le vole (la gardienne, probablement). Et malgré tout, il disparaissait sans cesse. Encore, encore et encore.

Pour moi, ce petit détail résumait plus ou moins le mauvais esprit et l'aplomb des autres étudiants. Voler ce stylo n'avait aucun intérêt. Ce n'était pas comme si on manquait de fournitures à Burtonbury. Ce qui rendait l'acte jubilatoire, c'était surtout le fait de voler quelque chose en sachant que c'était interdit et que ça agacerait. Et, derrière tout cela, il y avait la conviction fondamentale – non, la certitude innée – qu'il y aurait toujours quelqu'un pour régler le problème. Quelqu'un dont le travail était de servir les élèves du pensionnat.

Je digresse. Mes excuses.

Chez Woolworths, j'allai directement au rayon disques. Il y avait deux albums de Run DMC, qui portaient tous les deux l'étiquette en noir et blanc avertissant que les paroles étaient déconseillées aux mineurs. J'essayai de me persuader que j'étais le genre de type qui choisirait ces albums, sûr de son goût, qui savait exactement quelle musique il écouterait en allumant des clopes et en soufflant des ronds de fumée, les yeux à moitié fermés comme Steve McQueen dans *Bullitt*. Je fouillai les bacs à la recherche des disques de R.E.M. Il n'y en avait qu'un. Je l'achetai aussi.

De retour au dortoir, je dus supplier mon camarade de chambre Dom de me prêter son lecteur portable et lui promettre que je cirerais ses chaussures tous les jours jusqu'à la fin du trimestre.

Assis sur le lit, j'insérai le CD de Run DMC dans le Discman, enfonçai les écouteurs dans mes oreilles et croisai les jambes pour me mettre à l'aise. Je pensais passer quelques heures de bonheur à digérer ces nouvelles sensations auditives, une agréable éducation musicale à ces nouveaux accords et à ces mélodies grâce à laquelle je me rapprocherais de Ben et comprendrais les rouages les plus intimes de son cerveau. Ce que j'entendis à la place : une cacophonie fracassante – des rythmes syncopés et des chants qui n'en étaient pas, qui ressemblaient plutôt à des cris scandés. De dégoût, j'arrachai les écouteurs et les balançai à l'autre bout de la pièce. C'était vraiment le genre de choses que Ben aimait écouter ?

Je retirai le disque et le remplaçai par R.E.M. Je soupirai en m'efforçant de ne pas me fier à mes préjugés et enfonçai le bouton « Play » du lecteur. Au moins, R.E.M. semblait croire à une approche traditionnelle du rythme et de la dynamique couplet/refrain. Certaines de leurs chansons étaient passables, même si les arrangements étaient un peu appuyés. À la maison, ma mère ne jurait que par Frank Sinatra et l'opérette. On peut dire ce qu'on veut du Rat Pack, mais ils savaient composer une chanson.

Je regardai ma montre : 16 heures. L'heure du thé. Je remis délicatement les CD dans leur boîtier et les laissai, bien visibles, sur ma table de chevet. Je ne possédais rien de plus cool.

Au réfectoire du rez-de-chaussée, les garçons étaient agglutinés autour de deux gigantesques grille-pain argentés d'une capacité de douze toasts chacun. Je pris deux tranches de pain de mie et jouai discrètement des coudes.

« Hé, fais gaffe, enfoiré. »

Je tournai la tête et me retrouvai nez à nez avec le garçon du terrain de rugby. Jarvis.

« J'essaye juste d'arriver jusqu'au grille-pain, dis-je en m'efforçant de rester calme.

— "J'essaye juste d'arriver au grille-pain", répéta Jarvis en prenant une voix geignarde, nasale et horriblement aiguë, en remuant les doigts de façon efféminée comme s'il pianotait sur un clavier imaginaire. On fait tous la queue pour ce putain de grille-pain, OK ? »

Je ne sais pas pourquoi sa moquerie m'affecta autant. J'avais réussi à réprimer ma colère depuis mon arrivée à Burtonbury, parce que je craignais de foirer encore, et aussi, au fond, parce que j'étais un peu intimidé. Mais Jarvis était tellement stupide et fruste que je ne pouvais pas le laisser s'en tirer une deuxième fois.

« Va te faire foutre, rétorquai-je, assez fort pour que le groupe d'une dizaine de garçons autour de nous entende.

— Qu'est-ce que t'as dit, sale pédé ?

— J'ai dit : va te faire foutre, Jarvis. »

Je le fixai droit dans les yeux, enfonçant mon regard dans sa face d'abruti, et sentis mon corps et mes épaules se redresser, tel un taureau prêt à charger. Un feu sacré s'emparait de moi.

Jarvis fit un pas vers moi et m'attrapa brusquement par le cou tout en armant son poing. Il grogna d'un air méprisant et désinvolte, comme s'il sentait déjà le parfum de la victoire.

Je n'étais pas un adversaire bien terrifiant. Je faisais une tête de moins que la moyenne, j'étais frêle, pâle et délicat, et jusqu'à maintenant personne n'avait trop fait attention à moi. Mais Jarvis, comme les autres, m'avait sous-estimé.

J'esquivai son premier coup. Les cris et les huées de nos camarades emplirent le réfectoire. L'effort faisait transpirer Jarvis. Les portes claquaient et des chaises raclaient le sol, d'autres élèves se précipitant pour assister à l'affrontement. Un cercle se formait autour de nous. On hurlait des encouragements. On me tapait dans le dos sans ménagement. Nouvelle attaque de Jarvis. Je ne reculai pas quand il arriva sur moi. Fermement campé sur mes pieds, les poings serrés, je lui décochai un crochet au menton. La douleur fusa dans mes doigts comme une décharge électrique. Jarvis, sonné, tituba en arrière. Sans tenir compte de ma souffrance, je lui balançai un direct dans l'œil et entendis ses os craquer sous mon poing.

« Bordel de merde », gémit Jarvis en battant en retraite et en s'accroupissant, tête basse, avant de poser une de ses grosses pattes sur son œil blessé. « Qu'est-ce que tu fous, espèce de cinglé ? » Mais sa voix se brisait, il pleurait presque et ses mots s'étaient vidés de leur force. Le public s'extasiait devant la victoire inattendue de l'outsider. Le vacarme était assourdissant. Je pris conscience de la foule autour de moi. Des visages qui me souriaient. Certains m'applaudissaient même. J'en entendais s'exclamer :

« Bien joué, mon pote. »

« Tu lui as montré. »

Une tranche de pain lancée par un inconnu décrivit un arc de cercle à travers la pièce avant d'atterrir près du pied gauche de Jarvis. Défait par cette humiliation finale, Jarvis sortit de la salle en chancelant. Et alors, avec une assurance dont je ne me serais pas cru capable, je m'approchai du grille-pain chromé, y glissai deux tranches de pain de mie nature et appuyai calmement sur le levier.

« Tu l'as bien mérité. »

C'était Ben. Il me regardait d'un air amusé, l'ombre d'un sourire jouant sur ses lèvres.

« Ouais, dis-je, j'imagine. »

Le pain sauta, projetant des miettes en l'air. Ben resta près de moi pendant que j'étalais du beurre de cacahuètes sur le pain, à quoi j'ajoutai une quantité généreuse de confiture de framboise. Nous nous assîmes. Il avait une tasse de thé et une assiette dans laquelle étaient empilées deux tranches de gâteau au gingembre et une grosse crêpe. Je remarquai que, lorsqu'il buvait, il levait sa soucoupe en même temps. C'était un geste raffiné, un peu vieux jeu.

Il regarda ma main rougie.

« Tu devrais mettre de la glace, tu sais.

— Ouais.

— Alors, demanda-t-il, comment tu te sens ici ? »

Je haussai les épaules.

« Bien, merci. » Une pause. « En tout cas, c'est mieux que mon ancienne école.

— Ah bon ? » Ben se tripotait le lobe de l'oreille. « Comment ça ?

— Oh, tu sais. Juste... Il y avait plein de cons. »

Ben rit. Enhardi, je continuai.

« Ce n'était pas leur faute. Ils étaient juste très différents de moi, tu comprends. Aucun goût musical, par exemple.

— Tu écoutes de la musique ?

— Un peu.

— Quel genre de trucs ?

— Hum. Les trucs habituels. Les vieux classiques. Les Beatles. Les Stones. »

Ben mordit dans son gâteau, indifférent.

« R.E.M. » Était-ce trop de mentionner aussi l'autre groupe ? Est-ce que ça paraîtrait suspect ? J'enfonçai le clou. Je n'aurais peut-être jamais d'autre occasion. « Run DMC, ce genre de choses. »

Il me regarda d'un air admiratif.

« Vraiment ? Moi aussi. J'adore "Walk This Way". »

Je n'avais pas la moindre idée de ce dont il me parlait.

« Ouais, carrément. » Je convoquai mentalement la pochette du CD de R.E.M. pour trouver un titre de chanson. « Et... "Begin the Begin". Un classique. »

Ben se pencha vers moi. « Oui ! J'adore cette chanson. »

Le silence retomba, mais amical. Ben engloutit le reste de son gâteau en deux bouchées.

« Je meurs de faim. Le rugby... », précisa-t-il la bouche pleine. Je regardai le gâteau disparaître par son œsophage, le mouvement ascendant puis descendant de sa pomme d'Adam, les miettes rousses qui dessinaient une demi-lune dans son assiette.

Il s'essuya les mains avec une serviette en papier, puis la porta à sa bouche. Tous ses gestes étaient exécutés avec la conviction totale de leur justesse. Tandis que moi, je m'interrogeais sur tout : ma façon de manger, d'étaler le beurre de cacahuètes, de parler, et la nuit, quand j'entendais les autres remuer sous leur duvet, puis émettre des sortes de hoquets et de grognements étouffés, je me demandais s'ils pensaient à la même chose que moi. À des cheveux bouclés. À un torse musclé. À la barbe clairsemée d'un menton adolescent.

« Tu viens ce soir ? »

Il me fallut un moment pour réaliser que Ben me parlait et que ce qu'il disait appelait une réponse de ma part.

« Quoi ?

— Ce soir. Tu sais. La boum avec les filles du BGC. »

Le BGC – à ne pas confondre avec le BCG, l'injection contre la tuberculose qu'on m'avait administrée la semaine précédente au sanatorium –, c'était le Burtonbury Girls College, l'établissement pour filles. Chaque trimestre, les deux écoles organisaient une fête commune connue de tous sous le nom monosyllabique et outrageusement puéril de « boum ». Je m'étais bien gardé d'acheter un ticket et je prévoyais de passer la soirée à lire tranquillement sans interruption dans ma chambre. Je devais écrire une réponse à ma mère, dont les lettres étaient de plus en plus plaintives.

« Non, et à vrai dire, je n'ai pas de ticket », dis-je.

Je m'agaçai aussitôt d'avoir employé la locution « à vrai dire », trop maniérée.

« Oh, non ! » Il avait l'air sincèrement peiné. « Eh, écoute, je connais quelqu'un qui en a un en trop. Et de toute façon, mon pote, c'est facile d'entrer sans ticket. »

J'ouvris la bouche en préparant une excuse susceptible d'expliquer pourquoi il m'était impossible de venir.

« Passe avant dans ma chambre, d'accord ? J'ai un nouvel album qui va te retourner le cerveau. Je te jure. C'est carrément génial. Et, ajouta-t-il en baissant la voix, j'ai une bouteille de vodka. Juste, tu vois, histoire de nous mettre dans l'ambiance. »

Il repoussa sa chaise avant que j'aie eu le temps de répondre. Puis il prit son assiette, posa sa serviette en boule dans la tasse et empila soigneusement la soucoupe par-dessus.

« Super, dit-il en mettant la main sur mon épaule. On se voit tout à l'heure. Vers 19 heures. »

Ben ne m'avait pas dit dans quelle chambre il dormait. Certes, je le savais déjà. Mais, tout en débarrassant ma propre assiette, je me fis la réflexion qu'il l'ignorait. Une question de confiance – la certitude que procure la popularité. Ben savait que je trouverais. Il en était sûr. Et il avait absolument raison.

IV

Commissariat de Tipworth, 15 h 15

J'AI TERMINÉ MA TASSE DE THÉ. Le sachet est resté plongé dans l'eau trop longtemps, si bien qu'arrivé au fond de la tasse il était trop infusé, tiède et amer. Peut-être vont-ils m'en proposer un autre. Le cas échéant, je demanderai un sachet à part. Ou au moins qu'ils me donnent une touillette, pour que je puisse le repêcher. Mais, dans ce cas, où mettrai-je le sachet ? Je n'ai pas de soucoupe, bien entendu, et la tasse en polystyrène n'a pas de couvercle. Je devrai le poser sur la table, tout humide et écrasé, il laissera une trace humide sur le mélaminé, et je ne suis pas certain que ça se fasse.

L'idée d'une deuxième tasse de thé commence à m'obséder. Je m'inquiète : si quelqu'un d'autre s'occupe de sortir le sachet, restera-t-il assez longtemps dans l'eau pour que le thé soit assez fort ? Pourrai-je demander à Blondasse de s'assurer qu'il y reste une durée suffisante ? Mais quelle durée au juste ? Je ne peux juger qu'à l'œil, je ne décide pas à l'avance et à la seconde près. Quand je prépare moi-même mon thé, je sais quand il atteint une infusion optimale en fonction de la couleur du liquide, plus ou moins sombre. C'est une nuance juste entre celle du champignon brun et celle de la surface du tek verni. Presque marron, avec une teinte rousse. Et quand on ajoute le lait, elle évoque la terre cuite…

« Monsieur Gilmour ? Martin ?

— Oui. Pardon ? Où en étions-nous ? »

Blondasse se gratte la tempe avec le capuchon de son stylo-bille. Je la déçois, je le vois bien. Elle pensait que ce serait plus facile. Je me demande ce qu'elle sait à mon sujet, à quel point elle a fait des recherches poussées avant notre entretien. J'ai une page Wikipédia, je suppose qu'elle l'a lue. Je ne l'ai pas écrite moi-même et je ne sais pas qui l'a rédigée, mais l'essentiel s'y trouve, avec plus ou moins de précision. Pendant un temps, j'avais un an de moins qu'en réalité, et des critiques injustement sévères envers mon livre étaient mentionnées. J'ai créé un faux profil pour l'éditer, retirer les citations négatives, mais en laissant la date de naissance incorrecte. Et puis il y a quelques mois, en vérifiant de nouveau, je me suis aperçu que quelqu'un l'avait rectifiée.

C'était à la fois bizarre et flatteur de lire des détails biographiques me concernant qu'un inconnu (je suppose que c'était un inconnu, mais allez savoir) avait cru bon de compiler. Étonnant de voir la quantité d'informations sur moi qui existaient en ligne. Et pourtant, tant de choses méritoires avaient été laissées de côté. Mon amitié avec Ben, par exemple, n'était même pas évoquée. Ni ma mère, ce qui était moins étonnant vu que Sylvia Gilmour n'avait jamais rien fait d'important dans sa vie d'anonyme, mais c'était tout de même étrangement déstabilisant de lire ce compte rendu partial de mon existence.

« Vous avez fait vos études avec Ben Fitzmaurice, c'est exact ? »

La voix de Blondasse transpire l'ennui.

« Oui, je crois que je l'ai déjà dit. Plusieurs fois.

— Nous voulons juste être aussi rigoureux que possible. »

Elle pose son stylo sur la table, s'étire sur sa chaise, ce qui tend le tissu rêche de sa veste grise sur sa poitrine.

« Et comment décririez-vous Ben, la première fois que vous l'avez rencontré ? »

Je suis décontenancé par la question.

« Pardon, mais je ne vois pas le rapport. »

Costard Gris intervient à nouveau. Maintenant qu'il a commencé à parler, on ne l'arrête plus.

« Laissez-nous nous inquiéter du rapport, dit-il. Contentez-vous de répondre. »

Blondasse ne bouge pas. Nous y voilà. Ils ne font qu'un. Tous les deux, ils ont le même objectif : me faire tomber. Ils sont prêts à me bousculer, comme Jarvis. Le souvenir de mon poing cognant son menton me revient tel un flash. Les doigts me démangent. J'imagine ce que je ressentirais si je me penchais par-dessus la table, que j'armais mon bras, les muscles tendus prêts à l'action, et que je balançais un coup en pleine tête à Blondasse. Est-ce que je sentirais sa pommette craquer ? Son nez se mettrait-il à saigner ? Sa tête partirait-elle en arrière sous l'impact ?

J'esquisse un sourire las.

« Il était populaire, dis-je. Séduisant, intelligent, sportif. »

Blondasse hoche la tête. Costard Gris me dévisage froidement. Il y a un bref silence. Puis Blondasse me pose une question d'une voix si douce qu'il me faut un moment pour comprendre ce qu'elle vient de demander.

« Étiez-vous jaloux de lui ? »

Je baisse les yeux sur la tasse vide, les coulures brunes au fond. Je prends une inspiration.

« Je suppose que oui. »

C'est la première chose totalement vraie que je dis depuis que je suis entré dans cette pièce.

2 mai

Salle de réception, prieuré de Tipworth, 20 h 30

LES RICHES FONT MIEUX LA FÊTE que nous autres. Ce n'est pas seulement l'argent ou l'assouvissement du moindre caprice, ni même des alcools et une nourriture de choix. C'est une qualité impalpable de l'atmosphère, l'excitation dans l'air. Le luxe nous électrise, plébéiens que nous sommes. Nous n'avons aucune envie de le reconnaître, mais c'est bel et bien le cas.

Nous sommes jaloux, oui. En notre for intérieur, nous sommes outrés par la prodigalité excessive, absurde, narcissique d'une fête comme celle du quarantième anniversaire de Ben Fitzmaurice. Mais l'argent a un pouvoir narcotique. Il vous fait planer. Oublier vos appréhensions. Vous vous sentez privilégié d'être là, vous êtes invité parce que vous êtes exceptionnel, comme si un minuscule fragment de feuille d'or d'une gigantesque statue tombait sur vous, et vous vous persuadez que vous faites partie de ce monde. Que pour une nuit, indubitablement, vous êtes un des leurs.

Et quelle fête ! C'est important de s'en souvenir, étant donné tout ce qui s'est passé ensuite. Il faut se rappeler le parfum de décadence que dégageait la soirée quand nous la vivions, les sens aiguisés, grisés par l'alcool qui coulait à flots. Les martinis litchi. Les cocktails au champagne. Les Old Fashioned avec de la tequila datant de l'année de naissance de Ben. Et, en guise de clin d'œil ironique à sa vie d'étudiant, des plateaux entiers de Bacardi Breezer, boisson puissante et d'une douceur écœurante, ainsi que des bouteilles de bière citronnée premier prix, la Hooch, une plaisanterie médiocre que tout le monde trouva sensationnelle et qui déclencha des salves de rires parce que c'était Ben, et dans le brouhaha général on décréta que c'était « un classique » et que Ben était « un sacré déconneur », un type « mythique ».

Boire. Trop. Jusqu'à saturation. L'alcool se déversait dans la nuit, effervescence liquide qui faisait pétiller toute la maison. Une marée joyeuse emportait tout et nous entraînait par le fond. Les têtes renversées, les bouches grandes ouvertes par où s'échappaient des rires tonitruants dont l'écho se dissipait dans les ténèbres pleines de promesses de la nuit.

Un tourbillon enivrant : des images surgissaient, arrachées à la nuit, puis se perdaient dans les remous. Le scintillement des paillettes. Les escarpins à semelles rouges. Les diamants brillant de mille feux. Les ongles vernis. Les cheveux saupoudrés d'une fine poussière étincelante. Une robe dos nu si fendue qu'on devinait la naissance des renflements intimes de la chair. Un nœud papillon froissé abandonné sur un petit coussin.

Après que Fliss fut montée à l'étage se changer et dire bonjour à Serena et aux enfants, les invités semblèrent tous arriver en même temps. Lucy et moi, livrés à nous-mêmes sans plus d'explications, nous restions dans l'ombre à les observer déambuler d'une pièce à l'autre. Ben avait disparu pour saluer avec effusion les convives de plus en plus nombreux. Serena demeurait invisible.

« Sérieusement..., dit Lucy. Qu'est-ce qui lui prend autant de temps ? »

Je vis une présentatrice télé populaire dont le visage se composait à quatre-vingt-dix-neuf pour cent de dents passer d'un pas branlant, perchée sur des bottines à talons, ses jambes flageolant comme les pattes d'un veau nouveau-né. Elle était devenue célèbre en animant un concours de talents musicaux en *prime time*, et à l'époque on avait beaucoup parlé d'elle, de son aisance et de sa décontraction. Son heure de gloire avait été l'interview d'une fillette de neuf ans dont l'interprétation d'une aria d'opéra accompagnée par un chien choriste avait été rejetée par les quatre juges du panel. Comme la fille sanglotait, en pleine détresse, la présentatrice l'avait prise dans ses bras et serrée contre elle sous le regard des caméras, en caressant ses tresses de princesse. Le lendemain, la photo de la présentatrice faisait la une du *Daily Mail* avec cette légende : « Notre reine de cœur. »

Cet épisode m'avait donné la nausée. Je n'avais jamais été convaincu de la sincérité de cette animatrice. Nous avons tellement envie de nous croire pleins d'empathie, comme si verser des larmes prouvait notre noblesse d'âme et notre humanité. En vérité, notre sentimentalisme est un égoïsme. Nous pleurons parce que nous voulons qu'on nous voie pleurer.

La présentatrice de télévision n'avait plus la cote ces dernières années, elle en était réduite à faire la promotion des bijoux de sa propre marque dans ces talk-shows où le programme que vous venez de regarder est disséqué en détail jusqu'à l'absurde, et où des comiques dont vous n'avez jamais entendu parler sont autorisés à lancer de mauvaises blagues qu'on préférerait n'avoir jamais entendues.

« Excusez-moi », dit l'animatrice.

J'étais sur son chemin et elle essayait d'aller dans la pièce d'à côté.

« Pardon, sincèrement désolé », répondis-je, sans pour autant bouger d'un pouce.

Elle sourit. Un sourire plaqué sur son visage comme un pansement. Plus je restais immobile, plus son sourire s'étiolait – il diminua progressivement, avant de disparaître totalement. Sa voix se durcit.

« Vous pouvez vous pousser, s'il vous plaît ? »

Sans le sourire, son visage était hagard et vieux.

« Bien sûr. »

Je la laissai passer.

Lucy me regarda avec un sourire en coin.

« Franchement..., murmura-t-elle. Tu n'es pas sortable.

— Oh, tu sais bien que je ne la supporte pas.

— Hum... »

Je pris un verre de vodka martini sur un plateau qui voltigeait à portée de main. Lucy en fit autant.

Un mannequin homme qui avait récemment posé en slip pour une publicité d'après-rasage se dandinait non loin de là. Les affiches montrant son... paquet - à défaut d'un autre mot - avait provoqué un tel émoi quand elles avaient été placardées dans divers centres-villes qu'il y avait eu plusieurs accidents de voiture. Coups du lapin et autres blessures mineures, avais-je lu sur le MailOnline (malheureusement, je ne suis pas immunisé contre la tentation facile des pièges à clic des tabloïds).

Lucy soupira profondément comme il passait. Le mannequin était magnifique - pommettes exquises, barbe soigneusement taillée, regard d'acier. Mais son visage n'exprimait rien, ce que je trouvais déroutant, on pouvait y lire ce qu'on voulait ; il reflétait ce que chacun avait envie d'y projeter.

Il avait aux pieds une paire de baskets à semelles roses en édition limitée. Il se trouve que j'avais acheté les mêmes quelques mois plus tôt. J'avais vu Ben les porter. Elles lui allaient bien, mais je savais qu'elles m'iraient encore mieux et qu'il serait ravi de me voir avec. Une autre preuve de nos goûts communs, exactement comme les CD il y avait tant d'années.

J'avais eu du mal à me procurer ces chaussures. J'avais dû me les faire envoyer des États-Unis, à un prix exorbitant, mais cela en valait la peine. Quand je les portais, elles me donnaient un côté clinquant. J'aimais les mettre avec des costumes. Le style, comme je l'avais appris au fil des ans, repose sur des combinaisons inattendues.

Lucy semblait offusquée par ces baskets. Elle m'avait dit que c'était de l'argent jeté par les fenêtres. Je n'avais pas eu la cruauté de lui répondre qu'elle n'y connaissait rien. D'ailleurs, elle ne pouvait pas comprendre le lien fraternel qui fait que deux hommes veulent porter la même chose, presque comme un signe d'appartenance tribale. Pauvre

Lucy. Il y avait tant de choses qui lui passaient au-dessus de la tête. Elle n'avait jamais eu besoin d'être aux aguets comme moi, qui récoltais les indices comme des petits cailloux.

« C'est grossier », disait Lucy. Il me fallut une seconde pour saisir qu'elle rabâchait à propos de l'absence de Serena. « C'est sa fête, quand même. »

Je bus mon verre. La vodka glacée me fouetta le fond de la gorge.

« Celle de Ben, techniquement.

— Oh, arrête. On sait tous les deux que Serena l'a transformée en pendaison de crémaillère pour en mettre plein la vue à tout le monde. Il y aura une double page sur le prieuré de Tipworth avant la fin du mois dans *Elle Décoration*. »

Je passai ma main autour de son cou et lui serrai l'épaule.

« Chut, dis-je.

— Aïe. Tu me fais mal.

— Désolé. »

Un autre plateau planait près de nous. Lucy prit un verre à pied rempli d'un liquide orange avec au fond une cerise glacée qui avait toujours sa queue.

« Ne bois pas trop..., commençai-je.

— Martin, je ne sais pas pour toi, mais j'ai bien l'intention de me prendre une cuite d'enfer. C'est la seule façon de supporter tout ça. »

Je la laissai faire. Lucy n'avait jamais beaucoup aimé les fêtes, et elle avait des réserves particulières sur l'hospitalité ostentatoire des Fitzmaurice. Aux premiers jours de notre histoire, elle s'était laissé charmer par Ben, par son caractère irrésistible, son naturel, la façon qu'il avait de tout rendre plus agréable par sa simple présence. Serena, c'était différent. Elle avait toujours été davantage sur ses gardes et Lucy la trouvait froide.

Cependant, ma femme s'était révélée d'une politesse sans faille, et même scrupuleuse. C'était Lucy qui se rappelait d'envoyer des cartes aux anniversaires et à Noël, qui achetait ses cadeaux à l'affreux petit Hector, qui connaissait par cœur le code postal des diverses propriétés de nos hôtes.

Ce ton cassant était relativement récent et je me demandais ce qu'il cachait. C'était peut-être le besoin vorace de Serena de faire enfant sur enfant, comme si elle alignait des poupées de papier prédécoupées. Sa fertilité avait quelque chose d'agressif face à l'absence d'enfants de Lucy.

« C'est juste… tellement… trop », avait balbutié Lucy lorsque je lui avais annoncé que Ben et Serena attendaient leur quatrième. Je savais ce qu'elle voulait dire par là. Tout chez eux était trop, désormais.

Des serveurs émergeaient du couloir, chargés de plateaux remplis d'amuse-gueules humoristiques – des journaux miniatures roulés en cône contenant de minuscules portions de *fish and chips* ; des mandarines qui se révélaient contenir de la mousse au poulet lorsqu'on mordait dedans ; du pop-corn au beurre salé servi dans des petites boîtes sur lesquelles était imprimé en rouge : « Le coup d'un soir : les 40 ans de Ben. » L'air embaumait les amandes sucrées et la barbe à papa. Se pouvait-il que les riches aient aussi un meilleur odorat que nous ?

« De toute façon, on a notre propre raison de faire la fête », déclara Lucy.

Je l'écoutais sans comprendre.

« Ton livre », précisa-t-elle en écrasant ses lèvres contre les miennes. Je répondis à son baiser en collant ma bouche sur la sienne.

« Je suis tellement fière de toi, continua-t-elle. C'est un essai génial. Le livre définitif sur…

— Je ne crois pas…, la coupai-je, plus brusquement que je ne le voulais.

— Mais si », s'indigna-t-elle, blessée.

Elle méritait mieux, je le savais. Lucy avait toujours cru en moi. Si j'avais été honnête avec moi-même (une idée toujours dangereuse), j'aurais dû admettre qu'elle était la seule. Quoi que je fasse, elle avait une foi totale en mes capacités. J'ignorais d'où elle lui venait et pourtant, au fil de notre mariage, j'avais fini par compter dessus. Lucy était la seule personne dans ma vie sur qui je n'avais pas à m'interroger. Elle était là, simplement, aussi solide que toujours.

Je l'avais emmenée chez moi une fois rencontrer ma mère. Juste une fois. J'avais le sentiment d'un devoir à accomplir : une sorte de responsabilité filiale, ou ce qu'il en restait, même après que j'avais arrêté de rentrer à Epsom pendant les vacances scolaires. Le temps de revenir à Cambridge, ma réinvention en tant que frère de substitution de Ben Fitzmaurice était si convaincante à mes yeux que j'avais presque oublié mon autre passé – celui des radiateurs à gaz, des saucisses en boîte et des cartes de Noël pleines de sang tombées sur le trottoir glacial.

Nous n'avions pas invité ma mère à notre mariage. Lucy et moi étions passés au bureau local d'enregistrement, Ben avait fait office de témoin et nous avions demandé à Ian, le type qui tenait le bureau, de faire le deuxième, et ensuite nous étions allés tous les quatre au pub manger des sandwichs au fromage et aux cornichons et des chips salées et nous bourrer joyeusement et totalement la gueule. Pour être plus précis : je ne voulais inviter personne et Lucy avait accepté sans rechigner. Elle portait une robe bleue pêchée au fond de son placard.

À mon grand dam, au bout de quelques mois de mariage, j'ai commencé à me sentir coupable que ma mère n'ait pas été là. J'ai essayé d'ignorer ce sentiment mais il me rattrapait sans cesse. Pour finir, j'ai cédé ; Lucy et moi avons bouclé une valise pour une nuit et embarqué en Ford Focus vers le pavillon étouffant dont je gardais un souvenir si prégnant.

Rien n'avait changé, si ce n'est la taille de la télévision, devenue plus grande en mon absence, et maintenant accrochée au-dessus de la cheminée : une flaque noire géante stagnant sur un mur magnolia.

« Mon Dieu ! s'exclama Lucy en la voyant. C'est impressionnant. »

Ma mère renifla. Au lieu de répondre à Lucy, elle me regarda.

« Qu'est-ce que tu en penses, Martin ? »

J'en pensais que c'était une abomination. Mais j'étais nerveux en sa présence et je n'étais même pas capable de parler normalement.

« Très joli.

— C'est à cause de mes yeux », dit ma mère en nous jetant un regard noir.

Elle avait le teint cireux, et même jaunâtre sur l'arête du nez et les lobes des oreilles. Ses sourcils négligés étaient trop longs, ses cheveux poussaient sans ordre. Elle était devenue vieille depuis la dernière fois que je l'avais vue. Mais son âge ne la rendait pas plus fragile. Elle se tenait toujours les épaules droites, les bras ballant légèrement devant son torse comme un gorille ou un athlète. Pour marcher, elle maniait une béquille sur le pied de laquelle était écrit, en majuscules noires, le nom de l'hôpital local.

« Je ne voyais plus rien sur l'ancien écran. Je ne pouvais plus lire les paroles pendant la messe. »

Suivit un silence embarrassé. Lucy et moi nous assîmes dans le canapé gris trop bas, le même que dans mon enfance. Ma mère s'installa face à nous dans le fauteuil. Elle nous fixait, absolument pas gênée par le blanc dans la conversation. Le bruit du trafic, dehors, formait l'arrière-plan sonore.

« Mangez », dit-elle en poussant une assiette de biscuits dans notre direction.

J'en pris un. Il était mou et rassis. Un bout de pâte granuleuse et humide se logea entre mes dents.

« Alors, qu'est-ce que vous faites ici ? »

Lucy lissa sa jupe du plat de la main et répondit : « Eh bien, Martin m'a beaucoup parlé de vous et…

— Vraiment ?

— Oui, et je voulais vous rencontrer en personne, madame Gilmour. Après tout, vous êtes ma belle-mère. »

La voix de Lucy était d'une précision étonnante : elle prononçait la moindre liaison, marquait chaque virgule, chaque point, comme les speakerines des années 50 à la radio. Comprenant que c'était le signe de son anxiété, je pris sa main entre les miennes et la caressai.

« Aaaaaah, c'est gentil, dit ma mère. Est-ce que tu n'es pas un *gentil garçon*, Martin ? »

Elle se rencogna. Même l'angle de ses coudes sur les bras du fauteuil semblait animé d'une intention féroce.

« Je ne sais pas..., bredouillai-je.

— Tu ne sais pas quoi ? Ce que tu fais ici ? Ma foi, moi non plus. Pas un mot pendant toutes ces années et voilà que tu débarques la bouche en cœur, tout content de toi, avec ta nouvelle petite épouse qui a l'air de penser que le soleil brille par ton cul, et qu'est-ce que je suis censée faire ? Te faire un gros câlin et te dire que tout va bien dans le meilleur des mondes ? N'y compte pas, fils. »

Je ne l'avais jamais entendue parler comme ça. Ces expressions étrangement familières qu'elle décochait comme des flèches. L'agressivité contenue dans chaque mot. La grossièreté. Elle qui n'avait jamais juré. Et même si pendant presque toute mon enfance elle avait été malheureuse, pleine de ressentiment et d'aigreur, elle avait toujours réprimé ces émotions en ma présence. Elle avait toujours été froide. Mais sa froideur avait disparu, remplacée par une colère encore plus glaçante.

Dans ma main, la tasse se mit à trembler sur sa soucoupe. Je reposai mon biscuit à moitié mangé dans l'assiette. Je luttais pour faire entrer l'air dans mes poumons.

Brusquement, Lucy se leva. Elle me tendit la main. Je la saisis avec reconnaissance et me levai maladroitement du canapé.

« Oui, madame Gilmour, dit-elle, c'est un gentil garçon. »

Lucy nous fit sortir de la pièce. Ma mère nous suivit en traînant ses chaussons sur la moquette.

« Faites bien attention avec lui, ma jolie, déclara-t-elle. Il ne va pas bien dans sa tête. Il n'est pas comme nous.

— Inutile de vous fatiguer. Je ne suis pas intéressée par ce que vous avez à me dire.

— Vous devriez, mademoiselle. Il n'est pas amoureux de vous. Il n'en est pas capable. Il lui manque quelque chose là-dedans. »

Elle se frappait le côté de la tête du bout de l'index.

Nous arrivions devant la porte d'entrée. Lucy tourna la poignée de sa main libre, sans me lâcher. J'aspirai un bol d'air sur le seuil, un pied sur la marche synonyme de liberté, l'autre encore sur la moquette dont j'essayais depuis toujours de m'échapper.

« Il fait semblant. » Ma mère criait maintenant en brandissant sa béquille en l'air, le bout de plastique gris balançant d'un côté et de l'autre. « Il fait juste semblant d'être humain. »

Nous étions dehors. Lucy claqua la porte derrière nous. Nous retournâmes vers la voiture en courant presque et j'entendais encore la voix de ma mère lorsque Lucy tourna la clé et que le moteur démarra, puis lorsqu'elle fit demi-tour et commença à passer les vitesses, et encore plus tard, à des kilomètres de là, à la maison, tandis que nous sortions de quoi préparer des pâtes pour le dîner, que l'eau bouillait dans la casserole et que nous trinquions avec nos verres de vin, et puis en regardant les infos de 22 heures et aussi après, pendant que le bain coulait, avec la radio allumée, tandis que nous nous préparions à nous coucher, là aussi j'entendais la voix de ma mère : sa harangue furieuse, l'exhortation à la honte. Elle me poursuivit jusque dans mon sommeil.

Quelque temps plus tard, son voisin m'appela pour m'annoncer qu'on lui avait diagnostiqué un alzheimer et qu'elle allait être internée.

Un mois plus tard, ma mère mourait d'une attaque. Je vendis la maison et payai une entreprise pour qu'elle emporte toutes ses affaires, afin de ne pas avoir à y retourner. Puis j'organisai sa crémation et ne fis jamais le déplacement pour récupérer ses cendres. Et alors que j'aurais voulu éprouver de la colère ou de la tristesse ou n'importe quoi, vraiment, juste pour lui prouver qu'elle avait tort, que j'avais des instincts naturels, que je ne faisais pas semblant, je ne ressentis aucune de ces choses. Rien d'autre que du soulagement.

Je pris un autre martini sur un plateau et le vidai en deux gorgées rapides. J'observai Lucy à la dérobée, sa robe, ses efforts sensibles pour tendre au glamour, ses ongles rognés dont le vernis rose brillait modestement. Son châle était drapé sur ses épaules, mais l'extrémité traînait par terre. Sa robe faisait des plis malvenus à cause de son ventre tombant qui déformait le tissu et cassait sa silhouette.

« Toujours pas là, dit-elle. Serena.

— Elle veut sans doute soigner son entrée, répondis-je. Mêlons-nous aux autres. »

Lucy leva les yeux au ciel.

« S'il le faut…

— Il le faut. »

Je la pris fermement par le poignet et la conduisis dans la pièce d'à côté. Il y avait une mezzanine au-dessus de notre tête, et de là-haut un alignement de visages à demi connus nous observaient, tels des sénateurs romains dont le bon plaisir est de regarder les gladiateurs combattant dans l'arène. La lumière tamisée nous auréolait gracieusement. Dans un coin, un homme en bottes de cow-boy à motifs floraux discutait avec un top model aux jambes interminables : la première Noire à avoir fait la couverture du *Vogue* Italie. Elle portait une robe bustier en peau de serpent qui lui descendait à mi-cuisse et des escarpins noirs en cuir dont les talons effilés et pointus signalaient la femme dominatrice.

Je remarquai quelqu'un qui, de dos, pouvait être Andrew Jarvis : un buste puissant avec une tendance à l'embonpoint, des cheveux roux plus ou moins grisonnants, mais l'homme s'éloigna avant que j'en aie le cœur net. J'avais lu un article sur Jarvis le matin même dans *The Telegraph*. Il venait d'être nommé président d'une quelconque commission parlementaire et avait été pris en photo avec son épouse, debout près d'une grille, au bout de ce qui devait être l'allée de leur pittoresque maison. Il portait une chemise à carreaux dont les manches relevées révélaient ses coudes atteints de psoriasis. Pas de veste, bien entendu. Comme tous les politiciens d'aujourd'hui, il voulait donner l'impression d'un homme à l'aise avec lui-même, qui trouve inutiles les signes extérieurs de pouvoir. Sa femme avait l'air insipide, mais peut-être avait-elle été jolie autrefois : le genre de visage au nez retroussé qui vieillit mal, avec les taches de rousseur qui se transforment en taches de vieillesse, et la petite poitrine plate qui au fil des ans laisse place à un torse osseux et sec.

Je n'avais pas lu l'interview – je n'avais pas envie de lui donner cette satisfaction – mais le gros titre était une citation tirée de l'article : « Vous ne devriez pas me sous-estimer. » Eh bien, m'étais-je dit en me rappelant sa lenteur et sa lourdeur, il serait surtout difficile de te surestimer.

Il y avait d'autres alcools dans cette pièce, des verres à pied disposés en demi-cercle sur un buffet qui contenaient tous une boisson blanche surmontée d'une tranche de pêche. J'en pris deux et en passai un à Lucy.

« Qu'est-ce que c'est ?

— Aucune idée. » J'aspirai par la paille. « C'est bon, en tout cas. Fort.

— Santé », dit-elle.

Je trinquai avec elle.

« C'est tellement agréable, tu ne trouves pas ? » Elle posa sur moi un regard énamouré. « De passer du temps ensemble, je veux dire. » Elle s'interrompit et je compris que c'était le signal pour moi de répondre quelque chose. Comme je n'en faisais rien, elle me donna une petite tape dans le coude et pinça mon costume en le tirant vers elle : une enfant en manque d'attention. « Tu sais, dit-elle d'une voix mutine. De s'amuser un peu tous les deux.

— Oui, dis-je en me détournant d'elle. C'est sympa. »

Une rumeur parcourut la foule : Serena venait de faire son apparition en haut de l'escalier. Silence.

« La voilà », entendis-je une voix murmurer.

Une vision stupéfiante. Sa robe à paillettes la moulait comme une seconde peau reptilienne. Sur ses épaules, des bretelles si fines qu'on aurait pu les défaire d'un geste délicieusement simple. Le cou se prolongeait en un décolleté profond qui sculptait ses seins et laissait à chacun le loisir de l'imaginer nue. Le tissu cascadait jusqu'à ses pieds, formant un bassin autour d'elle, comme si elle sortait d'un lac. Autour de son cou, une rivière de diamants. À son poignet, un bracelet étincelant. Ses cheveux étaient coiffés en chignon et des mèches retombaient délicatement sur ses épaules.

« Bon sang…, fit Lucy. Elle est incroyable. »

Avec un maintien de reine, Serena commença à descendre l'escalier en se tenant à la rampe. Ses ongles étaient vernis d'une fine couche argentée et, lorsqu'elle se rapprocha, je remarquai un petit point noir au centre de chaque ongle, comme un œil inquisiteur.

« "Une femme hautaine et singulièrement fière de sa beauté", dis-je.

— C'est de qui ?

— Plutarque, répondis-je, enchanté qu'elle pose la question. Il parle de Cléopâtre. »

Lucy secoua la tête.

« Ton cerveau… Beaucoup trop de connaissances pour ton propre bien. »

Au pied de l'escalier, un homme en kilt prit la main de Serena et la guida au centre de la pièce. Je le reconnus, c'était un comédien de stand-up. Il venait de faire une tournée dans toute l'Angleterre avec un spectacle qui se jouait à guichets fermés. Il y avait des affiches placardées dans le métro de Londres où on le voyait, le front plissé et les bras croisés, fumer, de façon incompréhensible, une cigarette par le mauvais bout. La tournée était intitulée : « Sans filtre. »

Serena passa en flottant, sans nous reconnaître.

« Martin ! »

Une voix ronflante derrière moi. Je me tournai et tombai nez à nez avec Dennis Paulson, mon ancien rédacteur en chef du *Bugle*, que je n'avais pas vu depuis qu'il avait pris sa retraite, quelques années plus tôt. Sa compagnie ne m'avait pas manqué depuis tout ce temps.

« Comment vas-tu, vieux renard ? » Il me secoua la main avec l'enthousiasme d'un chien remuant la queue. « Ça fait une paye. Combien d'années ? Je ne m'attendais pas à te voir ici. Quelle bonne surprise. Ça fait combien de temps ?

— Huit ans, je crois », dis-je, une fois que Dennis eut fini de parler.

Il faisait partie de ces hommes qui transforment leurs questions en monologues. Il ne s'intéressait pas vraiment à ce que racontaient les autres, mais il aimait le faire croire. Quand il était rédacteur en chef, il était connu pour partir tous les vendredis après-midi dans sa maison de campagne, d'où il ne revenait que le lundi à l'heure du déjeuner. Étant donné que le *Bugle* était un journal du soir distribué à Londres, ce n'était pas très pratique pour le reste de l'équipe. Il réclamait toujours aux chroniqueurs des articles sur les loisirs champêtres et ils devaient constamment lui rappeler que ce n'était pas le principal centre d'intérêt de leur lectorat métropolitain. Sans se décourager, Dennis continuait à suggérer de nouveaux angles sur la chasse au renard ou la pêche au saumon. Il était célèbre pour avoir un jour apporté à la conférence de rédaction deux faisans fraîchement abattus. Il avait encore sur lui ses bottes en caoutchouc, et des mottes de terre sèche tombaient sur la moquette à chacun de ses pas.

« Huit ans, sans rire ? Tant que ça ? Putain. Le temps passe vite, hein ? Au fait, j'ai adoré ton livre. Celui sur l'art – comment s'appelle-t-il, déjà ? Avec la couverture rose. Carrément génial. Et comment tu connais Ben et Serena ? Je ne savais pas que vous étiez amis. »

Un serveur passait avec un plateau de mini-Yorkshire puddings. Dennis prit une serviette et en empila trois dans la paume de sa main. Il les dévora à la file, d'une seule bouchée chacun. Et comme il continuait à parler, Lucy et moi eûmes droit à un léger crachin de postillons.

« Je suis allé à l'école avec…

— Ah, alors tu es resté en contact avec la fine équipe ? Le rupin. Le casseur. Totoche. Toute la bande ? »

Je n'avais aucune idée de qui il parlait. Dennis avait tendance à donner aux gens des surnoms que ceux-ci ne désiraient pas.

« Enfin quoi ! reprit-il en tournant ses yeux noirs de batracien d'un côté et de l'autre. Merde, il faut baiser qui pour avoir un verre ici ? »

Je lui pris un verre sur le buffet. Il le serra contre sa poitrine. Pendant une fraction de seconde, je crus qu'il allait le vider d'une traite, mais bizarrement il commença à boire à petites gorgées distinguées.

« Et, bien sûr, tu te souviens de ma femme, Lucy, dis-je gaiement en passant ma main dans son dos.

— Bien entendu, répondit Dennis en la saluant d'un vague signe de tête. Enchanté de vous revoir. Et vous êtes… » – il chercha un mot approprié – « … adorable », termina-t-il, l'air vaincu. « Ton livre a fait sacrément parler de lui, reprit-il sans se laisser démonter. Comment s'appelle le gars qui a dit qu'on en apprenait plus sur l'art en regardant de la peinture sécher qu'en… » Voyant mon expression, il changea de sujet. « Enfin, qu'ils aillent se faire foutre, hein ? Comme on dit : la critique est facile, l'art est difficile.

— En fait, dit Lucy, les ventes de son livre ont été extraordinaires.

— Évidemment ! Rien de tel que la mauvaise publicité ! Bobsy ! » hurla-t-il en revenant à sa grandiloquence coutumière. Lucy sursauta. « Bobsy, chérie, viens ici ! »

Une femme en robe jaune vif fendue jusqu'au ventre et qui tenait par quelque force invisible sur ses seins incroyablement rebondis arriva vers nous.

« Écoutez, c'était super de vous parler à tous les deux. Je viens de voir un gars que je connais. » Il me donna une grande tape dans le dos en partant. Il ferait sans doute une crise cardiaque avant la fin de l'année. Ou alors c'est la goutte qui ferait son apparition.

« J'aurais préféré que tu évites, dis-je, une fois qu'il fut parti.

— Que j'évite quoi ? demanda Lucy.

— De parler des chiffres de vente. »

J'étais gêné par son intervention auprès de Dennis. Je n'étais pas le genre d'homme qui avait besoin que sa femme le défende.

« Il était en train de...

— Non. Il est juste comme ça.

— Il ne savait même pas qui j'étais, marmonna Lucy.

— Ne le prends pas personnellement.

— Quand je pense au mal que je me suis donné au travail...

— Ne recommence pas...

— Ça m'énerve, c'est tout. Aucune gratitude, aucune loyauté. Virée après cinq années pourries à faire toutes les tâches ingrates dont personne ne voulait s'occuper.

— Je vais aux toilettes.

— Je disais juste... »

Je la plantai là. Le reste de ses paroles se perdit dans la foule. Lucy ne s'était jamais remise de ce qu'elle avait vécu comme une injustice de la part de ses employeurs du *Bugle*. Elle avait été licenciée à peu près en même temps qu'on m'avait promu chef de la rubrique Culture. Réduction de personnel. Elle était partie avec un petit chèque et, couplé à mon augmentation de salaire, cela nous avait permis de vivre correctement. La vente de *L'Art : et si on s'en foutait ?*, quelques mois plus tard, nous avait procuré un matelas un peu plus confortable. Et puis c'était devenu un best-seller, ce qui avait été encore mieux pour nos comptes en banque. Sans compter, bien sûr, les injections régulières des Fitzmaurice. Nous sommes plutôt à l'aise, tout bien considéré. Lucy n'a pas besoin de travailler. On pourrait penser qu'elle en serait reconnaissante, mais elle insiste pour réaliser des missions inutiles de consultante média auprès d'organismes caritatifs. Je ne sais pas pourquoi elle s'embête avec ça. De mon point de vue, c'est beaucoup trop d'efforts juste pour se donner bonne conscience. Nul n'est obligé de saigner.

En me rendant à l'étage, je passai près d'un petit groupe de trois hommes en plein conciliabule et entendis les mots « création monétaire ». Je tournai la tête et découvris l'ancien directeur de la Banque d'Angleterre en train de discuter avec le chancelier de l'Échiquier, qui avait perdu énormément de poids ces derniers temps grâce à un régime appelé le « 5/2 », et un homme svelte et barbu en costume de velours. L'homme me vit les observer et haussa un sourcil. Nos regards se croisèrent. Je fis un signe de tête, portai mon verre à mes lèvres et poursuivis mon chemin.

Au mur était accroché le portrait glauque d'un vieil aristocrate en redingote et chemise en dentelle fixée au ras du cou par une épingle. Je me demandai où Ben l'avait déniché. La maison des Fitzmaurice à Londres était remplie de canapés blancs et de chaises aux pieds chromés, et on n'y trouvait pas la moindre œuvre d'art d'avant 1950. C'était source de conflit entre nous : chaque fois que je venais chez eux, je me lamentais de leur manque d'intérêt pour l'Histoire.

« Tout le monde ne peut pas être aussi instruit que toi », avait rétorqué Serena la dernière fois que j'avais mis le sujet sur le tapis.

Elle l'avait dit sur un ton acide et j'avais eu l'impression qu'elle me reprochait d'avoir trop souvent fait cette remarque. Que sa réaction à ma rengaine affectueuse avait basculé de la connivence à l'agacement. Je m'étais demandé – pensée horrible – si ce n'était pas devenu un sujet de plaisanterie récurrent entre Ben et Serena. Si, en me ridiculisant, ils ne cimentaient pas leur intimité. Après tout, une hostilité commune peut être aussi fédératrice qu'une passion partagée.

Serena avait souri. « Ne prends pas tout au sérieux, Martin. On n'a pas tous eu la chance d'aller à Cambridge, si ? »

Là-dessus, elle avait traversé la pièce et m'avait glissé une olive dans la bouche en effleurant mes lèvres de ses doigts doux et secs. Son visage était si proche du mien que je sentais sa crème de jour ainsi que le parfum âcre et discret de sa cigarette du matin.

Arrivé en haut de l'escalier, je m'avançai au bord de la mezzanine afin d'observer la foule réunie en bas. De là-haut, les invités paraissaient plus petits, comme des personnages animés dans un jeu vidéo complexe dont le but serait d'amasser des verres, des amis et des bribes superficielles de conversation.

Je passai la main sur la manche de mon costume pour me rassurer sur le fait que j'avais l'air classe et riche. Que je donnais l'impression de faire partie de ce monde. Que j'avais la bonne tenue. Parce que je savais d'expérience qu'il était important d'avoir la tête de l'emploi.

Cahier de Lucy Gilmour

JE NE VEUX PAS DONNER L'IMPRESSION que rien n'allait. Aujourd'hui, en regardant à travers le prisme des événements, il est dur de se souvenir qu'il y a eu des moments de bonheur. Il est dur aussi de ne pas en vouloir à Ben et de ne pas accuser Martin d'avoir laissé leur amitié prendre une importance aussi cruciale dans son existence. Et il est dur de ne pas avoir l'impression de m'être engagée dans une bataille qui ne me concernait pas, une bataille dont tout le monde savait que je ne pourrais jamais la gagner mais que j'ai menée, encore et encore, en tentant de me persuader qu'ils se trompaient tous.

Pourtant, il faut que je me rappelle les bons moments. Quand il n'y avait que Martin et moi : quand il échappait à la pression de la représentation, qu'il n'avait plus à jouer un rôle pour eux, à faire semblant de valoir mieux que ce qu'il était, nous nous entendions très bien. Je me suis posé beaucoup de questions à propos de mon mari ces derniers temps, mais lorsque nous vivions ensemble, je peux dire avec certitude que jamais il n'a éprouvé le besoin de faire semblant avec moi.

Nous sommes partis en vacances, une fois, dans un village du sud de la France, sur la côte, près de Cannes. J'avais réservé une chambre d'hôte donnant sur un port et une plage de galets. Le gîte était simple mais propre, et notre chambre avait deux fenêtres face à la mer que nous ouvrions tous les soirs au crépuscule pour entendre le cri des mouettes et le va-et-vient des serveurs du café en contrebas.

Nos journées coulaient dans une routine agréable. Nous nous levions tard, en ratant souvent le petit-déjeuner offert par la vieille *patronne**, nous enfilions directement nos maillots de bain, puis allions à la plage avec un sac contenant les livres, la crème solaire et les serviettes. Nous louions des transats. C'était l'été, les prix étaient plus que déraisonnables, mais nous étions tacitement convenus qu'il valait mieux parfois se laisser arnaquer.

Nous restions étendus côte à côte dans un silence bienvenu, à lire nos livres et à sentir le soleil chauffer notre peau. De temps à autre, Martin se levait pour marcher, je le voyais se pencher au bord de l'eau, examiner les coquillages et les galets. Lorsqu'il revenait, il me tendait un fragment érodé de coquille d'huître nacrée, ou une plume gris-brun lustrée par les vagues. Il semblait moins sur la défensive, moins prompt à s'offusquer d'affronts imaginaires, et je me sentais plus libre pendant nos conversations. Il n'y avait pas de sujets à éviter.

L'après-midi, nous reprenions nos places sur la plage en tournant nos chaises longues pour répondre à la trajectoire du soleil dans le ciel. Parfois, nous continuions notre discussion. Et je me rappelle qu'un de ces après-midi, alors que j'étais plongée dans la biographie de Thomas Hardy que j'avais achetée à l'aéroport, Martin me dit subitement : « Je me demande si je suis comme lui. »

Il me fallut un moment pour réaliser qu'il avait parlé, puis pour réagir. Je posai mon livre et le regardai. Il fixait la mer, son regard masqué derrière ses Ray-Ban. Son torse était toujours pâle, juste un peu rougi sous les côtes. Martin bronzait par étapes : la fine ligne de poils qui allait du nombril à la ceinture était décolorée par le soleil. Sur son visage, le haut de ses joues et la pointe de son nez étaient écarlates. Il n'était plus l'homme de la grisaille londonienne, il incarnait parfaitement l'Anglais en vacances à l'étranger.

« Qu'est-ce que tu dis, mon amour ? »

J'avais toujours des mots doux pour lui, je ne sais pas pourquoi. Je ne parle à personne de cette façon, normalement.

« Je pensais juste… » Il se tut. J'attendis. Les pages de mon livre frémissaient sous la brise. « Mon père, dit-il. Je pensais à mon père. »

C'était la première fois que Martin me parlait de son père. J'avais essayé de l'évoquer, au début de notre relation, et il avait toujours clos la discussion sèchement, parfois même avec colère.

« Mais ç'a dû t'affecter ? » Lorsque je le relançais ainsi, il se mettait à crier que je n'avais pas la moindre idée de ce dont je parlais, et pourquoi je devais tout transformer en mauvais feuilleton dramatique, et d'ailleurs, en quoi un homme qu'il n'avait jamais connu et qui était mort avant sa naissance aurait-il dû l'affecter ?

J'avais appris à ne plus aborder ce sujet, c'était plus sûr. C'était trop douloureux pour lui, me disais-je. Je devais le laisser affronter cela seul, ou ne pas l'affronter, quoi qu'il choisisse. Je m'étais convaincue que ce n'étaient pas mes affaires. Qu'est-ce que j'en savais après tout, avec mes deux parents bien vivants et ma petite vie confortable de la classe moyenne ?

Et là, sans prévenir, allongé dans un transat sur une plage française, voilà qu'il me livrait ce début d'information.

« À quoi tu penses, chéri ? »

J'avais envie de lui prendre la main, mais je me ravisai. Martin soupira.

« Je suppose… » Il s'arrêta et reprit différemment. « C'est bizarre quand tu n'as jamais connu ton père et qu'on ne t'a jamais rien dit sur lui, tu grandis et puis un jour, tu as le même âge que lui quand il est mort et tu te dis : "Est-ce que je suis comme lui ? C'est pour cette raison que… ?" »

Les vagues léchaient le sable. Au loin, un enfant se mit à crier en réclamant une glace. Ses parents le grondèrent d'une rafale de mots en français.

« La raison pour quoi ? demandai-je.

— Oh, je ne sais pas, Lucy. »

Il enleva ses lunettes de soleil et fouilla dans le sac à la recherche de son étui. Lorsqu'il l'eut trouvé, il en sortit un petit chiffon carré et frotta vigoureusement les verres. Ce qui lui prit plusieurs minutes. Puis il referma l'étui, remit ses lunettes et conclut par : « La raison pour laquelle je me suis toujours senti étranger. »

Alors il me regarda et je le vis dans toute sa vulnérabilité. Le Martin public : celui qui parlait trop pendant les dîners, qui se montrait parfois prétentieux pour masquer son insécurité, qui s'accrochait à son amitié avec Ben comme si c'était une assurance contre la détestation de soi, qui portait des costumes sur mesure et dépensait trop d'argent en chaussures de créateurs, comme pour prouver quelque chose aux autres alors que le seul qui avait besoin d'y croire, c'était lui-même. Ce Martin-là n'était pas sur cette plage en France. À la place restait la version que j'aimais, le Martin honnête vis-à-vis de lui-même qui, au lieu d'être en colère, avait seulement peur. Peur, comme nous tous, qu'on le voie tel qu'il était.

Je me levai et allai m'asseoir sur sa serviette. Ma cuisse chaude se colla contre la sienne, plus fraîche, et je me penchai vers lui pour l'embrasser légèrement sur les lèvres. Elles avaient un goût de sel et de noix de coco.

« Tu n'es pas un étranger avec moi », dis-je.

Il sourit, posa ses deux mains sur mes hanches et se redressa pour m'embrasser en remontant sa main sur ma nuque et en jouant avec mes cheveux aux pointes humides de sueur.

« Je sais », dit-il avant de se rallonger. Il caressa ma cuisse d'un air absent.

Puis il reprit son livre et se replongea dans sa lecture.

Je restai là un moment à me dire que je n'avais aucune raison de me sentir triste parce que notre baiser avait duré moins longtemps que je n'aurais aimé. Il s'était confié à moi, il m'avait fait confiance. Il m'aimait. Il avait besoin de moi. Il n'était pas un étranger avec moi parce que je lui laissais assez de place pour être lui-même. Il n'y a pas de plus grand sentiment que de sentir qu'on a autant besoin de vous, non ? D'être la seule vers qui l'autre peut se tourner ?

Je sais aujourd'hui que je me voilais la face. Quand j'y repense, je suis stupéfaite de voir à quel point j'étais soumise. Je sacrifiais tous mes désirs et mes besoins sur l'autel de cet homme persuasif. Je me perdais de vue et je ne le savais pas.

J'avais tellement envie de croire à ma propre importance, de croire que ça suffisait, que je pouvais le faire aller mieux.

C'était stupide de ma part, je sais.

Martin

Burtonbury, 1990

BIEN SÛR, JE M'INQUIÉTAIS de ce que j'allais porter. Aussi grotesque que ce soit, la boum du BGC était considérée comme l'événement social le plus crucial du trimestre et je n'avais que des jeans (totalement ringards, parce que trop hauts à la taille et avec des ourlets trop courts) et une chemise rayée bleu ciel. Je fis de mon mieux. Alors que quelques semaines plus tôt j'aurais rentré le bas de ma chemise dans mon pantalon, j'avais compris qu'il était préférable d'en laisser un pan sorti.

Je m'y repris à plusieurs fois, debout devant le miroir en pied de la porte de l'armoire, pour le rentrer puis le ressortir exactement comme il fallait – suffisamment, mais pas trop. Il me fallut quelques minutes pour obtenir satisfaction. C'est le problème avec la nonchalance. Elle demande des efforts épuisants.

Pour les chaussures, je ne pouvais rien faire. J'économisais pour acheter une paire de Kickers, mais j'étais encore loin du compte, surtout après les 40 livres dilapidés pour des CD que je n'aimais pas. J'étais toujours coincé avec mes souliers. Je les sortis de sous le lit en soupirant.

Je me rendais compte que j'étais nerveux, mais pas tellement à cause de la soirée. C'était plutôt la perspective de passer du temps sans être interrompu avec Ben. Les voitures ne partiraient pas pour le BGC avant 19 h 45. Cela me laissait donc trois quarts d'heure seul à seul avec lui dont il fallait que je profite.

J'entendis des pas dans le couloir, puis la voix monocorde facile à reconnaître de Dom. Je refermai l'armoire en claquant la porte, fourrai mon portefeuille dans la poche de mon jean et me dirigeai vers la porte sans lui laisser l'occasion de faire le moindre commentaire.

« Je croyais que tu n'y allais pas », me lança-t-il tandis que je m'éloignais.

Je vérifiai l'heure à ma montre. Il était 18 h 45. Je frappai à la porte de Ben. Pas de réponse. Je plaquai mon oreille contre le bois verni. Un filet de musique filtrait par les interstices entre les gonds. Je poussai la porte.

« Hé, mon pote ! » s'exclama Ben en me faisant signe d'entrer. Il était debout contre la fenêtre, appuyé des deux mains au rebord. Il portait une chemise bleue au col ouvert, les boutons défaits révélant les premiers poils en bas du V. Il sourit et je devinai la pointe rose de sa langue. À l'auriculaire de sa main gauche scintillait une chevalière en or bruni. Derrière lui, le soleil couchant dessinait des ombres au fusain sur la moquette pâle de la chambre. La présence de Ben donnait à tout le reste un côté poussiéreux - comme si rien n'était assez vivant, en un sens.

Nous n'étions pas seuls. Ma déception était grande de voir d'autres garçons assis sur le bord des lits, debout contre le bureau ou allongés par terre, de sorte qu'un enchevêtrement de jambes alanguies me faisait barrage. Une vague odeur de fumée régnait dans la pièce, et lorsque j'essayai d'en trouver la source je m'aperçus que Ben tenait une cigarette roulée entre son pouce et son index. Il tira une dernière bouffée, les lèvres tendues, les yeux paresseusement fermés ; il souffla la fumée par la fenêtre en chassant les dernières volutes de la main et écrasa le mégot dans un petit bout d'alu qu'il roula en boule avant de le fourrer dans la poche de son jean.

« Viens, me dit Ben. Mets-toi à l'aise. Olly, bouge-toi. Fais un peu de place par terre à Martin. »

Un garçon au front constellé de boutons pareils à des graines de framboise se poussa sur le côté. S'il n'était pas possible de m'asseoir à côté de Ben, j'aurais préféré rester debout. Mais comme Ben m'observait avec l'air d'attendre que je m'assoie, j'étais piégé. Je me faufilai dans la pièce et pris place sur le bout de moquette disponible, les genoux relevés sous le menton. J'essayai de faire comme si c'était la position la plus confortable du monde, mais au bout d'un moment mon cou me fit mal, la sueur se mit à couler dans mon dos et je commençai à craindre d'avoir une tache sur ma chemise quand je me relèverais.

La musique était forte et les conversations fusaient en tous sens dans la chambre, mais personne ne semblait finir ses phrases.

« Putain, ouais, et... »

« ... plus maigre que ce que tu aimes. »

« Nan, mon pote, nan. Au niveau trois. »

«... chaussettes de foot. Deux paires. »

« Enfin, tu sais, c'est ce que Gadget a dit... »

« ... quelle tête de nœud. »

Ce n'était pas ce à quoi je m'attendais. Pas de tête-à-tête intime avec Ben, à échanger sur ce que nous aimions ou non pour apprendre à nous connaître. En fait, il avait l'air d'avoir oublié que j'étais là. Il était bras dessus bras dessous avec James Lewis, un rugbyman de deux ans plus âgé que nous et connu dans toute l'école pour ses prouesses sportives. Ils riaient tous les deux comme des bossus en parlant à voix basse. Leur hilarité finit par se calmer et Ben donna une bourrade dans le dos de James tout en lui murmurant quelque chose à l'oreille dans un rire à demi étouffé qui fit siffler sa voix.

Comment c'était, me demandais-je, d'avoir une âme aussi épanouie ?

« Tiens. » L'acnéique m'envoya un petit coup dans les côtes. Il me tendait une flasque sur laquelle étaient gravées les initiales « B.F. ». Je la pris et la portai à mes lèvres. Étrangement, c'était la première fois que je goûtais une boisson plus forte que du sirop d'orgeat. Ma mère était inflexible sur ce point, on ne buvait pas à table, la simple présence d'alcool dans la maison étant pour elle un signe de relâchement moral.

Je renversai la flasque cul par-dessus tête et l'âpreté métallique de la vodka vint percuter le fond de ma gorge avec la force d'un enchaînement gauche-droite.

« Hé, hé, hé ! s'écria l'acnéique. Ne bois pas tout, mec. »

Mais je n'avais pas encore terminé. J'avalai la première gorgée, puis levai une deuxième fois le coude, laissant l'alcool se frayer un chemin en me brûlant l'œsophage. J'eus un sentiment d'évidence instantané : une limpidité, une certitude aussi fulgurante qu'une décharge électrique. Mes synapses pétillaient et crépitaient dans un grand feu de joie. L'allégresse submergeait mon organisme. Oui, criait mon sang, oui, oui, oui, encore, encore !

« Putain ! Ce mec est cinglé. »

J'entendis Ben pousser une acclamation tandis que je buvais.

« Cul sec, Martin ! » Puis il scanda : « Cul. Sec. Cul. Sec. »

Je n'avais pas besoin d'encouragements. Cette première lampée douce-amère de vodka et l'attention qu'elle me valait m'avaient déjà rendu accro. J'avais l'impression d'avoir passé toute ma vie jusqu'à présent à mettre la mauvaise clé dans une serrure et là, enfin, je venais de trouver la bonne, les crans métalliques coulissaient avec une précision magnifique dans les abîmes de mon être.

Voilà, me dis-je. C'est la réponse. Oui, oui et oui. Encore, encore, encore.

Je rendis la flasque. Mes joues étaient anesthésiées, mon champ de vision devint flou en périphérie, pourtant j'éprouvais une intense sensation de clarté, chaque mouvement dans la pièce semblait se dérouler au ralenti à mon intention.

Ma nervosité se dissipa. J'habitais ma peau, j'avais conscience physiquement de chacun des atomes de chair qui me composaient. Je tendis mes doigts et observai la glorieuse efficacité de ma main : l'économie, la beauté de ses formes. Je fus de nouveau interrompu par un autre garçon qui me présentait une cigarette roulée, que je pris et glissai entre mes lèvres. Le papier était humide à cause de la salive des autres et le goût, lorsque j'inspirai, était âcre. Je faillis tousser.

« Inspire la fumée, mec, dit quelqu'un. Ne gâche pas. »

Je tirai une autre taffe, plus profonde, en m'efforçant de conserver la fumée au creux de mon ventre jusqu'à ne plus pouvoir retenir mon souffle, et ce n'est qu'en la recrachant que je me demandai si c'était bien une cigarette. Cette pensée m'avait à peine traversé l'esprit que mes yeux se révulsèrent, et le sommet de mon crâne sembla craquer comme une coquille d'œuf sous les coups d'une petite cuillère. Je tâchai d'ignorer la nausée qui me secouait la poitrine. Je pris une dernière taffe.

Vertige : le soleil, les éclats de voix, le sourire de Ben qui passe mon bras sur ses épaules et me fait sortir de la chambre.

« Respire, dit-il. Respire. »

Et puis le froid dehors qui me gifle tandis que nous montons en voiture, les vagues relents de curry dans l'habitacle, la bousculade pour se faire de la place, je me retrouve écrasé entre des gens que je connais à peine, James Lewis d'un côté, qui me donne un coup de poing dans le bras en riant à une blague que je n'ai pas prononcée. Encore de l'alcool, cette fois une boisson claire transvasée dans des bouteilles d'eau en plastique, et ma tête qui se contracte et se dilate, et à un moment je ressens une pure panique parce que j'ai perdu tout contact avec la réalité, et l'instant d'après je capitule et m'abandonne, comme face à une vague, en me laissant porter par le courant.

À l'école des filles, nous descendons de voiture, turbulents et titubants, tous à divers stades d'ébriété. Les professeurs essayent de nous calmer en nous menaçant d'heures de retenue si nous nous tenons mal. Ils fouillent nos poches à la recherche d'alcool, mais les bouteilles d'eau échappent à leur vigilance parce que nous avons droit à l'eau après tout, et nous entrons dans le gymnase, décoré pour l'occasion de banderoles et de ballons déjà en train de se dégonfler.

La musique assourdissante. Le pinceau aveuglant des stroboscopes. Le tumulte de nos conversations retomba sans prévenir, telle une voile sans vent. Adossés à un mur dans le coin le plus sombre de la salle, nous formons une masse homogène de mâles adolescents aux épaules affaissées qui fixent le bout de leurs chaussures, et soudain l'arrivée tonitruante des filles, qui surgissent de partout et de nulle part, toutes en même temps, dans une effusion de rires, de paillettes et de parfum à la fraise. Elles portent des jupes courtes et des pantalons moulants et des petits hauts à bretelles et des tee-shirts avec des slogans provocateurs et elles entrent dans le gymnase comme s'il leur appartenait, comme si elles savaient exactement ce qui les attendait et comment la soirée se déroulerait.

Elles se mettent immédiatement à danser, on croirait une forêt de bouleaux argentés ondulant dans le vent, et elles font semblant de nous ignorer alors que je les vois nous épier derrière leurs paupières mi-closes, filtrer la salle par le prisme de leurs regards en douce.

Les heures passent, ou peut-être quelques minutes, puis deux filles s'écartent des autres – des pouliches intrépides s'approchant nonchalamment de nous sans croiser notre regard, les épaules nues, de petites égratignures aux jambes.

L'une d'elles aborde James, l'autre Ben, et les filles rient parce qu'elles savent qu'on les observe et que leurs lèvres bougent trop vite, et je suis hypnotisé par la forme de ces bouches, par ces lèvres comme des élastiques étirés en tous sens, prêts à claquer.

J'ai une bouteille à la main et lorsque je vois Ben s'avancer sur la piste, entraîné par une fille, je l'appelle, c'est la première fois que je prononce son prénom à voix haute et j'entends la syllabe unique rouler comme une bille sur le parquet ciré, il se tourne, me jette un regard interrogatif, et je tends la bouteille, je voudrais qu'il la prenne.

Il hausse les épaules et lance : « Non merci, mon vieux », puis il commence à danser, à coller ses hanches au pelvis de la fille, et elle a les bras posés sur ses épaules et sa joue nichée dans le creux de son cou, et une bouffée de colère me saisit devant cette vision, car je me sens exclu.

Je serre fort la bouteille dans mon poing, je sens le plastique plier et se gondoler sous la pression, j'aurais eu envie qu'elle soit en verre et qu'elle casse et que des échardes se logent dans la paume de mes mains et me fassent saigner.

J'aurais dû attendre pour lire la lettre. Mais, en rentrant au dortoir, j'étais encore énervé par la soirée. Et ivre. Oui, je l'avoue, j'étais très, très saoul. Sur le chemin du retour, je m'étais concentré pour ne pas vomir et pour chasser l'image de Ben et de la fille sur la piste, leurs joues illuminées par le faisceau blanc-vert des stroboscopes, sa main au bas de son dos.

Arrivé à Sullies, je laissai courir mes doigts sur la peinture pour me rassurer sur le fait qu'en dépit des apparences l'immeuble ne tanguait pas. À un moment, pris d'un haut-le-cœur, je me pliai en deux, une main sur le ventre, en attendant que la nausée passe.

Je rejoignis ma chambre. Là, une plaque en cuivre me rappela mon nom : Gilmour. Je l'articulai en silence, en formant les sons avec mes lèvres.

Dom et les autres n'étaient pas encore rentrés. J'allumai la lumière et m'effondrai contre l'armoire. À l'intérieur, les cintres firent un bruit de ferraille. Je me frappai la tempe avec le plat de la main, croyant que le raffut venait d'une source interne. Lorsque je réalisai mon erreur, je ris bêtement.

Ayant dans l'idée que me déplacer serait plus simple si mon centre de gravité était plus bas, je me mis à quatre pattes et rampai vers la commode. J'ouvris le tiroir du bas, oubliant que mon pyjama était en réalité sous mon oreiller, soigneusement plié comme me l'avait appris ma mère.

Or, une fois le tiroir ouvert, l'enveloppe me tomba sous les yeux.

Dans ma confusion, je ne me rappelai pas immédiatement d'où venait cette lettre, ni que je l'avais cachée à la hâte sous la ceinture de mon pyjama lors de ma mission de reconnaissance dans la chambre de Ben. J'ouvris le rabat, encore collant d'avoir été léché par une langue inconnue. L'enveloppe contenait un courrier plié en trois.

Je ne reconnus pas l'écriture. On avait employé un stylo plume bleu alors que ma mère, les rares fois où elle m'écrivait, utilisait un stylo-bille noir. Ces lignes bleues pleines de vie qui coulaient librement donnaient le sentiment d'avoir été écrites d'une traite, à toute vitesse. La fin de chaque phrase penchait comme si elle tombait d'une falaise, certains points manquaient sur les « i », la boucle d'un « G » majuscule dérapait, bâclée, et il y avait une tache d'encre au pied de la page, à gauche.

Je commençai ma lecture.

L'adresse indiquée était Denby Hall, Yorkshire. La date, le 31 août 1989.

Cher Ben

Toujours étendu par terre, je me hissai sur les coudes. J'avais du mal à faire le point sur les mots. Des mouchetures indistinctes flottaient devant mes yeux. Je battis des paupières et continuai.

Je me suis demandé si je devais t'écrire cette lettre, mon chéri. Je n'ai pas envie de te perturber davantage, surtout maintenant que tu dois être installé à Burtonbury et t'amuser comme un fou. Je suis sûre que tu t'es fait des tas d'amis ! Je sais que partir t'inquiétait un peu, mais la maison sera toujours là et nous t'aimons tous énormément.

L'été a été dur pour nous tous. J'ai peur que tu n'aies pas assez parlé, et je crois que je préférais ne pas trop demander – de peur de passer pour une casse-bonbons, comme dirait

Fliss ! –, et parfois il est plus facile d'évoquer certaines choses dans une lettre que face à face. C'est ce que j'ai toujours penser, en tout cas.

Je remarquai la faute de conjugaison. Mon respect pour l'auteur de la lettre retomba de plusieurs crans. Mon attention ainsi détournée, la phrase suivante me tomba dessus sans prévenir.

Tu m'as demandé il y a quelques semaines pourquoi Magnus devait mourir. La réponse, mon chéri, si elle existe, est sans doute trop difficile, et donc incompréhensible pour nous. C'est le genre de chose que seul Dieu peut savoir. Mais j'y ai beaucoup réfléchi et je me demande si Magnus n'était pas trop bon pour rester auprès de nous. C'était un petit ange, un garçon tellement heureux, il nous faisait tellement rire, tu te rappelles ? Il t'appelait Bobo quand il était tout petit et tu détestais parce que tu trouvais ça ridicule. Je ris en l'écrivant. Quand il te voyait t'énerver, il venait près de toi en se dandinant à cause de sa couche et te faisait un gros bisou sur la joue, et après tu n'arrivais plus à lui en vouloir.

Peut-être que les petits garçons comme lui, qui apportent tant de joie et d'amour dans leur famille, nous n'avons droit de les aimer qu'un certain temps. Lorsqu'il est tombé malade, ç'a été presque plus dur pour nous et pour toi que pour lui. Il était si courageux. Tous les docteurs le disaient, tu te souviens ?

Il y avait une tache à cet endroit, due probablement à une larme qui avait séché. Le papier ondulait sous mes doigts.

Ce que j'essaie de te dire, c'est que nous devons essayer de nous concentrer sur le fait que Magnus était heureux et qu'il nous rendait heureux, même si ça n'a duré que quatre petites années. Et il vous adorait, Fliss et toi. Ben, tu as été un grand frère merveilleux pour lui. J'espère que tu le sais.

Je suis désolée que tes vacances d'été aient été une période aussi triste. Si papa et moi étions préoccupés, cela ne voulait pas dire que nous n'avions pas de temps pour toi ou que nous ne t'aimons pas. Nous t'aimons, mon chéri. Nous t'aimons plus que tout au monde. Appelle-nous quand tu veux – tu as le numéro et la carte téléphonique. Et de l'argent, donc pas d'excuse !

Je te verrai aux prochaines vacances, mon chéri. Il ne reste plus très longtemps. S'il te plaît, brosse-toi les dents et mange un fruit de temps à autre, même si tu détestes ça.
Avec tout mon amour, maman

Maman. Je ris. Quelle puérilité. Ma mère n'aurait jamais signé autrement que par son prénom, elle n'avait rien à voir avec moi et existait uniquement en tant qu'individu distinct, même si, d'accord, elle veillait sur moi. Jamais notre humble pavillon de banlieue n'avait entendu une de ces expressions ridicules : « Nous t'aimons plus que tout au monde. » Je lus la phrase à voix haute et m'esclaffai à nouveau, mon rire éraillé se cognant aux murs comme une pluie de grêlons. Qu'est-ce que ça pouvait bien vouloir dire ? Des niaiseries sentimentales, et en même temps je me sentais triste que personne ne m'ait jamais dit ce genre de choses.

Je fis un calcul rapide. Août 1989. Juste avant que Ben ne commence sa dernière année à Burtonbury House, l'école où il était allé avec Jarvis. Son petit frère venait de mourir et sa mère était suffisamment inquiète à son sujet pour lui écrire cette lettre.

Je la repliai en respectant les plis et rangeai l'enveloppe dans mon tiroir. Demain, je devrais trouver un moyen de la remettre dans les affaires de Ben. Avant, j'en ferais une copie. Pas maintenant, j'étais incapable de tenir un stylo correctement, mais au réveil, avant que les autres ne se lèvent.

Pourquoi en voulais-je une copie ? Je ne comprenais pas mes propres motivations. Mais je crois, en y repensant, que c'était une assurance. Une assurance sur l'avenir. Je savais quelque chose sur Ben et il l'ignorait. C'était ça, le pouvoir. Sun Tzu : « Pour être certain de prendre ce que vous attaquez, il faut donner l'assaut là où l'ennemi ne se protège pas : pour être certain de garder ce que vous défendez, il faut défendre un endroit que l'ennemi n'attaque pas. »

Il y avait encore autre chose. Une esquisse de pensée, une étincelle qui s'apprêtait à déclencher un incendie. Parce que j'allais peu à peu prendre conscience, dans les jours et semaines à venir, d'une occasion à saisir. Le petit frère adoré de Ben était mort. Cela signifiait qu'il y avait un vide dans sa famille. Un vide que j'étais tout prêt à combler.

Cahier de Lucy Gilmour

KEITH M'A INTERROGÉE CE MATIN sur ma première rencontre avec Ben. C'est inhabituel de sa part d'être aussi direct. Normalement, il me donne de l'espace pour laisser vagabonder mon esprit, en ponctuant de temps en temps d'un « Oui ? » ou « Et ensuite ? » et parfois, quand ma tendance à ne pas finir mes phrases lui fait perdre patience : « Allez au bout de cette idée. »

Aujourd'hui il m'a questionnée de but en blanc, et ça m'a surprise parce que je ne croyais pas que nous parlerions autant de Ben. Je pensais que nous allions surtout parler de mon mari, ce qui est le but de l'exercice.

Keith a tiqué.

« Le but de l'exercice ? Quel est le but d'après vous ? »

J'ai réfléchi.

« Comprendre pourquoi je suis devenue comme ça ? »

Je ne voulais pas prononcer le mot « dépressive », même si je sais que c'est la raison officielle de mon séjour ici. Ça me donne l'impression d'être une vieille machine déglinguée aux rouages grippés, pleine de rouille. D'ailleurs, je ne pense pas que ce soit vrai. La dépression se traduit bien par une perte de contrôle et des actes irrationnels, non ? Alors que je ne me suis jamais sentie aussi saine d'esprit.

Keith a doctement hoché la tête.

« Bien. » Il buvait du café. Instantané : je le savais à l'odeur. « Et vous croyez que Ben a joué un rôle ? »

Je me suis raidie dans mon fauteuil, mon dos ne touchait plus le dossier. J'ai attendu. Keith aussi.

« Je n'ai pas envie de parler de Ben.

— Pourquoi ?

— Parce que. Je suis en colère contre lui. »

C'était indiscutable. Après une vie entière à rester raisonnable, il semblait donc que j'étais finalement folle de rage.

Et je n'avais pas envie de raconter ma première rencontre avec Ben parce que sinon je devrais admettre à voix haute que je l'avais apprécié. Plus qu'apprécié. Il était tellement spirituel, drôle et beau, et le simple fait d'être assis près de lui suffisait. C'était le genre d'homme qu'on ne peut pas s'empêcher de vouloir impressionner.

J'étais pourtant décidée à ne pas me laisser impressionner le jour où Martin nous présenta. J'entendais parler de Ben Fitzmaurice depuis des semaines, je n'en pouvais plus. À chacune de nos conversations, Martin me racontait une anecdote en rapport avec ce que nous disions ou me faisait part de tel ou tel incident arrivé à Ben, à sa sœur Fliss ou à ses parents dans leur fabuleuse maison de campagne. Il n'arrêtait pas de me tanner avec lui, tant et si bien que je finis par craquer.

« J'ai l'impression d'être dans une relation à trois », dis-je un soir. Nous sortions ensemble depuis plusieurs mois. J'avais cuisiné un filet de cabillaud avec une sauce en boîte et Martin, le regard perdu au loin, me décrivait un voyage en Italie et le plat qu'ils avaient mangé avec Ben dans un petit restaurant des Cinque Terre.

« Tu t'en doutes, me dit-il, Ben parle couramment italien.

— Bien sûr…

— Mais même lui n'arrivait pas à comprendre ce qui était écrit sur le menu. Alors on a commandé ce qu'on croyait être des pâtes et quand c'est arrivé… » Il se frappa le front avec la paume, genre tu-peux-le-croire ? ! « … c'était des bâtonnets de poisson pané et des petits pois.

— Vraiment ?

— Comme à la cantine !

— Marrant. »

C'est là que je lui fis la remarque à propos de mon impression de couple à trois. C'était une simple plaisanterie, mais Martin prit la mouche. S'ensuivit une longue conversation au cours de laquelle il m'expliqua que Ben l'avait beaucoup aidé et qu'il n'aurait jamais terminé ses études sans lui.

« Quand pourrai-je le rencontrer, alors ?

— Oh, fit Martin, la fourchette suspendue à mi-chemin entre son assiette et sa bouche. Eh bien... Je peux lui demander s'il est dans les parages ce week-end. »

Nous devions le retrouver dans un pub près de Holland Park. Arrivés les premiers, Ben et moi nous installâmes à une table dans un coin, et quelques minutes plus tard la porte s'ouvrit et Ben entra, accompagné d'une bourrasque automnale de vent froid.

« Mon poooote ! s'exclama-t-il en étirant le mot si longtemps que je n'en voyais plus le bout. Ça fait plaisir de te voir. Et toi..., dit-il en libérant Martin de son étreinte d'ours et en se tournant vers moi, tu dois être Lucy. »

Je tendis la main, mais il m'embrassa sur la joue. Il mâchait un chewing-gum à la menthe.

« J'ai tellement entendu parler de toi, continua-t-il en ôtant son manteau et en rapprochant son tabouret de ma place d'un mouvement fluide, mais Martin avait oublié de me dire que tu étais aussi belle. »

Je rougis.

« Ne sois pas lourd, Ben, dit Martin. Bas les pattes. »

C'était l'expression la plus improbable que j'avais jamais entendue dans sa bouche. Je me tournai vers lui en haussant un sourcil et je remarquai que sa main tremblait en levant sa pinte.

« J'ai beaucoup entendu parler de toi aussi, répondis-je. Mais il n'a pas précisé si tu étais beau, désolé. »

Ben sourit, croisa mon regard et ne le lâcha pas.

« Eh bien maintenant, tu peux le voir par toi-même. »

Il était impossible de ne pas être séduite. Il avait des traits gracieux, très mobiles. Des expressions de visage fugaces. Une masse de cheveux bouclés – plus longs alors qu'aujourd'hui. Il passait souvent ses mains dedans.

Martin semblait se détendre en présence de Ben. Quand il n'y avait que nous deux, c'était lui qui le plus souvent faisait la conversation, mais, avec Ben, à peine s'il disait deux mots. Il se contentait de rire aux récits drolatiques que son ami faisait traîner en longueur, l'interrompant juste une fois de temps en temps pour lui rappeler une péripétie précise.

Je ne me sentais pas tenue à l'écart, pas à l'époque.

Ben parlait avec passion, même quand il s'amusait. Il prenait les autres plus au sérieux que lui-même. Sa franchise me frappa. Il était d'une spontanéité inattendue.

Il est très différent aujourd'hui. Toutes ces années à la City l'ont rendu plus méfiant, et son mariage avec Serena aussi. La lueur espiègle a disparu, remplacée par l'angoisse et la grandiloquence. Je suppose que c'est le genre de chose qui arrive quand vous gagnez des millions, que vous achetez des maisons bourgeoises et que vous commencez à fréquenter le Premier Ministre. Dommage.

Ce soir-là, néanmoins, Ben se montra gentil, prévenant, et il paya toutes les tournées. Les heures défilaient. La lumière déclinait dehors. Le barman alluma la cheminée. Un juke-box invisible diffusait des morceaux de rock. Quand le riff d'ouverture de « Eye of the Tiger » se fit entendre, Martin grogna.

« Il faut que je change ça. » Il se leva de la banquette et alla d'un pas légèrement titubant à l'autre bout du bar.

Ben vint s'asseoir à côté de moi, si près que nos pieds se touchaient.

« Tu sais que tu es la première petite amie de Martin que je rencontre ?

— J'espère que ça valait la peine d'attendre. »

Il leva sa pinte de Guinness et but une gorgée.

« Carrément, dit-il. Martin a de la chance. »

J'ouvris la bouche pour dire quelque chose. Ben m'arrêta.

« Il peut être difficile, mais il a bon cœur au fond, tu sais ?

Ses mots flottaient devant moi. Je n'étais pas sûre de les avoir correctement entendus, puis je me rendis compte que j'étais ivre et que je devais manger quelque chose de toute urgence.

« Des cacahuètes ! m'exclamai-je. Il me faut des cacahuètes. »

Je chancelai jusqu'au comptoir et lorsque je revins à la table avec un paquet d'arachides grillées, Ben et Martin étaient de nouveau plongés en pleine conversation, côte à côte sur la banquette. Je voulus faire une plaisanterie, dire qu'ils ressemblaient plus à un couple que Martin et moi, mais impossible de s'immiscer dans leur discussion. Je m'assis sur le tabouret et mangeai les cacahuètes en attendant qu'ils aient fini de parler.

Keith pense que j'aime les hommes qui refoulent leur affection. Il dit que l'amour immédiatement disponible me dérange et il se demande si c'est parce que j'ai une piètre estime de moi, parce que je ne m'en considère pas digne. Keith a répété cette idée plusieurs fois lors de nos dernières séances, avec des variations, et mon absence de réponse doit lui paraître louche. J'ai conscience que mon éducation, dans ses grandes lignes – deux parents aimants, un foyer stable et sûr –, ne colle pas avec ses interprétations de thérapeute. Comme il est doué dans ce qu'il fait, très doué, je pense qu'il est convaincu que je ne dis pas toute la vérité.

Je ne suis pas certaine d'en avoir envie. J'ai gardé le secret si longtemps que j'ai fini par me dire qu'il me donne une sorte de pouvoir ésotérique. Qu'en le formulant à voix haute, je perdrais une part de moi-même. C'est pour cette raison que j'ai pensé à l'écrire ici, comme une expérience. Juste pour moi. Pour voir si ça m'aide.

C'était à l'université. À mon arrivée à Durham pour faire une maîtrise d'anglais, avec mes jupes flottantes et mes Doc Martens, je n'étais pas préparée à la sophistication de mes camarades de fac. Je ne m'étais jamais rendu compte, jusqu'à mes premières semaines là-bas, que je menais une vie bien protégée. Avant, c'était la famille aimante, l'école du coin, toujours les mêmes amis, l'église et le rôti du dimanche.

Mais cette première semaine à Durham, je me laissai emporter par un festival explosif de shots de vodka et de pelles roulées en public. Tout le monde était saoul en permanence. J'étais bombardée de pintes de bière, de doubles gin tonics et de mélanges d'alcool avec du Red Bull et de la sambuca. Pendant une soirée organisée par une troupe de théâtre étudiant, j'étais tellement bourrée que j'ai dû partir tôt, après avoir vomi dans les toilettes.

C'est au milieu de ce tourbillon, dans un état semi-conscient, que j'ai rencontré David. Carré, musclé et petit, il m'arrivait à hauteur des yeux à condition que je ne mette pas de talons, et il avait une fossette au menton. Il venait du Lancashire et parlait avec un accent du Nord qui m'était inconnu. Par-dessus tout, il était sûr de lui, à la limite de l'arrogance, et inexplicablement charismatique. Chaque fois que j'entrais dans le pub, il était là, à tenir salon du fond d'un vieux canapé en cuir usé, près du jeu de fléchettes.

C'est lui qui fit le premier pas. J'étais au pub un soir, assise sur un tabouret haut au comptoir, à attendre une amie en lisant une édition de poche de *La Foire aux vanités* pour une dissertation. Je sentis sa présence avant de le voir, comme si l'atmosphère changeait.

« Coucou », dit-il en prenant le tabouret à côté de moi et en faisant signe au serveur d'un doigt levé. « Une pinte d'IPA. » Puis, se tournant vers moi : « Je m'appelle David. »

Il me tendit la main. Je la serrai. Une poignée ferme, qu'il fit durer un peu plus longtemps que nécessaire.

« Lucy », répondis-je. Ma nervosité fut immédiate. J'hésitai à faire semblant de me replonger dans mon livre, mais je ne pouvais m'empêcher de regarder ses yeux, d'un vert clair moucheté de gris et étonnamment délicats, trouvais-je, pour quelqu'un d'aussi vigoureux.

« Lucy, répéta-t-il en jouant avec les sons. Tu devrais venir t'asseoir avec moi. »

Il prit mon verre en même temps que le sien et, juste comme ça, me conduisit vers son groupe d'amis en tapotant le canapé à côté de lui. Je m'installai sans poser de question. Il parlait avec une telle autorité qu'il paraissait naturel de faire ce qu'il demandait. Ce n'était pas du charme, mais quelque chose de plus frontal que cela : il savait ce qu'il voulait et il allait le chercher.

Je finis totalement saoule. Ses amis n'arrêtaient pas de commander des tournées et j'avais beau boire du cidre, pour quelque raison mystérieuse, il m'est monté à la tête et la pièce s'est mise à tanguer tandis que les motifs de la moquette gondolaient sous mes pieds. Mais ce n'était pas le genre d'ébriété inquiétante où j'avais le sentiment de perdre le contrôle. Avec David à mes côtés, je me sentais protégée, en sécurité. Il donnait l'impression de pouvoir gérer.

Je le suivis dans sa chambre. Nous n'en avions même pas discuté, il était évident que ça se finirait ainsi. Et j'étais d'accord, bien entendu. J'étais une participante volontaire. Une complice. Je l'aimais bien, j'avais envie de l'embrasser, de sentir ses bras forts autour de moi, et je n'avais aucune idée de ce qui se passait vraiment à ce stade.

Il ouvrit la porte avec une clé qu'il portait autour du cou. Je m'en souviens très clairement parce que c'était vraiment bizarre. Il avait retroussé ses manches de chemise jusqu'aux coudes pour que je voie les poils de ses avant-bras blondis par le soleil. De derrière, je reluquai ses fesses moulées dans son jean. Il n'avait pas un gramme en trop. Il était tout en muscles et en nerfs.

Dans la chambre, il laissa les lumières éteintes et les rideaux ouverts. Il m'enleva mon tee-shirt et commença à m'embrasser à pleine bouche, en forçant sa langue entre mes dents et en écrasant mes lèvres. Il tira sur le bouton de ma jupe, j'entendis un bruit de déchirure et réalisai que le bouton avait sauté. La jupe tomba par terre et j'essayai de trouver cela sexy, magistral, mais c'est à ce moment-là que je me rendis compte que la soirée lumineuse virait au noir et que j'étais au point de bascule, que tout ce qui se passerait ensuite n'aurait rien à voir avec avant, que la normalité ne serait plus qu'un souvenir après ça, que la Lucy que j'étais à cette seconde n'existerait plus jamais exactement de la même façon.

Il me poussa sur le lit.

« Attends. » J'entendais ma voix, timide, faible, et je la détestais. « Attends », répétai-je, un peu plus fort.

David tirait sur ma petite culotte, enfonçant tour à tour son index et son pouce profondément en moi, et en même temps je me disais, Eh bien quoi ? c'est ce que tu veux, non ? Non ? Et si ce n'est pas ce que tu veux, ça veut dire que tu es frigide ? Et : Détends-toi un peu, Lucy. C'est normal. C'est ce que font les filles de ton âge. Amuse-toi.

« Arrête », murmurai-je, parce que ma gorge se serrait et que je n'avais pas assez d'air dans les poumons.

J'essayai encore. « Arrête. » Mais il me monta dessus, tout son poids sur mes côtes, sa main gauche cramponna un sein qu'elle palpa sans délicatesse, il respirait par à-coups, à grandes goulées d'air, et ses yeux, les iris verts que je trouvais si délicats, étaient fermés si fort qu'on aurait dit qu'il ne voulait pas voir, et encore moins la scène qui se déroulait.

Je fermai les poings et tentai de me dégager mais ses grosses mains m'agrippèrent par les poignets et il me plaqua contre l'oreiller.

« Une petite tigresse, hein ? »

Je me débattais sous lui mais il continuait à pousser, mes poignets ne répondaient plus et un bruit blanc envahit le fond de mon cerveau. Il écarta mes jambes avec son genou, puis d'une main il empoigna sa queue, s'enfonça en moi et je hurlai de douleur.

« Bouge pas, putain, tu veux bien ? »

Il me pilonnait brutalement en détournant la tête, le regard braqué sur le mur où était scotché le poster d'une équipe de foot en maillot rouge et blanc, et je fixais le plafond en essayant de ne pas pleurer et de ne pas faire plus de bruit que nécessaire et ensuite, quand il eut fini, je me sentis vidée : privée d'énergie ou de résistance, comme si je n'existais plus, comme si j'étais une chose tout juste bonne à être utilisée.

David roula sur le côté et me tourna le dos. Il n'y eut pas d'autres mots échangés. Quelques minutes plus tard, il ronflait. Je me levai discrètement, me rhabillai et retournai dans ma chambre.

Au réveil, j'allai chercher une prescription pour une pilule du lendemain.

Pendant le reste de l'année, j'évitai le pub et la résidence de David. Je ne le croisai qu'une fois, dans la rue. Nous étions en décembre, des haut-parleurs diffusaient dans la rue les accords joyeux d'une musique festive. Je portais une parka et ma tête était à moitié emmitouflée dans une écharpe. Il marchait vers moi, un sac de courses à la main, et je remarquai qu'il avait un bleu violacé à la pommette. Je me mis à transpirer. Je ne pouvais plus bouger. Des cohortes de gens en quête de cadeaux de Noël me bousculaient et je ne parvenais pas à détacher mes yeux de lui.

Il s'arrêta devant un café sans avoir vu que je l'observais. Son visage était aussi tranquille, aussi robuste que dans mon souvenir. Alors que j'envisageais d'aller lui parler, de lui dire ce qu'il m'avait fait, une jolie blonde portant un bonnet à pompon avec des oreilles rabattables en laine apparut à côté de lui et se mit sur la pointe des pieds pour déposer un baiser sur sa joue. David posa son bras sur ses épaules graciles puis ils repartirent dans la rue en s'éloignant de moi, sans jeter un regard en arrière.

Je n'en ai jamais parlé à personne. Pendant longtemps, j'ai pensé que c'était ma faute si je m'étais retrouvée dans cette situation. Je sais que c'est courant chez les victimes de viol. Un viol. Important d'utiliser ce mot.

David m'a affaiblie. La confiance instillée en moi par mes parents commença à se dissiper, comme si on m'arrachait une couche de peau. Je croyais réussir à le cacher, mais je réalise aujourd'hui que ce devait être un appeau qui attirait tous les hommes prêts à exploiter ma faiblesse pour se sentir plus forts.

Pendant ma deuxième année, j'ai rencontré l'un de ces hommes. Un étudiant étranger, un Français, en Angleterre pour un an. Il s'appelait Thibault, mais tout le monde l'appelait Lucky depuis le jour où ses parents avaient jugé qu'il ressemblait au personnage de Lucky Luke ; le surnom était resté.

Lucky était charmant et brillant. Il pouvait formuler une opinion sur n'importe quoi et l'exprimer clairement, comme si c'était le seul sujet digne de réflexion. Je l'ai rencontré en boîte, nous nous sommes embrassés sur la piste de danse et j'étais persuadée que je n'entendrais plus parler de lui : ce garçon était trop beau, trop sûr de lui, trop à tous points de vue. Pourtant, il m'a rappelée le lendemain. Et puis le surlendemain. Lucky et Lucy. Lucy et Lucky. Je suis vite devenue sa petite amie, et ses marques d'attention se sont faites plus oppressantes.

Il n'aimait pas me voir porter des robes.

Quand je sortais avec des amies, il demandait que je l'appelle toutes les heures d'une cabine pour lui dire que j'allais bien. Il disait qu'il s'inquiétait pour moi. Il m'aimait tellement, il voulait s'assurer que j'étais en sécurité, et je ne remettais pas cela en cause.

J'ai appris à ne pas l'interrompre quand il parlait.

Il n'aimait pas que je ne sois pas d'accord avec lui. Au bout d'un moment, j'ai arrêté de le contrarier parce que j'étais sincèrement persuadée qu'il avait raison et que j'avais tort, même quand je connaissais mieux le sujet que lui.

Un jour, alors que je sortais de chez le coiffeur où je m'étais fait faire une frange, il m'a dit que c'était moche et que j'étais stupide de l'avoir fait car ça prendrait des mois à repousser.

« Tu ne réfléchis jamais ! C'est ton problème, Lucy ! Tu n'anticipes pas. »

En regardant les photos de moi avec ma frange, je vois qu'il avait tort. Ça m'allait bien. Ça encadrait joliment mon visage.

Pour les vacances, nous sommes allés à Nantes rendre visite à ses parents. Son père était impétueux, autoritaire. Sa mère, douce et discrète. Quand son père m'a demandé ce que je comptais faire après mon diplôme, Lucky a répondu à ma place : « Elle ne sait pas. Elle attend le dernier moment. » J'ai voulu protester. Il m'a pris la main, l'a embrassée et m'a dit : « C'est tellement drôle quand tu essaies de parler français », puis il s'est tourné vers son père et a dit quelque chose que je n'ai pas compris et qui les a fait rire tous les deux, je ne sais pas pourquoi.

Nous avons continué comme ça pendant huit mois. Lucky posait ses exigences ; je m'y conformais pour préserver la paix. À la fin, je faisais tout comme il le voulait ; je ne sortais plus ; je ne buvais plus ; je ne portais plus les mauvais vêtements ; je ne voyais plus les mauvaises personnes ; je ne disais plus les mauvaises choses ; je ne remettais jamais rien en cause.

Évidemment, il me trompait. Pourquoi se serait-il gêné alors que j'en avais si peu fait pour mériter son respect ? Alors, quand je suis rentré dans sa chambre et que je l'ai trouvé en train de se faire sucer par une fille de première année avec un piercing dans le nez et un cœur tatoué dans le creux du cou, je n'ai pas été spécialement surprise.

Toutefois, j'étais dévastée. J'ai pleuré. Il a essayé de me reconquérir en promettant que ce n'était rien, en me disant que ce n'était qu'une salope, rien par rapport à moi. Mais il devait me rester des vestiges d'amour-propre parce que je l'ai envoyé se faire foutre. J'ai rayé son nom de mon répertoire. Plus tard, après son retour en France, j'ai appris que cette fille faisait partie d'une longue liste. Mes amis étaient tous au courant mais ils n'avaient pas voulu me le dire, persuadés que je ne les écouterais pas. Ils avaient sans doute raison. Je l'ai quand même pris comme une trahison.

Après Lucky, je me suis dit que je voulais rester seule. Mais je n'étais pas de taille à affronter la solitude. J'avais besoin d'être avec quelqu'un pour ne pas avoir à m'examiner trop en profondeur. Un mois plus tard, j'avais un autre petit ami. Cette fois, j'ai au moins eu la prudence de ne pas trop m'investir émotionnellement pour qu'à la fin, ça ne me détruise pas. Et ça a marché.

Et puis il y en a eu un autre, et encore un autre après. C'étaient des relations de six ou sept mois auxquelles je mettais un terme dès que je sentais le danger, quand le garçon se rapprochait trop, qu'il commençait à me connaître vraiment.

Le plus ironique : ils étaient tous intrigués par mon détachement. C'est ça, le truc avec les hommes : si vous avez l'air en manque d'affection, ils vous fuient. Dès que vous semblez vous éloigner, ils comblent l'espace et en font trop. Une évidence toute bête, en réalité.

Je me sentais seule sans petit ami. Mais en couple, j'avais besoin d'espace. Je me murais, cachais mon vrai moi au fond d'un passage secret, comme cette pièce indétectable qu'un ami m'avait montrée dans sa vieille maison à colombages, du XVIe ou XVIIe siècle, où les prêtres persécutés se cachaient. Si quelqu'un toquait contre les panneaux lambrissés, ça sonnait creux. Pour découvrir la pièce, il fallait appuyer sur les panneaux d'une façon bien particulière : un petit coup au bon endroit avec le pouce et la serrure tournait, la porte s'ouvrait en grand.

J'ai eu des petits amis. J'ai eu mon espace secret. Et c'est plus ou moins comme ça que j'ai fonctionné jusqu'à ce que je rencontre Martin.

Il était différent – et sûr, parce que, même si je savais qu'il n'avait pas besoin de moi, il ne l'exprimait jamais et ne m'obligeait pas non plus à avoir besoin de lui. Il respectait mon état d'esprit et mon espace physique. Et si parfois cela se traduisait par de la distance et du détachement émotionnel de sa part, eh bien je préférais cela que l'inverse. Au moins, je pouvais le comprendre.

V

Commissariat de Tipworth, 15 h 45

JE N'AI JAMAIS ÉTÉ UN VRAI FUMEUR. À l'école, bien sûr, j'ai fumé des joints et taxé des Marlboro de temps à autre. Mais je ne me suis jamais acheté un paquet de cigarettes. Je n'avais pas assez d'argent à l'école, et plus tard dans la vie, quand l'argent a cessé d'être un problème, je me suis aperçu que je n'avais pas ce vice. Mon goût m'entraînait vers des drogues plus dures.

Mais quand Costard Gris me propose une pause clope, j'accepte. Je veux sortir de cette pièce. Le plastique de la chaise frotte contre le tissu de mon pantalon et j'ai le bas du dos collant de sueur. Une douleur sourde m'élance l'épaule droite. J'ai toujours souffert au niveau des épaules et de la nuque. Je suis allé voir une chiropractrice un jour, elle m'a fait craquer la colonne vertébrale entre ses petites mains puissantes avant de prendre ma tête entre ses paumes et de la tordre violemment sur le côté. Lorsque je me suis relevé de la table de massage, elle m'a demandé de pivoter la tête. J'ai obéi sans vraiment comprendre, et j'ai été stupéfait de réaliser que je pouvais la tourner de plusieurs degrés supplémentaires. Un champ de vision entièrement nouveau s'ouvrait à moi et ma première pensée n'a pas été : C'est merveilleux, maintenant je peux voir des choses que je ne voyais pas avant. Ç'a été : Qu'est-ce que j'ai raté pendant tout ce temps ? Qu'est-ce que j'aurais dû remarquer ?

« Prenez un quart d'heure, me dit Costard Gris, presque amical maintenant que le magnétophone est éteint.

— Merci. »

Blondasse m'adresse un sourire las. Elle repousse sa chaise derrière elle et se met debout. Ses mouvements sont anormalement lents et laborieux. Ce n'est qu'en la voyant marcher vers la porte que je remarque la courbure de son ventre sous sa blouse ample.

« Vous êtes enceinte, dis-je sans réfléchir.

— Oui.

— Félicitations.

— Merci. »

Elle sort de la salle et je me sens floué, d'une certaine façon, que mes efforts pour échanger à un niveau social plus ordinaire, avec davantage de chaleur, soient ainsi dédaignés. Et cela me renvoie directement à l'école, à mon sentiment d'être un étranger, de ne pas comprendre les règles. Que c'est difficile d'être normal.

Costard Gris m'ouvre la porte et me suit dans le couloir. Je respire un air différent, ici. Plus frais, plus léger.

« Vous pouvez aller dehors, me dit-il. À côté du parking.

— Oh, merci. Le seul problème… eh bien c'est idiot, mais j'ai oublié mes cigarettes… Est-ce que je pourrais…

— Oui, bien sûr. »

Il sort un paquet de Camel froissé. Je crois qu'il va m'en offrir une puis disparaître dans la zone mystérieuse à l'arrière du commissariat, mais il me suit dehors. Nous restons près des portes automatiques. Il s'adosse au mur et fume en tenant sa cigarette entre le pouce et l'index, comme un cow-boy. Il me fait l'effet d'un homme parfaitement bien dans sa peau, qui n'a jamais eu à remettre en question sa place dans le monde. Costard Gris accepte le bonheur d'exister simplement comme un dû. Il serait ravi d'avoir un travail physique. Un plaquage réussi au rugby doit l'enchanter. Monter des étagères doit suffire à illuminer tout son week-end. Pas du genre à penser trop intensément au côté obscur, et c'est pour cela qu'il est content de traverser la vie : il ne la connaît qu'à moitié. Ce n'est pas lui qui s'inquiéterait de ne pas pouvoir tourner la tête, son regard est toujours porté vers l'avant.

« J'imagine que vous avez mieux à faire », dis-je en espérant avoir l'air décontracté.

Il hausse les épaules.

« Après tout, ce n'est qu'un petit incident au cours d'une fête. » J'insiste parce que je voudrais l'entendre me répondre : « Ce n'est pas l'affaire du siècle, en effet. »

« Oh, je ne dirais pas ça. »

Il ne me regarde pas, ses yeux sont braqués sur le parking, on pourrait croire qu'il a repéré un truc fascinant entre la Vauxhall Astra bleue et la vitrine du Dallas Chicken & Ribs, de l'autre côté de la route.

« Parfois, répond-il, des incidents mineurs conduisent à de grandes découvertes. »

Cette phrase a l'air dite et redite, comme une ligne qu'il aurait lue dans un polar, mais le calme avec lequel il la profère me met sur les nerfs. Un coup de vent balaie un paquet de chips vide, qui dégringole les marches. Un pigeon se dandine en roucoulant. Une sirène retentit. Des effluves de graillon nous arrivent de la rôtisserie.

Ma cigarette est presque terminée. Je tire une dernière taffe et jette le mégot en direction du pigeon. J'éprouve une sensation fugace et déconcertante en retournant à l'intérieur, comme si des doigts me chatouillaient la poitrine. Je réalise que c'est de l'excitation : la première flamme de l'allumette qu'on craque. Et, en dessous, il y a autre chose, quelque chose que je suis moins enclin à avouer.

La panique devant ce qui va suivre.

2 mai

Salon, prieuré de Tipworth, 21 heures

AU PREMIER ÉTAGE, la fête était encore plus densément peuplée qu'au rez-de-chaussée. Un salon décoré de miroirs dorés et de papier peint vert Nil était occupé par une ribambelle de femmes en dentelles de diverses couleurs. Devant la cheminée, un homme affublé d'une moustache immense ouvrait des huîtres en projetant des fragments de coquille qui tombaient comme des éclats d'obus sur la moquette épaisse.

Je passai derrière un romancier dont la carrière était temporairement à l'arrêt à cause d'un scandale avec une prostituée. Il parlait à un chanteur qui avait connu son heure de gloire dans les années 80. Le chanteur portait un haut-de-forme absurde et s'était couvert le cou et la poitrine de maquillage noir, sans doute dans l'espoir de détourner l'attention de ses doubles, voire triples mentons.

Mais où donc Ben allait-il chercher tous ces gens ?

Il collectionnait les amis et les connaissances en tout genre. Sa fortune lui permettait d'évoluer dans des milieux hors norme. Il figurait toujours dans les classements des hommes les plus riches d'Angleterre établis par les magazines. Il faisait de gros dons aux organismes caritatifs en vue. Dans le silence feutré des ventes aux enchères, on pouvait compter sur son portefeuille pour faire du bruit.

Tatler, la revue de l'aristocratie britannique, avait publié l'année précédente une double page dans laquelle il était qualifié d'« homme ayant le plus grand réseau d'Angleterre », avec en visuel une arborescence compliquée montrant sa proximité avec plusieurs géants des affaires, des médias et de la politique. J'avais hérité d'une petite mention dans le coin en bas à droite, au milieu des oligarques et des *it-girls*. C'était une vieille photo, qui datait de l'époque où mes cheveux me tombaient encore devant les yeux.

« Martin Gilmour, critique d'art et auteur, disait la légende. Ami d'école et membre honoraire de la faune de Notting Hill. »

Ben et moi avions ri à l'époque de cette notion de « faune », comme si nous étions des animaux sauvages reniflant la broussaille de West London à la recherche de terriers de luxe. Il faisait semblant de ne pas accorder d'importance à cet article de *Tatler*, disant que c'étaient des « bêtises, rien de méchant », mais je sentais qu'il était ravi. Il aimait qu'on parle de lui.

Je terminai le verre que j'avais à la main, puis me frayai un chemin jusqu'à un pourvoyeur d'alcool.

« Mojito, monsieur ?

— Oui. Fort, s'il vous plaît.

— Ils sont toujours forts, monsieur.

— Tant mieux. »

Je sentis une petite pression sur mon coude, puis une voix qui tenait du grognement prononça mon nom. Mon cœur sombra. Je n'avais pas besoin de tourner la tête pour savoir de qui il s'agissait. Gilly Rawlings : le genre de personne qu'on passe sa vie à éviter et sur laquelle on tombe avec une régularité alarmante. Gilly se décrivait comme « la reine du réseautage », ce qui signifiait qu'elle était intrinsèquement incapable de décliner une invitation. Je n'avais jamais bien compris ce que son métier impliquait, à part se montrer dans des débats à la télévision ou compléter des panels de conférenciers pour parler de l'importance du réseautage dans nos vies personnelle et professionnelle. Gilly animait également une émission hebdomadaire à la radio, *Qui connaît qui*, et elle était connue pour son nombre impressionnant de *followers* sur Twitter. Deux ans plus tôt, elle avait eu des ennuis après avoir soutenu une militante féministe qui faisait campagne pour qu'une femme figure sur un billet de banque (comme je l'avais fait remarquer à Lucy, il y a déjà une femme sur tous les billets de banque : la reine. Lucy avait accueilli mon commentaire par un silence glacial). Quoi qu'il en soit, après avoir affiché son soutien public à cette idée ridiculement insignifiante, Gilly avait reçu des menaces de mort, lesquelles étaient, hélas, restées lettre morte.

« Gilly, ma chère. Un mojito ?

— Non merci, je suis au régime. »

Elle rentra son ventre.

« Le 5/2 ? m'enquis-je.

— Non, non, non. Jeûner ? Comme un petit orphelin africain ? Pas pour moi, chéri. »

À cet instant, un galant homme aurait protesté, et affirmé qu'elle n'avait aucun besoin de perdre du poids. Mais Gilly était petite et rondouillarde, ses membres et ses articulations semblaient se fondre les uns dans les autres, comme si elle n'avait pas d'ossature bien définie. Je préférai garder le silence.

« Quelle soirée ! s'exclama-t-elle. Tu as vu, juste là-bas ? »

Elle me murmura le nom d'un chef célèbre qui avait récemment quitté sa femme pour un autre chef un peu moins connu que lui. Personnellement, je trouve l'engouement contemporain pour la cuisine incroyablement pénible. Il n'y a plus que de l'écume, des racines, de la purée d'avocat ou du ragoût de narines de porc et de testicules de veau. Qu'était devenu le pain grillé ? Même sans beurre. Juste du pain grillé. Avec éventuellement un petit peu de confiture de fraises.

« En effet, dis-je.

— On m'a raconté… Enfin, je ne devrais peut-être pas en parler, ce n'est qu'une rumeur… »

Elle ne termina pas sa phrase.

« Allez, dis-moi. »

Gilly émit un petit rire aigu et se pencha vers moi. Son front arrivait à peine à hauteur de mon épaule.

« J'ai cru comprendre que le Premier Ministre allait sans doute venir plus tard. Apparemment… »

Je vis ses lèvres bouger, mais le reste de ses propos se perdit dans une soudaine explosion de jazz.

« Oh, s'extasia Gilly. Dansons ! »

Elle me regarda sans rien dire d'autre. Il me fallut un moment pour comprendre qu'elle s'attendait vraiment à ce que je l'accompagne au rez-de-chaussée et que je me trémousse avec elle. N'ayant pas la moindre intention de lui faire ce plaisir, je parcourais mentalement mon registre d'excuses toutes faites lorsqu'un mâle corpulent surgit dans mon champ de vision. Silhouette reconnaissable entre mille, les jambes râblées et la posture bagarreuse.

L'homme approcha. Je songeai à la meilleure manière de m'échapper avant qu'il arrive mais Gilly continuait à bavasser et, lorsque je regardai par-dessus mon épaule, je vis que la foule bloquait toute possibilité de fuite.

L'homme continua sa progression dans notre direction. Je fus surpris de sentir mon cœur cogner dans ma poitrine, le *boum-boum* pompant avec une force sauvage le sang dans mes veines. Comment pouvait-il avoir autant d'effet sur moi après toutes ces années ? Un homme d'aussi peu d'importance.

« Oh, Andrew », s'exclama Gilly tandis que la silhouette, encore floue à l'autre bout de la pièce, prenait une consistance réelle. Elle se mit sur la pointe des pieds pour l'embrasser sur les joues, laissant une trace de rouge à lèvres humide qu'il essuya aussitôt. « Vous vous connaissez ?

— On se connaît, dis-je.

— Comment vas-tu, Martin ? »

Tout en considérant la grosse tête d'Andrew Jarvis, je me demandais quoi répondre. L'espace d'un instant, je songeai à tourner les talons et à le planter là. C'est ce que j'aurais aimé faire dans une réalité alternative, si j'avais été quelqu'un d'autre, quelqu'un qui existait par-delà l'ombre projetée de son meilleur ami. Mais c'était la fête de Ben. Je devais être poli avec ses invités, même ceux qui ne m'inspiraient que le mépris.

« Jarvis… Très bien, merci. Et toi ? J'ai appris tes derniers succès dans le *Telegraph* aujourd'hui. »

J'avais chargé le mot « succès » d'un dédain absolu. Il rit.

« Oh, ne crois pas tout ce qu'on lit dans les journaux. » Je remarquai qu'il ne buvait pas d'alcool. À la place, il tenait à la main une bouteille d'eau gazeuse Burtonbury. Le sceau n'était même pas brisé sur la capsule. « Les journalistes écrivent ce qui leur chante, tu es bien placé pour le savoir. »

Je laissai l'insulte glisser. Gilly ricana nerveusement.

« Alors, vous deux, dites-moi, comment vos chemins se sont-ils croisés ? »

Elle fit voler ses mains en l'air comme deux oiseaux effarouchés.

« À l'école, répondit Jarvis. On était amis à l'école, pas vrai, Martin ?

— "Amis", c'est peut-être un peu fort », dis-je.

Il tiqua. Je ris pour montrer que c'était une plaisanterie.

« Non, en tout cas, franchement, Jarvis, je suis ravi que tout marche à merveille pour toi. Ça ne pouvait pas arriver à quelqu'un… de plus méritant.

— Merci, Martin. C'est gentil de ta part. Et une chose est sûre, c'est une période passionnante pour faire de la politique. Il y a des tas de discussions à mener sur l'Europe, le social, l'immigration. Tu as vu ce couillon dans *Question Time* qui parlait de renationaliser les chemins de fer ? »

J'acquiesçai. En réalité, je ne regardais jamais les émissions politiques, mais mon avis n'intéressait pas Jarvis. Il voulait juste pérorer, de préférence sans être interrompu. Au fil du temps, j'avais appris qu'il vaut mieux laisser les raseurs comme lui palabrer jusqu'à ce qu'ils vous tendent la corde pour les pendre. Tôt ou tard, ils commettent une erreur de logique tellement affligeante qu'il n'y a plus qu'à en profiter pour démonter tout leur discours. Mais il faut être patient et saisir le bon moment. C'est le secret.

« Je l'ai dit à ma femme, martelait Jarvis. Je lui ai dit : "Bitsy, tu ne saurais même pas de quoi ce type a l'air si tu le croisais dans un ascenseur." Je veux dire… »

Il s'interrompit brusquement, comme frappé par une pensée.

« Ta femme est ici, Martin ?

— Oui.

— Vraiment ?

— Tu as l'air surpris. »

Il plissa les yeux comme des fentes. Ses sourcils étaient d'un roux très pâle, presque transparent. « Non, non, pas du tout. Je ne savais pas si vous étiez encore ensemble. Tu ne… euh, je ne t'avais jamais imaginé du genre à te marier. »

Une serveuse passait avec un plateau rempli de petits verres contenant un liquide d'un vert agressif.

« Soupe coco thaïe ? » proposa-t-elle.

Jarvis et moi en prîmes une chacun. Gilly secoua la tête d'un air de regret.

« Régime », murmura-t-elle sans que personne ne relève. Puis, décidée à ne pas rester spectatrice, elle se tourna vers Jarvis : « Au fait, c'est vrai que le Premier Ministre va venir ? »

Il haussa les épaules.

« Je n'ai pas le droit de te le dire.

— Oh, allez ! fit Gilly en le frappant pour rire sur la poitrine. Tu me fais marcher ! »

Il fit semblant de regretter. Je me rappelai qu'à l'école il essayait toujours de faire croire qu'il en savait plus qu'il n'en savait en réalité. Il n'avait pas grandi sur ce point.

« Écoute, si je pouvais te le dire, je te le dirais, mais… »

Il tapota le bout de son nez avec son petit doigt. Le visage de Gilly s'empourpra. Ses boucles d'oreilles – de grosses émeraudes taillées façon lustre suspendues à ses lobes charnus – se mirent à gigoter, comme mues par une force interne. On aurait dit qu'elle allait imploser sous le poids du suspense.

« Il vient », laissai-je tomber.

Jarvis me jeta un regard noir. Gilly pivota vers moi.

« Vraiment ? »

Je confirmai d'un signe de tête.

« C'est Ben qui me l'a dit. Ils ont dû renforcer la sécurité. »

Gilly sautilla sur la pointe des pieds. L'ourlet métallique de sa robe tintait au moindre de ses mouvements.

« Oh, mon Dieu ! Il faut que j'aille le dire à Marina. »

Elle nous souffla un baiser et partit toutes affaires cessantes, exaltée à l'idée d'aller répéter partout cette information confidentielle. Je regardai s'éloigner son gros postérieur, rendu encore plus imposant par les frous-frous de sa jupe de taffetas violet.

Puis je reportai mon attention sur Jarvis. Qu'avais-je à lui dire ? Absolument rien, zéro, nada.

« Tu t'amuses ? »

Jarvis me regarda.

« C'est assez dingue, répondit-il.

— Oui, Ben ne fait jamais les choses à moitié.

— Non, je ne parlais pas de la soirée. Je parlais de *toi*. » Jarvis fit sauter le sceau de sa bouteille d'eau et but une gorgée. « Tu t'es transformé.

— Comment cela ?

— C'est juste... » Il fit un geste de bas en haut de sa main libre. « Toi. » Il rit. « Tu ne portes plus de lunettes maintenant, à ce que je vois.

— Non, dis-je, en veillant à conserver le sourire.

— Et tes cheveux... » Il s'approcha. « Ils ont changé. Plus sombres, peut-être ? »

Je ne dis rien.

« Et ton costume. » Un sourire narquois. « Très élégant.

— C'est une tenue de soirée. Je ne vois pas où tu veux en venir. »

— Pas une simple tenue de soirée, non, *Martin* ? » Il souligna mon prénom avec une emphase particulière. « Il a l'air très cher, très classe. »

Je fis signe au serveur de me préparer un autre mojito.

« J'ai le même tailleur que Ben, dis-je.

— Mais évidemment. Bien sûr ! » s'exclama-t-il, semblant s'amuser tout seul. Il but un peu d'eau. Lorsqu'il reprit la parole, sa voix était encore plus cassante qu'avant. « Tu t'es sacrément bien débrouillé.

— Oui. Même si on ne peut pas tous faire de la politique.

— Non, c'est vrai. » Une autre gorgée d'eau. « Tu as toujours eu cette manière de regarder tout le monde de haut, hein ? Cette fois, tu sais, où... »

Il laissa sa phrase en suspens.

« Tu te croyais tellement supérieur. Je n'ai jamais compris pourquoi ça plaisait tant à Ben. Et aujourd'hui... » Il fit un pas en arrière pour me jauger des pieds à la tête. « Tu es toujours là, collé à l'arrière-train accueillant des Fitzmaurice.

— OK, bon, c'était chouette de te revoir », dis-je en me tournant pour partir.

Mais il tendit la main et m'empoigna le bras.

« Non, non, écoute : je suis content pour toi, Martin. Tant mieux pour toi. Je n'ai pas de rancune contre toi. On fait tous ce qu'on a à faire, non ? C'est juste... »

Il rit de nouveau, d'un rire troublant qui semblait directement jaillir de sa gorge. « De l'autre bout de la pièce, tu ressemblais exactement à Ben. C'est pour ça que je suis venu. Je croyais que c'était lui. »

Il lâcha mon bras et me planta là. Je titubai un instant, faillis tomber dans la cheminée et ne réussis à reprendre mon équilibre qu'au dernier moment.

« Vous allez bien, monsieur ? demanda le barman.

— Oui, oui, merci.

— Je vous avais prévenu qu'ils étaient forts.

— C'est vrai. »

Je me sentis mieux après avoir fini mon deuxième mojito. Je me souvins que j'avais laissé Lucy au rez-de-chaussée. Je me frayai un chemin et me retrouvai dans les couloirs à l'arrière de la maison. Là, des paravents ornés de chinoiseries peintes à la main interdisaient aux invités l'accès aux chambres.

Je respirai profondément en m'efforçant de me calmer. J'examinai les paravents pour me donner le temps de reprendre mes esprits. De loin, j'avais cru distinguer sur la soie des représentations délicatement imprimées de cerisiers en fleur et de hérons perchés sur une patte dans des bassins. Mais, de près, je réalisai que les fleurs se composaient de seins nus de femmes et que les hérons étaient en fait des couples qui copulaient.

Je redescendis l'escalier et pénétrai dans le somptueux salon rouge qui dominait le jardin. Les canapés alignés le long des murs étaient garnis de coussins à glands d'or. Un tapis à motif zébré était comme jeté devant la cheminée. La pulsation d'un morceau techno sans mélodie sortait d'un iPod relié à deux enceintes Bose courbes, plaquées argent, qui ressemblaient à deux cornes de rhinocéros imbriquées l'une dans l'autre. Pourquoi, de nos jours, tout doit-il ressembler à autre chose ? De quoi avons-nous peur ?

Dans un coin, un homme en costume à pochette rose discutait avec un animateur télé qui venait de sortir un DVD de fitness en tête des ventes. Derrière eux, j'apercevais le chignon bouffant et laqué de l'épouse d'un pair d'Angleterre.

Au passage, j'échangeai mon verre vide contre une flûte de champagne. Le serveur avait des pommettes saillantes et du gel dans les cheveux. Je croisai son regard. Il me sourit. Pendant qu'il poursuivait sa route dans la pièce, je l'examinai de dos – carrure moyenne, hanches fines. Un maintien de danseur de ballet. Des poignets délicats. Probablement d'Europe de l'Est. Je le regardai s'en aller. La porte se ferma en coulissant derrière lui.

Lorsque je me retournai, Jarvis m'observait. Il avait dû me suivre.

Jarvis me salua en levant sa bouteille d'eau. Peut-être était-ce l'éclairage tamisé ou mes sens émoussés par l'alcool ? Ou encore le fait que j'étais toujours en train de me remettre de la gêne ressentie un peu plus tôt au cours de notre conversation ? À moins que ce ne soit la distance, trop grande pour que je distingue précisément ce qu'il essayait de dire ? Quoi qu'il en soit, je pourrais jurer que, tout en levant la bouteille, il articula deux syllabes, et lorsque je les compris, ces deux mots silencieux retentirent dans mon crâne comme une cymbale tombant d'une hauteur vertigineuse sur un sol de béton.

Je sais, disait-il. *Je sais*.

Une rafale de vent me glaça. Quelqu'un, quelque part, venait d'ouvrir une fenêtre et de laisser entrer la fraîcheur de la nuit.

Il ne pouvait pas savoir, me rassurai-je. Personne ne savait ce qui s'était passé pendant ce premier trimestre à Cambridge, à part moi et les Fitzmaurice. Aucun de nous n'en avait jamais dit un mot. De cela, j'étais absolument certain.

Ou bien ?

Martin

Queens' College, Cambridge, 1993

LA VOITURE TOURNA DANS L'ALLÉE sans avoir mis son clignotant et ses flancs noirs lustrés reflétèrent le halo flou d'un lampadaire. Le crépuscule arrivait. La nuit semblait tomber plus vite ici qu'à Burtonbury : de l'encre versée soudainement sur le papier buvard du ciel.

Je n'étais à Cambridge que depuis quelques jours et je n'étais pas habitué au froid mordant du vent, à l'absence de relief de la campagne alentour, ni à l'humidité constante de l'air. Un de mes professeurs à Burtonbury m'avait prévenu contre le climat de l'est de l'Angleterre avant mon départ.

« Les vents viennent directement de Russie », m'avait-il dit. Nous étions tous réunis sur la pelouse de la cour après la cérémonie de remise des diplômes et les discours : une mêlée de mères à chapeau et de garçons en uniforme mangeant des fraises dans des barquettes en plastique en essayant de se faire entendre par-dessus le tintamarre syncopé du jazz band lycéen.

« Vraiment ? » avais-je répondu. Je m'ennuyais. Je n'avais personne à qui parler. Ma mère n'était pas venue parce que je ne l'avais pas invitée, malgré les deux prix que j'avais remportés : l'un en anglais, l'autre en histoire. Mais les Fitzmaurice étaient présents dans l'assistance, et ils avaient souri lorsque j'étais monté sur scène. Même Fliss, qui détestait en général ce genre de singeries institutionnelles, avait applaudi, un sourire aux lèvres, quand on avait annoncé mon nom. En tant que représentant des élèves, Ben était sur scène lors de la remise de mes deux coupes en argent. Il m'avait fait un clin d'œil, mais il était d'humeur bizarre et je me demandais si ce n'était pas ma faute.

« Oui, disait le professeur. Pas de chaîne de montagnes pour les arrêter. »

Je réprimai un bâillement et l'abandonnai au beau milieu de sa phrase. Plus la peine de m'embarrasser de convenances, maintenant que j'allais partir.

Je retournai au dortoir en me disant que c'était une des dernières fois que j'empruntais ce chemin si familier. Tandis que je prenais le raccourci derrière l'église locale, j'entendis des voix masculines entrecoupées de rires féminins. Il y avait une haie entre le bruit et moi. Je me mis sur la pointe des pieds et aperçus Ben allongé dans un carré d'herbe, le bras passé autour du cou d'une fille en uniforme du BGC. À côté de lui, la forme bovine de Jarvis. Ma haine se tendit comme un élastique.

Sa tête bouffie écrasée contre celle d'une autre fille, Jarvis ouvrait et fermait les lèvres comme un poisson, la main sous sa blouse. Il avait l'air de lui manger la bouche plutôt que de l'embrasser.

Je les observai un moment. Ben faisait rire sa copine, il lui massait la nuque entre ses doigts et son pouce. Elle était grande, mince, elle avait les pointes des cheveux teintes en rouge, comme si elle les avait plongées dans du sang.

Je perdis l'équilibre. Jarvis sursauta, repoussa la fille et se tourna dans ma direction. Sa bouche distendue à force d'embrasser arbora un sourire goguenard.

« Tout va bien, le voyeur ? »

Je rougis.

« Je...

— Tu prends ton pied ? »

Ben me fixait, une expression indéchiffrable sur le visage.

« Il y a des moyens plus simples pour ça, tu sais, Martin », continua Jarvis. La fille à côté de lui reboutonnait sa chemise. « Je peux te donner un magazine porno. Un *Playboy*.

— Laisse tomber », me défendit mollement Ben.

Jarvis se retourna sur le ventre, les mains sous le menton.

« Pourquoi tu fais ce drôle de truc avec ta tête ? »

Je n'avais pas réalisé que mes muscles faciaux tressautaient. Je dus faire un effort de volonté pour me calmer. Les saccades diminuèrent.

« C'est ce qui t'arrive quand tu jouis ? poursuivit Jarvis, la voix mauvaise. C'est ta tête quand tu jouis ? Des tics de partout, le Martin ? Tic-tic-tic, oh ouiiii ! »

Mon cœur se mit à marteler ma poitrine, de plus en plus fort.

« Ben, tes parents nous cherchent, mentis-je.

— Oh merde ! s'exclama-t-il en regardant sa montre. J'avais oublié. »

Les Fitzmaurice avaient prévu de nous emmener prendre une collation en ville, à l'hôtel Duke of Clarendon.

Ben se leva.

La fille aux pointes sanglantes eut l'air déçue.

« Amuse-toi bien, railla Jarvis. Avec ton petit copain. »

Au Duke of Clarendon, le père de Ben, George, commanda du champagne et nous servit pendant que nous mangions des sandwichs au concombre. Lady Katherine ne picorait que des petites bouchées. Fliss, si gaie pendant la cérémonie, semblait bouder, inaccessible. Le regard perdu au-delà de la fenêtre, elle s'arrachait des petites peaux autour des ongles.

« Fliss », l'interpella Katherine à un moment. Pas de réaction. « Fliss, chérie, sois avec nous. Tu es malpolie. »

Fliss poussa un profond soupir. Le silence dura, pesant. Ben se pencha par-dessus la table et se resservit en vidant la bouteille de champagne. Il avait l'air tendu, je le voyais se manger l'intérieur des joues, ce qui était toujours le signe qu'il était perturbé ou nerveux. Toute la journée, il avait été étrangement absent. J'avais l'impression de le voir à travers un écran : le même sentiment que lorsque je finissais une pinte et que je voyais la pièce circulaire et déformée à travers le fond du verre.

Sa mère voulut dire quelque chose mais George croisa son regard et fit un geste presque imperceptible ; elle se contenta de tordre sa serviette entre ses longs doigts fins.

« Alors, les garçons, commença George. Je voulais juste… »

Mais je n'entendis pas ce qu'il avait à nous dire, car au même moment Ben me donna une tape dans le dos et se mit à expliquer, comme si nous avions déjà tout prévu, que nous devions retrouver des amis et que nous serions de retour pour le dîner, et à tout à l'heure, merci pour le champagne.

Je le suivis hors de l'hôtel. Ben marchait d'un pas furibond, les mains enfoncées dans les poches. Sur le parking, la lumière était forte. Je ne posai pas de questions. J'avais compris, sans qu'il ait besoin de le dire, que ce départ précipité était nécessaire. Que si nous étions restés une seconde de plus dans l'ambiance asphyxiante du salon de l'hôtel, quelque chose en lui se serait écroulé.

« Tu vas bien ? »

Il hocha la tête.

« J'avais juste besoin de prendre l'air. »

Nous prîmes à droite la rue qui descendait vers le parc de Winter Gardens, presque désert, et rejoignîmes notre place habituelle près du kiosque à musique. Les familles qui le fréquentaient de jour étaient parties, et les clochards et les adolescents en goguette comme nous ne les avaient pas encore remplacées.

Ben et moi nous enfonçâmes au milieu des parterres de rhododendrons, leurs fleurs rose pâle dans l'obscurité naissante. Passant sous les branches, nous nous assîmes à même la terre et les broussailles. Nous n'étions qu'à quelques mètres de l'allée et entendions encore le murmure des conversations alentour, mais nous étions hors de vue.

Ben sortit le sachet en plastique contenant son herbe, aussi sèche que des feuilles de thé, puis disposa une feuille, un filtre, et entreprit de rouler un joint.

Il le roula très serré, avec adresse. Puis il l'alluma et me le passa pour que je tire la première taffe. Qui me délivra de la pesanteur.

« Elle est forte », dis-je.

Il sourit.

« On mérite le meilleur. »

Je tendis la main et ébouriffai ses cheveux. Cela m'arrivait parfois lorsque nous étions seuls. Il laissa ma main reposer sur sa nuque.

« Tout va bien ? » redemandai-je.

Ben ne répondit pas. Il prit trois longues taffes avant de parler. Je les comptais. Il me semblait très important de tout mesurer. Quatre cailloux à côté de mon pied gauche. Une canette de bière vide. Deux semaines à passer sans Ben à la fin de l'année scolaire, avant de lui rendre visite chez lui. Cinq taches de rousseur sur son biceps, en forme de Grande Ourse.

« C'est l'anniversaire de la mort de Magnus. »

Il me fallut un instant pour comprendre. L'herbe m'avait plus défoncé que je ne le pensais.

« Ton frère ? »

Ma voix était lente, ma réaction stupide.

« Ouais. »

Je passai mon bras sur ses épaules.

« Je suis désolé. »

Son regard était voilé. L'idée qu'il était sur le point de pleurer me remplissait d'un désir douloureux.

Il tapota ma main.

« Merci. Je n'ai pas envie d'en parler, mais il fallait que je le dise.

— Je suis sûr que tu étais un super-grand frère », dis-je en me rappelant ce que lady Katherine lui avait écrit il y avait si longtemps. Je ne m'intéressais pas spécialement au genre de grand frère qu'il avait été et n'éprouvais rien d'aucun ordre pour Magnus, qui existait dans mon esprit comme une simple image, dépourvue de personnalité ou de charme, mais je savais ce qu'il fallait dire.

Ben s'allongea par terre, les yeux clos.

Je m'étendis à côté de lui et lui passai le joint.

Un long moment s'écoula, ou peut-être ne fut-il pas si long en vérité, mais lorsque je me tournai vers Ben je vis une larme rouler du coin de son œil fermé sur sa tempe. J'observai cette larme, fasciné par son origine.

Ben avait gardé les lèvres entrouvertes après avoir tiré sur le joint. J'imaginais les dernières volutes de fumée s'en échapper comme l'âme d'un mort, en serpentant vers le ciel. Je me penchai sur son torse, mon visage si près du sien que je sentais son haleine où se mêlaient le champagne, l'herbe et le concombre. Ses lèvres étaient sèches. Je les léchai du bout de ma langue. C'était un test, pour voir ce qui se passerait.

Rien. Ben garda le silence. Il avait les yeux fermés, mais ses paupières frémissantes me disaient qu'il ne dormait pas. J'approchai mes lèvres et l'embrassai. Ma langue se glissa entre ses dents et je sentis la sienne, chaude, et à cet instant j'eus un sentiment d'évidence et de bien-fondé, le nier aurait été illogique et incompréhensible. Je l'embrassai. Sa langue remua un peu, juste une fois. Puis plus rien.

Sans un bruit, il roula sur le côté et détourna le visage. Je m'allongeai sur le dos, sonné et heureux, certain que ce moment allait tout changer.

Mais, bien sûr, lorsque l'herbe cessa de faire effet et que nous eûmes balayé les brindilles et les feuilles des jambes de nos pantalons pour retourner à l'hôtel, rien n'avait changé.

Et trois mois plus tard, la voiture se gara devant la loge du gardien de Queens' College. Je savais déjà qu'il n'était pas autorisé de stationner à cet endroit, mais les Fitzmaurice n'obéissaient pas aux mêmes règles que nous autres. La portière côté passager s'ouvrit et Ben en sortit en marchant à grands pas, comme à son habitude. Il portait une chemise en jean dont les manches retroussées révélaient ses bras tannés par trois semaines passées à bourlinguer en Croatie.

Il était parti avec James Lewis, qui venait de terminer sa première année à Manchester. J'étais mort de jalousie de ne pas avoir été invité. Et je l'étais encore plus en remarquant les taches de rousseur sur l'arête de son nez et le teint olivâtre de sa peau. Ses cheveux avaient éclairci aussi, les pointes châtain clair volaient au vent.

Mais nous allions passer trois années entières ensemble à Cambridge, me rappelai-je. Ben avait postulé au Queens' College parce que cette université avait une bonne équipe de rugby et une réputation de fac de fêtards. Contre toute attente, il avait choisi d'étudier la théologie. Je soupçonnais une décision tactique – il était plus facile d'être admis dans des spécialités secondaires, qui étaient moins réclamées. Pour ma part, je m'étais inscrit en histoire. Et dans mon esprit, ce ne pouvait être qu'au Queens' College. L'entretien d'entrée s'était bien passé, et dès la semaine suivante j'avais reçu un courrier validant mon admission.

Et maintenant Ben revenait tout bronzé de vacances, au seuil de sa nouvelle vie d'étudiant, aussi vivant et brun et confiant que toujours. Il arrivait tout juste, et déjà il occupait l'endroit comme s'il lui avait toujours appartenu.

Je fis quelques pas pour sortir de la pénombre.

« Ben.

— Mon poooote ! »

Je me sentis soudain ridiculement heureux qu'il soit là, qu'il se souvienne de moi, qu'il m'aime encore. J'avais passé une semaine à errer seul dans les couloirs après que mon propre périple ferroviaire en Europe s'était terminé une semaine plus tôt que prévu (la faute à une embrouille absurde avec un touriste suédois qui s'était plaint que je l'avais espionné sous la douche). Après cet épisode, je n'avais pas eu envie de poursuivre jusqu'à la ville suivante. Pas plus que je ne voulais rentrer à la maison – je ne souhaitais aucunement me retrouver face à ma mère. Les Fitzmaurice m'auraient accueilli avec plaisir, ils m'avaient souvent répété que leur porte était grande ouverte, mais je ne les avais jamais pris au mot en l'absence de Ben. Ils m'intimidaient, même si je faisais de mon mieux pour faire croire le contraire.

Ainsi, il ne me restait que le Queens' College.

Je m'étais dit que d'autres étudiants allaient m'avoir précédé, mais à mon arrivée j'avais découvert que j'étais le seul. Le gardien, un colosse à lunettes avec un tatouage d'ancre décoloré sur le bras, lisait le journal dans sa loge, les deux pieds sur son bureau.

« Désolé, avait-il dit, je ne m'attendais pas à voir quelqu'un.

J'avais été étonné de me sentir si seul dans ma morne chambre de Cripps Court, dont la seule fenêtre donnait sur la cour intérieure entourée de chambres vides aux rideaux tirés. Le néant général me renvoyait à mon propre vide intérieur. Je n'avais même pas d'affiches. Ce qui avait fait l'objet de nombreux commentaires à l'école, où tous les autres garçons avaient des posters sur papier glacé de Pamela Anderson et de grandes affiches de feuilles de cannabis, de Bob Marley ou de Che Guevara (quelle ironie !) scotchées aux murs. Au bout d'un moment, j'avais fini par aimer leur stupeur devant la blancheur virginale des miens. Cependant, dans ma chambre immaculée de Cambridge, Ben m'avait manqué avec une force surprenante.

« À quoi ressemble ta piaule ? » me demanda-t-il en posant son bras sur mes épaules, débonnaire.

D'autres étudiants traversaient le parking en portant des cartons et des caisses à couvercle en plastique ; rien qu'à nous regarder, ils savaient sans l'ombre d'un doute que nous étions meilleurs amis.

« Tiens, tiens, tiens, notre jeune ami, maître Gilmour. »

L'intonation grave et sèche du père de Ben. Il sortait de la voiture en appuyant sur sa clé pour la verrouiller. La Lexus noir émit un bip aigu. « La familiale », comme l'appelait lady Fitzmaurice pour la différencier des autres, plus chères – la Bentley, la Mercedes classique et la Land Rover cabossée qui servait à « crapahuter » dans le domaine.

« Lord Fitzmaurice. » Je lui tendis la main.

« Martin, Martin, Martin. » Il avait l'habitude de tout répéter trois fois. « Cela fait des années que je vous demande de m'appeler George. »

Je ris.

« Pardon, George.

— J'ai l'impression d'être vieux quand on m'appelle lord Fitzmaurice.

— Et ça devrait être sir George, ajouta Ben.

— Ma foi, oui, d'un point de vue technique, si tu y tiens, admit George. Mais ça sonne encore plus vieux. »

Il m'assena une claque dans le dos.

« Comment allez-vous, l'ami ? Ça faisait longtemps. Vous êtes en forme ? Comment s'est passé votre été ?

— Papa, sérieusement, on vient juste d'arriver. Arrête avec toutes tes questions. »

George leva les deux mains en l'air comme pour se rendre.

« Désolé si je vous ennuie. Écoutez, les garçons, pourquoi je ne vous laisserais pas vous débrouiller ? Je vais me trouver un coin tranquille... »

Il regarda autour de lui, scrutant l'horizon à la recherche d'un pub.

« Il y a l'Anchor, juste de l'autre côté du pont, dis-je en lui indiquant Silver Street.

— Ainsi soit-il. *Wunderbar !* Je serai là-bas. Quand vous aurez terminé de vider la voiture, je vous emmène faire un bon gueuleton. D'accord ? »

J'étais submergé de tendresse envers George, avec son pantalon de toile trop large pour lui. Même si Katherine s'était toujours montrée cordiale avec moi, George m'avait dès le départ témoigné une amitié démonstrative.

Quelques semaines après la soirée du BGC, Ben m'avait invité chez lui pour la première fois. J'avais remis la lettre de sa mère dans le tiroir de sa commode le lendemain du jour où je l'avais lue, en séchant le rassemblement afin d'être certain qu'il n'y ait personne pour me surprendre. Ben m'avait rejoint pour boire son thé, il s'était assis à côté de moi et j'avais été surpris qu'il veuille me parler. Après la soirée avec la fille qu'il avait embrassée, j'avais pensé qu'il rechercherait la compagnie d'autres garçons plus populaires, qui aimaient parler de tripoter, de faire des suçons et de bander. Mais il avait commencé à me poser des questions sur moi, ma famille, d'où je venais.

Je lui racontai une version largement tronquée en insistant délibérément sur la mort de mon père, la douleur que c'était de perdre un proche, à quel point le deuil m'avait touché et le fait que personne à l'école ne pouvait comprendre. Je laissai une longue pause pour que Ben passe à son tour aux aveux, mais il ne mordit pas à l'hameçon. Il se contenta de me regarder en hochant la tête, et au bout d'un moment la discussion se déplaça sur un terrain plus intéressant – nos sujets de prédilection, les professeurs que nous détestions et les goûts musicaux qu'il nous imaginait en commun. Il me dit en passant que la fille qu'il avait embrassée était « gentille, mais ennuyeuse », ce qui me remplit d'espoir. Je le fis rire, aussi. Je ne me rappelle plus pourquoi au juste, peut-être en imitant un autre élève. J'avais une bonne oreille et j'étais capable sans trop de mal de copier les bizarreries physiques et les inflexions vocales des gens. C'était un don. D'ailleurs je fais une assez bonne imitation de Ben, même s'il n'y a que Lucy qui l'a vue, et seulement une fois. Elle l'a trouvée drôle au départ, et puis elle a arrêté de rire en disant que c'était « flippant ».

En tout cas, mon premier week-end à Denby Hall fut une réussite. Lady Fitzmaurice me pardonna de ne pas posséder de tenue de tennis. Comme je m'en rendis compte, ce n'était pas une femme très chaleureuse, même avec Ben. De temps à autre, elle lui caressait la joue, mais ses marques d'affection n'allaient pas plus loin. Elle me dit de l'appeler Katherine, mais il me fallut des mois avant d'en avoir le courage. La voix dans la lettre semblait appartenir à une femme différente, peut-être n'était-elle capable de se dévoiler qu'à l'écrit, quand il y avait une distance entre son discours et la réception de celui-ci.

Lord Fitzmaurice, lui, était foncièrement gentil. Dès le premier soir, assis dans le salon après avoir mangé de l'agneau rôti (préparé par une cuisinière que personne n'appelait la cuisinière, mais « cette chère vieille Pam »), le père de Ben remarqua mon intérêt pour les livres alignés aux murs. Il me prit à part et me conseilla de lire Dickens, me renvoyant à Burtonbury le dimanche soir avec une superbe édition des *Grandes Espérances* sur la page de garde de laquelle figurait son nom. Dans mon lit, lorsque je tournai les pages, elles étaient aussi douces et fines que des ailes de papillon.

J'avais rédigé une lettre de remerciement en choisissant soigneusement mes mots, ne voulant paraître ni trop expansif ni trop sec. Je devais trouver le ton juste. Les Fitzmaurice étaient le genre de gens, j'imaginais, à faire grand cas d'un message de ce genre.

Je fus de nouveau invité lors d'un deuxième week-end, puis cela devint une sorte de routine et je finis par passer aussi une partie de mes vacances scolaires à Denby. Je me souviens qu'une fois, à Pâques, la mère de Ben avait organisé une chasse aux œufs (avec l'aide, comme toujours, de la fidèle Pam). Fliss était là elle aussi, et on nous envoya tous les trois explorer la pelouse et les parterres devant la maison en quête d'œufs durs, pondus par les deux poules domestiques de Katherine et peints avec du pigment jaune fabriqué à partir des ajoncs qui peuplaient les champs des environs.

Fliss et Ben avaient passé la matinée à s'asticoter en se balançant des petites perfidies en douce. La complexité de leurs rapports était sans doute liée à l'absence de Magnus, le petit frère dont on ne parlait pas. Il n'existait que par les photographies et le grand portrait à l'huile au-dessus de la cheminée du salon : visage rond, cuisses grassouillettes et un sourire aux petites dents régulières. J'avais demandé, une fois, de qui il s'agissait. Il aurait paru étrange que je ne le remarque pas.

« C'est Magnus, m'avait dit Katherine. Il est mort. »

Sa voix ne tremblait pas. Assis sur le canapé, Ben s'était gratté la nuque en fixant un point sur le tapis près de ses pieds.

« Oh, avais-je dit. Je suis désolé. Que lui est-il arrivé ?... »

George était venu à côté de sa femme et l'avait prise par la taille.

« Il a eu une méningite, avait-il expliqué. Une maladie horrible. »

Ben s'était levé. « Je sors. Tu viens, Martin ? »

Il n'avait jamais plus été question de Magnus en ma présence.

À l'évidence, sa mort avait changé la dynamique familiale d'une façon que j'avais le plus grand mal à comprendre. La relation entre Ben et Fliss se caractérisait par une affection intense mâtinée de répugnance mutuelle. Tout s'était cristallisé pendant ce week-end de Pâques, tandis que nous arpentions le terrain de croquet. Ils repérèrent tous les deux au même moment un œuf niché sous un arceau et commencèrent à faire la course, et Fliss n'hésita pas à pousser Ben pour le ramasser tout en criant de joie.

« Va te faire foutre, Fliss ! » s'écria Ben en s'emparant d'un maillet que nous avions abandonné sur l'herbe la veille et en le jetant de toutes ses forces. Le maillet alla percuter un muret avec un bruit de bois qui craque.

« Que se passe-t-il ? s'alarma Katherine, apparue sans faire le moindre bruit sur l'allée en gravier.

— C'est juste Ben qui joue au con », déclara Fliss, sournoise.

Elle passait par une phase gothique, ses cheveux étaient teints en noir tirant sur le bleu et elle avait les yeux cernés de khôl. Son tee-shirt avait le col déchiré, avec « Black Sabbath » écrit en lettres blanches délavées sur le devant.

« Surveille ton langage, s'il te plaît. »

Fliss leva les yeux au ciel. « Je suis sûre que tu as entendu pire, maman.

— Arrête, Fliss. Je ne suis pas d'humeur. »

Katherine se tourna vers son fils, qui se tenait les mains dans les poches.

« Enfin, pour l'amour de Dieu, vous deux... Ce n'est qu'une chasse aux œufs. Vous vous comportez comme des bébés. »

Aucun des deux ne semblait avoir envie de s'excuser. Fliss faisait la tête, et Ben avait cette expression lointaine qu'il lui arrivait de prendre et que j'avais fini par identifier comme le signe d'une colère rentrée. Un picotement me parcourut la poitrine. Il fallait que je fasse quelque chose pour faire baisser la tension. C'était ma chance de commencer à me rendre indispensable.

« Merci pour l'organisation, lady Fitz... Katherine, dis-je, dans le silence tendu. Même si c'est un peu tiré par les œufs, je dirais que c'était rocampoulesque. »

Katherine me regarda d'un air dérouté. Du coin de l'œil, je vis Fliss rire sous cape. Ben grogna, mais c'était un ronchonnement amical. Puis le visage de Katherine se transforma et un franc sourire s'y épanouit. Elle se mit à pouffer, un petit rire étouffé que je ne lui avais jamais entendu.

« Oh, c'est très drôle, Martin. Vraiment très drôle. »

Elle se frotta les yeux, qui commençaient presque à pleurer.

« Maman, la calma Ben. Arrête-toi, ce n'est pas non plus hilarant.

— Non, non, je sais bien mais... »

Elle se reprit, écrasa une ultime larme, puis posa sa main sur mon épaule.

« C'est bien que tu sois là, Martin, me dit-elle. Tu fais partie de la famille, maintenant. »

Tandis que nous repartions tous les quatre vers la maison avec nos fragiles œufs jaunes, mes yeux aussi étaient humides, à ma grande surprise, et je dus battre des paupières deux fois, rapidement, pour chasser mon émotion. Ça a marché, me disais-je ; je fais vraiment *partie de la famille*.

« Terre à Martin, Terre à Martin. » La voix de Ben me ramena au présent. Au Queens' College. À la loge du gardien. À la pile de cartons à monter dans sa chambre au premier étage de l'escalier D.

« D, remarqua Ben en récupérant sa clé. Exactement comme j'aime les femmes.

— Dommage que tu ne sois pas au F alors, répondis-je.

— Nan, c'est trop gros. Quand ça ne tient plus dans la main, c'est gâché. Et tu sais, ils ont tendance à tomber quand ils sont trop gros. »

Il savait de quoi il parlait. Ben avait déjà couché avec au moins quatre filles, alors que j'étais toujours vierge. Je m'en fichais. La plupart des filles que je fréquentais étaient des dindes qui passaient leur temps à piailler. J'étais mieux avec mes livres. Au cours du dernier trimestre au lycée, Ben m'avait quelquefois interrogé à ce sujet, toujours avec précaution. Je crois qu'il avait peur de m'embarrasser, et je m'apprêtais à inventer un amour de vacances pour mettre un terme à ses questions insistantes.

Au bout de trois quarts d'heure, nous avions monté tout ce qu'il y avait de plus lourd. La chambre de Ben était dotée d'une bouilloire pleine de dépôt calcaire, mais en parfait état de marche. Il y avait un lavabo dans un coin, dissimulé par la porte coulissante d'un placard. Il remplit la bouilloire d'eau froide, la fit chauffer et prépara le thé. Ce n'est qu'au moment où il me tendit une tasse portant le blason du Liverpool Football Club que nous nous rappelâmes que nous n'avions pas de lait.

« Ah mince, dit Ben. Bon, il sera fort, on va reprendre du poil de la bête.

— Je n'ai jamais compris d'où venait cette expression.

— Moi non plus. Et je ne suis pas sûr d'avoir envie de le savoir. » Il regarda la touffe de poils qui sortait de sa chemise. « Cela dit, t'aurais bien besoin d'être un peu plus fourni...

— Va te faire voir. »

J'étais assis au bord du lit, à souffler sur mon thé trop chaud, quand on frappa à la porte.

« Ouais », cria Ben.

Un garçon portant le maillot de l'équipe d'Angleterre de rugby passa la tête par l'embrasure.

« Salut. Je voulais juste me présenter. Je m'appelle Jez. On est voisins.

— Salut, Jez ! Viens, entre », s'écria Ben, immédiatement dans son élément.

Il secoua vigoureusement la main de Jez, laquelle faisait approximativement le double de ma tête.

« Content de te rencontrer, mon pote.

— Toi aussi, mon pote. »

Dans les minutes qui suivirent, les « mon pote » fusèrent de part et d'autre de la pièce en même temps qu'ils se découvraient des centres d'intérêt communs (le sport, principalement), des connaissances communes (des hommes aux prénoms monosyllabiques et aux noms de bonne famille) et un amour partagé pour la comédie *Withnail and I*, dont ils citèrent les répliques pendant un petit moment, jusqu'à ce que Ben se souvienne de ma présence.

« Désolé, mon pote, j'avais totalement oublié. Je te présente Martin.

— Salut, Martin.

— Bonjour. »

Je bus une gorgée de thé, trop vite, et me brûlai le palais.

« Alors, comment vous vous connaissez, tous les deux ? demanda Jez.

— Du lycée. »

Je jetai un regard à Ben.

« On devrait sans doute aller retrouver ton père, dis-je en posant brusquement ma tasse sur la table de chevet.

— On n'est pas obligés de… »

Jez, affable et stupide comme un labrador, se plia docilement à la manœuvre.

« Je comprends, les gars, pas de souci. On se recroisera plus tard. »

Il quitta la chambre. Ben se mit à ranger toutes ses chemises sur des cintres en bois hors de prix que sa mère avait dû lui donner. Pas de cintres en fer pour les Fitzmaurice.

Jez parti, le silence entre nous était écrasant.

« Je me demande quelle équipe il supporte. »

C'était à peine une plaisanterie, mais la réaction de Ben me désarçonna.

« Merde, Martin.

— Quoi ?

— Rien qu'une fois, tu ne pourrais pas… »

Il pendit sa dernière chemise, referma la porte du placard. Puis il se passa la main dans les cheveux – un geste nouveau, remarquai-je. Il l'avait probablement copié sur James Lewis pendant l'été. Il avait l'air idiot quand il le faisait, ses cheveux n'étaient pas assez longs.

« Quoi ? » répétai-je, sur la défensive.

Il secoua la tête.

« Laisse tomber. »

Je bus mon thé. Mais quelque chose venait de changer, je le sentais. Comme une pierre qu'on aurait délogée de l'entrée d'une grotte. En y repensant aujourd'hui, en sachant tout ce qui s'est passé par la suite, je dirais que c'est là que tout a commencé. Que ce changement se soit produit pour le meilleur ou pour le pire, c'est une question à laquelle j'ai passé le reste de ma vie à essayer de répondre.

VI

Commissariat de Tipworth, 16 h 15

NOUS AVONS REPRIS NOS CHAISES RESPECTIVES. Nicky Bridge, Kevin McPherson et moi. La bouche desséchée par la cigarette grillée. Une nouvelle tasse de thé sur la table devant moi. Le bruit assourdi du trafic dehors, où les gens normaux vivent dans un monde normal avec des pensées normales.

« L'interrogatoire reprend à... » Blondasse consulte sa montre : « 16 h 15. »

Elle me regarde sans hostilité.

« Comment allez-vous, monsieur Gilmour ?

— Bien, merci.

— Très bien. Nous n'avons pas envie de vous fatiguer.

— Ne vous inquiétez pas pour ça.

— Plus que quelques questions et vous devriez pouvoir partir. »

Je remets en place les manches de ma chemise. Je porte les boutons de manchette que Ben m'a offerts pour mon vingt et unième anniversaire. Nous étions encore à Cambridge à l'époque. Pour fêter ça, j'avais invité une poignée d'amis à dîner. Nous avions bu une bouteille de vin chacun en jetant des pièces au fond de nos verres, selon la tradition de Cambridge, jusqu'à la dernière gorgée. Le bœuf était trop cuit, la panna cotta trop dure, et quand Ben avait posé la petite boîte bleu marine sur la table, j'étais presque trop saoul pour l'ouvrir. Lorsque j'y parvins, je vis des boutons de manchette dorés scintiller sur le velours. Je reconnus immédiatement ce qui y était gravé : les armoiries familiales des Fitzmaurice.

Nous étions si proches. Et maintenant…

« Pour l'enregistrement, je signale que je montre à M. Gilmour le document 2C tiré du dossier B des pièces à conviction. »

Blondasse me présente un papier. Il est glissé dans une chemise en plastique transparent qui bruisse sur le mélaminé.

« Le reconnaissez-vous, monsieur Gilmour ? »

Au départ, je ne reconnais pas ce que j'ai sous les yeux. Des colonnes de chiffres. Un texte central. Un logo triangulaire rouge et blanc en haut à droite. Ma vision flotte, les caractères tremblent. Petit à petit, les lettres et les chiffres se remettent en ordre et je comprends que c'est un vieux relevé bancaire. Qui porte mon nom : Martin Gilmour. L'adresse du Queens' College. Je regarde la date : janvier 1994. Trois mois après que nous avions posé nos valises dans nos chambres d'étudiant. À l'époque où l'avenir nous semblait plein de promesses et de liberté.

« Martin ? »

Je hoche la tête.

« Parlez à voix haute, s'il vous plaît.

— Oui. »

J'ai tellement tripatouillé un des boutons de manchette qu'il s'est défait. J'essaie de le remettre dans son trou. J'essaie de voir si je peux y arriver sans regarder, mais mes doigts ne font que le triturer en vain.

Je sais d'instinct ce que Blondasse va me demander ensuite et j'évalue les diverses réponses qui s'offrent à moi. Je tente de calculer ce qui fera le moins de dégâts, mais, comme j'ignore ce qu'ils savent, je m'égare momentanément dans un dédale mental, mes certitudes se déforment, comme les reflets dans un palais des glaces. Je n'ai aucune idée de la manière dont ils ont mis la main sur ce relevé. Comment ont-ils su où aller chercher ?

« OK, Martin, alors pouvez-vous nous dire à quoi correspond ce versement, ici ? » Blondasse tapote la chemise en plastique avec son ongle. *Clac-clac-clac.*

Je prends le relevé bancaire et le rapproche de mes yeux. Je veux juste gagner un peu de temps.

« Je suis désolé, dis-je. Lequel, exactement ? », et je rends le papier. Costard Gris grommelle, Blondasse sourit aimablement et dit : « Bien sûr », puis elle tapote de nouveau avec son ongle. *Clac-clac-clac.* « Celui-ci, en date du 3 janvier 1994. »

Costard Gris me fixe, un bras posé nonchalamment sur le dossier de sa chaise.

« Ah. Oui. Enfin, c'était il y a longtemps… »

Elle rit.

« Je suis sûre que vous vous souvenez d'un versement aussi important ! » À l'entendre, on croirait que nous sommes deux amis en train de papoter aimablement. « Dix mille livres, c'est une fortune à cet âge, non ? Et encore plus pour un jeune homme qui a atteint le plafond de son crédit étudiant. Sans vouloir vous offenser, Martin, vous ne rouliez pas vraiment sur l'or, pas vrai ?

— Non ?

— Donc, pouvez-vous nous dire d'où provenait cet argent ? »

Je bois un peu de thé. Il me brûle le palais.

« Oui, dis-je. C'est indiqué ici, d'ailleurs. »

Blondasse fait mine d'avoir l'air désolé.

« Vraiment ? Navrée. C'est idiot de ma part. Qu'est-ce qui est marqué, exactement ?

— G.A.C. Fitzmaurice.

— Qui est-ce ? »

Je pense à George, à son visage débonnaire et à son nez bulbeux, aux reliures en cuir de ses premières éditions de Dickens. Je le revois au pub The Anchor, sur Silver Street, quand il attendait que Ben et moi le rejoignions après avoir monté les cartons. Je le revois lorsque nous avons passé la porte ce soir-là : assis seul avec sa pinte, il caressait la tête d'un jack russell, le regard perdu dans le vide, et l'expression que j'ai lue sur son visage n'était pas celle d'un homme épanoui, mais perdu. Totalement perdu. Et, quand il nous a vus venir vers lui, ses traits ont instantanément changé pour arborer une jovialité de façade, ce qui m'a rendu triste à un point dont j'avais à peine conscience. Lorsqu'il est mort, l'année dernière, j'ai repensé bien des fois à ce moment. Il me manque encore.

Je reprends le document. Je passe l'index sous le nom. George Alexander Charles.

« George Fitzmaurice. Le père de Ben. »

Cahier de Lucy Gilmour

J'AI BIEN DORMI LA NUIT DERNIÈRE, pour la première fois depuis que je suis ici. J'ai du mal à m'endormir, à cause du bruit que font les autres patients. Pardon : les résidents. C'est comme ça que nous sommes censés nous appeler. Le personnel emploie ce mot, comme s'il s'agissait simplement d'un séjour prolongé dans un hôtel de charme à la campagne.

Ce n'est pas si terrible, à vrai dire. Les Pins est l'un des centres de désintoxication les plus huppés du pays. Le bâtiment central pourrait servir de décor à un film historique à gros budget. De la brique blanche. Des fenêtres datant de l'ère géorgienne. Un fronton. Il y a même l'allée en gravier et la fontaine kitsch sur la pelouse à l'avant, un petit chérubin dodu aux prises avec un poisson qui crache le jet d'eau par la bouche.

Ma chambre est spartiate mais fonctionnelle. D'une propreté irréprochable. J'ai un lit simple collé contre le mur. Un lavabo. Un bureau. Une armoire avec des cintres en plastique inamovibles. Pas en fer, évidemment, ce serait trop tentant pour les candidats au suicide. Pour la même raison, on nous retire ceintures et lacets à notre arrivée, comme si nous étions des détenus.

En tout cas, pas de rêves cette nuit. Juste un continuum blanc, vierge, ce qui a été un soulagement après tous ces moments de panique subconsciente où je tombais accidentellement d'une falaise avant de me réveiller trempée de sueur. Hier, j'ai demandé au médecin de me donner un somnifère différent, ce qu'il a fait avec la complaisance de celui qui sait qu'il est payé bien au-delà du tarif en vigueur pour ne pas poser trop de questions. Donc c'était peut-être dû au nouveau cachet. Ou au calme inhabituel de Sandy, ma voisine de chambre – pas de sanglots ni de gémissements de son côté, pas de coups inopinés contre le mur.

J'essaie de ne pas trop me mêler aux autres résidents. Je n'ai pas envie de me faire des amis. J'ai assez des autres, pour l'instant. Mais j'ai appris deux ou trois choses sur Sandy en surprenant les conversations des infirmières. Elle est mariée à une rock star sur le déclin qui la trompe. Elle est alcoolique et son sevrage la fait gravement souffrir. Je la remarque parfois dans la cantine, assise à l'une des longues tables, ses couverts en plastique à la main, elle joue avec sa purée, ajoute du sel, pousse la cuisse de poulet sur le bord de l'assiette, recouvre le tout de ketchup et finit par repousser son assiette de côté, refusant d'avaler quoi que ce soit. Elle a les joues creuses, on voit qu'elle a été belle mais aujourd'hui elle est trop maigre, sa peau a l'air sèche, tirée, et ses cheveux teints en blond pendent, informes, de part et d'autre de son visage.

Ce matin, je me suis réveillée une minute avant que mon réveil ne sonne. Je me sentais reposée. Dehors, il faisait noir et j'entendais le filet d'eau du chérubin et du poisson. Je me suis étirée en faisant rouler mes épaules, ce qui m'a donné un début de torticolis. Comme toujours, je pensais à Martin. J'aurais voulu être en colère contre lui, mais je n'y arrivais pas. Je m'inquiétais de savoir où il était, ce qu'il faisait, s'il mangeait correctement, si j'avais laissé assez de nourriture dans les placards pour qu'il se prépare quelque chose ou s'il allait tous les soirs chercher de quoi manger au restau indien, après avoir composé le numéro écrit sur le menu fripé collé à la porte du frigo. Il prend toujours le numéro 45 : poulet jalfrezi. Et il commande aussi un naan, pas de riz.

Nous sommes allés à une soirée Bollywood une fois, un gala organisé par une amie de Serena qui levait des fonds pour sauver les tigres du Bengale, menacés d'extinction. Je portais un sari. Martin, qui déteste les déguisements, avait mis une chemise à col Nehru et rien d'autre.

Je me souviens qu'Andrew Jarvis était là. Je n'aimais pas Jarvis parce que, d'après ce que Martin m'avait raconté, c'était une brute à l'école. Je le trouvais étonnamment content de lui, à un point confondant même : le genre de type qui ne pose des questions que si elles rabaissent son interlocuteur.

Il portait un turban et, horreur, il s'était enduit le visage et le cou d'une crème brune.

« Mon Dieu, il s'est littéralement grimé en Noir, murmurai-je à Martin lorsqu'il vint vers nous.

— Bonjour, Jarvis », le salua Martin.

Il ne tendit pas la main, et Jarvis non plus.

« Martin. Je ne m'attendais pas à te voir ici.

— Non ? Pourquoi ?

— Je ne savais pas que tu connaissais les Cuthbertson.

— Il n'y a pas de raison que tu saches tout », répondit Martin.

La tension entre eux était palpable. Pour la énième fois, je me demandai ce que Jarvis avait pu faire à mon mari autrefois pour qu'il se hérisse avec un tel mépris.

« Non, non, dit Jarvis, bien sûr que non. C'est juste que tu viens... » Il fit un grand geste de la main, comme un chef d'orchestre qui chercherait sa baguette. « ... d'un *milieu* tellement différent. Je connais Francesca Cuthbertson depuis toujours. On passait des vacances en famille ensemble tous les ans en France et on a grandi dans le même coin du Suffolk, tu vois. Alors que toi... Désolé. » Jarvis prit un air confus. « Je ne me rappelle plus, ça m'est sorti de la tête. Tu viens d'où ? »

Martin ne bougeait plus. Je devais intervenir.

« Le Suffolk ? dis-je. Marrant. J'ai lu un article dans un magazine l'autre jour qui expliquait que le Suffolk est le comté d'Angleterre où il y a le plus de consanguins. »

Jarvis faillit s'étouffer avec son mini-samosa.

« Vraiment ? parvint-il à articuler entre deux quintes de toux. Fascinant.

— En tout cas, continuai-je, je viens de voir Francesca là-bas, il faut qu'on aille lui dire bonjour. Si vous voulez bien nous excuser... je suis désolée, je ne me rappelle plus votre nom...

— Andrew Jarvis.

— Mais bien sûr. Eh bien, à plus tard, alors. »

Je m'éloignai d'une démarche aussi assurée que possible et Martin m'emboîta le pas.

« Mais on ne connaît pas Francesca, marmonna-t-il.

— Je sais. Et toi aussi. Mais Andrew Jarvis n'a pas besoin de le savoir. »

Pour ce qui est de la consanguinité dans le Suffolk, c'était une pure invention de ma part. Mais ça pourrait être vrai.

J'ai eu une visite inattendue ce matin. Les visites sont censées se dérouler entre 15 heures et 17 heures, mais aux Pins aucune règle n'est jamais strictement observée.

Personne n'est venu me voir à part Martin. Il a essayé à plusieurs reprises, mais j'ai refusé de lui parler. Ce n'est pas juste à cause de ce qui s'est passé. C'est tout ce qui a mené à cette situation, tous ces efforts durant toutes ces années, toutes les fois où je me suis excusée et où je me suis dit que les choses n'allaient pas si mal. Tout ça est derrière moi. J'ai regardé mon mari le soir de l'anniversaire de Ben et j'ai eu cette certitude bouleversante : je ne l'aime plus et il ne sert à rien de faire semblant.

C'est comme buter sur une pierre et se casser une jambe. Parfois, le cours d'une vie peut changer en une seconde, parce que cette seconde n'existe pas isolée des autres : elle est reliée à la chaîne infinie de minutes, de jours, de semaines, de mois et d'années qui se sont écoulés auparavant. Mais cette seconde d'inattention vous met par terre. Comme une maille ratée ruine l'écharpe qu'on tricote.

Pourtant, je me sens mal de ne pas voir Martin. Il fait des efforts. Je ne suis pas en colère contre lui. Je suis juste trop épuisée pour continuer à m'intéresser à lui. Ben et Serena ? Si je ne devais plus jamais les revoir, ce serait encore trop tôt.

La visite de ce matin m'a prise par surprise, et lorsque l'infirmière m'a annoncé de qui il s'agissait j'ai été intriguée malgré moi. En arrivant dans la salle de repos, il y avait un pot de café et une assiette remplie de biscuits posés sur la table près du bow-window et là, très raide dans un fauteuil très kitsch, lady Katherine, la mère de Ben.

Je ne l'avais rencontrée qu'une fois jusque-là, au baptême de Hector. Elle s'était montrée polie, mais distante. Elle portait un tailleur gris pâle, un chapeau tambourin, des escarpins à bouts carrés et une ceinture argentée. Je me souviens de ses chaussures parce qu'elles ne cadraient pas avec le reste de sa tenue. C'étaient des talons hauts vulgaires pour une femme aussi guindée et élégante.

« Bonjour, Lucy, me dit-elle de sa voix grave. Comment allez-vous ? »

Je me forçai à sourire. Les muscles autour de ma bouche n'y étaient plus habitués. Je m'installai dans le fauteuil en face d'elle. Je me sentais cruche avec mon jean et mon haut rayé de chez Gap. Il y avait une tache orange sur l'ourlet. Probablement les spaghettis à la bolognaise du dîner de la veille, pensai-je en m'asseyant.

Je voyais Sandy à l'autre bout de la pièce, sur un canapé, avec un jeune homme qui pouvait être son fils. Ils étaient en pleine conversation et elle avait le bras posé sur la manche de sa veste en cuir.

Je pris un biscuit.

« Quelle surprise », dis-je.

Lady Katherine hocha doucement la tête.

« J'imagine, oui. »

Elle leva sa soucoupe et sa tasse, qui semblèrent presque léviter entre ses mains. Comme je commençais à trembler, en me servant le café je fis déborder le lait. Putains de Fitzmaurice, toujours impeccables sur l'étiquette, même quand ils gâchent la vie de tout le monde. Pour qui se prenait-elle ?

« Vous avez l'air troublée, dit-elle.
— Vous pouvez le dire.
— Je vous comprends.
— Je ne crois pas, non. »
Une autre gorgée de café, précise. Une trace de rouge à lèvres pâle sur le rebord de la tasse.
« Hum. Eh bien... Sous une pression extrême, les gens que nous aimons agissent de manière imprévisible. Ils peuvent s'effondrer. » Elle me fixait de ses yeux gris perçants. « Comme vous le savez, j'en suis sûre, étant donné votre... votre... » Sa main fit un geste en l'air. « Votre situation actuelle. »
Je m'esclaffai.
« Ma "situation" ?
— Oui, Lucy. Je suis certaine que vous regrettez...
— Je ne regrette rien, dis-je. Sauf peut-être d'avoir épousé Martin. »
Je m'entendais cracher ces mots et ça ne me convenait pas, d'une certaine façon. Cette rage paraissait déplacée. Mais elle était là et il semblait que je n'étais pas en mesure de la contrôler.
Lady Katherine tourna la tête pour regarder par la fenêtre, en me donnant généreusement l'occasion d'admirer son noble profil. Elle avait une chevalière en or à la main droite. La même que Ben, et je savais qu'y étaient gravées les armoiries familiales. Serena en avait une aussi, que Ben lui avait offerte à la naissance de leur premier enfant. Il y a quelque chose de curieusement médiéval là-dedans : comme si Serena ne s'était révélée digne d'être une vraie Fitzmaurice qu'en donnant naissance à un héritier.
« Je ne m'attends pas à ce que vous m'écoutiez, Lucy. » Elle examinait toujours le gazon, le gravier, le chérubin et le poisson. « Mais comme vous êtes la femme de Martin, je voulais que vous sachiez que nous vous considérons comme un membre de la famille.
— Vraiment ? »
Elle m'ignora.

« Et j'espère que vous nous considérez de la même façon et que vous savez que vous pourrez toujours compter sur notre… » Un bref silence. « … sur notre aide », conclut-elle en reposant son regard sur moi. « Nous sommes ravis de payer votre séjour ici, par exemple.

— Je croyais que Martin… »

Elle sourit.

« Oh non, ma chère, non. Martin ne pourrait pas se le permettre. »

Elle brossa sa jupe, qui n'avait pas un pli.

« Mais, comme je l'ai dit, nous en sommes ravis, étant donné tout ce que Martin a… disons, tout ce qu'il a fait. En échange, la seule chose que nous demandons, c'est de la discrétion. Vous comprenez, je suppose ? »

Mes oreilles bourdonnaient. Le bruit d'une guêpe piégée sous une cloche de verre. Je comprenais, maintenant. Pourquoi elle était venue. Pourquoi elle faisait semblant de s'inquiéter pour moi. Pourquoi elle daignait me rendre visite dans cet endroit embarrassant. Elle n'avait pas envie de me parler. Pas plus que les autres Fitzmaurice.

Incroyable, vraiment, l'ambition de ces gens, leur façon de penser que le monde est à leurs pieds.

« Vous devez vous reposer, continua lady Fitzmaurice. Pour aller mieux. Ensuite, peut-être que vous y verrez plus clair.

— Qu'est-ce qui vous donne le droit ? demandai-je d'une voix si basse qu'elle tendit le cou pour m'entendre, comme un pélican plongeant son long bec pour pêcher.

— Pardon ?

— Qu'est-ce qui vous donne le droit de jouer avec la vie des gens de cette façon ? De les déplacer comme des pions sur un échiquier ? C'est parce que vous êtes riches ? Ou snobs ? Ou juste parce que vous n'avez jamais levé le petit doigt ? Vous n'avez aucune…

— Je ne crois pas…

— Aucune conscience. Vous vous en êtes peut-être tirés avec Martin pendant toutes ces années, mais je ne suis pas comme lui. Je n'ai pas désespérément besoin de me sentir aimée. En particulier par des gens pour qui je n'ai aucun respect. Vous ne savez rien de moi. Rien du tout. Et vous avez le... le culot... de vous pointer ici comme si c'était chez vous et de poser vos exigences en vous attendant à ce que je dise amen. Alors dites-moi, lady Katherine : à quel moment au juste vous allez me lâcher ? »

Je n'avais pas autant parlé depuis mon arrivée aux Pins, sauf à Keith. Les mots défilaient devant moi, comme des perles sur un collier. Je n'avais aucune hésitation.

« Inutile de vous inquiéter, ajoutai-je. Je ne veux rien avoir à faire avec votre maudite famille. »

Je me levai pour partir et puis, sans réfléchir, je me retournai et lui criai : « Les Fitzmaurice peuvent aller se faire foutre. »

Tout le monde se tut. Lady Katherine avait l'air choquée. Une des infirmières secouait la tête. Mais Sandy... Sandy me faisait un grand sourire. En ouvrant la porte, je la vis remonter ses manches et la dernière chose que j'aperçus avant de m'en aller ce fut Sandy, ses cheveux raides coincés derrière ses oreilles, qui levait ses deux pouces en l'air dans ma direction.

2 mai

Chapiteau, prieuré de Tipworth, 21 h 45

À UN CERTAIN MOMENT au cours de la soirée, le moment où le brouillard préliminaire de l'ivresse cède la place au flou total et inéluctable de l'ivrognerie pure, les invités commencèrent à sortir de la maison. Personne ne savait pourquoi, mais il ne nous venait pas à l'esprit de poser la question. Nous nous suivions comme des moutons, avec bonne humeur, emportés par le courant des éclats de rire, des conversations, des accolades, des poignées de main, et des baisers soufflés en l'air : la réserve britannique habituelle se dissolvait comme de l'aspirine à mesure que la nuit avançait.

« Si je peux me permettre, monsieur, me dit un serveur, les Fitzmaurice demandent à tout le monde de se rassembler sous le chapiteau. Par ici... » Sa paume à plat m'indiquait le chemin.

« Je sais où c'est. »

Je quittai le salon et me mêlai à un groupe d'invités dans le couloir. Jarvis était parti, mais j'ignorais où et je n'avais pas envie qu'il me prenne à nouveau par surprise.

Lucy réapparut à mon côté avec deux cheeseburgers. Elle m'en passa un, soigneusement emballé dans du papier sulfurisé sur lequel était imprimé, en majuscules rouges : « 40 ANS DE BEN. »

« Pas de cornichons, précisa-t-elle.

— Merci. » Je lui pris la main, qui était chaude, et la portai à mes lèvres. J'étais soulagé qu'elle soit revenue.

« Tu vas bien ? »

Elle planta ses yeux dans les miens à sa façon, directe, en observant mes moindres mouvements.

« Très bien. C'est juste... Je suis tombé sur Andrew Jarvis. »

Lucy fit une grimace. Je ris.

« Oui. Pas mon préféré.

— Et tu n'as pas mangé, fit-elle remarquer. Pas assez de sucre et Andrew Jarvis : une combinaison potentiellement fatale. Pas étonnant que tu sois si pâle.

— Ah ?

— Un peu. »

Elle mordit dans son burger et une larme de mayonnaise se figea au coin de ses lèvres. « Pourquoi on nous dirige vers le chapiteau, d'après toi ?

— Qui sait ? Peut-être que le pape va faire un karaoké ? »

Lucy renchérit :

« Un morceau de Madonna, alors ?

— Ou de Jesus and Mary Chain.

— Ah ! »

Nous étions en train de pénétrer dans le vaste espace blanc éclairé par des guirlandes qui émettaient une lumière mauve phosphorescente. Le chapiteau sentait les mariages estivaux et les cérémonies de remise de prix scolaires. Les invités se bousculaient pour se placer le plus près possible de la grande scène dressée au milieu.

Tout excitée, Gilly Rawlings sautillait près de nous tel un ballon sauteur fou au centre de la foule.

« N'est-ce pas ravissant ? me demanda-t-elle, visiblement ravie d'avoir utilisé un mot aussi intelligent. Je veux dire, je n'arrive pas à croire tout le mal qu'ils se sont donné. Serena est *vraiment* une merveille. »

Lucy sourit, puis engloutit le reste de son burger avant de lécher la graisse sur ses doigts. Gilly me prit par le bras avec des airs de conspiratrice : elle faisait partie de ces femmes persuadées de bien s'entendre avec les hommes et qui en sont fières.

« Qu'est-ce que tu en penses, chéri ? demanda-t-elle. Que va-t-il se passer maintenant ?

— Un sacrifice humain ? marmonna Lucy.

— Va savoir, Gilly. »

Le cheeseburger avait refroidi entre mes mains. Je cherchai du regard une poubelle. Rien. Je me demandais si quelqu'un remarquerait si je le jetais simplement par terre.

« Oh, allez, tu dois bien avoir une idée. Tu es le plus vieil ami de Ben. C'est quoi, son groupe préféré ? »

Je repensai aux CD achetés chez Woolworths il y avait si longtemps. L'effort financier que cela m'avait demandé alors que je n'avais presque pas d'argent. Pendant un moment, les CD m'avaient suivi de chambre en chambre, de plus en plus abîmés et rayés à force de déménagements à chaque fin d'année, jamais écoutés, mais importants tout de même. Et puis, à Cambridge, je n'avais pas réussi à remettre la main dessus. Ils avaient rejoint toutes les saloperies que nous égarons tout au long de notre vie.

« Il aimait Run DMC », dis-je.

Gilly eut l'air perplexe.

« J'adorerais qu'ils déboulent, dit Lucy. Pour mettre un peu le souk. »

Gilly se rapprocha de moi et me dit à voix basse : « J'ai entendu une *rumeur*.

— Une autre ? demandai-je, modérément intéressé.

— Ça pourrait être… »

Elle tourna le dos à Lucy et se mit sur la pointe des pieds pour me chuchoter à l'oreille, en mettant en coupe ses doigts boudinés, le nom d'un groupe de rock adoré par les trentenaires urbains qui portent encore des tee-shirts à slogan et des bonnets dans l'espoir d'avoir l'air jeunes à jamais. « Ce ne serait pas *génial* ?

— Si, répondis-je, sans enthousiasme. Génial.

— Tu vas le manger ? »

Lucy lorgnait mon cheeseburger.

« Non, vas-y. Il a refroidi.

— Pas grave. J'ai une faim de loup. »

Elle enchaîna un deuxième burger sans se laisser arrêter par la moue désapprobatrice de Gilly. Je regardai autour de moi, cherchant un serveur. L'exaltation du dernier mojito retombait. Il me fallait un coup de fouet pour que la vague protectrice continue à déferler sur moi.

« Il se passe enfin quelque chose, me fit remarquer Lucy en indiquant l'entrée du chapiteau, où quatre molosses chauves avec des oreillettes et des tee-shirts noirs séparaient la foule pour dégager un passage.

— Ooooh ! » s'exclama Gilly.

Elle lâcha mon bras comme s'il était infecté avant de s'enfoncer dans la cohue.

« Beurk. Elle est de pire en pire.

— Lucy…

— Quoi ? Je sais que tu ne la supportes pas non plus.

— On pourrait t'entendre.

— Oh, et puis merde, s'écria-t-elle, les joues roses. De temps en temps, Martin, ça fait du bien de ne pas se demander ce que les autres pensent. »

Elle avait raison, bien sûr. Elle avait toujours raison.

Lucy me connaissait mieux que quiconque, mais il y avait beaucoup de choses que je ne lui avais jamais dites. Parfois, quand elle me regardait, c'était comme si elle essayait de distinguer un promontoire rocheux perdu dans la brume à l'horizon. Parfois, elle me voyait presque. Jamais vraiment. En y repensant, je songe que c'est pour cela qu'elle continuait à s'intéresser à moi comme à personne auparavant.

Les hommes qui nous avaient guidés jusqu'au chapiteau tendaient leurs bras pour former une barrière humaine qui contenait les invités ; certains commençaient à râler en demandant ce qui se passait et pourquoi on ne les laissait pas retourner au bar, bordel, et, oh ! mon vieux, pas la peine de pousser. Quelqu'un fit tomber une assiette, mais le bruit de vaisselle cassée fut étouffé par la bâche tendue au sol. On réclama le silence, et alors le Premier Ministre et sa femme firent leur entrée.

Il était là : Edward Buller avançait avec l'attitude d'un homme qui a déjà évalué les dimensions des lieux et les trouve bien trop étriqués pour lui. Son visage était lisse comme une coquille d'œuf, ses cheveux reculaient sur son crâne en laissant deux pétales de chair exposés à la lumière. Ses lèvres étaient fines, pressées l'une contre l'autre en une moue grave (il souriait beaucoup plus avant, mais entre-temps la crise financière avait frappé et il arborait en permanence un masque inquiet : il devait trouver que ça lui donnait l'air d'un homme d'État). Ses yeux, trop petits pour le reste de sa tête, semblaient enfoncés dans ses traits pâteux comme des cailloux dans le visage d'un bonhomme de neige.

Il s'immobilisa brièvement, le temps de balayer du regard le chapiteau, d'en prendre la mesure, puis je le vis adapter son expression aux circonstances ; il déboutonna sa veste, se fit jovial, remua les mains comme pour se mettre à l'aise et posa sa paume à plat sur l'avant-bras de sa femme.

« Je suis heureux d'être là, l'entendis-je dire tandis qu'il approchait. Super-fête. C'est formidable d'être avec vous. »

Edward Buller était de plus en plus près de nous et je sentis un regain d'énergie m'envahir, en même temps qu'une sourde inquiétude à l'idée qu'il ne se souvienne plus de moi et que je doive faire semblant d'être un parfait inconnu, alors même que j'avais raconté plein de fois à Gilly que je le connaissais très bien. Je la voyais poser sur moi un regard perçant tandis que le Premier Ministre poursuivait sa procession triomphale et je savais que, si Edward Buller m'ignorait, Gilly le remarquerait. Cet épisode viendrait rejoindre le tombereau d'anecdotes qu'elle déverserait à d'autres fêtes pareilles à celle-ci et je ne m'en remettrais jamais.

« La seule chose qui lui manque maintenant, dit Lucy, c'est un bébé à prendre dans ses bras. Peut-être que Ben pourrait lui arranger ça. »

Je ris.

« Salut, Eric, lançait le Premier Ministre à moins d'un mètre de nous. Je suis tellement content que tu sois là. »

Il était suivi docilement par son épouse Fiona, une mince brunette qui portait une robe longue jusqu'aux mollets, aux motifs géométriques hideux. Le *Daily Mail* passait son temps à ridiculiser Fiona Buller pour son manque de style et l'habitude qu'elle avait de recycler de vieux vêtements. Quelques semaines plus tôt, lors d'un événement pour la défense des femmes, elle avait été photographiée avec un pull en laine orné d'un caniche imprimé en pleine poitrine. Le *Mail* avait publié une double page sous le titre « Le chien-chien à sa mémère », où des stylistes donnaient leur avis. L'un de ces experts lui avait attribué « un sur dix pour inélégance canine ».

« Quel plaisir de vous voir, disait Buller à un type roux. Tu te souviens de ma femme, Fiona ? » Derrière lui, Fiona saluait sans un mot.

Le Premier Ministre était tellement près de moi que je sentais le parfum métallique de son après-rasage. Je répétai ce que j'allais dire. Mieux valait prendre l'initiative, sans lui laisser l'occasion de m'humilier en ne se souvenant pas de moi. J'allais lui dire : « Je suis très content de vous revoir, Edward », et ensuite je continuerais peut-être par : « Ça devait être chez Ben », histoire de lui rappeler le contexte de notre rencontre. J'avais les paumes moites. Je lâchai la main de Lucy. Le Premier Ministre venait de serrer dans ses bras une femme en robe de soie moulante et faisait mouvement vers moi, inexorablement. Il tourna la tête et nos regards se croisèrent brièvement, il avait les yeux complètement vides et je sentis mon rythme cardiaque s'accélérer tandis qu'il s'approchait, la collision était désormais inévitable et…

« Mon vieeeeeux ! » Ben arriva en fendant la foule et agrippa le Premier Ministre par les épaules avant de le serrer contre lui. Je n'avais plus devant moi que les larges épaules de Buller et les bras de Ben autour de son cou. Ben s'écarta. « C'est tellement gentil de ta part d'être venu. » Il avait les yeux brillants. Est-ce qu'il allait… Non, impossible – et pourtant si, il était vraiment… *au bord* des *larmes* ?

« Je n'aurais raté ça pour rien au monde », répondit Buller.

Puis Serena s'immisça dans le tableau, superbe, et déposa un baiser ineffable sur les deux joues de Fiona en disant très fort : « Vous deux, vous ne nous laissez jamais tomber ! », pour que tout le monde puisse entendre quels bons amis ils étaient. Fiona recula d'un pas, interloquée.

« Je vais chercher un verre ! dis-je à Lucy.

— Bonne idée. Je t'accompagne. »

Nous nous frayâmes un chemin dans la horde d'invités, jusqu'à une séparation derrière laquelle une table avait été dressée : un nombre de verres incalculable, le pied recouvert de grains de sucre.

« Qu'est-ce que c'est ? demandai-je à Lucy, qui m'en tendait un.

— On s'en fout. »

Lucy buvait à la paille. Je sirotai directement dans le verre.

« Viens », me dit-elle en m'entraînant vers la sono qui crachait depuis peu un rythme lancinant derrière la bâche.

Nous retournâmes dans la foule.

Martin

Cambridge, 1993

« MARTIN, C'EST ÇA ? »

La question était posée d'une voix aimable et sans hésitation, comme si elle connaissait déjà la réponse.

Je levai le nez de mon livre, un manuel sur l'histoire sociale du Moyen Âge en Angleterre, farci de références à Malthus, au mécénat, à la peste noire et au servage. De temps à autre, je tombais sur une annotation au stylo laissée dans les marges par un étudiant : des lettres formées d'une écriture précise, pointue. Parfois, il y avait juste un mot souligné et un point d'exclamation esseulé qui flottait dans la marge, et je me demandais alors ce qui avait attiré son attention, quel détail évident pour moi avait déconcerté l'inconnu.

La fille attendait une réponse et je réalisai que j'avais laissé durer le silence une fraction de seconde de trop. Je battis des paupières pour mettre un terme à notre échange de regards.

« Oui. »

Elle était blonde, chic, le genre de fille qui dès l'école sait qu'elle est la plus belle et qui arrive à l'université en femme faite – pull à col roulé, jean serré et queue-de-cheval impeccable –, à l'aise dans la vie, ne laissant aux autres que la possibilité de l'admirer.

« Salut, je m'appelle Vicky. »

Évidemment, me dis-je. Tu ne peux t'appeler que Vicky, Olivia, Abby ou Alice – n'importe quel prénom qui sent l'équitation, le miroir de la coiffeuse et les bals de débutantes où les adolescents font semblant d'être plus mûrs qu'ils ne sont.

Je refermai mon livre avec précipitation. Le bruit se répercuta dans toute la bibliothèque universitaire. Le long des immenses tables en bois, les étudiants étaient penchés sur leurs blocs de papier ministre tels les moines d'antan, leur visage illuminé par la lueur verdâtre des lampes de lecture. Pourquoi Vicky aurait-elle eu ne serait-ce que vaguement envie de me parler ? me demandai-je en remettant le capuchon de mon stylo plume.

« Tu es ami avec Ben, non ? »

Ah. C'était donc ça.

« Oui. »

En toute franchise, ce n'était pas la première fois que cela arrivait. J'étais habitué à jouer les intermédiaires. D'ordinaire, les filles en question étaient moins directes. Elles s'efforçaient au moins d'avoir un semblant de conversation avec moi avant d'en venir au but.

« Je le savais. C'est lui qui me l'a dit. »

Elle mâchait du chewing-gum. Arôme citron chimique. Elle me sourit, lèvres et yeux brillants, des perles discrètes aux oreilles.

« Ah oui ?

— Ouais, l'autre soir. On était à un truc de sport et je lui ai dit que je venais à la bibliothèque et il m'a répondu que son ami Martin y était toujours fourré, et, eh bien, tu es là. » Vicky pouffa en remontant son jean en même temps. « Désolée. J'ai oublié ma ceinture ce matin.

— Mais comment as-tu su…

— Que c'était toi ? »

Je hochai la tête.

« Ben m'a dit que tu ressemblais au personnage d'*Où est Charlie*.

— Oh. »

Elle rit. Elle avait un rire charmant. Spontané.

« Ne le prends pas mal. C'était gentil.

— Je suppose. »

Elle se pencha et posa sa main sur mon poignet.

« Ça l'est. Promis. »

Ce qui me frappait le plus dans son beau visage, c'étaient les arcs de ses sourcils. Leurs proportions étaient tellement parfaites, le sommet était situé juste au-dessus du troisième tiers de ses yeux bleu pâle.

« Ça te dit, un café ? »

Ma foi, pensai-je, quel mal y avait-il à cela ? J'en avais assez de Malthus. Et même si Vicky ne se révélait pas d'une compagnie exceptionnelle, il y avait pire manière de perdre une demi-heure. Nous pouvions parler de Ben. Ce n'était jamais du temps perdu.

« OK. »

Direction la cafétéria attenante. Elle commanda un *latte*, j'optai pour une eau pétillante ; le thé était infect. Nous nous assîmes à une table près d'une fenêtre. Je n'eus pas besoin de lui poser de questions ; elle parlait comme si je mourais d'envie de savoir.

Elle m'apprit qu'elle étudiait le droit à Newnham College. Elle avait un frère et une sœur, tous deux plus jeunes qu'elle. Elle avait grandi à la campagne, marcher en bottes dans les champs lui manquait.

« Tu sais, tu peux le faire ici. Les champs autour de Grantchester...

— Oui, mais c'est trop plat. J'aime bien grimper. Bref, désolée. Je ne parle que de moi. Et toi, Martin ?

— Quoi, moi ?

— D'où tu viens ?

— D'un endroit dont tu n'as pas entendu parler. »

Elle rit.

« OK, si tu veux. » Et elle ajouta à voix basse : « Que de mystères... »

J'aimais bien Vicky. Et j'en étais le premier surpris. J'avais passé tellement de temps pendant ma première année à Cambridge à éviter tous ceux que je ne supportais pas. Les gens comme Jez le rugbyman, que Ben avait inexplicablement pris sous son aile. Ou Rufus, qui était passé par

Eton et qui n'arrêtait pas de le répéter, et dont la principale manie consistait à porter des costumes trois-pièces avec des ceintures rouges. Ou Jimmy, dont le père dirigeait une grosse société d'exploitation de gaz, qui ramenait sans cesse ses longues mèches blondes en arrière et qui passait ses vacances dans la villa familiale à Ibiza (au nord de l'île, à l'écart des touristes et des soirées mousse). Et Jarvis, bien entendu. Jarvis, qui nous avait poursuivis comme une mauvaise odeur à Cambridge.

Tous les quatre semblaient être au cœur de la vie sociale de l'université. Comme toujours, Ben évoluait sans effort au centre de toutes les réunions, et ce faisant il se distanciait de moi sans que ce soit jamais évident, sans qu'il y ait un moment de rupture sur lequel je puisse mettre le doigt en disant : « Oh, tiens. C'est pour ça. La voilà, la raison. » Et comme il n'y avait aucune logique qui m'apparaissait là-dedans, comme au fond il avait juste l'air de se fatiguer de moi, c'était d'autant plus douloureux.

Lorsque Ben décidait que quelque chose était cool, ça l'était, et quand il changeait d'avis, ça ne l'était plus. Il avait ce don.

Dans la cafétéria, quelqu'un fit tomber une petite cuillère. Un flash lumineux surgit en périphérie de mon champ de vision, puis disparut.

« Martin ? disait Vicky. Martin ? Allô ? Il y a quelqu'un ? »

Elle faisait mine de frapper à une porte.

Je tournai la tête pour lui faire face. La rougeur reflua de mon visage.

« Pardon, dis-je. J'étais à des kilomètres.

— Okaaaaaay. Et sinon, tu viens à la fête du Pitt Club ?

— Le quoi ?

— Waouh. T'es défoncé ou quoi ? »

Je fis signe que non.

« Tu n'as rien écouté de ce que je t'ai raconté.

— Si, si, bien sûr, dis-je avec irritation.

— D'accord, d'accord. Je disais juste, le Pitt Club organise une fête demain soir et je me demandais si tu y allais ? »

Il y eut une pause. Je savais ce qu'elle allait ajouter. « Et, euh, tu sais si Ben sera là ? »

Elle se donnait du mal pour avoir l'air de s'en fiche. Je haussai les épaules.

« Sans doute que oui. En général, il y va.

— Super.

— Mais je pense que je vais passer mon tour.

— Pourquoi ?

— Pas mon truc. »

Le Pitt était un cercle privé réservé en principe aux étudiants passés par Eton ou Harrow. En pratique, il suffisait de venir d'une école huppée et d'avoir de l'argent de famille ou un nom aristocratique pour y entrer. Chaque trimestre, il y avait une soirée avec alcool où les hommes pouvaient inviter une fille (et ils disaient toujours « filles », jamais « femmes »), la règle tacite étant qu'il ne pouvait s'agir que d'une des plus belles élèves de l'université. Il existait un classement informel des beautés. Dans notre année, seule une poignée de filles y figuraient et nous savions tous lesquelles. On parlait d'elles dans les bars sur le ton feutré et avec la révérence généralement associés aux stars de cinéma et aux top models. Vicky était réputée en faire partie, mais je n'avais jamais rencontré les autres, qui étaient pour moi comme des créatures mythiques : des licornes fantastiques qui n'existaient que dans l'imagination fiévreuse des mâles.

Alors que Ben allait régulièrement à ces mystérieux rassemblements du Pitt Club, en smoking qui plus est, je n'avais jamais été invité. Et je ne lui avais jamais demandé à l'être, bien entendu. C'eût été beaucoup trop humiliant. J'aurais voulu que l'idée vienne de lui.

Vicky me tapota doucement la main.

« Ne fais pas l'idiot. Bien sûr que si. De l'alcool gratuit, de jolies filles. C'est le truc de tout le monde, non ? »

Je passai un sachet de sucre sous mes ongles pour ôter les saletés. Vicky continua sur sa lancée.

« D'ailleurs, j'y vais avec ma copine Louise, qui est supercanon, alors tu sais... »

Je posai le sachet de sucre sur la table.

« Oh ! fit-elle. À moins... je veux dire... désolée, c'est un peu déplacé. Peut-être que... » Elle poussa sa tasse de café vide sur le côté. « ... que tu n'aimes pas les filles ? »

C'était une question, à en juger par l'intonation plus aiguë sur la fin de sa phrase. Je me levai trop vite de ma chaise et me cognai la hanche contre le coin de la table. Le sachet de sucre tomba par terre.

« Martin ! »

Vicky se pencha vers moi et essaya de me rattraper par la manche. Je reculai. Puis m'en allai de la cafétéria le plus vite possible, mais mes jambes étaient molles, aussi lourdes que de la laine détrempée ; elle me rattrapa et essaya encore de poser sa main sur mon bras.

« Non, dis-je en m'écartant. S'il te plaît.

— Je suis désolée, Martin. »

Elle continuait à marcher à côté de moi et je sentais son haleine de chewing-gum, un peu recouverte par le parfum du café, et j'avais à la fois envie qu'elle me laisse tranquille et qu'elle me suive, et par-dessus tout je ne voulais pas être seul, et simultanément je ne désirais rien tant que la solitude.

Je commençais à rentrer en moi-même. J'eus la vision claire de ma mère qui lustrait les chandeliers, le dégoût avec lequel elle examinait les taches de poussière restantes, comme si rien ne pouvait jamais être propre malgré tout le mal qu'elle se donnait.

« Martin. »

Je poursuivis ma route en direction de la sortie.

« Martin, arrête. »

En haut de l'escalier, à l'entrée de la bibliothèque, je m'immobilisai.

« Je sais que tu me parles uniquement pour pouvoir t'approcher de Ben, dis-je. Franchement, ne t'inquiète pas pour moi. Je vais bien.

— Ce n'est pas vrai, protesta Vicky. Écoute, je suis désolée pour ce que j'ai dit. Ce n'est pas mes affaires, et qu'est-ce qu'on en a à faire, de toute façon. Je pense juste que tu devrais venir boire un verre parce que ce sera sympa et que je t'aime bien, et j'y serai, et... »

Ses joues fouettées par le vent avaient pris une teinte rose. Elle remonta la fermeture Éclair de son cardigan et tira les manches sur ses mains.

« Tu as froid, dis-je. Tu devrais rentrer.

— Ça va. Est-ce que *toi*, ça va ? »

J'acquiesçai. Elle fit un pas vers moi et je compris trop tard ce qu'elle allait faire. Avant que j'aie pu esquiver, elle me serra contre elle. La chaleur de son corps. C'était la première fois qu'une autre femme que Fliss me prenait dans ses bras. Je la laissai faire puis m'écartai, gêné et inexplicablement honteux.

« Bon, dit-elle soudain. On se voit demain au Pitt Club, alors. Je laisserai ton nom à la porte.

— Mais... »

Elle s'éloignait déjà. Au dernier moment, devant la porte de la bibliothèque, elle se retourna pour me saluer d'un petit sourire.

« Ce sera sympa ! cria-t-elle avant de disparaître à l'intérieur. Fais-moi confiance. »

De retour à Queens, j'allai directement frapper à la porte de Ben.

« Ouais », me répondit une voix paresseuse.

Il était renversé de tout son long sur la chaise de son bureau, en équilibre sur deux pieds, aussi loin qu'il pouvait en arrière sans tomber. Jarvis était assis sur son lit au fond de la chambre, devant la longue fenêtre dominant la Cam.

« Oh. Bonjour, Jarvis.

— Salut, Mart' », répondit-il d'une voix traînante.

Je ne lui avais jamais donné la permission de m'appeler Mart'. Il m'attribuait un diminutif et je n'avais pas à discuter. Il était inscrit à une de ces fausses maîtrises inventées pour les débiles forts en sport. Gestion du territoire ou quelque chose de ce genre. Jarvis n'avait survécu au processus de sélection que parce que l'université le voulait dans son équipe de rugby et qu'il venait de Robinson, un lycée effroyablement moderne des environs qui, selon moi, n'avait pas la meilleure réputation.

Derrière lui, des rameurs filaient sur l'eau, disparaissant et réapparaissant au gré de la forêt automnale de branches nues. Les feuilles mortes couvraient le sol d'un manteau pourpre et or.

« D'accord, mon pote », dit Ben sans se lever. Ils échangèrent un petit regard et j'eus le sentiment désagréable qu'ils étaient en train de parler de moi.

« Je ne reste pas..., commençai-je.

— Dommage, coupa Jarvis avec un sourire.

— ... je viens de croiser Vicky et elle voulait être sûre que tu allais à la soirée du Pitt Club demain. »

Jarvis se redressa sur le lit. Il portait un pantalon de toile, une chemise bleue et une paire de Vans qu'il devait trouver belles. « Elle y va ? » demanda-t-il.

Ben laissa retomber sa chaise.

« Vicky... » Il réfléchit un instant. « Rafraîchis-moi la mémoire.

— Blonde, dis-je. Newnham College. Droit. Apparemment, tu lui as dit que je ressemble à Charlie, dans *Où est Charlie.* »

Jarvis s'esclaffa.

« Ah, c'est bien vu, Ben. Tu sais, Mart', il y a une ressemblance très nette... »

La moutarde me montait au nez. J'avais envie de l'envoyer se faire foutre. De traverser la pièce à grandes enjambées et de gifler sa tête d'abruti avec une force telle que ses postillons tacheraient les murs. Mais je ne le fis pas. Je m'obligeai à lui répondre d'un sourire. La clé pour vaincre un ennemi comme Jarvis est de rester d'un calme à toute épreuve (Sun Tzu : « Un général qui ne sait pas se modérer, qui n'est pas maître de lui-même et qui se laisse aller aux premiers mouvements d'indignation ou de colère ne saurait manquer d'être le dupe des ennemis. »)

« Ouais, ouais, je me rappelle. La petite Vicky. »

Il y avait quelque chose de calculé chez Ben quand il était en compagnie de Jarvis. Il adoptait sa façon de parler, son cynisme de pacotille, et il faisait bien attention à ne pas avoir l'air trop proche de moi, comme si notre amitié risquait de le discréditer. Je trouvais cela très fatigant. Ça donnait l'impression qu'il était désespéré.

« Cool, me dit Ben. Merci, mon pote. »

Il me regarda et je compris qu'il voulait que je m'en aille.

« J'y serai aussi, balbutiai-je. Vicky a mis mon nom sur la liste. »

Jarvis ricana. Ben avait l'air surpris.

« Cool, cool. Plus on est de fous, plus on rit.

— Du coup, je me disais qu'on pourrait peut-être se retrouver avant. Et y aller ensemble. »

Jarvis, *sotto voce,* depuis le lit : « Ça, j'imagine.

— Hum..., fit Ben, je pense que ce sera plus simple de se rejoindre là-bas. On va à Grantchester avec d'autres, je ne sais pas quand on reviendra, donc...

— Vous y allez comment ? »

Comme moi, Ben faisait partie des étudiants qui n'avaient pas de vélo. Il rit.

Jarvis ne put s'empêcher de mettre son grain de sel : « Pourquoi, Mart' ? Tu as peur que ton petit Ben se sente tout seul sans son grand ami Martin ?

— Non, répliquai-je d'un ton cassant.

— Rufus a une voiture, me dit Ben. Il nous conduira.

— D'accord. »

Je me sentais tournoyer, comme si je tombais d'une hauteur vertigineuse.

« On se voit là-bas. »

La porte se referma derrière moi, étouffant un début de rire.

Le Pitt Club était situé, de façon incongrue, au-dessus de Pizza Express sur Jesus Lane. Il fallait sonner pour entrer. Je montai l'escalier vêtu d'un costume que Katherine m'avait offert – un ancien de George. Les épaules étaient trop larges pour moi. J'avais fait un ourlet rudimentaire aux jambes avec une aiguille et un fil d'un vieux nécessaire à couture que ma mère m'avait donné pour mon départ à Burtonbury. À Epsom, c'était toujours elle qui faisait le reprisage et le raccommodage – toutes ces petites choses indispensables auxquelles on ne pense pas, jusqu'au jour où on se retrouve avec un trou dans une chaussette, sans personne pour s'en occuper. Au lycée, il y avait toujours la gardienne qui pouvait nous donner un coup de main.

Cambridge était un endroit déroutant, riche de nouvelles expériences. J'avais plus de mal à savoir comment me comporter.

La bière, par exemple. Je n'avais jamais aimé ça mais je savais, en tant que jeune homme, que j'étais censé en boire. Au bar de la fac, je commençai par commander de la Stella pour faire comme les autres. Puis, au beau milieu de l'année, tout le monde bascula sur la Kronenbourg. Tous les gens bien semblaient le savoir comme par magie, moi, je devais toujours m'efforcer de rattraper le gros du peloton, sans jamais y arriver. C'était comme la première année à Burtonbury.

« Votre nom ? »

En haut de l'escalier, un homme en costume blanc gardait la porte, un bloc à la main.

« Martin Gilmour.

— Gilmour…, répéta-t-il en étirant les voyelles. Oui, là. Allez-y. Le vestiaire est sur votre droite dans l'entrée. »

La pièce était remplie d'hommes en veste noire qui se bousculaient, riaient, criaient et tendaient leur verre pour qu'on le leur remplisse. La lumière était tamisée. Il y avait une cheminée fermée par une grille en cuivre, et juste à côté un divan rembourré sur lequel étaient assises trois filles en robes bleue, verte et rouge. Je m'attardai une seconde sur le seuil pour observer la scène. J'enlevai mon écharpe. Le vestiaire était en réalité un coin sans surveillance, où les manteaux étaient balancés en travers de deux canapés. Un couple d'amoureux en pleine étreinte se roulait sur une pile de vêtements abandonnés.

« Excusez-moi », dis-je en posant mon manteau sur le canapé le plus éloigné d'eux. Ils ne répondirent pas. Je les observai une seconde, en faisant mine de vérifier les boutons de ma chemise. Le garçon avait la main fourrée sous la jupe en velours de la fille, dont les collants étaient descendus à mi-cuisse, l'élastique s'enfonçant dans les plis de sa chair. Il écrasait sa bouche contre ses lèvres à elle, rouges, humides et trop grosses pour son visage. Elle lui passait les mains dans les cheveux et se cabrait pour coller ses seins contre sa poitrine. Le nylon 10 deniers était filé de la cheville au genou, et chaque poussée, chaque mouvement aggravait le désastre.

« Pardon ? » Une voix derrière moi. « On voudrait poser nos manteaux. »

Je m'en allai rapidement.

« Putain de pervers », entendis-je, tandis que je m'enfonçais dans la foule.

Je pris une coupe de champagne que me présentait un serveur et scrutai la foule à la recherche des cheveux blonds de Vicky. Je ne la voyais nulle part. Il y avait de la musique : un morceau de jazz au rythme syncopé sur fond de contrebasse rêche.

« Je peux vous aider, monsieur ? »

Un homme aux épaules voûtées et au sourire mielleux apparut à côté de moi.

« Vous cherchez quelqu'un en particulier ?

— Ben. Ben Fitzmaurice.

— Bien sûr, monsieur. Il est un peu plus loin. »

Il me conduisit au milieu de la clameur des conversations. Je reconnus Ben de dos avant qu'il se tourne.

« Monsieur Fitzmaurice, votre ami… » L'homme tournait sa main vers moi, paume en l'air. « Navré, monsieur, je n'ai pas entendu votre nom.

— Gilmour, dis-je, pour la deuxième fois de la soirée. Martin Gilmour.

— Maaaaart' ! s'écria Ben en m'assenant une tape si violente dans le dos qu'une partie de mon champagne fut éjectée du verre et m'arrosa la poitrine. Ça fait plaisir de te voir, mon pote ! Attends, ressers-toi. Tiens… » Il me tendit une bouteille de Veuve Clicquot. « Viens, laisse-moi te présenter. Tu connais Jarvis, évidemment… » Jarvis haussa légèrement un sourcil. « Et voilà Rufus, Jordan et Tom, et ici, cette beauté merveilleuse… » Il mangeait ses mots. Je ne l'avais jamais vu aussi saoul. Ses yeux divaguaient, ses pupilles étaient très dilatées. « C'est Vicky.

— On se connaît déjà, idiot, répondit Vicky en repoussant gentiment la main de Ben. Ouais, Martin, tu es venu ! »

Elle se mit sur la pointe des pieds et m'embrassa sur la joue. Sa bouche était d'une fraîcheur enchanteresse. Ses longs cheveux blonds étaient remontés sur le dessus de sa tête en une coiffure complexe. Cela lui donnait l'air à la fois plus âgée et extrêmement jeune, comme une petite fille jouant à se déguiser avec les vêtements de sa mère.

Elle me prit par la main.

« Je vais te présenter Louise », dit-elle en manœuvrant pour nous extraire du groupe. Elle se pencha vers moi. « Bon sang, ce mec, Jarvis, est un vicelard de première. Merci de m'avoir sauvée. Tu passes un moment horrible ? »

Je fis signe que non.

« Tant mieux ! Il reste quelque chose dans cette bouteille ? »

Je me rendis compte que j'avais toujours le Veuve Clicquot à la main. Vicky tendit son verre, que je remplis en veillant à ce que les bulles ne débordent pas.

« Alors, où est ton amie Louise ?

— Oh, elle n'est pas là. J'ai juste dit ça pour qu'on soit tranquilles. »

Nous nous installâmes sur le divan près de la cheminée. Assis en contrebas, nous n'avions dans notre champ de vision que des torses, des ceintures et des mains manucurées aux ongles rouge vif.

« Merci de m'avoir invité, dis-je.

— Ne sois pas idiot. C'est agréable d'avoir quelqu'un de normal ici. »

Quelle chose étrange à me dire, songeai-je. Je suis la personne la moins normale que je connaisse.

La soirée avançait et le vacarme dans la pièce prenait de l'ampleur ; le champagne coulait à flots mais j'avais arrêté de boire après le premier verre, trop conscient de mon malaise dans cet environnement où une assurance suprême était de mise. À un moment, Vicky m'abandonna pour aller fumer une cigarette et elle ne revint jamais. Ça ne me dérangeait pas. Être sobre au milieu de gens ivres apaisa en partie mon inquiétude. Je pouvais reprendre mon rôle habituel d'observateur.

L'homme aux épaules voûtées s'approcha et prit la place de Vicky. Il s'assit près de moi, sa cuisse touchait la mienne.

« Vous allez bien, monsieur ? »

Je ne répondis pas.

« Nous pouvons trouver un endroit tranquille si vous voulez. Rien que nous deux. »

Du revers de la main, il effleura la couture de mon pantalon. Malgré moi, je sentis un début de réaction. Je me levai précipitamment.

« Une autre fois. »

Je partis à la recherche de Ben. Je le retrouvai finalement du côté du vestiaire, les mains sur les fesses de Vicky, il l'attirait à lui et l'embrassait dans le cou pendant que Jarvis surveillait leurs vestes.

« Vous vous en allez ? demandai-je.

— Mart' ! Mon pote ! Enfin, te voilà. »

Ben délaissa Vicky et vint vers moi. Il avait l'air tellement heureux de me voir que mon affection pour lui me submergea. « Tu étais où, toute la soirée ? Ce mec, lança-t-il à la cantonade, ce mec-là – il planta son doigt dans ma poitrine – est mon plus vieil ami. C'est pas vrai, Mart' ? C'est pas vrai ?

— Je suppose, oui. Pour mon malheur. »

J'étais ravi de voir Jarvis horripilé.

« T'es toujours là, reprit Ben. Toujours, putain. Chaque fois que je me retourne – il tournait la tête en faisant de gros yeux ronds –, je tombe sur toi ! Mon vieux pote Mart'... Tu m'aimes vraiment, vraiment, hein, pas vrai ? »

Sa voix avait l'air près de se briser.

« Répète ça ? rebondit Jarvis.

— On pourrait y aller ? » demanda Vicky.

Elle avait un trait noir sur la joue. En y regardant de plus près, je m'aperçus que c'était un cil.

Ben, les yeux chassieux, réagit après quelques secondes de retard.

« Ouais, ma belle, ouais, on y va. Bon, où sont les clés ?

— Quelles clés ? demandai-je.

— Les clés de la voiture.

— Une voiture ? Depuis quand tu as une voiture ?

— Occupe-toi de ton cul, me lança Jarvis.

— Jarvis, Jarvis, Jarvis... Fous-lui la paix. Ce n'est pas ma voiture, Mart'. C'est celle de Rufus. Je la ramène pour lui. »

Ben titubait légèrement.

« Ce n'est pas une bonne idée. Tu es saoul.

— Pas vrai.

— Il va bien, déclara Jarvis.

— Non, il ne va pas bien. »

Soudain, Jarvis se planta devant moi, le visage à deux centimètres du mien, si près que je voyais frémir ses poils de nez.

« Pourquoi tu te casses pas, hein ? grogna-t-il d'une voix menaçante. Et tu laisses pas faire les grands ?

— Laisse-le tranquille. »

Ben attrapa Jarvis par l'épaule pour l'obliger à reculer. Jarvis se retourna et arma son poing. Ben réagit avec une seconde de retard.

« Jarvis ! cria Vicky. Ne fais pas ça. »

Jarvis laissa retomber son poing et s'en alla en fulminant.

« Allez tous vous faire foutre, bande de débiles. »

Nous nous entreregardions. La tension commença à retomber et, libéré d'un poids sur la poitrine, je me mis à rire.

« Quel connard, dit Vicky.

— Tu m'étonnes.

— Oh, il n'est pas si méchant, le défendit Ben en ramassant son manteau. Rien de tel qu'une bagarre pour retrouver ses esprits. »

Je scrutai son visage, en me demandant quelle place j'occupais dans le spectre de son amour, aux prises avec mon insécurité habituelle, et je vis que l'ivresse s'était dissipée comme un brouillard. Et quand il fit sauter les clés de la voiture dans sa main en nous entraînant dehors, je m'interdis de protester. Je voulais encore être son ami. J'aurais fait n'importe quoi pour lui à cet instant.

Ce qui explique pourquoi, une fois devant l'Audi grise garée au carrefour, lorsqu'il ouvrit la portière passager pour Vicky et me demanda si je voulais qu'il me dépose, je montai sur la banquette arrière sans m'autoriser le luxe de la réflexion.

Il tourna la clé. Le moteur ronronna. Bruit de clignotant. Pinceaux lumineux des phares. Ben empoigna le volant et jeta la voiture dans la nuit.

VII

Commissariat de Tipworth, 16 h 45

« CONTINUEZ. »

De l'autre côté de la table, Blondasse est absolument immobile sur sa chaise. Costard Gris bat lentement des paupières.

Derrière eux, le brouhaha lointain d'une dispute, le bruit du vent qui fait vibrer la fenêtre. Ma jambe gigote de bas en haut, un battement de métronome frénétique. La semelle de mes chaussures se soulève du sol à chaque mouvement.

Je me demande ce que je peux dire et quel risque cela impliquerait. Si je déballe tout, ça signera sans doute la fin de mon amitié avec Ben, même si la question est sans doute déjà réglée. Cela détruira aussi ma réputation, pour ce qu'elle vaut. Et mon mariage ? Il est déjà trop tard. Je crois que Lucy a compris qu'elle ne pouvait pas continuer à se cogner la tête contre les murs. Je ne changerai jamais. Je ne serai jamais capable de l'aimer comme elle le mérite. Au fond elle l'a toujours su, mais je me sens quand même responsable. Mis à part Ben, elle est la seule que j'ai presque réussi à aimer.

C'est peut-être parce que je pense à Lucy, ou parce que je me représente son regard aimant, son air inquiet, et que je l'imagine pincer les lobes de ses oreilles, ses lobes si doux avec leur duvet, et parce que je l'entends me dire à travers le néant que les Fitzmaurice n'en ont jamais rien eu à foutre, vraiment, et que je ferais mieux d'arrêter de protéger mon meilleur ami… c'est peut-être pour toutes ces raisons que je décide d'être honnête, pour la première fois en vingt ans, à propos de ce qui s'est passé ce fameux soir.

De toute façon, ils sont déjà au courant pour l'argent, non ? Il faut bien que je fournisse une explication.

« Allez-y », insiste Blondasse.

Juste leur donner du grain à moudre, me dis-je. De quoi détourner leur attention de Lucy et moi, les mettre sur une autre piste. Celle de Ben. D'une pierre deux coups.

« Très bien. Je vais vous raconter. »

Martin

Cambridge, 1993

BEN ANNONÇA QU'IL ALLAIT DÉPOSER VICKY à Newnham, mais pourquoi ne pas en profiter pour faire un tour et rouler un moment en voiture ? Vicky rit bêtement et posa sa main sur la cuisse de Ben en massant ses muscles, que le rugby et l'aviron matinal avaient rendus fermes. Je la regardai sans mot dire remonter légèrement les doigts jusqu'à ce qu'ils frôlent son entrejambe. Ben poussa un râle qu'on aurait dit de commande.

« Arrête ! s'écria-t-il d'une manière qui voulait dire exactement l'inverse. J'essaie de me concentrer. »

Il jeta un coup d'œil dans le rétroviseur, croisa mon regard et sourit. Je regardai par la fenêtre ; un fin crachin mouchetait la vitre. Je devrais être devant avec lui, pensai-je, c'est moi qui devrais avoir la main sur sa cuisse.

Vicky alluma la radio. Une ligne de basse percutante emplit l'habitacle, d'une lourdeur qui me donna aussitôt mal au crâne. Ben continua sur Jesus Lane puis Newmarket Road où, la chaussée étant plus large, il appuya sur l'accélérateur et prit de la vitesse, doublant au passage un car arrêté le long du trottoir. J'ouvris ma fenêtre et l'air nocturne s'engouffra en ébouriffant mes cheveux et en m'engourdissant le visage. J'essayais de m'oublier, de me rappeler ce que c'était d'être jeune, mais j'étais sans cesse ramené au présent, à l'étrange tension qui régnait dans l'habitacle. Vicky ôta sa main de la jambe de Ben, tira sa veste à paillettes sur elle et sortit une cigarette de son sac à main brillant.

« Je peux ? demanda-t-elle.

— Fais ce que tu veux, ma belle », répondit Ben.

Il tourna à droite au rond-point en faisant ronfler le moteur puis longea Parker's Piece, où la lune baignait les pelouses d'une lumière spectrale. L'espace entre le parc et nous semblait infini.

Les enceintes crachaient la musique à tue-tête. Les essuie-glaces sifflaient et couinaient sur le pare-brise.

Feu rouge. Ben n'attendit pas le passage au vert pour redémarrer. Grondement de l'accélération. Un piéton qui s'apprêtait à traverser recula, effrayé. J'appuyai mon front contre la vitre en essayant de faire le vide.

Au lieu de tourner à gauche, Ben prit à droite. Ce qui nous éloignait de Newnham et Queens. Avant que j'aie pu demander où nous allions, Ben fonçait dans une rue avec des voitures garées des deux côtés et le néon d'un pub qui brimbalait sous les rafales, puis il tourna brusquement à gauche en faisant crisser les pneus et je vis un panneau indiquant Orchard Street – la rue du verger –, et l'image d'un pommier vint se loger dans ma tête à côté du battement sourd de la musique, du rire aigu de Vicky, de l'odeur âcre de l'asphalte, du rire de Ben et de sa tête penchée vers elle. Il ne regardait plus la route. À présent nous étions dans une rue très, très étroite, à peine assez large pour passer, et il continuait à accélérer, pied au plancher, le moteur vrombissait et mugissait sous la brutalité de la course et les maisons se confondaient en un alignement de façades uniformes ; je distinguai tout juste des volets bleus avant que leur souvenir ne se transforme en kaléidoscope à l'intérieur de mon crâne et qu'il n'y ait plus qu'un flash blanc aveuglant parce que la voiture venait de sortir de la route et percutait violemment une clôture.

Suspension.

La voiture fit un tonneau et retomba sur le toit. La ceinture de sécurité m'étranglait, je suffoquais. Vicky poussa un hurlement qui se termina en gargouillis. Les vitres explosèrent, des éclats de verre me tombèrent sur la tête. Puis la carlingue, emportée par son élan, retomba sur ses roues avec une force écrasante. La ceinture relâcha son emprise. L'air emplit mes poumons. La tête de Vicky dodelinait, ballottée, les cheveux en bataille. Ben dans le noir. Sensation humide sur mon menton. Je levai la main, touchai, regardai : du sang.

Silence.

Devant moi, Vicky ne bougeait pas. Ben était affalé sur le volant. Le pare-brise avait éclaté. Le verre restant faisait comme une bouche qui bâille. J'essayai de prononcer son nom, mais aucun son ne sortit. J'appuyai sur le bouton de la ceinture pour me libérer. Elle était coincée. Je m'acharnai jusqu'à ce qu'elle finisse par se détacher.

« Ben ! Ben ! Putain, Ben ! » Je le secouai en l'attrapant par ce qui me tombait sous la main – les cheveux, le cou, les épaules. « Réveille-toi. Putain. Merde… Non… Ne me fais pas ça. »

Ses yeux s'ouvrirent. Il me regarda un moment, l'air perdu. Son nez était cassé, des contusions violacées apparaissaient déjà sur son visage et il avait du sang plein les gencives.

« Qu… quoi ? balbutia-t-il.

— Sors ! Magne-toi de sortir de la voiture ! »

Je hurlais.

« Mais Vicky…

— Oublie-la. On s'en occupera après. Dégage de là, vite ! »

Je poussai de tout mon poids sur la portière pliée et finis par tomber sur le trottoir. Je voulus me relever, mais mes jambes étaient incapables de me soutenir. J'avais le pied droit de travers, la cheville enflée sous la chaussette.

Pas le moment de s'inquiéter pour ça. Pas le temps.

Je me traînai jusqu'à la portière du conducteur, attrapai la poignée et tirai de toutes mes forces jusqu'à ce qu'elle cède. Ben, livide, était dans le cirage.

« Ben… » Je lui parlai plus doucement. « Ben, suis-moi. »

Il me regardait d'un air absent.

« Fais-moi confiance. »

Il me donna la main et je l'aidai à descendre.

Puis je regardai à l'intérieur de l'habitacle. Les yeux injectés de sang de Vicky me fixaient. Un gémissement. Si faible qu'il s'éteignit de lui-même. Je me convainquis qu'il n'avait même pas existé. Elle était morte. Elle était déjà morte.

« Écoute-moi, dis-je à Ben. Je n'ai bu qu'un verre de champagne. Si quelqu'un demande, c'est moi qui conduisais. »

Il frémit.

« Tu comprends ? »

Il hocha la tête puis s'effondra sur le trottoir. Ses genoux craquèrent sous le choc. Il commença à ramper vers la voiture et je réalisai qu'il essayait d'aller chercher Vicky. Sa robe était couverte de sang. Sa main gisait sur ses cuisses selon un angle impossible, la paume luisant comme un étang blafard sous le clair de lune.

Je ne me rappelle plus bien ce qui se passa ensuite. Il y eut des gyrophares, des sirènes et une foule agglutinée. On me raconta plus tard que c'était un chauffeur de taxi qui était arrivé le premier sur le lieu de l'accident. D'après son témoignage, il avait d'abord cru qu'il y avait deux morts parce qu'il distinguait à peine la fille dans la voiture et que Ben était étendu dans son propre sang, qui formait une mare sur le trottoir. J'étais le seul debout. Apparemment, je n'arrêtais pas de dire : « C'est ma faute. C'est ma faute. » Et lorsque le chauffeur avait tenté de me venir en aide, je l'avais repoussé en lui disant de ne pas me toucher. C'était lui qui avait appelé les services d'urgence. À leur arrivée, il avait expliqué à la police qu'il n'avait jamais vu personne dans un tel état de choc.

Je ne suis pas sûr d'être d'accord avec son analyse. Plus que choqué, je me souviens que j'étais calme. J'étais complètement sûr de ce que j'allais faire et de ce que cela impliquait. Une partie de moi avait su comment cela finirait dès que nous étions montés dans la voiture, devant le Pitt Club, et peut-être bien avant. Si on pouvait remonter les années et affecter à la condition humaine un sentiment de destinée, peut-être pourrait-on défendre l'idée que je n'avais été là, dès le départ, que pour pouvoir porter le chapeau à la place de Ben au moment où il en aurait le plus besoin. Tel était mon rôle, ma raison d'être.

Mon destin. C'était pour cela qu'on m'avait envoyé à Burtonbury, que j'avais découvert cette lettre, que j'étais devenu son ami, que j'avais rencontré sa famille, et c'était aussi pour cela, désormais, qu'il me serait à jamais redevable. C'était pour cela que j'étais différent de tous les autres dans sa vie : Jarvis, Rufus, Jez, Vicky, et même Fliss. Sa gratitude nous lierait l'un à l'autre. J'allais le sauver de lui-même. Ce serait notre secret et il passerait le reste de sa vie à le payer.

Après nous avoir mis des couvertures sur les épaules, les ambulanciers nous emmenèrent à l'hôpital d'Addenbrooke où l'on nous offrit des tasses de thé sucré pendant que la police nous interrogeait. Nos versions concordaient. Je déclarai que Ben avait trop bu et m'avait donné les clés devant le Pitt en me demandant de prendre le volant. Je m'étais perdu, connaissant mal les rues à sens unique de Cambridge, et en essayant de trouver le centre-ville j'avais fini dans Orchard Street. Il faisait nuit, il pleuvait, la visibilité était nulle et je ne m'étais pas rendu compte de la vitesse à laquelle je roulais ; je voulais ramener Vicky chez elle le plus vite possible parce qu'elle était fatiguée et qu'elle voulait aller se coucher. Alors peut-être que j'avais accéléré plus que je n'aurais dû mais ce n'était pas volontaire, enfin pas vraiment, et à un croisement sur Orchard Street un renard avait bondi sur la chaussée glissante et sans réfléchir j'avais donné un coup de volant et là, là… Je sombrai dans le silence. J'aurais voulu me forcer à pleurer, hélas aucune larme ne venait. J'essayais de trouver quelque chose à dire sur Vicky, de confesser mon désespoir, mais les mots non plus ne venaient pas.

Rétrospectivement, je me demande si cela n'a pas joué en ma faveur. On prit mon comportement comme une preuve supplémentaire de mon état de choc.

Les parents de Ben arrivèrent en courant à l'hôpital, blêmes et fiévreux dans leurs imperméables, la bouche pleine de protestations angoissées. Ils voulurent tout savoir d'un coup et quelque chose dans leurs manières, dans leur confiance impérieuse, imprégna l'atmosphère. Tous ceux qu'ils croisaient se mettaient à leur service. Leur aplomb était superbe. Ils prirent le contrôle de la situation sans imaginer qu'il puisse en aller autrement. Ben fut déplacé dans une chambre privée. George insista pour que la police cesse de m'interroger, puisque je n'étais à l'évidence pas en état de répondre.

À partir de là, il devint beaucoup plus facile de naviguer à vue. Les Fitzmaurice s'occupaient des autorités. Ils firent appel à l'avocat de la famille. Ils servirent d'intermédiaire auprès des parents de Vicky. Un accord financier fut rapidement trouvé. Les proches de Vicky, que je n'avais jamais rencontrés, acceptèrent le récit d'un tragique accident. La police m'arrêta formellement pour conduite dangereuse, mais estima en fin de compte qu'il n'y avait aucun intérêt à me traîner devant un tribunal. Pas assez de preuves. Et le désir de la famille de ne pas voir l'affaire s'éterniser n'y fut pas pour rien non plus. J'écopai d'une suspension de permis d'un an et d'une amende, payée par les parents de Ben. J'en sortis sans autre éclaboussure, après avoir reçu une lettre m'informant qu'aucune action en justice ne serait intentée contre moi.

Je ne sais pas vraiment comment ils sont arrivés à leurs fins, mais je suppose que l'argent, le pouvoir et un maintien aristocratique peuvent faire beaucoup. Ils savaient être très impressionnants, quand ils le voulaient. Le reste de l'année s'écoula dans un brouillard. Et à Noël, lorsqu'ils virent que je n'avais nulle part où aller, les Fitzmaurice m'invitèrent à le passer avec eux à Denby.

Le matin de Noël, je me réveillai dans le lit à colonnades de l'une des plus belles chambres d'invités. On ne m'y avait jamais installé auparavant. En général, Katherine me laissait une petite chambre au dernier étage avec de la moquette marron et des étagères remplies de livres d'enfant et de peluches miteuses. Ça ne me dérangeait pas. J'avais l'impression de faire vraiment partie de la famille : je n'étais pas un hôte avec qui on faisait des cérémonies. Et, d'ailleurs, la taille modeste de mes quartiers avait quelque chose de réconfortant. Je ne me sentais pas perdu, la nuit, quand je pouvais toucher les murs en tendant la main. Le toit de tuiles en pente formait un cocon autour de moi.

Cette fois, on m'avait attribué cette chambre sans explication. J'en parlai à Ben qui me fit un grand sourire, mais son regard était éteint. Il était resté marqué par ce qui s'était passé quelques semaines plus tôt. Il ne portait plus de minerve mais il avait toujours des contusions au cou dues à la ceinture de sécurité. Le dos de sa main était zébré de fines bandelettes de suture cutanée. Nous étions de nouveau proches, ce que nous avions traversé renforçait notre intimité, la renouvelait même, mais il était comme pris dans une couche de glace qui nous séparait malgré mes efforts pour la percer. Je mettais cela sur le compte du traumatisme. Il avait toujours été fragile, alors que j'étais plus résistant. Plus habitué aux zones d'ombre de la vie.

Ma nouvelle chambre à Denby avait vue sur le lac. Le matin, en tirant les rideaux, je vis que les carreaux des fenêtres étaient pris par le givre. Le radiateur se mit en marche avec un claquement sec et la vieille tuyauterie entra en action. J'attrapai une serviette sur la pile laissée par la femme de ménage sur la commode (deux serviettes de bain, un essuie-main et un gant de toilette dont je ne me servirais pas). Je m'aspergeai le visage d'eau froide, puis tournai les robinets de la baignoire et choisis un échantillon de bain moussant dans le panier posé sur le côté.

Je lus l'étiquette à voix haute : « Lilas et géranium. Hôtel Belfort, Saint-Tropez. »

J'ôtai mon pyjama et l'abandonnai en boule par terre, quelqu'un le ramasserait et le plierait pour moi (c'était l'une des joies quand on vivait dans cette maison. Il m'avait fallu des années pour m'y habituer mais Ben m'avait expliqué que les femmes de ménage étaient gênées quand on ne leur laissait rien à faire. « C'est de la gentillesse, en fait », avait-il ajouté).

Alors que j'allais plonger mon pied dans l'eau chaude et mousseuse, on frappa à la porte.

J'enroulai ma serviette autour de mes hanches et retournai pieds nus dans la chambre.

« Entrez », dis-je d'une voix encore enrouée par le sommeil. Je pensais que c'était Ben, mais lorsque la porte s'ouvrit je vis George debout sur le seuil. Il portait des chaussons bleus et une robe de chambre à rayures avec une cordelette en ceinture. Je me sentis soudain dévêtu, la proie des courants d'air.

« Joyeux Noël, mon vieux. »

Il semblait las, des rides profondes creusaient ses joues. Ses cheveux étaient plus blancs et plus fins que dans mon souvenir. Une tache brune de vieillesse marquait sa tempe.

« Joyeux Noël, George.

— Je peux entrer ?

— Je vous en prie... »

Je débarrassai en vitesse le banc en bois au bout du lit des vêtements qui y étaient entassés.

« Oh, ne vous en faites pas pour ça », me dit George.

Il s'assit à l'endroit que je venais de dégager et ses os craquèrent quand il se baissa.

« Je voulais juste avoir une petite discussion avant... »

Il fit un geste vague de la main. Ne sachant pas si je devais rester debout ou m'asseoir, je finis par aller m'adosser contre le rebord de la fenêtre, l'air aussi décontracté que possible. Il y avait de la gêne entre nous. Nous essayions tous les deux de l'ignorer, mais elle était bel et bien présente.

Je songeai à la soirée précédente. Ben et moi étions arrivés en train de Cambridge. Katherine était venue nous chercher avec la Land Rover, sa banquette arrière couverte de poils de chien. Nous avions mangé une tourte au poisson dans la cuisine. Fliss était là aussi, elle avait plaisanté à sa manière habituelle, mordante et laconique. George nous avait demandé comment se déroulait l'année, je lui avais répondu que mon directeur d'études me prédisait déjà la place de major, et Ben en avait profité pour expliquer à ses parents qu'ils ne devaient pas s'attendre au même résultat de son côté car il était trop occupé à « faire la fête », ce qu'il avait dit en étirant le mot « fêêêête » comme Jarvis.

Après le dîner, Katherine avait proposé de « s'asseoir tranquillement » et nous nous étions rendus dans le salon rouge, on avait allumé un feu et la conversation s'était poursuivie. Dans un coin, un grand sapin de Noël clignotait. Sans guirlandes, remarquai-je. Juste des lumières blanches et des boules toutes identiques, ivoire et or.

Ben était allé se coucher en premier. Il avait dit qu'il était fatigué et j'avais fait remarquer que ce n'était pas surprenant après tout ce qu'il avait vécu.

« Comment ça, après tout ce que j'ai vécu ? demanda-t-il.

— Je parlais juste, tu sais, de l'accident. Il faut que tu t'en remettes.

— Toi aussi. »

Ma cheville méchamment foulée était toujours emmaillotée d'un bandage qui sentait les produits chimiques des hôpitaux.

« Ç'a été un coup dur pour vous deux, dit George. Un sacré coup dur.

— Ce n'est rien », répondis-je.

Ben sourit. Son sourire n'atteignit pas ses yeux.

« Tu es tellement résilient, Mart'.

— Il faut bien que l'un de nous deux le soit. »

C'était censé être une blague, une petite touche de légèreté pour détendre l'atmosphère, mais cela ne fonctionna pas. Ben s'étira en arrière, les bras au-dessus de sa tête, en poussant un râle. Lequel râle se conclut par un bâillement.

« Va te coucher, mon chéri, lança Katherine, assise à côté de Fliss sur une banquette collée à la fenêtre. Martin a raison. Tu es bon à ramasser à la petite cuillère.

— Je ne fais que veiller sur toi », balbutiai-je.

Il y eut un silence infime. Une bûche s'effondra dans la cheminée. George éternua. Fliss examinait ses ongles.

Soudain, Ben éclata de rire : un rire nerveux, de façade, destiné à désamorcer la tension. Il me donna une grande tape sur l'épaule. Je grimaçai.

« Comme toujours, Mart', comme toujours. Qu'est-ce que je deviendrais sans toi ? »

Il sortit de la pièce. Peu de temps après, Katherine l'imita. Je continuai à parler un moment avec George et Fliss en laissant le feu me réchauffer. Puis George annonça qu'il allait « rejoindre les bras de Morphée » et mit le pare-feu devant la cheminée avant de me serrer la main et d'embrasser sa fille sur le front. Fliss et moi n'étions pas très bavards. À un moment, elle se roula une cigarette et fuma à la fenêtre, le vent nocturne ramena les cendres et les dispersa comme des flocons de neige sur le tapis.

« Tu ne devrais pas fumer ici », dis-je à voix basse.

Elle s'esclaffa.

« Qu'est-ce que tu vas faire, Martin ? Me donner une fessée ? »

Je détournai les yeux.

« Tu es tellement facile à mettre mal à l'aise... » Elle jeta son mégot par la fenêtre, referma et vint s'asseoir près de moi, sa jambe contre la mienne. Ensuite, elle posa sa tête sur mon épaule. Ses cheveux avaient l'odeur des feuilles mortes. Mon cou devint raide, ma tête lourde. Je me laissai emporter par le sommeil et me réveillai en sursaut lorsque mon menton toucha ma poitrine. Fliss avait la main sur mon ventre. Elle respirait profondément, son souffle raclant le fond de sa gorge chaque fois qu'elle expirait. Je prononçai son prénom. Elle se réveilla et secoua la tête.

« Merde. Qu'est-ce que je disais ? » Elle passa le pouce sur le coin de sa bouche, inquiète d'y trouver un filet de salive. Son visage était flottant, brouillon et distrait.

« Rien. »

Elle sourit.

« Tant mieux, alors. Parce que je faisais un rêve carrément érotique. »

Elle pencha la tête en posant sur moi un regard interrogatif.

« Non ? »

Je remis sa main doucement sur ses cuisses.

« Non, Fliss, répondis-je. Rien de personnel.

— Ouais, ouais, c'est ce qu'ils disent tous.

— Je ne...

— Ça va, répliqua-t-elle. Laisse-moi. Je vais rester un peu ici. »

Elle mit ses jambes sur le canapé et se pelotonna. Elle portait un short en jean, des bas opaques et une chemise à carreaux par-dessus un tee-shirt arborant un imprimé de crâne en train de hurler. Elle avait l'air si jeune, si frêle.

« Bonne nuit, Fliss. »

Elle ne m'entendit pas. Je crois qu'elle s'était déjà rendormie.

Et maintenant, George était là, avec son attitude étrange, et il voulait me parler. L'espace d'un instant, je me demandai si Fliss avait dit quelque chose. La sœur de Ben n'était pas sans charme, mais elle était totalement imprévisible. Un souvenir de cours de chimie me revint d'un coup. Le francium : le plus instable de tous les éléments naturels. Jamais plus d'une trentaine de grammes en même temps dans la croûte terrestre. Point d'ébullition inconnu. Fliss ne m'aurait quand même pas accusé de... de... non, elle n'aurait pas osé. Ou alors ?

« Tu es un très bon ami pour Ben, commença abruptement George. Katherine et moi, nous n'avons pas les mots pour te dire notre reconnaissance.

— Je n'ai...

— S'il te plaît. » Il leva la main. « Laisse-moi finir, Martin. »

Mon dos nu s'écrasait déjà contre le rebord de la fenêtre. Je m'appuyai un peu plus, jusqu'à ce que la douleur devienne franche.

« Maintenant, tu fais partie de la famille, continua George. Et nous aimerions... » Il se tritura le lobe de l'oreille. Je me rendis compte qu'il était nerveux, je ne l'avais jamais vu aussi angoissé. « Formaliser cet arrangement, disons. Katherine et moi, nous avons conscience que tu es dans une position précaire sur le plan financier. Ta mère… » Toujours plein de tact, il marqua une pause. « Je comprends qu'elle n'est pas en situation de t'aider, et nous voudrions le faire. Je ne sais pas quels sont tes projets après l'université. » Je secouai la tête, ne le sachant pas moi-même. « Mais je suis certain, d'après ce que j'entends, que tu obtiendras ton diplôme haut la main et il me semble juste, puisque tu es de notre famille, que nous te soutenions dans tes entreprises futures. Katherine et moi aimerions y contribuer. » Il remua les pieds. « Comme je l'ai dit, tu as été un ami *loyal* envers Ben. » Il détacha légèrement le mot « loyal », comme pour le souligner. Puis il leva la tête pour me regarder directement dans les yeux. « Ce serait une façon de s'assurer que cela continue. »

Je soutins son regard.

« Bien entendu », dis-je.

George se détendit. Il frappa ses deux mains, l'air soulagé.

« Splendide ! » s'exclama-t-il, et l'atmosphère léthargique s'anima, soudain porteuse de promesses. « Je suis content que nous nous comprenions.

— Nous nous comprenons », confirmai-je tranquillement.

Je m'approchai de lui et, alors que je n'avais jamais fait une chose pareille avant, je le pris dans mes bras et le serrai contre moi. Sa robe de chambre frotta, rêche, contre mon torse nu. Il sentait la sueur et le savon au gingembre Roger & Gallet. Il était plus carré que Ben et, en même temps, sa peau flaccide pendait sur ses os. George me tapota maladroitement le dos.

« Ah, ah, voilà. Vraiment, ce n'est pas, hum, nécessaire, Martin. Vraiment », dit-il en essayant délicatement de s'écarter. Mais chaque fois qu'il reculait, j'avançais pour combler la distance. La serviette entre mon corps nu et lui sembla soudain fine et fortuite. Elle tenait par un simple nœud à la taille. Elle aurait facilement pu glisser et tomber par terre.

Je savais que je mettais George mal à l'aise et je m'en réjouissais. Après des années d'efforts acharnés, l'équilibre du pouvoir entre nous basculait de façon palpable en ma faveur. Il savait ce que je savais sur son fils. Il savait les dégâts que je pourrais causer. Naturellement, je n'aurais jamais osé - je n'aurais même pas osé y songer, Ben était mon meilleur ami - mais je mentirais si je disais que je n'espérais pas de la part des Fitzmaurice un signe de reconnaissance pour ce que j'avais fait. C'était un acte noble. Je méritais leur gratitude. Et même si je ne m'étais pas attendu à gagner de l'argent à la suite de ce malheureux accident, maintenant que George m'en parlait, cela me paraissait parfaitement logique. J'étais comme un fils pour eux. Il était normal qu'ils me traitent comme tel.

« Allez, dit George, ça suffit. »

Il me repoussa avec plus de force cette fois et, amusé, je le laissai se dégager. Ses joues marbrées, sur lesquelles était visible un fin réseau de vaisseaux sanguins, avaient pris de la couleur.

« Merci, George.

— N'en parlons plus. »

Il me donna une petite tape sur l'épaule. À la porte, un pied dans le couloir, il se retourna et me lança, avec autant de désinvolture que s'il me demandait de lui passer un torchon : « J'aurais besoin de ton relevé d'identité bancaire, le moment venu.

— D'accord. Oh, et, George...

— Hum ?

— Joyeux Noël.

— Toi aussi, mon vieux. Toi aussi. »

Trois semaines plus tard, sur mon compte en banque, je recevais un premier versement trimestriel de 10 000 livres.

Cahier de Lucy Gilmour

IL CROYAIT QUE JE N'ÉTAIS PAS AU COURANT pour l'argent. Pauvre Martin. La moitié du temps, il fait semblant d'être compliqué alors qu'il est juste naïf. Mais je remarque tout. Quand on épouse un homme à qui on ne fait pas confiance, on devient observatrice. Lorsque vous prenez conscience du fait que, malgré vos efforts pour voir le meilleur dans tout ce que fait votre mari, ce n'est pas un homme particulièrement aimable, vous finissez par être sur vos gardes. Vous accumulez les moindres bribes d'information, pour gagner progressivement du pouvoir. Et il ne faut pas montrer que vous savez.

Il faut continuer à avoir l'air gentille, bébête, triste quand la situation le réclame, donner l'impression que la vie vous a vaincue, vidée. J'étais douée pour ça. C'est étonnant de voir ce à quoi vous pouvez échapper en restant discrète et effacée. Martin me laissait livrée à moi-même. Grâce aux Fitzmaurice, nous étions à l'aise, donc je n'avais pas besoin de m'ennuyer à travailler : quelques missions en indépendante ici ou là, des relectures d'épreuves, un peu de webdesign.

« Vous étiez heureuse ? » m'a demandé Keith ce matin de ce ton calme à l'extrême qui le caractérise.

Étais-je heureuse ? Pas exactement. Mais je n'étais pas malheureuse non plus, et de toute façon il est possible que toute cette idée de bonheur soit surestimée. La satisfaction générale accompagnée de fugaces instants de bonheur, voilà le maximum que nous pouvons espérer. Je savais pourquoi j'avais épousé Martin et je savais qu'il ne serait jamais disponible émotionnellement, c'était mon choix. Je ne m'attendais pas à ce que les choses tournent comme elles ont tourné, mais ça prouve juste que j'avais une profonde tendresse pour lui. Une affection qui trouvait ses racines dans le fait que je le comprenais. Que je connaissais ses failles. La plus grande étant sa dévotion aveugle pour la famille Fitzmaurice.

Martin aurait été étonné de savoir à quel point je lisais en lui comme dans un livre ouvert. Il était si doué pour garder des secrets – surtout quand ils étaient en rapport avec l'argent. Mais vous ne pouvez pas ignorer éternellement les grosses sommes d'argent qui apparaissent régulièrement sur le compte en banque de votre conjoint, en particulier quand vous savez qu'il a noté ses codes d'accès dans son carnet en moleskine et que vous n'avez qu'à recopier fidèlement les chiffres sur le site Internet, taper le nom de son école, puis déduire logiquement son mot de passe, qui était évident. Vous voulez connaître son mot de passe ? Vraiment ? C'est pathétique. « Fitzmaurice », suivi par le jour et le mois de son anniversaire.

Comme j'ai dit : pathétique. Il avait tellement envie d'être l'un des leurs. Une envie folle, funeste.

« Lui avez-vous jamais dit ce que vous ressentiez ? » m'a demandé Keith.

Il avait entendu parler de l'altercation avec lady Fitzmaurice dans la salle des visites et voulait que nous allions plus loin dans ma relation avec eux. J'ai regardé le cadre au-dessus de la cheminée. Une de ces publicités touristiques des années 50 : une scène peinte où l'on voit une voiture jaune rouler dans les contreforts alpins avec, tout en bas, « Suisse » en lettres rouges et en gras.

« Vous l'avez délibérément choisie pour sa neutralité ?

— Pardon, de quoi parlez-vous, Lucy ?

— L'affiche. La Suisse. Elle est célèbre pour sa neutralité. Comme tous les bons thérapeutes doivent l'être. »

Je le vis esquisser un sourire. Il retira ses lunettes à monture ronde et les nettoya avec un pan de sa chemise. Sans elles, il semblait nu et vulnérable.

« Je n'y avais jamais pensé de cette façon, répondit-il en remettant finalement ses lunettes sur son nez. Mais maintenant que vous le dites, j'aime assez l'idée. » Il décroisa et recroisa ses jambes. « Alors. Avez-vous jamais parlé à Martin de ce que vous ressentiez à propos des Fitzmaurice ? »

Je soupirai. Impossible de faire diversion. La vérité, c'est que je n'avais jamais soulevé le sujet avec Martin parce que je n'avais pas envie de le mettre dans l'embarras. Son identité était intimement liée à l'idée qu'il faisait partie de la famille Fitzmaurice, lui révéler sa condition d'esclave l'aurait démoli. Il ne l'aurait pas accepté et j'aurais fini par dire quelque chose de méchant. Évidemment qu'ils ne t'aiment pas, Martin. Ils se servent de toi. Ils profitent de *ton* amour pour eux ! Tu sais ce que c'est, ces virements qu'ils te font ? Du fric pour que tu te taises, purement et simplement.

Voilà ce qui se serait passé. Et ensuite, tout notre fragile édifice se serait écroulé. D'ailleurs, c'était agréable de ne pas avoir à se soucier de l'argent. Voilà. C'est dit. Et si le prix à payer était un dîner horriblement guindé de temps à autre chez Ben et Serena, je prenais sur moi. Ce qui ne signifiait pas que j'aimais ça. Loin de là.

Naturellement, je pensais à la fille. Victoria Dillane, tuée dans un accident de voiture à dix-huit ans. Une vie tragiquement fauchée en pleine jeunesse. Finie, la prometteuse carrière d'avocate. Pas de mariage ni d'enfants. Juste des funérailles dans une église champêtre du Somerset. Pas de fleurs, merci. Faites des dons à la Croix-Rouge.

Les journaux locaux avaient couvert l'affaire. Pas besoin d'être un génie pour comprendre. J'avais découvert dans les comptes en banque de Martin que les premiers virements avaient eu lieu en 1994. J'avais l'intuition que quelque chose s'était passé entre eux avant que j'entre en scène. Sinon, pourquoi cet argent. Pourquoi les constantes variations de leur tension amour-haine ?

Alors j'avais cherché un lien. J'avais tapé les noms de Martin et Ben, fouillé le passé. J'avais commencé par parcourir un tas de choses – le Bottin mondain détaillant toutes les fêtes sinistres auxquelles ils avaient assisté dans leur vingtaine ; une photo d'eux dans la revue *Tatler* à un match de polo ; un article d'archive sur un match de rugby de leur école ; un entrefilet de la *Burtonbury Gazette* titré : « Le fils du pair d'Angleterre poursuivra ses études à Cambridge », avec une photo de Ben adolescent, tout sourire.

Il me fallut un moment pour mettre la main sur un article pertinent, mais je finis par tomber dessus : Victoria Dillane.

L'accident avait fait les gros titres à Cambridge pendant plusieurs semaines. Le fait qu'elle soit aussi photogénique n'y était pas pour rien. Il semblait y avoir une réserve inépuisable d'images parfaites : jeune et jolie, souriante, en robe noire le jour de son inscription à l'université ; debout près d'un poney, les cheveux attachés et ramenés sous sa bombe de cavalière ; le regard perdu dans un lever de soleil pendant des vacances en famille dans le sud de la France ; en robe rose moulante, riant aux éclats, au bal de fin d'année du lycée. Il y avait plein d'informations sur Victoria, mais une seule entrée faisait référence à un passager dans la voiture : « Ben Fitzmaurice, le fils aîné de lord et lady Fitzmaurice, étudiant au Queens' College de Cambridge, se trouvait sur le siège arrière au moment de l'accident. Il a réchappé à de graves blessures… » Deux brèves mentionnaient le « conducteur de dix-huit ans », qui avait été inquiété par les autorités. D'après la police, il avait passé un test d'alcoolémie, négatif, et mettait la perte de contrôle du véhicule sur le compte d'un renard apparu soudainement sur la route. Une autre brève, un mois plus tard, rapportait que l'affaire était classée sans suite.

C'était tout. Difficile de ne pas penser que quelqu'un, quelque part, avait réalisé une efficace opération de nettoyage. Et que s'assurer du silence de Martin Gilmour faisait partie intégrante de cette opération.

Ce qui soulevait toutes sortes de questions, non ?

VIII

Commissariat de Tipworth, 17 h 30

JE LEUR DONNE JUSTE DE QUOI PIQUER LEUR CURIOSITÉ – la voiture, le Pitt Club, Vicky, la route glissante –, et quand Costard Gris me demande qui conduisait, je le regarde droit dans les yeux et réponds : « Pas de commentaire. »

Cela devrait suffire, me dis-je. À eux de remplir les blancs. Je ne vois pas pourquoi je leur faciliterais la tâche.

Ça devrait aussi les mettre sur la bonne voie. Après tout, même deux agents de police aussi bornés que ce duo ne peuvent pas manquer d'être un peu excités par les cailloux que j'ai soigneusement semés derrière moi et qui les mèneront directement au cœur du labyrinthe. Ben Fitzmaurice. Rejeton de l'aristocratie. Homme du monde. Futur membre du Parlement. Je vois d'ici les rouages tourner dans leurs petits esprits surmenés : ça assurerait une belle couverture médiatique, non ? Et ils seraient sans doute couverts d'éloges pour avoir fait leur travail avec une telle minutie. Une décoration, peut-être. Une médaille quelconque à épingler au revers de leur veste.

J'imagine Costard Gris dire « Merci, monsieur » tandis qu'un supérieur au visage rougeaud épingle une médaille ridicule au revers de sa veste. « Au départ, nous pensions traiter un simple incident domestique, mais, à force de recouper des faits, nous nous sommes rendu compte qu'il s'agissait d'une affaire bien plus importante. »

Je n'ai plus aucune loyauté envers Ben. Pendant des années, il a profité avec arrogance de la certitude que je ne dirais rien. C'est terminé, maintenant. Il le faut. Après ce qui s'est passé ce soir-là à sa fête, je n'ai plus le sentiment de rien devoir à cette petite merde ingrate. Et quand il chutera du sommet sur lequel il se croit perché, je regarderai le spectacle avec plaisir.

Je pense aux *tricoteuses**, ces femmes qui s'asseyaient à côté de la guillotine durant la Révolution française pour tricoter entre deux exécutions publiques. Une maille à l'envers. Une maille à l'endroit. Une maille à l'envers. Une maille à l'endroit, et bientôt je pourrai porter mon bonnet phrygien et je les regarderai se vider de leur sang.

« Ç'a dû être un épisode très traumatisant pour vous, Martin », dit Blondasse.

Nous revenons juste dans la salle d'interrogatoire après une brève pause déjeuner, elle sent le thon-mayonnaise et autre chose derrière, une touche salée industrielle – des chips au bacon fumé, peut-être. Elle aurait au moins pu sucer une pastille à la menthe, je trouve.

« C'était bouleversant », dis-je. À vrai dire, je n'étais pas spécialement bouleversé à l'époque. J'étais triste pour Vicky, je suppose, mais je la connaissais à peine, et ensuite, dans la confusion qui s'est ensuivie, j'étais tellement inquiet pour le moral de Ben que je n'avais pas eu le temps de m'apitoyer sur son sort.

Après l'accident, nous avons attendu près de la carcasse broyée de la voiture que les services d'urgence arrivent.

Sur le chemin de l'hôpital, à l'arrière de l'ambulance, Ben ne disait rien. Ses épaules étaient enveloppées d'une couverture en aluminium comme celles des coureurs de marathon quand ils franchissent la lignée d'arrivée. Son visage était livide, blanc, sauf pour l'entaille qui courait du bord d'un sourcil jusqu'au milieu de son front. À un moment, je me rappelle, j'ai posé ma main sur sa tempe. Il m'a laissé faire dans un premier temps, puis il s'est tourné sur le côté et sa couverture a émis un froissement. Je voulais le rassurer, mais nous savions tous les deux qu'il se mêlait à cela un autre sentiment. J'avais conscience que nous étions à un moment clé de notre amitié : à partir de maintenant, plus aucun geste entre nous n'existerait au premier degré. Il représenterait toujours autre chose.

« En même temps, Martin, j'imagine que cette expérience a renforcé votre lien, fait remarquer Blondasse. Bien sûr, c'était tragique, mais quand on vit une chose pareille, ça rapproche ? »

Une fois de plus, le ton inutilement interrogatif à la fin d'une phrase.

Il y a une pause. Blondasse me fouille du regard.

« Vous ne croyez pas ?

— Nous étions déjà proches. »

Costard Gris, qui ne me quitte pas du regard depuis le début de cet échange, tourne la tête et fixe délibérément le mur.

« Dans ce cas, me dit-il sans cesser de scruter le mur, pourquoi les Fitzmaurice vous ont-ils donné de telles sommes ?

— Je vous l'ai déjà dit, j'étais comme un fils pour eux… »

Costard Gris a un rire qui sonne faux, histoire de souligner à quel point ce que je viens de dire lui paraît ridicule.

« J'ai un fils, Martin, et je ne lui donne pas 40 000 livres par an.

— Peut-être parce que vous n'avez pas autant d'argent sous le coude. »

Ma réplique, méchante, le pique au vif.

« Même si c'était le cas, répond-il lentement, je ne donnerais pas autant d'argent à quelqu'un sans une bonne raison. »

Je soupire.

« Combien de temps ça va prendre encore ? J'ai déjà…

— Je peux vous dire ce que j'en pense, Martin ?

— Je suis sûr que vous n'allez pas vous en priver, que ça me plaise ou non.

— Je pense que c'est Ben qui conduisait ce soir-là. Je pense qu'il avait bu. Je pense qu'il a pris le volant et qu'il a envoyé la voiture dans le décor parce qu'il était tellement bourré qu'il ne voyait plus correctement. Et vous… » Il me pointe du doigt. « Vous avez décidé de prendre la faute sur vous. Et vous savez ce que ça veut dire ? Que vous avez fait perdre leur temps à des policiers. Que vous avez fait obstruction à la justice. Que vous avez aidé quelqu'un qui était coupable de meurtre…

— Pas vraiment un meurtre, dis-je dans ma barbe.

— Pardon, je n'ai pas entendu ?

— Rien.

— Des accusations graves, Martin. Des accusations graves que vous n'avez pas l'air de prendre au sérieux. Alors je voudrais que vous réfléchissiez soigneusement avant de dire quoi que ce soit d'autre. »

Costard Gris se redresse sur sa chaise. J'imagine presque son cœur qui cogne tellement fort qu'il lui déforme la cage thoracique.

Blondasse reprend la main, d'une voix plus douce.

« Vous aviez le meilleur des motifs pour agir ainsi, Martin. Vous vouliez sauver votre ami. Mais aujourd'hui ? Il est temps de dire la vérité, non ? »

Je reste impassible, mais je suis galvanisé par le shoot d'adrénaline : une poussée de cortisol dans mon flux sanguin. Je suis content qu'ils aient mordu à l'hameçon. Quand Ben sera rattrapé par son passé et accusé de meurtre, je pense que Serena et lui regretteront de m'avoir sous-estimé.

« En quoi mérite-t-il votre loyauté ? demande Blondasse. Aidez-nous à comprendre, Martin. Nous avons besoin de savoir ce qui s'est passé.

— Je ne vois pas le rapport avec ce qui s'est passé à la soirée. C'est de l'histoire ancienne.

— Mais tout est lié, n'est-ce pas ? »

Oui, oui, tout est lié. Et je sais qu'en agissant comme je le fais, je vais plonger, moi aussi. Mais je suis prêt. C'est inéluctable. Si je croyais l'inspectrice Nicky Bridge assez intelligente pour comprendre, je lui expliquerais que tout est si profondément imbriqué désormais que je ne sais plus où je finis et où Ben commence. En définitive, nous sommes les deux ventricules d'un même cœur empoisonné.

2 mai

Chapiteau, prieuré de Tipworth, minuit

NOUS DANSONS DEPUIS TROP LONGTEMPS. J'ai mal aux pieds, le cuir de mes chaussures neuves me serre les orteils et frotte contre la chair tendre de ma cheville, où une ampoule commence à se former. Lucy tourne sur elle-même en faisant virevolter sa robe, les bras levés au-dessus de sa tête. Elle tient une coupe de champagne en l'air, et à cause de ses mouvements désordonnés des gouttes tombent sur les épaules des gens alentour et je vois un chauve, d'abord surpris, puis incrédule, sortir un mouchoir de sa poche pour essuyer son crâne luisant. Il se penche vers une vieille dame aux cheveux gris-blond aussi raides que du ciment et lui glisse quelque chose à l'oreille en montrant le toit du chapiteau, elle suit son regard en tordant son cou décharné puis, blottis l'un contre l'autre, ils s'éloignent de la piste de danse en marmonnant d'un air scandalisé. Lucy, insouciante, continue à tournoyer.

Il y a eu plusieurs discours, tous prononcés depuis la scène centrale par les amis de Ben et de la famille. On ne m'a rien demandé. J'ai fait semblant de rien et ai tenté de me rassurer en me disant que Ben savait à quel point j'avais horreur de prendre la parole en public, mais j'ai été blessé. Surtout quand Jarvis s'est emparé du micro pour raconter des platitudes ineptes sur le fait que Ben était une « légende » à l'école. À vomir.

Serena, étincelante dans sa robe, se tamponnait les yeux en s'excusant d'être si émotive, après quoi elle a raconté que

Ben était un papa formidable et qu'elle avait de la chance de l'avoir, et, horreur suprême, elle a ajouté : « Cette chanson est pour toi. » Un petit orchestre de jazz a surgi de nulle part et Serena, qui pour ce que j'en sais n'a jamais de toute sa vie chanté ailleurs que sous la douche, s'est lancée dans une interprétation ratée de « My Funny Valentine ». Tout le monde a poussé des cris et applaudi mais, en vrai, elle n'a jamais réussi à suivre la mélodie.

Ben a sauté sur scène et l'a embrassée en posant sa main dans le creux de son dos. Les boutons de sa chemise étaient à deux doigts de se défaire et il avait un regard à la fois vague et concentré – j'étais sûr qu'il avait pris de la coke et qu'il surfait sur la vague de sa confiance frénétique en lui-même.

Il a prononcé un discours brillant. Évidemment. À un moment, il a invité sa mère sur scène. Je n'avais pas vu que lady Katherine était présente, mais la voilà qui montait l'escalier avec son inimitable prestance aristocratique, entre timidité et élégance, totalement intouchable. On avait l'impression que le simple fait d'effleurer ses cheveux blancs les aurait froissés. Elle portait une veste cintrée et une jupe de soie grège. Elle avait le visage poudré et le cou lesté d'un énorme collier d'émeraudes et de diamants.

Je n'avais pas été en contact avec elle depuis les funérailles de George. Sa mort l'avait rendue encore plus inaccessible. À la porte de l'église, elle avait serré ma main comme si c'était un objet en voie de décomposition. Je lui avais déposé un baiser léger sur la joue en lui disant à quel point j'étais navré ; elle avait hoché la tête et dit : « Je sais, Martin. Merci. » Mais il n'y avait aucune chaleur dans ses mots, et au cours des mois qui avaient suivi je m'étais aperçu que je n'avais aucune envie de la revoir. Peut-être à cause de mon chagrin. Quoi qu'il en soit, chaque fois que Katherine me regardait, j'avais le sentiment désagréable qu'elle perçait à jour un secret que j'essayais de cacher.

Sur la scène, Ben baignait dans un halo de lumière avec un grand sourire d'enfant charmeur. Je songeai brièvement à Magnus : le petit frère mort, le petit garçon avec la coupe au bol que je n'avais vu qu'en photo, dont l'existence n'était jamais évoquée au sein de la famille. Les Fitzmaurice faisaient du silence un tissu cicatriciel.

Après les discours, un rideau rouge tomba à l'arrière de la scène. Au même instant, les premiers accords d'une chanson à la mode retentirent et je vis se découper, émergeant de l'obscurité, les silhouettes du boys band le plus célèbre du monde. Ils portaient tous les cinq des costumes à fleurs. Visiblement, Gilly avait eu tort d'anticiper la venue d'un banal groupe de rock.

« *We gotta get through what we gotta get through* », se mirent-ils à chanter, pleinement investis dans leurs paroles absurdes. « *You gotta help me and you know it too-oo-oo.* »

Lucy commença à se démener dès les premières notes. J'étais toujours surpris de voir à quel point elle aimait danser. C'était étonnant de sa part, pourtant elle reprenait les paroles et tapait des pieds en rythme. Très vite, la foule se referma autour d'elle et je ne vis plus que sa nuque et le fermoir scintillant de son collier.

Bien décidé à ne pas me mêler aux danseurs, j'aperçus le Premier Ministre et sa femme aux abords de la piste. Edward Buller faisait de son mieux pour remuer des hanches mais il était trop raide, ça ne faisait pas naturel. Sa femme claquait des doigts et balançait ses maigres épaules, on aurait dit un oiseau picorant la musique. Je me faufilai dans leur direction. La chanson se termina et tout le monde s'arrêta, gêné par le retour soudain du silence, puis un nouvel accord de guitare jaillit, les danseurs reprirent leur place et la masse informe se remit à tanguer.

Je m'approchai en observant ma cible du coin de l'œil. La musique cognait, ruait, bondissait. Je posai ma main sur le bras d'Edward Buller. Comme il ne me remarquait pas, je tirai sur la manche de sa veste.

« Edward ! » Je devais hausser la voix à cause de la musique. « Ed. »

Il se tourna, le visage légèrement luisant de sueur.

« Oui ?

— C'est Martin. Martin Gilmour. »

Derrière lui, sa femme s'arrêta de danser.

« Bien sûr. Bien sûr, Martin. Comment allez-vous ? »

Il ne se souvenait pas de moi, à l'évidence, mais j'étais tellement content de ne pas passer pour un idiot que je décidai de jouer le jeu.

« Très bien, merci. La dernière fois qu'on s'est vus, c'était à la fête d'été de Ben, il y a quelques années.

— Ah ! Ça doit être ça, oui. Ça doit être ça. »

Je me rendis compte que je le tenais toujours par la manche et qu'il essayait de se dégager. Je le lâchai.

« Eh bien, ravi de vous avoir...

— Je suis le meilleur ami de Ben, bafouillai-je. De Burtonbury. »

Le sourire sur le visage de Buller se figea avant de disparaître tout à fait.

« Chéri, dit sa femme, je crois qu'on devrait vraiment aller chercher quelque chose à manger.

— Oui. Faisons ça. Passez une bonne soirée, euh...

— Martin. Martin Gilmour.

— Ravi de vous avoir revu. »

Il me secoua la main de bas en haut. Quand il repartit, je le vis remettre son sourire en place comme un patch à la nicotine.

Je restai là un moment, entouré d'une foule de gens mais cerné par ma solitude existentielle. Bois un coup, me dis-je. Il faut que tu boives.

« Mon chou ! »

C'était la voix de Fliss. Des bras m'enserrèrent le torse par-derrière. Je débordais de gratitude.

« Fliss, ma chérie. »

Je réalisai trop tard que son visage se collait tout près du mien, puis que ses lèvres se pressaient contre les miennes et qu'elle essayait de m'embrasser.

« Fliss, non ! dis-je en tentant de me dépêtrer. Non. »

Elle rejeta la tête en arrière en éclatant de rire.

« Oh, Mart', à chaque fois, j'oublie. Tu ne m'aimes pas comme ça. Je sais, mon chou, je sais. Mais tu ne peux pas m'en vouloir d'essayer. »

Elle avait mêlé à ses tresses des petits fils argentés qui scintillaient. Elle me serra dans ses bras et je sentis son odeur corporelle. Elle faisait partie de ces femmes qui ne croient pas aux déodorants. Ses effluves étaient un atout pour la séduction, selon elle. Et comme tout le reste chez elle, il n'était pas question de les refouler.

« Mart', toujours aussi superbe », dit-elle d'une voix traînante. Puis, soudain sérieuse : « Tu sais, quoi qu'il arrive, tu peux être sûr que je... »

Elle s'arrêta, se mordit le bout du doigt, et au même instant Serena se matérialisa à côté de sa belle-sœur et passa un bras tonique et bronzé autour de ses épaules.

« Felicity, dit-elle, te voilà. Je vais devoir te kidnapper, malheureusement. Photo de famille. » Elle me regarda. « Ça ne te dérange pas, Martin ?

— Non, bien sûr que non. »

Elles disparurent dans la marée humaine. Je laissai Lucy sur la piste et retournai dans la maison.

« Gin fizz, monsieur ? »

Je pris le verre que me tendait le serveur. C'était le même que tout à l'heure, celui qui ressemblait à un danseur de ballet. Il me sourit, ce qui creusa les fossettes de ses joues.

« On dirait que vous en avez besoin.

— Hum. Oui, en effet. »

Je laissai mes yeux se promener sur sa poitrine, descendre vers son pantalon, la boucle de sa ceinture, ses chaussures sales à force de marcher dans le jardin. Et, quand il s'en alla, je lui emboîtai le pas. Je le suivis dans le long dédale des couloirs jusqu'à ce que nous arrivions à la cuisine mobile du traiteur, et je sentais mon cœur cogner. J'avais envie de tendre la main et de le toucher parce que j'avais peur à cet instant de me tromper, qu'il n'y ait rien, et puis il se tourna et me sourit, et je continuai à le suivre.

Il posa son plateau sur une table en acier et traversa la cuisine avec la même grâce et la même fluidité, et derrière la tente s'étendait la pelouse, et plus loin encore le labyrinthe où, disait-on, errait le fantôme du moine, là il y avait un petit muret ; il s'assit dessus, alluma une cigarette et me proposa de tirer dessus. J'inspirai une bouffée, posant mes lèvres là où les siennes se trouvaient une seconde plus tôt, et il m'embrassa, sa langue se glissa dans ma bouche et je sentis sa fumée et ma fumée et le parfum de genévrier du gin, et ses mains passèrent sous ma chemise, coururent le long de mes côtes, et je le laissai faire en essayant de ne pas trop penser à ce que ça signifiait, en laissant mon esprit se libérer, en me laissant consumer par le moment, et toutes les pensées conflictuelles qui se télescopaient dans mon cortex cérébral depuis la nuit des temps, je les sentis s'évaporer, balayées dans la nuit noire.

Au loin, les cris et la vibration grave, répétitive, des basses.

Il tomba à genoux dans l'herbe devant moi, ouvrit ma braguette, fit glisser mon pantalon sur mes chevilles, et ensuite, comme si j'étais à lui, comme s'il savait exactement ce dont j'avais besoin, il m'attira sans ménagement contre lui et prit ma queue dans sa bouche. Je gémis. Il descendit, remonta, jouant du bout de la langue avec le gland. Je pris sa tête entre mes mains et enfonçai ma queue plus profondément. J'avais envie de le baiser par tous les trous, de le prendre jusqu'au fond de la gorge, jusqu'à ce qu'il ne puisse plus avaler. Il me suçait, me léchait, me massait les couilles, et je descendis mes mains de sa tête à ses épaules, ne sachant plus si je voulais le repousser ou le coller à moi, ne sachant plus si je voulais dire oui, non, oui, non, et puis, dans sa bouche humide et accueillante, je jouis, et il n'y eut plus rien d'autre que la joie blanche et aveuglante de la délivrance.

Une seconde de silence. Une autre.

Je reculai.

Toujours à genoux, le serveur leva les yeux vers moi.

C'était insoutenable.

« Je suis désolé, dis-je. Je ne sais pas ce qui m'a pris. J'ai trop bu. Vous comprenez, je... je ne suis pas... comme vous. »

Il s'essuya la bouche du revers de la main.

« Vous vous trompez », répondit-il en articulant très précisément. Il remettait sa chemise en place. « Vous êtes exactement comme moi. »

Il me laissa là, assis sur le muret. Et il me fallut un long moment avant de retourner dans la fête.

Cahier de Lucy Gilmour

AU DÉPART, je n'avais même pas vu qu'il n'était plus là. J'étais tellement habituée à ce qu'il disparaisse quand ça lui prenait que je n'ai pas remarqué tout de suite son absence du chapiteau. D'ailleurs, je m'amusais. La musique était excellente.

Je dansais avec un homme que j'avais rencontré une fois, à une de ces horribles soirées chez Ben et Serena, et même si j'étais incapable de me souvenir de son nom il savait bouger. Lorsque le boys band abandonna la scène et que le DJ prit les manettes, l'ambiance devint survoltée. Mon partenaire m'attira contre lui et, à force de manœuvres, se débrouilla pour que sa cuisse gauche se retrouve entre mes jambes. Après quoi il commença à me mordiller le cou.

« Qu'est-ce que vous faites ?

— De quoi ça a l'air ?

— Je suis mariée.

— Moi aussi.

— OK, mais… » Je me dérobai. « Sans vouloir vous vexer…

— Pas de problème. »

Et nous continuâmes à danser comme si rien ne s'était passé. Ce n'est pas que je n'étais pas tentée – je l'étais –, mais je suis fondamentalement monogame. L'idée de tromper me file des boutons. Je suis pratiquement sûre que Martin ne m'a jamais trompée.

Quoi qu'il en soit, la musique m'emballait et je m'amusais pour la première fois de la soirée. Pour la première fois depuis des mois, même. Puis Ben arriva derrière moi et posa ses mains sur mes épaules comme si je lui appartenais.

« Salut, poupée, tu sais où est passé PO ? »

C'est là que je m'aperçus qu'il n'était pas là. Ni dans la tente ni dans la maison. J'avais beau chercher, impossible de le trouver. Sans doute que le fait d'avoir du mal à marcher droit ne m'aidait pas. J'allai voir tous les gens que je croyais connaître en leur demandant s'ils l'avaient vu et ce n'est que plus tard que je me rendis compte que je ne les connaissais pas, c'est juste que leur tête me disait quelque chose parce qu'ils étaient célèbres. J'étais saoule. Plus que je ne l'avais été depuis un long, long moment. Mais la seule façon de le supporter était de boire encore plus, me dis-je, alors je piquai une bouteille de champagne sur une table et commençai à biberonner directement au goulot.

Je déambulai à travers le grand salon, passai devant l'énorme cheminée et sortis sur la pelouse de devant où les filles du vestiaire, avachies, riaient entre elles devant la façade illuminée de lampions rouges et blancs. Au milieu des arbres, les halètements d'un couple : jambes et bras entremêlés. Je restai un moment debout à sentir le gravier rouler et crisser sous les fines semelles de mes chaussures. Je levai les yeux vers la pleine lune. Je bus une gorgée de champagne. La soirée était plutôt bonne en fin de compte. Bien meilleure que je ne m'y attendais. Éméchée comme je l'étais, je me surpris à trouver que la vie n'était pas si mauvaise quand on y pensait.

Un oiseau poussa un cri. Une chouette, peut-être. J'étais nulle en oiseaux, je trouvais leurs battements d'ailes et leurs becs acérés dérangeants : des créatures étrangères, avec leurs plumes et leurs petits yeux noirs et vifs. Je me tournai vers l'origine du cri et distinguai la silhouette de la chapelle avec, derrière elle, plongé dans le noir, l'espace où Ben avait dit que se trouvait le labyrinthe. Les ténèbres s'animèrent et une silhouette humaine prit forme, qui marchait rapidement sur l'herbe, avant d'être engloutie dans l'ombre de la maison.

« Ah, te voici. »

C'était Serena.

« Qu'est-ce que tu fais là toute seule ? »

Elle tenait le bas de sa robe argentée dans sa main. Des mèches de cheveux s'étaient libérées de son chignon et se baladaient en donnant malgré tout l'impression que ce désordre lui-même était pensé. Elle battait très lentement des paupières, comme si elles étaient trop lourdes pour son visage.

« Je prends l'air, dis-je, refusant de me sentir gênée d'avoir une bouteille à la main. »

Elle appela un homme en costume noir muni d'un talkie-walkie.

« Carlos, chéri, je pourrais te piquer une cigarette ?

— Bien sûr, madame. »

Il sortit un paquet de Marlboro de la poche intérieure de sa veste et lui en offrit une, puis se pencha pour la lui allumer. Serena inspira une longue bouffée. Lorsque le filtre quitta ses lèvres, il était couvert de rouge à lèvres. Elle ferma les yeux et frissonna d'extase.

« Mon Dieu, c'est si booooooon. » Elle me la tendit. « Tu veux ? »

Je fis signe que non.

« C'est vrai. J'oublie toujours que tu as arrêté. »

(Je ne crois pas qu'elle oublie vraiment, elle fait semblant, juste pour me montrer que je ne suis pas assez importante pour qu'elle le retienne.)

« Au moins, tu as l'air d'avoir fait le plein d'alcool, continua-t-elle en baissant les yeux sur la bouteille.

— Ce champagne allait être perdu. »

Serena ne répondit pas. Elle n'avait pas peur du silence. Elle prit le temps de terminer sa cigarette, puis écrasa le mégot avec la pointe de son escarpin argenté.

« Le personnel ramassera. C'est pour ça qu'on les paye, après tout. » Elle planta son regard dans le mien. « On voudrait vous parler. »

Elle me prit par le poignet et commença à me ramener à l'intérieur de la maison.

« Qu'est-ce que… » J'essayai de me dégager, mais elle me tenait fermement. « Où…

— Chuuuut, fit-elle. Suis-moi. »

Elle me fit passer par une porte que je n'avais pas remarquée et nous nous retrouvâmes dans un couloir étroit, à l'écart du reste de la fête. L'éclairage était faible. Tout au bout, une ampoule diffusait une lumière tremblotante. Apparemment, la décoratrice d'intérieur ne s'était pas encore occupée de cette partie.

« Je ne sais pas où est Martin, dis-je. Il va se demander où je suis passée.

— Oh, il est déjà là, répondit Serena en me tirant derrière elle. Ben l'a trouvé. »

Elle me guida dans une pièce qui faisait la moitié de la taille de la cuisine, avec un bureau le long d'un mur et des étagères qui montaient jusqu'au plafond, mais sans le moindre livre. À ma gauche était accroché un grand tableau de Venise au vernis craquelé. Il y avait un meuble massif couvert d'une housse de protection, et une cheminée éteinte devant laquelle étaient disposés quatre fauteuils en cuir. Ben et Martin nous y attendaient, chacun dans le leur.

« Je l'ai trouvée », annonça Serena. Ben sourit, mais son sourire n'éclaira pas son visage. Martin pencha la tête dans ma direction sans vraiment la tourner. Il avait l'air concentré sur un point vague à mi-distance. L'ambiance était anormale. Quelque chose ne tournait pas rond.

Je serrai la bouteille de champagne plus fort contre moi et allai m'asseoir dans un des fauteuils.

« Que se passe-t-il ? » demandai-je, et alors Ben commença à parler.

3 mai

Bureau, prieuré de Tipworth, 1 heure

LE CALME AVANT LA TEMPÊTE. L'électricité dans l'air. Une certaine lourdeur dans le ciel qui vous comprime le crâne tel un étau. Le déluge va s'abattre. La masse d'eau s'accumule dans le ventre des nuages, goutte après goutte, jusqu'à ce que le ciel crève. La tempête se ramasse sur elle-même comme les plis d'une jupe ajoutent chacun au volume, jusqu'à ce que soit atteint le point où celui-ci est trop gros pour être contenu. Ensuite ? Le coup de tonnerre.

« Viens t'asseoir, ma belle », dit Ben à Lucy. Je l'entendis traverser la pièce de son pas familier et une partie de moi eut envie de se lever et de la renvoyer dehors, de la prévenir de ne pas faire un mètre de plus. J'étais incapable de la regarder. Chaque fois que j'essayais de croiser les yeux de Lucy, je pensais au serveur, dehors, à genoux devant moi dans l'herbe humide.

Et j'étais en colère contre elle, encore, parce qu'elle me croyait assez bon. Parce qu'elle pensait que j'avais ce qu'il fallait.

Elle s'assit dans le fauteuil à côté du mien. Elle avait une bouteille à la main et, pendant une fraction de seconde, cela fit naître une ébauche de sourire sur mes lèvres. Lucy croisa les jambes. Je me concentrai sur les attaches de ses nouvelles chaussures. Je savais que, sitôt arrivée à l'hôtel, elle les enlèverait en poussant un soupir de soulagement. Elle prendrait un bain, quelle que soit l'heure, puis elle se laverait le visage avec une mousseline blanche et se brosserait les dents avant d'aller au lit. Depuis toutes les années que je la connaissais, Lucy n'avait jamais dérogé à ce rituel. Elle aimait sa routine.

Je pensai au Premier Inn de Tipworth avec envie. Comme j'aurais aimé que nous soyons déjà rentrés et que nous n'ayons plus qu'à nous coucher. Au lieu d'être là, dans cette pièce, à écouter les bruits de la fête qui se mourait en attendant que quelqu'un dise quelque chose.

Serena se percha sur le bras du fauteuil de Ben en enveloppant d'un bras ses épaules. Sa robe traînait sur le sol telle la queue d'une sirène. Ses boucles d'oreilles brillaient dans la lumière tamisée. Dehors, on entendait les laquais des Fitzmaurice entamer le démontage. Je me demandais d'où ça venait. Il était trop tôt pour désosser le chapiteau.

Les invités commençaient à s'en aller les uns après les autres, ils allaient reprendre le cours normal de leur vie. L'hospitalité somptuaire des Fitzmaurice ne serait bientôt plus qu'un souvenir doré qu'on ressortirait de temps à autre à la lumière, et les événements des cinq dernières heures ne seraient plus que de vagues réminiscences. La soirée allait se dissoudre en une série de questions mort-nées : « Tu te rappelles... ? » « Tu n'as pas ri quand... ? » « On ne s'est pas rencontrés à... ? »

Elles étaient étourdissantes, les fêtes des Fitzmaurice, et en même temps ce n'était rien. Le crépitement éphémère d'un cierge magique qui brûle jusqu'au bout avant qu'on le jette à la poubelle : il n'en reste rien de plus qu'un bout de métal tordu, décevant en soi.

À côté de moi, Lucy but une gorgée de champagne à même la bouteille. Je posai ma main sur son poignet. Sa présence me rassurait.

« Désolé de vous empêcher de profiter de la fête », commença Ben. Il se pencha en avant, les coudes sur les genoux, les mains jointes en cloche. Les épaules de sa veste remontèrent. Il avait l'air sur le point de se lancer dans une grande explication à la manière d'un prof d'université charmant, celui dont ses étudiantes sont amoureuses et avec qui ses étudiants iraient bien boire un verre.

Serena lui caressait la nuque tandis qu'il parlait. La douceur de ses mouvements m'empêchait totalement de me concentrer. Caresse. Caresse. En haut. En bas. En haut. En bas. C'était un geste intime, de propriétaire. À chaque effleurement de sa main, elle semblait me toiser.

Tu vois ce que j'ai, Martin ? Tu vois ? Il est à moi.

Ben toussota.

« Il y a quelque chose que je...

— Que nous », murmura Serena sans arrêter son geste.

Ben rectifia : « Que nous aimerions vous dire. »

Et comme j'essayais de feindre que tout était normal, parce que j'avais toujours envie que ça le soit, parce que j'avais désespérément besoin que notre amitié redevienne ce qu'elle avait été du temps où nous étions adolescents et où rien n'était compliqué, je dis : « Le Monténégro ? » d'une voix très tranquille, même si je savais que ça n'avait rien à voir, et que la possibilité d'un investissement dans un de ses montages avait seulement servi d'appât pour me faire venir dans cette pièce.

Comment je le savais ? Je le savais, c'est tout. Je sais très bien déchiffrer les expressions de Ben. Il se préparait à dire quelque chose qu'il n'avait pas envie de dire. Sa plus grande peur était qu'on ne l'aime pas. Et il n'y avait pas pire solitude que de ne pas être l'ami de Ben.

Serena lui caressait toujours le cou.

« Chérie, tu veux bien me servir un whisky ? » Serena se leva du fauteuil et ondula jusqu'à un bar dans le coin de la pièce. J'entendis les glaçons tinter contre le verre. Le sifflement du siphon à soda.

« PO, tu sais que je tiens à notre amitié », reprit Ben. Il avait les pupilles dilatées. Et le coin de sa bouche tressautait de façon presque imperceptible. Une ride épaisse que je n'avais jamais remarquée creusait son front entre ses sourcils. Il vieillissait. « Cela va sans dire. »

Je sentis Lucy se crisper à côté de moi.

« Mais les amitiés évoluent, pas vrai ? » dit-il, tandis que Serena lui donnait son verre et reprenait sa position, un bras posé sur le dossier du fauteuil. « Et je... nous voulions vous parler de... » Il porta le verre à ses lèvres, mais ne but pas. « D'aller de l'avant. Il y a différentes... » Il fit semblant de chercher le mot juste, mais j'avais le sentiment qu'il avait répété son discours et que même ses mouvements de main faisaient partie de la mascarade. Trop calculés pour être vrais. « ... différentes complications dont nous devons discuter avec vous. »

Il remua dans son fauteuil et remonta les deux jambes de son pantalon en les pinçant au genou. Serena jouait avec le globe suspendu d'une boucle d'oreille, le balançant d'avant en arrière du bout des doigts.

« Ed Buller m'a demandé de me présenter aux élections pour entrer au Parlement. »

Lucy ne put retenir une réaction qui hésitait entre le gargouillis et le hoquet.

« Mais Ben, dis-je, c'est fantastique. Tu seras formidable. »

Je le pensais. J'avais oublié de réfléchir à ce que cette nouvelle pouvait signifier pour moi. Parce que, bien entendu, Ben voulait mettre en scène son entrée en politique avec l'approche et la gravité requises. C'était un Fitzmaurice. Ils faisaient semblant de ne jamais vouloir attirer l'attention, mais c'était tout l'inverse. Sinon, pourquoi auraient-ils recherché ma présence depuis notre jeunesse ? C'est parce qu'ils avaient viscéralement besoin d'un observateur extérieur, avoir un témoin autour d'eux redoublait leur satisfaction. J'étais leur miroir, placé dans la position idéale pour leur renvoyer le reflet le plus flatteur possible.

Et maintenant, Ben avait besoin de mon aide. C'était pour cela qu'il m'avait convoqué ici.

Je me sentais plus léger. Quelle stupidité de ma part de mettre en doute notre amitié après tout ce temps. En repensant à la fête, je me rendis compte que j'avais été tendu tout du long, que tout me mettait mal à l'aise, j'avais l'impression que le monde tremblait et tanguait autour de moi, je m'étais agrippé à Lucy comme à ma bouée de sauvetage. J'aurais dû faire davantage confiance à Ben. Mon Ben. Il était toujours *mon* Ben.

« C'est une super-idée, poursuivis-je aveuglément. Je n'arrive pas à comprendre pourquoi tu ne l'as pas fait plus tôt. Tu es fait pour ça. Tu as les idées, l'intelligence, et… le charme. »

Je ris.

« Mais, Ben, intervint Lucy, tu ne crois pas qu'il faut des opinions pour faire de la politique ? En quoi tu crois vraiment ? »

Le visage de Ben se ferma. Il essaya en vain d'afficher un sourire.

« En beaucoup de choses.

— C'est juste que je ne t'ai jamais entendu esquisser un début de théorie politique », continua Lucy.

Elle avait appuyé sur le mot « théorie », qui semblait lesté d'un poids propre à couler toute la pièce.

« Il n'a pas à se justifier, répliqua calmement Serena, et surtout pas devant toi.

— Qu'est-ce que ça veut dire, Serena ? "Surtout pas devant moi" ? Je ne suis pas digne de ses… » De l'écume se formait aux coins de sa bouche. Lucy l'essuya du revers de la main. « Mon vote n'a pas autant de valeur que le vôtre, c'est ce que tu dis ? Je suis désolée de ne pas être à la hauteur des Fitzmaurice. Je sais bien que je n'ai pas de titre, de carrière à la télé ou un million de livres sur mon compte, mais…

— Lucy, la coupai-je. Ça suffit. »

Elle me fusilla du regard. La peau autour de ses épaules était tendue et rose.

« Tu es saoule. S'il te plaît. Ne te rends pas ridicule. »

Elle secoua la tête.

« Tu ne vois rien venir, Martin. Tu n'as aucune idée de ce qui se passe. »

Elle se renfonça dans son fauteuil.

« Je ne vois pas de quoi tu… »

Je m'interrompis en voyant Ben se lever et marcher vers la cheminée. Il s'y adossa en joignant les deux mains devant lui d'un air placide. Où apprenait-il tous ces trucs ? Était-il né avec ?

« La raison pour laquelle Serena et moi vous avons demandé de venir ici ce soir, c'est pour te dire que je te suis extraordinairement reconnaissant pour tes nombreuses années de loyauté et d'amitié, dit-il sans croiser mon regard. Mais j'ouvre un nouveau chapitre dans ma vie, qui nécessite une certaine forme de… » Il s'éclaircit la gorge. « Discrétion.

— Tu sais que tu peux me faire confiance, Ben. Tu n'as pas même pas à…

— S'il te plaît. » Pause. « Laisse-moi aller au bout. »

Le verre de whisky était posé sur le manteau de la cheminée, avec ses glaçons qui fondaient lentement. « J'ai travaillé toute ma vie pour pouvoir faire carrière en politique, mais comme tu peux le comprendre, j'en suis sûr, ce n'est pas sans risques. L'un de ces risques, c'est que mon passé soit fouillé par des journalistes peu scrupuleux, et je dois être certain, Ed a besoin d'être certain, que rien de gênant ne sortira jamais. »

Alors je pensai à elle. Une image presque oubliée. Les cheveux blonds en bataille. La tête rejetée en arrière. Le sang sur le pare-brise. Les jambes disloquées. Un morceau de verre en forme de point-virgule sur sa robe bleue, si bleue. Une chose inerte, racornie, qui abritait juste avant la jeunesse impérieuse et vibrante de Vicky Dillane.

« Vicky…, susurrai-je, comprenant soudain.

— S'il te plaît, ne prononce pas ce nom », dit Serena.

Sa voix me glaça l'échine. Je jetai un coup d'œil à Lucy. Donc Serena savait, alors que je pensais que Ben et moi avions conclu l'accord tacite de n'en parler à personne. Il m'avait trahi. Et moi, comme un idiot, qui n'avais jamais pensé à faire de même.

Ben, blême dans la lumière de la lampe, se tourna vers le mur.

« Je sais que tu as été très loyal, Martin, et je suis certain que tu considères que la famille Fitzmaurice t'a généreusement récompensé de tes efforts.

— Bon Dieu, Ben, ce n'était pas un effort…

— Mais le temps est venu que nos chemins se séparent. »

Quelque part à l'arrière de ma tête, une corde rompit. Elle produisit une unique note métallique avant de casser net.

« Quoi ? » Je geignais, pathétique. « Qu'est-ce que tu dis ? Putain, qu'est-ce que tu racontes ? »

Mon cerveau se recroquevillait. Les rares choses que j'avais tenues pour acquises s'écroulaient. Je nageais dans le noir. Au-dessus de moi, la pluie se mit à tomber et je ne savais pas où elle commençait et où elle s'arrêtait, ni où chercher la ligne droite de l'horizon, et je disparaissais, comme si ma peau devenait le liquide qui la cernait et que Ben fût sur le rivage : inaccessible, en position d'observateur.

« Tu recevras bien entendu une compensation appropriée, disait-il. C'est malheureux, mais il le faut. Pour nous tous, il vaut mieux que cette soirée marque la fin de notre amitié publique. Tu sais que tu auras toujours droit à notre plus profonde affection mais...

— Mais tu veux qu'il dégage de ta vie et qu'il ne révèle jamais à personne que tu as tué quelqu'un, termina Lucy d'une voix outragée. Mais bordel, d'où est-ce que vous sortez ? »

Je la dévisageai, incrédule. Elle aussi, elle savait.

Ben eut un instant d'hésitation. Serena se leva si vite qu'on aurait dit qu'elle était montée sur ressort. Et elle cracha son venin.

« Tu es vraiment une sale conne mal embouchée, Lucy. Je ne sais pas comment Ben t'a supportée pendant tout ce temps. Tu te trouves tellement supérieure, toujours à jouer la gentille fille, on te donnerait le bon Dieu sans confession. Tu crois que je n'ai pas remarqué. Tu me prends pour une débile, c'est ça ?

— Chérie... »

Elle balaya la main de Ben.

« J'en ai marre, conclut Serena. Ils ne valent pas la peine qu'on perde notre temps. »

Lucy but une gorgée de champagne.

« Tu es risible.

— Et toi, tu n'es personne, se mit à crier Serena, rien qu'un gros boudin. »

Elle, d'ordinaire si maîtresse d'elle-même, avait le visage déformé par la haine. Les veines de son cou palpitaient.

« Ma chérie. » Ben s'approcha de sa femme et la prit dans ses bras. « S'il te plaît. Essayons de rester civilisés. »

Un bourdonnement strident m'envahit l'oreille droite. Je secouai la tête pour le faire taire, sans succès.

« Est-ce que tu dis... » Je dus m'arrêter. J'avais du mal à respirer. Ma gorge était serrée et les mots suivants ne furent prononcés qu'avec un filet de voix : « Tu ne veux plus qu'on soit amis ? »

Ben ne fit pas un geste vers moi. Est-ce que je me faisais des idées ou une esquisse de sourire jouait sur ses lèvres ?

« Bon, écoute, Martin. Tu dois reconnaître que nous ne sommes plus si proches depuis quelque temps maintenant. Je sais qu'on s'entendait bien quand on était jeunes mais, franchement, nous n'avons pas tant de choses en commun, non ? Ce qui ne veut pas dire que je n'ai pas énormément de respect pour toi, mais je crois qu'il est temps d'aller de l'avant et de suivre chacun notre chemin et... »

« Aller de l'avant. » Encore cette phrase. Ces mots qui n'avaient aucun sens.

« Ça fait des années qu'il essaie de se débarrasser de toi, laissa tomber Serena, lapidaire. Est-ce que tu crois que ça lui donnerait une bonne image d'être associé publiquement à... eh bien... quelqu'un qui a tué une jeune innocente ? »

Je n'arrivais pas à savoir si elle croyait vraiment ce qu'elle disait ou si c'était la version qui servait le mieux ses intérêts.

« Tu es une sangsue, Martin, continua-t-elle. Une sangsue. Et je ne parle pas que d'argent. Pourtant, Dieu sait que ça fait une petite fortune. Tu nous as tous exploités ! George, Katherine, Fliss... »

En entendant citer Fliss, je sentis les larmes me monter aux yeux.

« Est-ce que Fliss... Et Katherine. Je veux dire, tout le monde est d'accord ? »

Ben hocha la tête.

« George… Il n'aurait jamais permis une chose pareille. Ben, tu sais que je n'ai pas… » Je ne pus me forcer à prononcer le nom de Vicky à voix haute. « Tu sais que j'ai pris la responsabilité de ce que toi… »

Il me coupa la parole, insensible à mes arguments : « Je suis désolé que tu le prennes si mal, mais vraiment il y a un gros paquet de fric pour toi dans cette affaire. Je ne vais pas te laisser en plan, financièrement parlant.

— Mais Ben, suppliai-je, mon pote. Ça n'a jamais été une question de fric. Jamais. »

Il demeurait impassible. Je quittai mon fauteuil et me mis à genoux devant lui.

« Tu le sais, Ben, tu le sais. Tu es mon meilleur ami. Je… je ne suis rien sans toi.

— Pour l'amour de Dieu », maugréa Serena. Elle se tourna vers Ben : « Je t'avais prévenu, non ? Pathétique. »

Je voulais juste tendre la main, le toucher, empoigner le revers de sa veste. J'avais un besoin physique de lui, de l'attirer vers moi pour qu'il me regarde dans les yeux. J'étais sûr que, si seulement je pouvais le toucher, il comprendrait, il redeviendrait mon Ben plutôt que cette imitation guindée.

« Ben… Ben… S'il te plaît. Ne fais pas ça, je t'en supplie.

— Lève-toi, Martin.

— Je ne suis rien sans toi. »

Les mots sortaient sans que je puisse rien faire pour les retenir. Mais c'était vrai. Je n'existais que par ma relation avec Ben. Je m'étais construit à sa périphérie, brique par brique, jugeant chaque millimètre de mon édifice uniquement en fonction de ce qu'il pouvait signifier pour lui et de ce qu'il pourrait me rapporter. Je voulais si désespérément qu'il ait besoin de moi que j'avais oublié de me défendre de l'aimer.

Je levai les yeux vers lui. Sur son visage, presque de la pitié.

Alors, c'était terminé. Il ne m'aimait pas. Il ne m'avait jamais aimé. Je me sentais épuisé. Je fermai les yeux, m'assis sur mes talons et attendis que la douleur passe. Dans un moment, me disais-je, tu te mettras debout. Dans un moment, tu te relèveras, tu redresseras les épaules, tu respireras et tu feras comme si ça ne comptait pas. J'érigerai la façade nécessaire et personne ne pourra jamais s'approcher de moi. Je savais comment faire. Je l'avais déjà fait.

Je me levai. J'étais en larmes. L'humiliation finale. Je me couvris le visage des deux mains, je ne voulais pas que Ben me voie comme ça.

« On va virer un montant substantiel sur ton compte, disait-il. En échange, tu signeras un accord de confidentialité rédigé par mes avocats…

— Et alors, demandai-je bêtement, cette affaire au Monténégro… »

Il me regarda comme s'il venait de remarquer ma présence.

« Martin, répondit-il presque gentiment. Il n'y a pas d'affaire. C'était pour que tu restes. Cela dit, je suis sûr qu'il y a moyen de s'arranger pour que tu en sois. Si ça peut… aider. »

Il continua à parler. Encore et encore, sur le même ton sec et monocorde. Il était tellement loin de moi. Un étranger. Je me demandais si je l'avais vraiment connu ou si je m'étais voilé la face toutes ces années, si je n'avais été qu'un pion dans une partie qu'on jouait avec acharnement autour de moi sans que j'en aie conscience.

« … sera suffisant… sécurité financière… reconnaissance… grande tristesse… réaliste… grands espoirs pour l'avenir… les élections… penser au parti… l'état du pays… »

Des phrases et des mots déconnectés flottaient dans l'air. Je n'en entendais pas la moitié. Les murs flétrissaient, la pièce se ratatinait. Le sol se dérobait. Je me laissai tomber lourdement dans mon fauteuil en cuir, attendant le moment de me retirer.

« Ça n'a jamais été le but, dis-je. Je n'ai jamais voulu d'argent. »

J'entendis Serena soupirer et, derrière mes mains posées à plat sur mon visage, je devinai l'expression qu'elle arborait.

Elle ne m'avait jamais aimé. Je croyais que ça n'avait pas d'importance. Encore une erreur. Je m'étais tellement focalisé sur la bataille à mener que j'avais négligé d'identifier l'ennemi.

Pour finir, les mots s'arrêtèrent et le silence retomba.

Dehors, un rire forcé de femme.

Puis Serena prit la parole.

« Bien. Je pense que vous devriez y aller. Nos avocats vous contacteront la semaine prochaine. Où est-ce que vous logez, déjà ? » Le mépris suintait par tous les pores de sa peau. « Le Premier Inn, c'est ça ?

— Vous savez, dit Lucy, vous n'avez pas le droit de traiter les gens de cette façon.

— Pardon ?

— Oui, tu fais bien de demander pardon.

— Non, je voulais dire…

— Vous vous trouvez tellement spéciaux. Les Fitzmaurice. Comme si vous étiez nés pour nous gouverner, nous autres. Vous croyez que vous pouvez mâchouiller Martin et le recracher une fois que vous en avez marre ? Eh bien, non. Bordel, non. Vous allez le détruire. Ben, dit-elle en s'adressant directement à lui, il n'a fait que t'aimer toute sa vie, tu le sais. »

Serena éclata d'un rire tranchant comme un couteau.

« Oh, on le sait tous depuis très longtemps. C'en est même gênant.

— Tu n'as pas de cœur. »

Serena sourit. Elle alla avec une lenteur délibérée jusqu'à la fenêtre, les paillettes de sa robe ondulant comme des vagues.

« Tu sais ce qu'il te faudrait, Lucy ? » Elle arracha un fil qui dépassait du rideau et le tint entre son pouce et son index, l'examinant soigneusement. « Tu devrais faire un enfant. Tu serais moins… moins… » Elle n'eut pas à chercher longtemps le mot le plus blessant. « Moins amère. »

Il y eut un silence glacial. « Malheureusement pour toi, tu n'arrives pas à trouver un vrai homme. » Elle s'échauffait en parlant. « Malheureusement pour toi, Martin, comme nous le savons tous, préférerait baiser mon mari plutôt que sa propre femme. »

Ces mots me frappèrent de plein fouet. Je me mis debout. Mon corps était d'une lourdeur de plomb. Serena vint se planter devant moi.

« Tu croyais que personne n'avait remarqué ? lança-elle avec dégoût. Réveille-toi, Martin. »

Sans prévenir, elle me balança une gifle brutale.

Le son se réverbéra dans la pièce comme la note d'un diapason.

Je ne vis pas Lucy se lever de son fauteuil. Le temps que je l'aperçoive, debout avec la bouteille de champagne à la main, il était trop tard. Une fraction de seconde s'écoula. Puis une autre. Quelque chose sauta, comme un bouchon, et je réalisai que ma femme hurlait – avec une violence que je ne lui avais jamais connue. Je battis des paupières pour mieux la voir. Ses lèvres retroussées dévoilaient ses dents et les muscles de ses bras luisaient. J'étais hypnotisé par ces muscles. D'où lui venaient-ils ?

Elle criait, criait, criait. Les mots se bousculaient à une telle vitesse qu'ils produisaient un bruit blanc. Elle brandissait son index sur Serena et se rapprochait à chaque geste. Pique. Pique. Pique.

Serena fit un pas en arrière, un deuxième, mais elle se tordit la cheville et son talon haut la lâcha, et tandis qu'elle tombait Lucy traversa la pièce en courant pour se jeter sur elle.

« Espèce de salope ! hurla-t-elle. Salope, salope, salope ! »

Serena se débattit. Elle attrapa Lucy par les poignets et tenta de la repousser mais Lucy revenait sans cesse à l'assaut, tant et si bien que Serena finit acculée contre le mur.

J'étais pétrifié. Du coin de l'œil, je vis Ben se précipiter, mais Lucy levait déjà la bouteille de champagne en l'air, bien haut, le bras tendu, tous ses tendons jouant en une mécanique parfaite. J'eus un moment de pure admiration pour la beauté de ce bras, pour sa force que j'ignorais, et j'éprouvai de la fierté. Une fierté pure, généreuse, amoureuse. Ben essaya de retenir le bras de Lucy, mais en vain. Lucy écrasa la bouteille sur la superbe tête de Serena.

Un cri étouffé. Un gémissement.

Une boucle d'oreille roula sur le parquet.

Serena s'écroula tête la première sur le sol.

Lucy lâcha la bouteille. Elle n'était pas cassée. Des traînées rouges maculaient l'étiquette.

Il y eut un silence.

J'allai vers la fenêtre et je pris Lucy par les bras en les lui ramenant dans le dos. Je la sentais trembler de tout son corps. Elle me regardait d'un air affolé. Sa lèvre inférieure commençait à enfler.

« Chuuut, dis-je. Du calme. Tout va bien. Tout va bien. »

Ben était par terre, l'oreille contre la poitrine de Serena. Il me cria d'appeler une ambulance, et est-ce que tu vas appeler une ambulance, putain, Martin, et j'entendis des gens courir dans le couloir et d'un coup il y eut plein de monde autour de nous. Je profitai de la confusion pour tirer Lucy et la faire sortir de là, j'avais la bouteille de champagne à la main.

Dehors, je la lançai de toutes mes forces au centre du lac. La bouteille plongea avec un bruit d'éclaboussure lointain. Je tenais Lucy fermement contre moi.

Dans les ténèbres, nous descendîmes l'allée en gravier et franchîmes la grille. Je me sentais détaché. Comme si, libéré de mon ancienne peau, je regardais de loin nos deux silhouettes solitaires. Ce qui m'étonna tandis que nous quittions les lieux, ce fut mon absence de culpabilité. Pour la première fois de ma vie, je ne me sentais pas obligé de protéger Ben des conséquences de ce qui venait de se passer. Je n'étais plus la petite ombre. Dans ma cage thoracique, mon cœur semblait prendre plus de place. Et, derrière nous, les contours du prieuré de Tipworth s'estompaient dans le petit matin.

IX

Commissariat de Tipworth, 18 h 00

COSTARD GRIS ME REGARDE AVEC SCEPTICISME.

« Attendez, laissez-moi vérifier que j'ai bien saisi. »

Il a un truc vert coincé dans les dents, visible chaque fois qu'il parle. Je me demande combien de temps il restera là avant qu'il le remarque ou que quelqu'un le lui dise. J'hésite un instant à le faire, et finalement je me ravise. C'est agréable de savoir quelque chose que les autres ignorent. Ça me donne un avantage.

Il me regarde par-dessus la table, l'air d'attendre.

« Je vous en prie, dis-je en lui faisant signe de continuer.

— Mme Gilmour et vous avez été convoqués dans le bureau après la fête, vers 1 heure du matin, c'est ça ?

— Je ne dirais pas exactement "convoqués".

— D'accord, d'accord, mais c'est là que vous rejoignez M. et Mme Fitzmaurice ? Pour discuter de l'affaire au Monténégro.

— Oui. Je vous ai déjà dit tout cela, pourquoi...

— Nous voulons juste être certains, réplique Costard Gris. De la chronologie, notamment. Vous comprenez ?

— C'est pour votre propre bien », ajoute Blondasse en tirant sa veste contre elle et en croisant les bras.

Elle a un bracelet en argent au poignet gauche, un de ces gros bijoux immondes qu'on voit dans les publicités à Noël ou pour la fête des Mères.

« C'est mignon, dis-je en le désignant.

— Merci. »

Elle tire aussitôt sa manche pour couvrir le bracelet, de sorte qu'il ne pollue plus mon champ de vision.

« Vous quittez le bureau vers 1 h 20, 1 h 30, reprend Costard Gris.

— Environ, je crois. Je ne peux pas en être complètement certain.

— Vous fermez la porte derrière vous et vous repartez par le couloir, et c'est au moment où vous vous éloignez que vous entendez un cri et un bruit sourd.

— Oui.

— Alors vous retournez voir ce qui s'est passé et en re-rentrant dans le bureau, vous découvrez... » Il s'arrête. « Rappelez-nous ce que vous voyez. »

« Re-rentrer »... Je frémis. Du sabir sans intérêt.

« Serena était par terre, sur le dos, et Ben à moitié accroupi au-dessus d'elle. Il criait qu'il fallait appeler une ambulance. Il avait compris qu'elle s'était gravement blessée. »

Costard Gris se carre sur sa chaise. Passe ses index dans les boucles de ceinture de son pantalon. Une mauvaise odeur de café instantané flotte dans la pièce. Vivement que je sorte de cette salle étouffante, avec ses insinuations et ses récriminations.

« Je vais vous dire ce qui me tracasse, Martin. » Il arbore un air de confusion presque parfait : le front plissé, les sourcils qui se rapprochent, l'illustration parfaite de l'incertitude dans les livres pour enfants. « Vous avez tous les quatre une discussion parfaitement raisonnable, et puis vous partez avec Lucy, et en quelques secondes - pas des minutes, des *secondes* - il se passe quelque chose de si terrible entre lord et lady Fitzmaurice qu'il la met K-O et qu'elle se retrouve dans le coma, alors que... »

Je veux intervenir, mais il me fait signe de me taire.

« Alors que, parmi la centaine d'invités, personne n'a senti le moindre problème entre eux. Il n'y avait aucun signe de tension maritale.

— Je vais vous dire, Ben a la colère explosive.

— Comment cela ? demande Blondasse.

— Ça veut dire qu'il ne montre pas souvent ce qu'il ressent, dis-je, continuant à semer les petits cailloux qui les conduiront au cœur du labyrinthe. Je l'ai déjà vu quand il s'énerve.

— Vraiment ? Quand ? »

Je remue sur mon siège. Je veux avoir l'air mal à l'aise, comme si cela me faisait de la peine de laisser tomber mon meilleur ami, même si je sais qu'il le faut.

« Je ne veux pas entrer là-dedans », dis-je.

Blondasse et Costard Gris échangent un regard entendu. Bien. Ils ont leur petite idée. Ils ont toutes les pièces, ils sont au courant des virements bancaires – les pots-de-vin des Fitzmaurice –, donc ils n'ont plus qu'à assembler le tout. Ça ne devrait pas être trop difficile.

Quelle est la meilleure méthode pour arriver à compléter un puzzle, déjà ? Commencer par les coins. Voilà, je leur ai donné les coins. Et s'ils veulent me faire plonger en même temps, ainsi soit-il. Mais je les soupçonne de ne pas s'intéresser à moi. C'est le scalp de Ben qu'ils veulent.

« Est-ce que vous laissez entendre qu'il s'est passé quelque chose à l'université, Martin ? Quelque chose entre Ben et vous ? Quelque chose qui pourrait expliquer, vous savez, ces généreuses sommes versées sur votre compte ? » Je remarque un peu d'agitation dans la voix de Costard Gris, bien qu'il essaye de la dissimuler. « Parce que, s'il s'est passé quelque chose – si, par exemple, vous avez endossé la responsabilité d'un acte qui n'était pas de votre fait et si, hypothétiquement bien sûr, vous avez peur de mettre quelqu'un dans le pétrin – alors le moment serait bien choisi pour nous dire la vérité. Vous devez nous parler, Martin. »

Je pose mes mains à plat sur la table. Je tambourine du bout des doigts, marquant le passage des secondes. Une, deux, trois.

« Je ne crois pas », finis-je par dire en savourant leur fébrilité, à laquelle je réponds par un calme délibéré. « Je ne crois pas que je doive vous parler du tout. La dernière fois que j'ai vérifié, je n'étais pas en état d'arrestation. »

Blondasse fixe le sol, un léger rouge aux joues.

« À ce propos, vous comptez m'accuser de quelque chose ? Parce que je commence vraiment à être à court de patience. »

Costard Gris tousse.

« Nous apprécions votre coopération, dit-il. Nous n'allons plus vous retenir longtemps.

— Merci. » Je souris. « Au fait, vous avez quelque chose entre les dents. » J'ouvre la bouche et lui montre l'endroit précis sur ma propre dentition, du bout de l'auriculaire. « Juste là. »

Lucy

JE SUIS TRISTE, finalement, de dire au revoir à Keith. Quand je suis arrivée ici, je n'appréciais pas du tout nos séances. Je détestais devoir me justifier, voir chaque réponse examinée et disséquée comme un prélèvement particulièrement intéressant de tissu dans une expérience scientifique. Mais maintenant, je me suis habituée à lui. Cela m'a aidée, je crois, à me décharger un peu de ce qui s'est passé.

« Décharger. » C'est un de ses mots.

« Est-ce que vous pourriez vous décharger un peu de ça, Lucy ? »

Cet après-midi, il m'a dit : « Je suis impressionné par vos progrès. Par votre volonté de faire le travail. »

C'était la première fois qu'il se montrait aussi ouvert avec moi. Je sentais mes yeux gonfler et j'ai fini par me rendre compte que j'étais au bord des larmes et que je n'avais pas pleuré (pas vraiment, en tout cas) depuis ce qui me semblait une éternité.

« Donc vous ne pensez pas que je suis un danger pour la société ? »

Il a souri. Ses pattes-d'oie se sont animées derrière ses lunettes.

« Non, pas du tout. Et c'est ce que j'ai expliqué dans mon rapport.

— J'espère qu'ils vous croiront. »

Je ne lui ai pas tout dit. Je n'ai pas menti, pas exactement. Je ne suis pas douée pour mentir. Mon père m'a dit un jour que mon honnêteté se lisait sur mon visage. Mais je suis capable d'omettre volontairement des choses, de laisser des trous, des silences, de ne pas tout expliquer. D'ailleurs, ce qui s'est passé ce soir-là dans le bureau du prieuré de Tipworth avec Serena ne concerne pas que moi. Je tiens compte des implications pour Martin aussi. Si je parlais, cela réduirait à néant le mensonge grâce auquel il a sauvé son meilleur ami ; un mensonge qui est tombé comme une pierre dans un lac, en propageant des cercles concentriques toujours plus larges de causes et d'effets.

Je n'ai jamais parlé à Martin de la fille, Vicky Dillane.

Je me demande s'il y a encore des gens, à part ses parents, qui pensent à elle. Peut-être une poignée d'amis qui se rappellent comment elle souriait aux anniversaires, des proches dont l'estomac se noue quand son nom refait surface dans une conversation. Mais sinon, c'est une victime oubliée, un souvenir érodé et écrasé par la toute-puissance des Fitzmaurice. Elle mérite mieux qu'une note de bas de page dans l'histoire de quelqu'un d'autre.

Ce n'est pas seulement pour Martin que j'ai agi comme je l'ai fait ce soir-là. C'était pour elle aussi. Pour toutes les femmes qui ont été réduites au silence.

Et je ne devrais pas l'avouer, mais cogner Serena avec cette bouteille de champagne m'a procuré un plaisir immense. J'ai l'impression que ç'a été la chose la plus galvanisante que j'aie jamais faite. Je le regrette, bien sûr. Je ne veux pas faire partie de ces gens qui font du mal aux autres, et surtout pas à une autre femme, mais sur le moment j'étais persuadée que c'était le seul moyen de me faire entendre. Répondre à l'agression par l'agression. Enfin quelque chose qu'ils ne pourraient pas effacer avec des billets.

Après avoir quitté le prieuré, Martin et moi avons marché sur les routes de campagne plongées dans le noir. La solidité du goudron sous mes pieds avait quelque chose de concret, alors que le reste du monde ressemblait à un mirage. Nous n'avons pas parlé. Martin a pris ma main dans la sienne.

Ça ne lui ressemblait pas, ce geste intime, et je savais ce qu'il signifiait : il me comprenait. Il ne m'en voulait pas.

Une fois rentrés à l'hôtel, nous nous sommes allongés sur nos lits jumeaux sans nous déshabiller, face à face, la tête écrasée sur les oreillers synthétiques. Nous nous sommes mis d'accord sur notre version des événements. Nous ne savions pas si la blessure de Serena était grave, mais nous nous doutions qu'il y aurait sans doute une sorte d'enquête. Les journaux allaient s'en donner à cœur joie.

Il m'a dit que je ferais mieux de m'éloigner un moment, de le laisser gérer les conséquences, et c'est là qu'il m'a parlé des Pins. Il y avait fait un séjour lorsqu'il avait une vingtaine d'années. Cure de désintoxication. Payée par les Fitzmaurice, évidemment. En dehors de toute autre considération, cela me ferait du bien. Il s'inquiétait pour moi et j'avais peut-être besoin de temps et d'espace pour accepter la situation.

« Quelle situation ? » ai-je demandé.

Derrière les rideaux, le gris-noir du petit jour cédait la place à un gris-blanc qui me faisait penser à du linge sale.

« Je sais... » Martin hésitait. « Je sais que tu désirais avoir des enfants. » Il n'arrivait pas à me regarder. « Je suis désolé. Pour tout ce qui est arrivé. »

Il n'avait jamais parlé de la fausse couche.

« Je veux dire... Je crois... C'était une erreur que je ne voulais pas commettre. »

J'ai fermé les yeux. La lumière me faisait mal aux paupières.

« Tu ne peux pas tout contrôler, Martin. »

J'ai réalisé que mon mariage était terminé. Je crois que je le savais déjà depuis des semaines, des mois. Depuis si longtemps. Je ne voulais pas être seule. Surtout après la fausse couche, quand je doutais de ma propre valeur, j'avais besoin de quelqu'un – n'importe qui – à qui me raccrocher.

J'avais sous-estimé le pouvoir de séduction des Fitzmaurice. Être près de gens comme eux – riches, privilégiés, beaux, égoïstes – n'est pas bon pour l'âme. Ils ne s'intéressent qu'à eux tout en n'ayant que le mot « générosité » à la bouche. Ils se fichent des autres. Non par méchanceté, mais simplement par manque d'imagination. Ils ne savent pas comment nous vivons. Mais les plus impressionnables parmi nous – les inadaptés, les solitaires, les aigris et les vulnérables – se font emporter par leurs courants d'or, comme des nageurs trop faibles pour résister à la marée. Nous voudrions être à leur place et, en même temps, nous les détestons.

Après cette soirée, je ne voulais plus rien avoir à faire avec eux. Fini pour moi. Je voulais me laver de tous leurs mensonges.

Je n'avais jamais été aussi proche de Martin que durant cette conversation dans la chambre d'hôtel. C'est drôle, quand on y pense. Pendant si longtemps, Ben avait été une gêne entre nous et tout à coup, en une seule soirée, nous étions liés par notre colère commune. C'était leur arrogance qui me rendait folle de rage. Se servir de quelqu'un et le jeter quand il n'est plus utile.

Cela ne justifie pas ce que j'ai fait, mais j'écris cela pour expliquer la raison qui m'y a poussée, pour me rappeler que je ne suis pas folle.

Serena m'a vraiment mis les nerfs à vif. Elle avait tellement le cœur sec. Pendant des années j'ai dû accepter sa suffisance, qui était une façon de me rabaisser, et la litanie des camouflets ordinaires. Elle détestait Martin et il ne s'en rendait même pas compte. Je n'arrivais pas à comprendre pourquoi Ben l'avait épousée, mais aujourd'hui je pense que c'était pour masquer sa propre faiblesse. Serena est forte et Ben… eh bien, Ben ne s'est jamais vraiment connu. Il a besoin que les autres inventent qui il est : son père, sa mère, sa femme, et même ce putain de Premier Ministre.

Quand même, je me demande pourquoi il ne nous a pas dénoncés tous les deux : il pouvait dire à la police que Martin et moi étions les responsables et nous laisser pourrir. Ç'aurait été la parole des Fitzmaurice contre la nôtre et il n'y a pas besoin d'un grand effort d'imagination pour deviner qui la police aurait choisi de croire. C'est peut-être un reste de loyauté envers Martin qui l'a empêché de porter l'estocade. À moins qu'il ait un plan à plus long terme. Peut-être qu'il veut que Martin lui soit redevable pour une finalité connue de lui seul. Je ne sais pas. Mais je sais que, quoi qu'il arrive, Ben Fitzmaurice continuera à être adoré de tous.

C'est le problème avec le charme. Il permet d'échapper à des tas de choses. Il vous évite d'avoir à développer un caractère fort : personne ne pense à en chercher un. Les gens sont trop occupés à savourer l'attention que vous leur portez, avec votre aura. Ils sont trop impressionnés.

À la fin de notre séance, Keith s'est levé et m'a serrée dans ses bras. Le col de son pull sentait la lessive en poudre Persil. Il m'a tapoté doucement le dos.

« Bonne chance, Lucy. »

J'ai essayé de trouver quelque chose à répondre, mais les mots étaient coincés dans ma gorge. Quand je suis sortie dans le couloir, ils y étaient encore. Puis je suis arrivée dans ma chambre, j'ai fermé la porte derrière moi et je me suis allongée sur le lit en fixant le plafond.

Je savais que je ne resterais pas mariée à Martin. C'était impossible. Nous avions dépassé le point de non-retour. J'étais une femme différente de celle qu'il avait épousée : la femme qui avait si longtemps joué le jeu. Quand je repense à cette lointaine Lucy, c'est comme si j'imaginais un personnage dans un livre.

Elle a changé, au fil des ans. Elle qui était coincée derrière un panneau de verre, d'un coup, sans prévenir, elle l'a brisé et elle s'est sortie du piège.

Et la voilà – *me* voilà : Martin ne fait plus partie de mon histoire. Ce n'est pas que je garde du ressentiment à son égard. C'est simplement que je ne l'aime plus.

J'ai bouclé ma valise : les chaussures d'abord, puis les quelques tee-shirts et les jeans que j'ai apportés, tous roulés pour ne pas se froisser. Des livres. Ce journal. J'ai mis en dernier mon sac en éponge rempli de flacons de cachets et de brosses à cheveux. Puis j'ai fermé en appuyant de tout mon poids pour faciliter la fermeture.

J'ai jeté un dernier regard à la chambre, avant de tirer la valise dans le couloir. La moquette était fine et défraîchie.

Elle me rappelait les barbes clairsemées des adolescents, leurs trois poils qui ne font pas illusion.

J'ai entendu une porte se fermer. Je me suis retournée au moment où Sandy posait sa main sur mon épaule.

« Lucy, tu t'en vas ? »

Toujours sa voix grinçante. J'ai hoché la tête.

« Dernière séance avec Keith ce matin. Libérée sur parole, je crois. »

Elle sourit. Son rouge à lèvres corail ne la mettait pas en valeur. Il faisait trop gamine pour elle et en plus il avait débordé légèrement autour de sa bouche. Elle portait une veste en cuir avec des glands qui pendaient aux bras. Elle donnait l'impression d'avoir été portée dans un paquet de bars enfumés. Sandy se tordait nerveusement les mains.

« Tu… Ça va aller ? demandai-je.

— Oh, oui, ne t'inquiète pas pour moi. Je vais bien. » Elle me fit un petit sourire triste. « Je vais toujours bien.

— Si tu as besoin de quoi que ce soit… »

Je ne terminai pas. C'était juste une de ces phrases toutes faites qu'on dit par politesse, et elle semblait malhonnête dans ce contexte.

Elle prit ma main dans les siennes. Elle haussa ses épaules osseuses, ses clavicules s'élevèrent à hauteur de ses oreilles comme des ailes d'aigle, et sans rien ajouter elle disparut dans sa chambre.

Une fois seule, j'ouvris ma main. Il y avait un petit bout de papier quadrillé plié dans le creux de ma paume. À l'intérieur était écrit au stylo noir, d'une main tremblante : *Ne laisse pas les enfoirés te tirer vers le bas,* suivi de deux points d'exclamation.

Je souris, puis repliai soigneusement le papier et le glissai dans la poche de ma chemise. Je pensai à Martin. Je ne pouvais pas rester avec lui pendant que le monde s'écroulait.

Ne laisse pas les enfoirés te tirer vers le bas.

Je fis rouler ma valise dans le couloir et sortis au grand air.

X

Commissariat de Tipworth, 18 h 30

PILE AU BON MOMENT, Serena se réveille.

Très généreux de sa part, je dois avouer.

À vrai dire, d'aussi loin que je m'en souvienne, c'est la première fois que Serena fait quelque chose qui joue ne serait-ce que vaguement en ma faveur.

Blondasse et Costard Gris sont convoqués hors de la salle d'interrogatoire. Pendant un moment, je reste tout seul à écouter les murmures de leur conversation dans le couloir. Lorsqu'ils reviennent, je les sens contrariés.

« On vient de nous informer que lady Fitzmaurice vient de reprendre conscience, annonce Blondasse en enfonçant le bouton "Stop" du magnétophone. Elle dit qu'elle a glissé. »

Je souris. Très bien.

« Comme je vous l'avais dit : juste un malheureux accident. »

Blondasse passe sa langue sur ses lèvres. Costard Gris fait la moue.

« Ouais, bon… »

Ainsi, la police me laisse partir. Ils n'ont pas le choix. Je n'ai rien reconnu, et comme ils n'ont aucun détail ils ne peuvent pas savoir ce qui s'est passé derrière les portes closes du bureau ce soir-là. Ben et Serena ne diront jamais rien. Bien sûr que non. Ils n'ont pas envie qu'un scandale attire l'attention sur eux. La dernière chose qu'ils veulent, ce sont des journalistes de tabloïds en train de fouiner, de passer des coups de fil, de poser des questions gênantes. Ils espèrent toujours que je m'en tiendrai à leur arrangement absurde et que je la bouclerai. Ces derniers jours, j'ai ignoré les appels de plus en plus pressants de Ben. Dans son désespoir, il m'a même fait entrer dans l'affaire au Monténégro. Je voudrais lui hurler : *Ça ne fait aucune différence, tu perds ton temps – j'ai vu que je ne comptais pas à tes yeux et je ne peux pas ne pas m'en souvenir. Je refuse.*

Je baisse les yeux, regarde mes pieds. Un de mes lacets est défait. Je vais devoir le refaire avant de partir, me dis-je. Plus loin sur le sol, j'aperçois les ballerines plates en similicuir de Blondasse, avec la chair de ses pieds grassouillets qui déborde.

« Ça doit être un soulagement, dit Costard Gris.

— Naturellement.

— Comme vous êtes si bons amis… »

Il me jette un regard noir en masquant à peine son aversion. Je lui rends froidement la pareille. Son col est trop serré pour son cou. Je me demande s'il serait facile d'attraper sa cravate et de serrer le nœud jusqu'à ce que son œsophage se vide de son air, et combien de temps il faudrait avant que son visage vire au rouge, puis au violet, et enfin qu'il blêmisse, et j'imagine comment il se débattrait au départ en essayant de me faire lâcher prise, mais je ne céderais pas, et alors ses gestes deviendraient plus lents et plus lourds et il finirait complètement inerte. Combien de temps cela prendrait-il ? Deux minutes, sans doute. La frontière entre la vie et la mort est si facile à tracer.

Non pas que je le ferais.

Mais j'aime bien me le rappeler.

J'aime bien me rappeler que j'ai la capacité de réagir.

À la fin de l'entretien, Blondasse me remercie pour mon aide. Elle me dit que je ne dois pas quitter le pays et qu'elle ne doute pas que nous aurons vite l'occasion de nous reparler. En prononçant ces mots, ses narines palpitent. Elle pense à Ben, je le vois, elle veut l'arrêter pour ce vieux crime tragique au glamour indiscutable. Il est destiné à finir dans les journaux. Une belle jeune fille. De jeunes étudiants snobinards ivres morts. Une famille importante qui tente d'étouffer l'affaire.

Elle me serre vigoureusement la main. On dirait une doublure qui crève d'envie de monter sur scène maintenant que l'actrice principale est malade.

Ses doigts sont étonnamment petits et délicats. Sa présence flegmatique et fiable va me manquer. Costard Gris bredouille quelque chose d'inintelligible avant de quitter la pièce. Blondasse reste en arrière pour ramasser les papiers éparpillés sur la table, dont certaines feuilles recouvertes de l'écriture dense de Lucy. Je suis content qu'elle s'en soit tenue à notre version. Loyale Lucy.

Il est presque 19 heures quand je sors du commissariat. Le ciel est strié de nuages argentés. En arrivant sur le parking, j'entends les cris surexcités des jeunes écoliers qui traînent probablement là depuis la fin des cours. Un petit groupe de gamins en uniforme bleu marine s'entasse devant la vitrine de la rôtisserie de l'autre côté de la route, ils comptent leur menue monnaie dans le creux de leur main. Où sont leurs parents ?

Une voiture s'arrête. À l'arrière, une silhouette familière. La porte du conducteur s'ouvre et un flic en civil fait le tour pour se placer devant la portière du passager. Je vois qu'on bouge à l'intérieur, le policier lève une main protectrice pour que la personne ne se cogne pas la tête contre l'habitacle en sortant.

Le passager émerge progressivement : une tignasse de boucles brunes ; des mocassins ; une chemise à carreaux que je reconnais, elle a un petit accroc au coude. Ben.

Je me cache derrière un mur. Le flic dit quelque chose sur un ton amical. Ben sourit, acquiesce et fait un clin d'œil, toujours charmeur. Quelle maîtrise de lui-même, quelle arrogance sous sa décontraction. Et je ne peux pas m'empêcher de l'admirer, même si je sais que sa confiance ne durera pas, que tout ce qu'il prend pour acquis va s'écrouler au moment où il franchira le seuil du commissariat.

Mon cœur s'accélère, je m'imagine marcher vers Ben et lui enfoncer mon index dans la poitrine. Je sais un truc que tu ne sais pas, j'ai envie de lui dire. Tu vas perdre. Tu ne sais même pas ce qui t'attend. Je vais te réduire à néant. Tu vas tomber, et tu sauras que je t'ai trahi. Ce sera ma victoire.

Je sors de la pénombre. Je descends lentement les marches pour qu'il ait le temps de lever la tête et de me voir. Son sourire s'efface.

Je m'arrête. Je le fixe. Croise son regard sans rien dire. Je pense à toutes les fois où il m'a fait me sentir comme un moins que rien. À toutes les couleuvres que j'ai avalées en essayant de me convaincre que je me faisais des idées. À tous les regards qu'il échangeait avec Serena en réprimant à grand-peine des soupirs. À toutes ses plaisanteries débonnaires à mes dépens, au point que ma caricature devenait plus crédible que la réalité, au point de me transformer en sa petite ombre – un homme sans personnalité, version plus obscure de l'empreinte laissée par un homme plus grand que lui. Je pense aux angoisses que ç'a provoquées chez moi, à la tension que je faisais semblant de ne pas sentir, à tous les efforts que j'ai fait.

Je pense à la peluche qui volait à travers la chambre, à la porte qui s'est ouverte et à la première fois que j'ai entendu sa voix. Je me rappelle la petite tache noire sur la manchette de sa chemise, la faute à un stylo qui fuyait.

Je l'ai aimé.

Et maintenant.

Maintenant, j'ai envie d'écrabouiller sa belle gueule, de réarranger l'angle de son nez. J'ai envie de le frapper tellement fort qu'il tomberait à genoux devant moi, bouche ouverte sous l'impact, la bave dégoulinant sur le goudron.

C'est tellement viscéral que je dois me retenir pour ne pas courir me jeter sur lui. Je me force à respirer. Inspire. Expire.

De l'autre côté du parking, l'expression de Ben passe de la colère froide à la gêne muette. Comme si je n'étais rien. Comme si je n'avais jamais compté pour lui.

Le policier lui parle, Ben se penche vers lui pour mieux l'entendre, le murmure de leur conversation me parvient, tout a l'air si facile, si fluide, et je réalise qu'ici aussi Ben connaît le code de conduite, les hiérarchies implicites à l'intérieur du commissariat. Il va leur dire qu'il est désolé pour le dérangement et qu'il est certain qu'ils tireront tout au clair, et oui, merci, il veut bien une tasse de thé, sans sucre, oui, c'est gentil, sa femme va beaucoup, beaucoup mieux, mais quelle peur bleue on a eue, je suis sûr que vous comprenez, et oui, toute cette histoire est un malheureux accident et nous sommes horriblement désolés de vous avoir fait perdre votre temps mais Serena avait bu – comme tout le monde ! c'était une fête ! – et elle a glissé, elle s'est cogné la tête contre la cheminée et elle a perdu connaissance et voilà tout, ce genre de choses arrive et nous avons de la chance que ça ne se termine pas plus mal, et je suis navré, *vraiment navré*, et s'il y a quoi que ce soit que je peux faire pour vous dédommager, est-ce que vous accepteriez quelques bouteilles de vin, peut-être, de ma cave à Tipworth, juste pour exprimer ma gratitude ? Non ? Bon, d'accord, une autre fois. Nous nous reverrons régulièrement, maintenant que les rénovations sont terminées, et Tipworth est une petite ville tellement mignonne, n'est-ce pas ? L'endroit idéal pour la convalescence de Serena. Les enfants sont heureux comme tout, ici. Ils peuvent gambader partout, ce qui était toujours impossible à Londres. Vous avez des enfants ? Oh, alors vous savez de quoi je parle, pas vrai…

La petite main sur l'épaule, une routine. Ben le fait tellement bien. Mais il ne sait pas ce qui l'attend derrière la porte du commissariat. Parce que ce n'est pas un brin de conversation qui le sauvera, cette fois.

Ils passent tous les deux devant moi. Je ne suis qu'à cinq, six mètres de lui. Ben ne bouge pas un cil. Il s'est fait une entaille rouge au menton en se rasant. Il monte les marches du commissariat deux à deux. Les portes automatiques vitrées s'ouvrent en chuintant et ils entrent.

Sans un mot, je les suis. Costard Gris est debout dans l'entrée. Il me regarde d'un air étonné.

« Je peux vous aider, monsieur Gilmour ?

— Hum, oui, oui. Ça vous dérange si j'utilise les toilettes avant de partir ? »

Cette demande ne fait que renforcer son hostilité, apparemment.

« Non. Je vais vous y conduire. »

D'un pas traînant, il me guide le long du couloir, nous passons devant la salle d'interrogatoire et la machine à café. Costard Gris m'indique les sanitaires avec une courtoisie exagérée.

« Vous y êtes, monsieur.

— Martin, s'il vous plaît.

— Martin, dit-il sur un ton de parfait dédain.

— Merci. Je trouverai la sortie. »

Il hoche la tête et tourne les talons.

Je suis seul à l'urinoir. Je n'ai pas envie de faire pipi mais je me lave les mains pour que ça ait l'air convaincant, au cas où quelqu'un écouterait. Le séchoir est un de ces machins écologiques qui pulsent de puissants jets d'air chaud sans rien sécher. Je finis d'essuyer mes paumes moites sur mon pantalon.

Je quitte les toilettes et poursuis mon chemin dans le couloir. J'ai le sentiment très net que je devrais monter à l'étage. C'est peut-être un vestige de l'époque de l'école ; la certitude acquise que toutes les choses importantes se déroulent dans les étages. C'est là que les gradés ont leurs bureaux. Et si je connais un peu Ben Fitzmaurice, c'est exactement là-haut qu'il se sera dirigé.

Je grimpe l'escalier en essayant de faire le moins de bruit possible. Je suis obsédé par une seule pensée : trouver Ben, le voir se tortiller sur sa chaise, assister à sa chute. Je veux voir son arrogance le quitter quand il commencera à comprendre.

La disposition des lieux à l'étage est la copie conforme du rez-de-chaussée : un long couloir avec une moquette fine au sol, flanqué de portes des deux côtés. Sauf qu'il y a des plaques sur ces portes, des noms tous précédés d'initiales qui signalent le rang.

Je me colle dos au mur et je vois Ben entrer dans l'une des pièces avec le policier. Il a une tasse de thé à la main. Porcelaine chinoise. Pas de polystyrène pour lui.

« Par ici s'il vous plaît, monsieur Fitzmaurice, dit le flic. Nous n'allons pas vous retenir longtemps.

— Merci », répond Ben.

Il a le ton de voix qu'il adopte spécialement quand il parle à des pervenches ou à des grands-mères.

Je distingue tout juste une autre voix dans la pièce ; grave, rocailleuse, comme une valise roulant sur un trottoir. La porte commence à se refermer. Je m'avance rapidement, sans courir tout de même. J'entraperçois la scène par l'embrasure de la porte : un officier en uniforme avec des épaulettes en argent. Il serre la main de Ben.

« Commissaire, le salue Ben, ça fait plaisir de vous revoir. »

« Ça fait plaisir de vous revoir » ?

Ses mots claquent comme une détonation.

Sueur froide dans la nuque. La gorge sèche.

Mais bien sûr, me dis-je.

Évidemment qu'ils se connaissent. Par quel biais se sont-ils rencontrés ? En faisant une partie de tennis en double ? En partageant une loge à l'Opéra ? Par la grâce d'un plan de table lors d'un gala de charité en smoking.

Je commence à paniquer.

Je note l'onctuosité de la voix de Ben, ses épaules décontractées, la façon dont le commissaire se lève pour le saluer, comme si Ben leur faisait une faveur. Et à cause de tout ça, je comprends en une fraction de seconde que rien ne changera.

Rien du tout.

Et je réalise alors avec une force écrasante quel idiot j'ai été.

Pendant tout ce temps, j'ai joué aux cartes sans me rappeler que le paquet était truqué. Idiot, Martin, idiot : j'entends la voix de ma mère. Toujours à oublier qui est le patron. Toujours à se croire mieux qu'il n'est.

Une bouffée de chaleur m'envahit. Je m'autorise un petit sanglot sec et inutile.

La porte se referme en claquant.

Je sais à cet instant que les indices patiemment semés pendant mon interrogatoire ne mèneront qu'à une impasse, ici, dans cette pièce. Les seconds couteaux comme Blondasse et Costard Gris n'ont pas la moindre chance. J'ai été stupide de croire le contraire. On ne peut s'attaquer à un homme qui a des amis aussi puissants. On ne peut pas se mesurer à la force du *statu quo*. Réputation. Charme. Fortune. La connaissance intime des rouages de ce monde.

Pour faire partie des chanceux, il faut être né parmi eux.

Et pour les autres ? Vous pouvez passer votre vie à essayer.

Et finir, peut-être, comme Vicky Dillane : mise au rebut comme un vieux tas de ferraille.

Vous pouvez aussi finir comme moi.

Je rebrousse chemin. Costard Gris me fait un signe de tête quand je sors. Les portes s'ouvrent en laissant entrer une rafale de vent. Une sirène retentit.

Les écoliers sont partis. La lumière est allumée au Dallas Chicken & Ribs, où j'aperçois un homme en gilet vert sortir un panier de la friteuse.

Je traverse la route vers la borne de taxi. La femme qui en a la charge porte un casque audio. Elle me demande où je vais en m'appelant « mon beau ».

Je veux juste rentrer chez moi.

« La gare, s'il vous plaît.

— D'ici cinq, dix minutes. Asseyez-vous. »

Je m'assois sur un banc dur et ramasse un journal à scandale corné, légèrement humide sous mes doigts. En tournant les pages, je m'aperçois que mes mains tremblent.

Tout ça pour rien, putain.

XI

Deux ans plus tard

JE SUIS EN TRAIN DE FAIRE DU THÉ quand le téléphone sonne. J'ai versé cinq centimètres d'eau bouillante dans la théière émaillée verte et je la remue en faisant bien attention qu'elle ne goutte pas par le bec verseur, comme ma mère me l'a appris, et lorsque la sonnerie retentit, je suis à moitié tenté de ne pas décrocher. Ma routine du matin est soigneusement planifiée. Faire le thé. Nourrir le chat. Ouvrir la porte de derrière en forçant un peu parce qu'elle coince, puis arroser le jardin.

Le prunier de Damas est sur le point de fleurir. L'hiver a été doux et les plantes sont dans une phase d'indécision. J'ai eu des crocus en février. Tout le monde parle de réchauffement climatique. J'ai tendance à ne pas y croire. Le climat nous dépasse, non ? Personne ne pense que l'âge de glace était lié aux bombes aérosol et aux gaz d'échappement.

Le jardin m'apaise. J'aime flâner et m'affairer à toutes les petites choses dont il a besoin. Élaguer. Tondre. Arroser. Contempler. À l'époque, quand je voyais lady Katherine tailler ses jardinières avec des ciseaux à ongles, je trouvais que c'était une perte de temps. Aujourd'hui, je comprends que cela a ses mérites. La tranquillité. La patience nécessaire.

Parfois, en me penchant pour arroser les plantes, je vois le renard apprivoisé du voisin debout sur le toit de son abri de jardin. Le renard a l'air méfiant, prêt à détaler si j'avais l'audace de faire un pas en avant. J'ai même un nichoir. J'y dépose des noisettes, et de la mie de pain pour les moineaux. Cet amour tardif pour la nature m'a surpris, moi aussi. Je ne voyais pas l'intérêt des diverses créatures, auparavant. Les êtres humains me semblaient les seuls dignes d'occuper mon temps et mon esprit. Peut-être parce que j'essayais de réussir. Avec le recul, je dois reconnaître que j'ai échoué. Dans les grandes largeurs.

Le téléphone continue à sonner. Je pose la théière sur le bord de l'évier, resserre la ceinture de ma robe de chambre et traverse le couloir en chaussons, prenant volontairement mon temps dans l'espoir qu'on perdra patience et qu'on raccrochera. Mais non. La sonnerie résonne avec insistance dans toute la maison. J'arrive à la table du salon et décroche le combiné.

« Allô ? »

J'ai la voix rauque. Je réalise avec un étonnement distrait de solitaire que je n'ai parlé à personne depuis plusieurs jours.

La ligne grésille un moment, puis un petit déclic, comme si des os craquaient. Et : « Allô, Martin ? »

Je reconnais immédiatement sa voix.

« C'est Lucy. »

Je laisse le silence s'appesantir entre nous. Il y a tellement à dire, et en même temps rien du tout.

« Oh. Lucy. Comment… »

Je regarde autour de moi, cherchant dans la pièce des indices me permettant de trouver ce que je devrais dire. Mes yeux tombent sur une carte postale posée sur le manteau de la cheminée. C'est le portrait d'un jeune homme par Giorgione. Il a des sourcils épais et son menton proéminent lui donne un air de défi.

« Quelle surprise. »

À l'autre bout de la ligne, un petit rire. Elle a toujours eu ce petit rire sec mais doux. Je suis heureux de l'entendre.

« Ça fait un bail, Martin. Comment vas-tu ?

— Oh, très bien », dis-je, soudain mal à l'aise.

Je porte le même pyjama depuis deux semaines. Je n'ai toujours pas pris le temps de faire la lessive. Il y a une vague tache brun-rouge sur le revers de ma robe de chambre. Des haricots rouges, je pense. Ou peut-être du pesto rouge. Je ne sais pas. Et je m'en fous. À vrai dire, j'apprécie mon glissement progressif vers la négligence. Je n'ai plus personne à impressionner, aucune raison de faire illusion.

« Super ! C'est bien. Tu écris ?

— Non. Je n'ai pas l'inspiration. »

Je l'entends marmonner quelque chose, elle parle de fermer la porte du frigo et non, elle ne sait pas où sont les clés de voiture, regarde par là – non, pas ici, là-bas. Et puis : une voix d'homme. Je n'étais pas au courant qu'elle vivait avec quelqu'un. Mais pourquoi devrait-elle se priver ? Elle ne me doit rien. Et je n'ai jamais cherché à savoir. C'est juste que je croyais qu'elle était à moi.

« Désolée, dit-elle. Problèmes domestiques.

— Ah.

— Donc, tu n'écris pas…

— Non. Enfin, pas de livres. Quelques articles de temps à autre. J'ai commencé à faire des critiques littéraires pour le *Financial Times*.

— C'est génial.

— Oui, bon, ça ne va pas changer le monde, mais ça m'occupe. »

Je ne lui parle pas de qui occupe le plus clair de mon temps. Je ne lui dis pas que je m'assois chaque matin derrière mon ordinateur et que j'écris ces pages. Je ne dis pas que je couche par écrit tout ce qui me revient au sujet de Ben. Que j'explore méthodiquement le sujet de ma curieuse obsession. Je ne sais pas exactement ce que c'est. Pas un livre. Ni des mémoires. Un bilan, peut-être. Une purge. L'assouvissement du besoin que j'ai de l'expulser.

Le chat se faufile entre mes jambes et se frotte contre mes mollets, roublard. Je m'assois sur le canapé et il me saute sur les genoux. D'un geste mécanique je caresse sa fourrure rayée, sens l'arc de sa colonne vertébrale sous ma main. Il faudrait vraiment que je lui trouve un nom. Ça fait deux mois qu'il est apparu dans mon jardin et il refuse de s'en aller. J'ai essayé de l'ignorer au début, en le chassant du jardin, en ne lui donnant rien à manger. Mais il s'est entêté et tous les matins au réveil, quand je descendais l'escalier et que je regardais par la fenêtre de la cuisine, je le voyais frissonner héroïquement sur l'herbe. Au bout de trois jours, j'ai cédé et l'ai laissé entrer. Mais ne lui ai pas donné de nom. En m'obstinant à ne pas le baptiser, je lui déniais le statut de chat permanent. C'est juste un invité temporaire. Ça ne veut rien dire. Et surtout pas que je m'adoucis.

« Je t'appelle, Martin, parce que... eh bien, j'ai quelque chose à te dire. Quelque chose que j'ai envie que tu saches. »

Elle a l'air angoissée. Je la revois comme je la connaissais : sourcils froncés, regard inquiet, lèvres cousues en une supplication muette. Je trouvais agaçante sa volonté permanente de me faire plaisir. Aujourd'hui, je me demande pourquoi j'étais si cruel avec elle. Elle essayait juste de m'aimer. Ce n'était pas sa faute si je n'étais pas aimable. Si je choisissais de ne pas recevoir son amour.

« Je suis enceinte, Martin.

— Oh. »

Je pose le chat par terre et le pousse du bout du pied. Il se glisse en couinant sous le canapé. La ligne grésille à nouveau.

« Les félicitations sont-elles de mise ? »

Elle rit.

« Oui ! Je suis très heureuse. On a déjà passé plusieurs échographies, donc...

— Dans ce cas... félicitations. »

Dehors, un camion de livraison s'arrête. Il est conduit par un individu au crâne rasé qui se gare sur le trottoir. Je déteste cette manière de faire : monter sur le trottoir comme si les règles ne s'appliquaient pas à eux. Il claque sa portière en laissant la vitre ouverte, et la basse bondissante et le ronron électrique d'un tube pop agaçant viennent perturber la tranquillité de la rue.

Tout le monde est tellement égocentrique, de nos jours. Aucun souci de la façon dont les autres ont envie de vivre. Pas de limites. Le bruit recouvre tous les vestiges du silence ; l'activité frénétique et sans fin remplit tout l'espace disponible d'un grouillement d'absurdités. Statut. Like. Tweet. Scroll. Update.

Update. Feed. Feed. Feed. Le monde réduit à notre capacité d'attention instantanée, au plus petit dénominateur commun.

J'attends que Lucy dise quelque chose. J'ai beaucoup de mal avec le téléphone, sans indices visuels on ne sait pas comment notre interlocuteur réagit. Je ne sais pas vraiment pourquoi elle a appelé pour me l'annoncer. Ce qu'elle fait de sa vie aujourd'hui ne me concerne plus. Notre divorce a été rapide, par consentement mutuel. Nous n'avons même pas eu besoin de prendre d'avocats. Il n'y avait rien de plus à dire. Je le voyais dans les yeux de Lucy : un interrupteur interne avait été actionné. Elle me voyait tel que j'étais, et je la comprenais. Je n'en veux pas à Lucy d'avoir agressé Serena. Dieu sait que j'y avais souvent pensé moi-même. Je sais trop bien ce que c'est de bouillir, bouillir, puis d'aller au-delà du raisonnable, quand la chaleur devient si intense qu'elle se transmue en un froid polaire, comme l'écume du nitrogène liquide pressé sur une verrue.

« Merci, Martin. » La voix de Lucy me ramène à la réalité. « Je voulais te le dire. Je pensais que tu devais savoir. Enfin… je sais que tu as toujours été ambigu à propos des enfants… »

Elle voudrait que je nie ou que je la rassure, mais je ne le ferai pas. Elle a raison : je n'ai jamais voulu d'enfants. Quand Lucy est tombée enceinte, j'ai fait des rêves violents où on me mettait le bébé dans les bras et le fantôme de Sylvia me regardait à travers le visage geignard du nourrisson. La fausse couche a été un soulagement, je ne pouvais pas m'en cacher. J'aurais fait un père terrible. L'idée de la fertilisation in vitro, de désirer tellement un enfant qu'on est prêt à le fabriquer dans une éprouvette, m'est odieuse. Je n'aurais jamais fait une chose pareille pour elle. Jamais. Et je me rends compte qu'elle le sait, sans que j'aie jamais eu besoin de le dire.

« Donc…, dis-je en me creusant la tête pour trouver quelque chose à dire. Pour quand est prévu l'accouchement ?

— Août. On a passé le premier trimestre, on est rassurés.

— "On" ?

— Mon compagnon et moi. Will. Il est menuisier. »

J'éclate de rire.

« C'est pratique. »

Lucy le prend mal.

« En fait, il est très doué. Il fait des meubles sur mesure pour ses clients. Ce genre de choses.

— Oh. Super. Je suis content pour toi.

— Vraiment ?

— Bien sûr.

— C'est gentil, merci. Et merci pour le reste. Je ne t'ai jamais vraiment dit que j'avais apprécié… tu sais… ce que tu as fait. »

Elle parle de la police. Le fait que je n'aie pas raconté ce qui s'était vraiment passé. Parce qu'au bout du compte j'ai voulu la protéger, ce qui m'a surpris autant qu'elle.

« Ce n'était rien.

— Non. »

Nous nous arrêtons là. J'entends la boîte aux lettres faire un bruit de ferraille et une enveloppe tombe sur le paillasson. Le seul courrier que je reçois ces temps-ci, ce sont des publicités et les tracts d'une femme politique locale, une certaine Chloe, avec des cheveux courts en épis. Chloe est jeune, elle pourrait être ma fille. Elle roule pour les libéraux démocrates, et même si elle ne gagnera pas, je voterai sans doute pour elle. Tout plutôt que le parti conservateur d'Edward Buller.

« Ça me fait plaisir de t'entendre, Lucy, mais je dois y aller. J'ai un article à rendre.

— Bien sûr, bien sûr. Désolée de te déranger. Je voulais juste…

— Je sais. Je sais. »

Je me demande quoi ajouter, me décide pour un « merci » qui sonne faux. Rien d'autre ne me vient. Le chat remonte sur mes genoux et se fait les griffes sur ma robe de chambre. Je m'éclaircis la voix et j'ajoute : « Tu es quelqu'un de bien. » Je sens une gêne dans ma gorge et un muscle fait tressauter deux fois ma paupière. J'attends que ça passe.

« Adieu, Martin », dit-elle d'une voix nouée.

Elle raccroche. J'écoute la tonalité quelques secondes, puis repose le combiné.

Je retourne dans la cuisine et allume la bouilloire pour refaire chauffer l'eau. Le chat me suit, indigné par mon manque d'attention. Je lui remplis de Whiskas sa mangeoire. Un magma infâme de morceaux marron gélifiés. L'étiquette sur l'emballage affirme qu'il s'agit de poulet et de bœuf. Je lève la cuillère devant mon nez et renifle. Je me demande parfois si je pourrais essayer de cuisinier du Whiskas en ragoût. L'odeur ferait plutôt envie. Un peu trop pour un chat errant. En fait, ce que j'aimerais, c'est inviter quelqu'un à dîner et lui servir un plat à base de pâtée pour chat mais en ne le lui révélant qu'à la fin. La seule faille de ce plan, c'est qu'il faut avoir quelqu'un à inviter.

La personne que j'aurais le plus envie de piéger c'est Ben, bien sûr, mais nous ne nous parlons plus.

Je ne l'ai pas revu depuis ce jour au commissariat, le jour où j'ai compris que Blondasse et Costard Gris n'auraient jamais le niveau pour l'inculper de quoi que ce soit. Mais j'ai suivi son évolution de loin. Je garde un œil sur ce qu'il fait. J'ai eu tort de confier cette affaire à des intermédiaires incompétents. Désormais, j'attends tranquillement mon heure. Le moment venu, je serai prêt. Sun Tzu : « Pour connaître ton ennemi, deviens ton ennemi. »

Il s'est présenté aux élections. Ed Buller l'a parachuté dans une circonscription sans risque, après la mort d'un vieux politicien qui avait légué une fortune considérable à l'église locale. Ben l'a emporté avec une confortable majorité. Son premier discours à la Chambre des communes, il y a quelques mois, était consacré à la réforme pénale, il a plaidé contre la proposition d'accorder le droit de vote aux prisonniers.

Je l'ai regardé sur la chaîne parlementaire. Il avait changé de coupe de cheveux, ils étaient plaqués en arrière, trop de gel, ça lui donnait l'air plus vieux et plus sérieux. La lueur rouge de la caméra se reflétait dessus tandis qu'il parlait, ce qui m'empêchait de me concentrer sur son discours.

Il maîtrisait déjà la gestuelle véhémente – les paumes ouvertes pour souligner la sincérité, geste adoré des hommes politiques télégéniques formés à l'art des relations publiques et des médias. Il souriait au bon moment, appuyait ses propos d'un hochement de tête vigoureux lorsque la phrase l'exigeait. Il y avait quelque chose de fascinant chez lui. Quelque chose qui avait toujours été présent, déjà à l'école. Ses dents étaient d'une blancheur immaculée. Je me suis demandé ce qu'il leur avait fait.

Depuis, il a été nommé sous-secrétaire d'État. On dit qu'il a l'oreille du Premier Ministre. Un récent éditorial du *Telegraph* le présentait comme l'un des dix futurs leaders du pays, avec ce débile profond d'Andrew Jarvis, indéboulonnable malgré mes appels anonymes répétés aux rédactions des divers tabloïds pour les renseigner sur sa maîtresse à Londres. Pour l'instant, personne ne mord à l'hameçon.

Le thé est prêt. Je me remplis une tasse, dans laquelle j'ajoute une larme de lait. Le chat est occupé à mastiquer bruyamment. Je retourne à l'étage, le parquet grince doucement sous mes pieds. Le cottage que j'habite a perpétuellement l'air au bord de l'écroulement. Les murs perclus d'humidité gonflent à des endroits improbables et aucun plancher n'est complètement droit. Quand je laisse mon téléphone se charger dans la chambre du bas, la nuit, je m'aperçois au réveil qu'il a glissé de plusieurs centimètres vers la droite. Parfois j'ai moi aussi l'impression de pencher, comme un bateau gîte avant de chavirer.

Au premier étage, il y a un petit palier avec trois portes qui ouvrent sur la salle de bains, la chambre et le bureau. Je pousse la troisième et m'assois à ma table de travail. Mon ordinateur est placé de telle sorte que je vois le jardin quand mes pensées divaguent. Derrière la fenêtre, des oiseaux gazouillent. Il y a une toile d'araignée dans un coin, ses filaments de soie scintillent dans la lumière matinale.

Je pense un court moment à Lucy, à son ventre sans doute déjà renflé, à sa peau tendue par cette chose qui grossit en elle. J'ai toujours trouvé l'idée de grossesse étrange : qu'une femme puisse faire croître un nouvel être dans son ventre et que cet agrégat de cellules étrangères l'une à l'autre, cette créature embryonnaire que nul ne connaît encore, gonfle comme une baudruche dans ses parties les plus intimes, s'y déploie en aspirant avidement ses fluides jusqu'à ce qu'elle soit trop grosse pour y être contenue, telle une tique se gorgeant de sang. Dans n'importe quel autre contexte, on la verrait comme une tumeur. Pourtant, au lieu d'être terrifiés, il faudrait que nous l'acceptions avec allégresse. Porter des enfants est considéré comme un rite de passage sacré. Moi, j'y vois plutôt un pari intenable. Qui sait ce qu'on produira ?

Je fais pivoter ma chaise et fixe le mur derrière moi. Je l'ai couvert de longs rectangles de papier d'emballage acheté chez Ryman. Ils sont scotchés à même la peinture. Je reconstitue chronologiquement la vie de Ben. Je note chaque événement important au feutre noir le long d'un axe horizontal et j'y ajoute des coupures de presse ou d'autres détails dénichés en ligne. Il n'y a pas grand-chose sur sa vie scolaire, en dehors d'un exposé sans intérêt que j'ai volé dans sa malle à Denby Hall et de la copie que j'ai faite, il y a tant d'années, de la lettre de Katherine (« *Avec tout mon amour, maman* »).

Mais les choses commencent à devenir intéressantes à partir de l'accident qui a coûté la vie à Vicky Dillane. Il y a eu pas mal d'articles écrits à l'époque dont je n'avais pas idée. Les Fitzmaurice m'ont tellement tenu à l'écart des répercussions. Je pensais que c'était par gentillesse mais, bien sûr, c'était par pur intérêt personnel. En me mettant dans une bulle, c'est eux-mêmes qu'ils protégeaient. Moins je savais ce qui s'était vraiment passé, mieux cela valait. Moins je posais de questions, plus il était facile de gommer les incohérences. Parce qu'il me semble ahurissant aujourd'hui que la police n'ait jamais poussé l'enquête plus loin. Je savais que la famille Dillane avait été payée pour ne pas creuser l'affaire. Et je sais que l'argent et les privilèges permettent les magouilles, mais je n'avais vraiment compris à quel point. Le pouvoir que cela donne est immense. Rien n'est à l'abri, même pas la vérité. Surtout pas la vérité. Qu'en penseront-ils quand je leur révélerai ce qui s'est passé ; quand ils découvriront que leur fille a été tuée à cause de la frivolité d'un jeune homme ivre devenu un homme politique de premier plan ? Que *feront*-ils ?

Ces derniers mois, j'ai eu tellement d'articles à découper dans les journaux et à scotcher sur le mur que j'ai dû dérouler un autre rouleau de papier brun pour pouvoir tous les afficher. Où que je regarde, le visage de Ben me fixe depuis les coupures de presse. Là, il apparaît au sein d'un comité restreint, l'air fatigué et tourmenté, penché sur un épais dossier. Là, il juge un concours canin organisé par une ONG, et le terrier des West Highlands qu'il tient dans ses bras essaye de lui lécher le visage. Là, avec au bras sa superbe épouse Serena, resplendissante dans sa robe de soie grise, il participe à un dîner de charité donné par le prince Charles. Serena s'est bien remise de son accident. En observant les photos d'assez près, on voit qu'une fine cicatrice blanche court du coin de son œil droit à travers son front. Sinon, elle est redevenue la femme glaciale, hautaine, intouchable, qu'elle a toujours été. Là, il pose avec ses quatre enfants dans la cuisine de la maison de sa nouvelle circonscription et il porte un tablier (Un tablier ! Pendant tout le temps où je l'ai fréquenté, pas une fois je ne l'ai vu cuisiner) sur lequel est gaiement brodé : « Du calme, papa fait des gâteaux. »

Et puis – ma préférée – une photo de l'école souvent utilisée, qui date de notre dernière année à Burtonbury. Ben était président des élèves, et Jarvis son adjoint. Ils sont assis côte à côte sur la pelouse de Sullies. Ben a les jambes écartées, les mains solidement plantées sur les genoux. Jarvis a l'air moins net : la cravate de travers, ses cheveux roux lui retombent sur les tempes.

Je me rappelle qu'ils avaient éclaté de rire juste avant que la photo soit prise. Jarvis s'était penché et venait de murmurer quelque chose à l'oreille de Ben, et moi, placé immédiatement derrière eux, je m'étais efforcé d'essayer d'entendre mais je n'avais pas compris. Pris de jalousie, j'avais effleuré l'épaule de Ben du bout des doigts, juste pour sentir qu'il était là, pour me rappeler ce que c'était de le toucher. Ben avait tourné brusquement la tête.

« Qu'est-ce que tu fabriques ?

— Désolé, il y avait un mouton sur ta veste. »

Jarvis m'avait jeté un regard noir.

« Merci, maman », avait dit Ben. Jarvis avait éclaté de rire et ils s'étaient tous les deux retournés en même temps face au photographe, qui avait immortalisé la scène quelques instants après.

C'est une image régulièrement recyclée dans les magazines pour illustrer le règne du copinage dans le gouvernement d'Edward Buller. Chaque fois, le cadrage est serré, de telle sorte qu'on ne voit que les bras et les torses des autres élèves. Mais je sais que je suis là, à gauche derrière la tête de Ben. Il y a une tache d'encre juste au-dessus du dernier bouton de ma veste. On peut presque la distinguer. Ce qu'on ne peut pas voir en revanche, c'est mon cœur qui cogne comme un sourd et mes mains qui tremblent. Ce qu'on ne peut pas voir, c'est la férocité de mon amour et le chemin sur le point de s'ouvrir devant nous. On ne voit pas le tournant que nos vies vont prendre. On ne voit pas comment cela va finir, dans un petit commissariat sordide avec une tasse de thé en polystyrène, une femme aux cheveux blonds et un type en costard gris.

Du moins, Ben croit que ça se termine là. Mais ça n'est pas vrai. Lui et moi, on n'en a pas fini. Nous n'avons pas eu notre affrontement final. Je ne le laisserai pas s'en tirer comme ça, même s'il fait du charme à tous les policiers du pays. Il croit que je suis toujours en orbite autour du soleil éblouissant pour lequel il se prend.

Je ne le suis plus.

On ne s'en douterait pas à me voir, mais je suis furieux. Animé d'une colère froide, meurtrière. Et je suis prêt. Je sens les vibrations des atomes qui s'imbriquent. L'heure des comptes sonnera bientôt.

De mon côté, je pense que je supporterai bien la prison. J'écrirai. Je réfléchirai. J'ai passé ma vie à apprendre comment survivre dans les institutions. Je m'y intégrerai comme jamais

Ben n'en sera pas capable, et cette pensée me procure une immense satisfaction. Pour une fois, il ne connaîtra pas les règles. C'est curieux mais, par-delà ma colère, je suis content.

Le chat entre dans le bureau, la panse pleine. Il saute sur le cabinet où je conserve une pile de vieux journaux et d'annuaires des anciens élèves de Cambridge. Il se roule en boule et ramène sa queue devant ses pattes comme un bouclier. Puis il ferme les yeux. Seul un petit bout de langue rose est visible. Il se met à ronronner, un son grave et rassurant.

Que deviendra le chat ?

J'allume l'ordinateur. Je clique sur l'icône du fichier sur le bureau. Un coup d'œil en bas à gauche du document : 53 823 mots. J'aime voir ce nombre grandir. Il donne à mes pensées une traduction concrète, un poids mesurable. Il me rappelle que tout cela s'est bel et bien passé et qu'il sera impossible de le nier si c'est écrit en Arial noir corps 11.

J'essaye de ne pas penser au chat.

Je suis prêt à taper sur le clavier. Il faut que je revoie mes notes sur l'interrogatoire. Je veux m'assurer que tous les détails sont exacts, que la chronologie est juste. Je bois une gorgée de thé.

J'essaye de ne pas penser au chat.

Qui le nourrira quand je serai parti ?

Je me lève. Ma paupière tressaute. Une fois, deux fois. Je me prépare à une troisième fois qui ne vient pas. Je m'approche de l'armoire à dossiers et pose ma main sur la tête chaude du chat endormi. Je sens son crâne si fragile sous ma paume, le mouvement calme de sa respiration, et je repense à cet oiseau, il y a si longtemps, l'oiseau dans la cour de récréation de l'école primaire.

Je garde la main une seconde encore sur la tête du chat. Puis je lui caresse le dos et lui chatouille le cou. Le ronron se fait plus fort, puis s'arrête net.

Je resserre la ceinture de ma robe de chambre.

M'asseois au bureau.

Et continue à écrire.

Dehors, le monde attend.

Remerciements

Merci à mon agent, Nelle Andrews, pour sa force, son esprit, son refus du médiocre, que ce soit dans le choix d'un restaurant ou dans la trame d'un roman. Et pour m'avoir appris que la mayonnaise se marie avec tout.

Merci à mon incroyable éditrice chez 4th Estate, Helen Garnons-Williams, pour avoir cru en moi et ce dès la première phrase, et pour ses bons conseils, qu'ils soient professionnels ou personnels.

Merci à toute l'équipe de 4th Estate : Alice Herbert, Tara Al Azzawi, Michelle Kane et tous ceux qui ont travaillé à mon livre. Et merci à mon très cher ami Cormac Kinsella.

Merci à la brillante Carina Guiterman chez Little, Brown pour avoir lu mon manuscrit alors qu'elle était censée préparer le mariage de sa sœur – et mes excuses à la sœur de Carina pour avoir détourné de ses devoirs la demoiselle d'honneur.

Merci à la famille Beauman – ma chère Francesca et ses parents, Nicola et Chris, pour leur incroyable générosité et leur amitié au cours de ces deux dernières années. J'ai écrit une bonne partie de *L'Invitation* dans la magnifique maison de Nicola et Chris à Cambridge et j'ai terminé les derniers chapitres dans celle de Fran à LA (avec quelques interruptions lorsque j'étais kidnappée par les enfants). Je ne pourrais vous rendre un cinquième de ce que vous m'avez apporté et je vous suis éternellement reconnaissante.

Merci à Sarah Langford et à l'officier Sue Hill pour m'avoir tout appris sur les interrogatoires de police. Les éventuelles erreurs sont strictement de mon fait.

Merci à mes tout premiers et fidèles lecteurs, à mes supporters en écriture, lesquels combinent à la fois un sérieux talent littéraire et une incroyable gentillesse : Olivia Laing, Francesca Segal, Viv Groskop et Sebastian Faulks. J'aurais bien aimé pouvoir revendiquer nombre de leurs conseils avisés.

Merci à mes parents, Christine et Tom Day. Impossible de lister tout ce que je vous dois, votre soutien compte infiniment.

Merci à Emma Reed Turrell, pour tout.

Et enfin, merci à Jasper Waller-Bridge, pour avoir un jour couru dans ma rue et pour y être resté depuis. Ce roman t'est dédié, avec tout mon amour.

Londres, février 2017

Collection « Littérature étrangère »

ADAMS Poppy
Le Temps des métamorphoses

ADDERSON Caroline
La Femme assise

AGUÉEV M.
Roman avec cocaïne

ALI Monica
Sept mers et treize rivières
Café Paraíso
En cuisine
La Véritable Histoire de Lady L.

ALLISON Dorothy
Retour à Cayro

AMELA Víctor
La Fille du capitaine Penarrocha

ANDERSON James
Desert Home

ANDERSON Scott
Triage
Moonlight Hotel

ARLT Roberto
Les Sept Fous
Les Lance-Flammes

ARPINO Giovanni
Une âme perdue
Le Pas de l'adieu
Mon frère italien
Giovanni le bienheureux

AUSLANDER Shalom
La Lamentation du prépuce
Attention Dieu méchant
L'Espoir, cette tragédie

BALLANTYNE Lisa
Un visage d'ange
Le Piège de la mémoire

BAKER KLINE Christina
Le Train des orphelins

BAXTER Charles
Festin d'amour

BENIOFF David
24 heures avant la nuit

BERGMANN Emanuel
Max et la grande illusion

BEZMOZGIS David
Le Monde libre
Refuznik

BLOOM Amy
Ailleurs, plus loin

BOYKEY SIDLEY Steven
Meyer et la catastrophe
Borowitz broie du noir

BRADFORD HIPPS J.
L'Aventuriste

BROOKNER Anita
Hôtel du Lac
États seconds
La Vie, quelque part
Une chute très lente
Une trop longue attente
Fêlures
Le Dernier Voyage

BROOKS Geraldine
Le Livre d'Hanna
La Solitude du Dr March
L'Autre Rive du monde

BROWN Clare
Un enfant à soi

CABALLERO Antonio
Un mal sans remède

CAICEDO Andrés
Que viva la música !

CAÑÓN James
Dans la ville des veuves intrépides

CASH Wiley
Un pays plus vaste que la terre
Les Chemins de la rédemption

CHANG Jade
Les Wang contre le monde entier

CONNELL D. J.
Julian Corkle est un fieffé menteur
Sherry Cracker et les Sept Voleurs

CONROY Pat
Le Prince des marées
Le Grand Santini

COURTENAY Bryce
La Puissance de l'Ange

CUNNINGHAM Michael
La Maison du bout du monde
Les Heures
De chair et de sang
Le Livre des jours
Crépuscule
Snow Queen
Ils se marièrent, eurent beaucoup d'enfants et puis…

DE ROBERTIS Carolina
La Montagne invisible

DI PAOLO Paolo
Tanta vita !
Où étiez-vous tous
Presque une histoire d'amour

DORRESTEIN Renate
Vices cachés
Un cœur de pierre
Sans merci
Le Champ de fraises
Tant qu'il y a de la vie

DOUGHTY Louise
Je trouverai ce que tu aimes
Portrait d'une femme sous influence

DUNANT Sarah
La Courtisane de Venise
Un cœur insoumis

DUNMORE Helen
Un été vénéneux
Ils iraient jusqu'à la mer
Malgré la douleur
La Faim
Les Petits Avions de Mandelstam
La Maison des orphelins

EDELMAN Gwen
Dernier refuge avant la nuit
Le Train pour Varsovie

ELTON Ben
Nuit grave
Ze Star

FERRARIS Zoë
La Disparue du désert
Les Mystères de Djeddah
Clandestines

FEUCHTWANGER Lion
Le Juif Süss

FITZGERALD Helen
Le Don

FLANAGAN Richard
La Fureur et l'Ennui
Désirer

FRENCH Paul
Minuit à Pékin

FREY James
Mille morceaux
Mon ami Leonard

FROMBERG SCHAEFFER Susan
Folie d'une femme séduite

FRY Stephen
L'Hippopotame
Mensonges, mensonges
L'Île du Dr Mallo

GAIGE Amity
Schroder
O My Darling

GALE Patrick
Chronique d'un été
Une douce obscurité
Tableaux d'une exposition
Jusqu'au dernier jour

GARLAND Alex
Le Coma

GARTSIDE Mark
Ce qui restera de nous

GATALICA Aleksandar
À la guerre comme à la guerre !

GEE Maggie
Ma bonne

GEMMELL Nikki
Les Noces sauvages
Love Song

GEORGE Alex
Une symphonie américaine

GILBERT David
Les Normaux
Les Marchands de vanité

GILL John Freeman
Les Chasseurs de gargouilles

GUSTAFSSON Lars
La Mort d'un apiculteur

HAGEN George
La Famille Lament
Les Grandes Espérances du jeune Bedlam

HAYES Suzanne
et NYHAN Loretta
Petites recettes de bonheur pour les temps difficiles

HENDERSON Smith
Yaak Valley, Montana

HODGKINSON Amanda
22 Britannia Road
Rose et ses sœurs

HOMES A. M.
Mauvaise mère

HOSSEINI Khaled
Les Cerfs-Volants de Kaboul
Mille soleils splendides
Ainsi résonne l'écho infini des montagnes
Les Cerfs-Volants de Kaboul (roman graphique)

HUTCHINS Scott
L'Amour comme hypothèse de travail

JOHNSTON Jennifer
Petite musique des adieux
Ceci n'est pas un roman
Un Noël en famille

JONES Kaylie
La fille d'un soldat ne pleure jamais
Dépendances

JORDAN Hillary
Mississippi
Écarlate

KAMINER Wladimir
Musique militaire
Voyage à Trulala

KANON Joseph
L'Ultime Trahison
L'Ami allemand
Alibi

KAUR JASWAL Balli
Le Club des veuves qui aimaient la littérature érotique

KENNEDY Douglas
La Poursuite du bonheur
Rien ne va plus
Une relation dangereuse
L'homme qui voulait vivre sa vie
Les Désarrois de Ned Allen
Les Charmes discrets de la vie conjugale

Piège nuptial
La Femme du Ve
Quitter le monde
Cet instant-là
Murmurer à l'oreille des femmes
Mirage
La Symphonie du hasard (Livre 1)
La Symphonie du hasard (Livre 2)
La Symphonie du hasard (Livre 3)

KLIMKO Hubert
La Maison de Róża
Berceuse pour un pendu
Les Toutes Premières Choses

KNEALE Matthew
Les Passagers anglais
Douce Tamise
Cauchemar nippon
Petits crimes dans un âge d'abondance
Maman, ma sœur, Hermann et moi

KOCH Herman
Le Dîner
Villa avec piscine
Cher monsieur M.

LAFAYE Vanessa
Dans la chaleur de l'été

LAMB Wally
Le Chant de Dolorès
La Puissance des vaincus
Le Chagrin et la Grâce
Nous sommes l'eau
Felix Funicello et le miracle des nichons

LAW Benjamin
Les Lois de la famille

LAWSON Mary
Le Choix des Morrison
L'Autre Côté du pont
Un hiver long et rude

LEONI Giulio
La Conjuration du Troisième Ciel
La Conspiration des miroirs
La Croisade des ténèbres

LI Yiyun
Un millier d'années de bonnes prières
Un beau jour de printemps
Plus doux que la solitude

LISCANO Carlos
La Route d'Ithaque
Le Fourgon des fous
Souvenirs de la guerre récente
L'Écrivain et l'Autre
Le Lecteur inconstant suivi de *Vie du corbeau blanc*

LOTT Tim
Frankie Blue
Lames de fond
Les Secrets amoureux d'un don Juan
L'Affaire Seymour

MADDEN Deirdre
Authenticité

MAKSIK Alexander
La Mesure de la dérive
L'Oiseau, le goudron et l'extase

MARCIANO Francesca
L'Africaine
Casa Rossa
La Fin des bonnes manières

MARONE Lorenzo
La Tentation d'être heureux

MBUE Imbolo
Voici venir les rêveurs

MCAFEE Annalena
Le Doux Parfum du scandale

MCCANN Colum
Danseur
Les Saisons de la nuit
La Rivière de l'exil
Ailleurs, en ce pays
Le Chant du coyote
Zoli
Et que le vaste monde poursuive sa course folle
Transatlantic
Treize façons de voir

MCCOURT Frank
Les Cendres d'Angela
C'est comment l'Amérique ?

MCGARRY MORRIS Mary
Mélodie du temps ordinaire
Fiona Range
Le Dernier Secret
À la lueur d'une étoile distante

MCKEON Darragh
Tout ce qui est solide se dissout dans l'air

MERCURIO Jed
La Vie sexuelle d'un Américain sans reproche

MILLS Jenni
Le Murmure des pierres

MILLS Mark
En attendant Doggo

MORTON Brian
Une fenêtre sur l'Hudson
Des liens trop fragiles

MURAKAMI Haruki
Au sud de la frontière, à l'ouest du soleil
Les Amants du Spoutnik
Kafka sur le rivage
Le Passage de la nuit
La Ballade de l'impossible
L'éléphant s'évapore
Saules aveugles, femme endormie
Autoportrait de l'auteur en coureur de fond
Sommeil
1Q84 (Livre 1)
1Q84 (Livre 2)
1Q84 (Livre 3)

Chroniques de l'oiseau à ressort
Les Attaques de la boulangerie
Underground
L'Incolore Tsukuru Tazaki et ses années de pèlerinage
L'Étrange Bibliothèque
Écoute le chant du vent suivi de *Flipper, 1973*
Des hommes sans femmes
Birthday Girl

MURRAY Paul
Skippy dans les étoiles
La Marque et le Vide

NGUYEN Viet Thanh
Le Sympathisant

NICHOLLS David
Un jour
Pourquoi pas ?
Pour une fois
Nous

O'CONNOR Scott
Ce que porte la nuit

O'DELL Tawni
Le Temps de la colère
Retour à Coal Run
Animaux fragiles
Un ange brûle

O'FARRELL Maggie
Quand tu es parti
La Maîtresse de mon amant
La Distance entre nous
L'Étrange Disparition d'Esme Lennox
Cette main qui a pris la mienne
En cas de forte chaleur
Assez de bleu dans le ciel

ONSTAD Katrina
La Vie rêvée des gens heureux

OWENS Damien
Les Trottoirs de Dublin

OWENS Lisa
En roue libre

OZEKI Ruth
En même temps, toute la terre et tout le ciel

PARLAND Henry
Déconstructions

PAYNE David
Le Dragon et le Tigre : confessions d'un taoïste à Wall Street
Le Monde perdu de Joey Madden
Le Phare d'un monde flottant
Wando Passo

PEARS Iain
Le Cercle de la Croix
Le Songe de Scipion
La Chute de John Stone

PENNEY Stef
La Tendresse des loups
Le Peuple des invisibles

PICKARD Nancy
Mémoire d'une nuit d'orage

PIZZOLATTO Nic
Galveston

POLLEN Bella
L'Été de l'ours

QUINDLEN Anna
Nature morte aux miettes de pain

RADULESCU Domnica
Un train pour Trieste

RAVEL Edeet
Dix mille amants
Un mur de lumière

RAYMO Chet
Le Nain astronome
Valentin, une histoire d'amour

RELINDES ELLIS Mary
Bohemian Flats

REMIZOV Victor
Volia volnaïa

ROLÓN Gabriel
La Maison des belles personnes

ROSEN Jonathan
La Pomme d'Ève

ROTHSCHILD Hannah
L'Improbabilité de l'amour

RYDAHL Thomas
Dans l'île

SANSOM C. J.
Dissolution
Les Larmes du diable
Sang royal
Un hiver à Madrid
Prophétie
Corruption
Dominion
Lamentation

SAVAGE Thomas
Le Pouvoir du chien
La Reine de l'Idaho
Rue du Pacifique

SCHILPEROORD Inge
La Tanche

SCHWARTZ Leslie
Perdu dans les bois

SEWELL Kitty
Fleur de glace

SHARPE Tom
Fumiers et Cie
Panique à Porterhouse
Wilt 4
Le Gang des mégères inapprivoisées ou Comment kidnapper un mari quand on n'a rien pour plaire
Wilt 5 – Comment enseigner l'histoire à un ado dégénéré en repoussant les assauts d'une nymphomane alcoolique

SHIPSTEAD Maggie
Plan de table
Étonnez-moi

SHREVE Anita
Le Poids de l'eau
Un seul amour
La Femme du pilote
Nostalgie d'amour
Ultime rencontre
La Maison du bord de mer
L'Objet de son désir
Une lumière sur la neige
Un amour volé
Un mariage en décembre
Le Tumulte des vagues
Une scandaleuse affaire
Un jour après l'autre

SHRIVER Lionel
Il faut qu'on parle de Kevin
La Double Vie d'Irina
Double faute
Tout ça pour quoi
Big Brother
Les Mandible : une famille, 2029-2047

SILVESTRE Edney
Si je ferme les yeux
Le bonheur est facile

SMITH Dominic
Le Dernier Tableau de Sara De Vos

SMITH Tom Rob
Enfant 44
La Ferme

SOLER Jordi
Les Exilés de la mémoire
La Dernière Heure du dernier jour
La Fête de l'Ours
Dis-leur qu'ils ne sont que cadavres
Restos humanos

SORA Simona
Hôtel Universal

SWARUP Vikas
Les fabuleuses aventures d'un Indien malchanceux qui devint milliardaire
Meurtre dans un jardin indien
Pour quelques milliards et une roupie

THOMAS Matthew
Nous ne sommes pas nous-mêmes

TOBAR Héctor
Printemps barbare
Jaguar

TOLTZ Steve
Une partie du tout
Vivant, où est ta victoire ?

TSIOLKAS Christos
La Gifle
Jesus Man
Barracuda
Des dieux sans pitié

ULINICH Anya
La Folle Équipée de Sashenka Goldberg

UNSWORTH Barry
Le Nègre du paradis
La Folie Nelson

VALLEJO Fernando
La Vierge des tueurs
Le Feu secret
La Rambla paralela
Carlitos qui êtes aux cieux

VELASCO Stefanie de
Lait de tigre

VERMES Timur
Il est de retour

VREELAND Susan
Jeune fille en bleu jacinthe

WARD Jesmyn
Bois Sauvage
Ligne de fracture

WATSON Larry
Sonja à la fenêtre

WEBB Katherine
L'Héritage
Pressentiments
À la claire rivière
La Vérité à propos d'Alice

WEISGARBER Ann
L'Histoire très ordinaire de Rachel Dupree

WELLS Rebecca
Fleurs de Ya-Ya

WEST Dorothy
Le Mariage

WILLMANN Thomas
La Sombre Vallée

WINGFIELD Jenny
Les Ailes de l'ange

WOLF Jack
Misericordia

WRINKLE Margaret
Wash

ZAILCKAS Koren
Notre mère

ZHANG Xianliang
La mort est une habitude
La moitié de l'homme, c'est la femme

ZWEIG Stefan
Le Monde d'hier. Souvenirs d'un Européen

Composition et mise en pages
Nord Compo à Villeneuve-d'Ascq

FSC
www.fsc.org
MIXTE
Papier issu de
sources responsables
FSC® C003309

Achevé d'imprimer en France par EPAC Technologies

N° d'édition: 4550414319918

Dépôt légal: mai 2018